阿里·沙尔来到市场,见一个地方围了一圈人。他走到人圈里一看,只见那里有位窈窕女子,堪称一代佳丽。

《第三百一十夜》(利昂·卡雷 绘)

祖姆鲁黛拿出绸布、彩线和金银线，开始刺绣、缝制帐幔。她把自己见到的飞禽走兽全都绣上去，形态各异，栩栩如生。
　　《第三百一十二夜》（利昂·卡雷　绘）

祖姆鲁黛收拾行装,携阿里·沙尔走出京城,踏上归程。从此以后,夫妻和睦相处,生儿育女,过着美满愉快的幸福生活。

《第三百二十七夜》(利昂·卡雷 绘)

那女仆送来一只镶嵌着珍珠、宝石的金壶,满满的一壶水,散发着麝香的芬芳,上面盖着一块绿绸帕。

《第三百二十九夜》(利昂·卡雷 绘)

有一位富翁，他家里有六个婢女，个个如花，人人似玉。有一天，富翁把六个婢女叫到面前，摆上酒菜，和姑娘们边吃边喝，边弹边唱。

《第三百三十四夜》（利昂·卡雷 绘）

床上躺着一个美丽的少女,睡得正熟。哈里发俯下身去亲吻了一下少女的脸蛋儿。少女从睡梦中惊醒。

《第三百三十八夜》(利昂·卡雷 绘)

在米斯尔城,有一个开羊肉铺的屠夫,名叫沃尔丹。每天上午,总有一个女人到肉铺里来,对屠夫沃尔丹说:"给我一只整羊。"

《第三百五十三夜》(利昂·卡雷 绘)

王子在马背上坐稳,旋动上升鸡冠钮。那乌木马顿时动了起来,片刻之后,乌木马腾空而起,飞上云天。

《第三百六十二夜》(利昂·卡雷 绘)

文尼斯·沃久德换上便衣,出了家门,漫无目的地走了整整一夜。第二天,太阳出来了,大地和山川沉浸在酷热之中。
　　《第三百七十三夜》(利昂·卡雷　绘)

文尼斯·沃久德采了葫芦,绑扎妥当,将葫芦筏子放入海中,坐上筏子,乘风向海中划去,不多时便消失在修士的视野之中。
　　　　《第三百七十五夜》(利昂·卡雷 绘)

德尔巴斯国王和他的儿子发现海岸边有条渔船,船上有位姑娘,长相美丽,如花似玉,连宝石耳环和宝石项链都看得一清二楚。

《第三百七十八夜》(利昂·卡雷 绘)

一对新人紧紧拥抱,激动不已,双双昏迷过去,不省人事。二人从昏迷中醒来,依然沉浸在相会的极大欢乐之中。

《第三百八十一夜》(利昂·卡雷 绘)

烟尘散去,只见大队人马出现了,赶骡子的,赶骆驼的,还有若干仆人打扮的,唱着歌,手舞足蹈地走来。

《第四百二十九夜》(利昂·卡雷 绘)

波斯科斯鲁艾努·舍尔瓦尼是位开明君主。有一天,他佯装生病,召集来他的亲信、贤臣,吩咐他们到破落乡村去给自己配药。

《第四百六十四夜》(利昂·卡雷 绘)

女主人姗姗走来,上前抓住货郎的大袍,拉住他的手,就往屋子里领。

《第四百六十九夜》(利昂·卡雷 绘)

哈西卜·凯里穆丁来到一个大湖边,见湖中有个东西闪闪放光,走近一看,发现那是一个碧玉堆成的山丘,山丘上放着一把镶嵌着各种宝石的金座椅。
《第四百八十四夜》(利昂·卡雷 绘)

三仙女佘姆赛刚刚坐下,泰伊姆斯国王和王子姜杉相携走进帐篷。国王坐下,王子坐在右侧,佘姆赛坐在左侧。

《第五百一十四夜》(利昂·卡雷 绘)

布拉克本全译本

THE
ARABIAN
一千零一夜
NIGHTS

ألف ليلة وليلة

[阿拉伯]佚名 著
李唯中 译
[法]利昂·卡雷 [英]达尔齐尔兄弟 等绘

北京燕山出版社

CONTENTS
目录

2525 第五百九十五夜
2528 第五百九十六夜
2531 第五百九十七夜
2535 第五百九十八夜
2539 第五百九十九夜
2544 第六百夜
2547 第六百零一夜
2550 第六百零二夜
2554 第六百零三夜
2557 第六百零四夜
2561 第六百零五夜
2564 第六百零六夜
2567 第六百零七夜
2570 第六百零八夜
2573 第六百零九夜
2577 第六百一十夜
2579 第六百一十一夜
2581 第六百一十二夜
2585 第六百一十三夜
2589 第六百一十四夜
2592 第六百一十五夜
2599 第六百一十六夜
2603 第六百一十七夜
2607 第六百一十八夜
2610 第六百一十九夜
2614 第六百二十夜
2617 第六百二十一夜
2621 第六百二十二夜
2624 第六百二十三夜
2626 第六百二十四夜
2631 第六百二十五夜
2635 第六百二十六夜
2639 第六百二十七夜
2644 第六百二十八夜

001

2647	第六百二十九夜	2747	第六百五十八夜
2652	第六百三十夜	2751	第六百五十九夜
2655	第六百三十一夜	2754	第六百六十夜
2658	第六百三十二夜	2758	第六百六十一夜
2661	第六百三十三夜	2761	第六百六十二夜
2665	第六百三十四夜	2764	第六百六十三夜
2669	第六百三十五夜	2766	第六百六十四夜
2673	第六百三十六夜	2769	第六百六十五夜
2677	第六百三十七夜	2772	第六百六十六夜
2680	第六百三十八夜	2774	第六百六十七夜
2683	第六百三十九夜	2778	第六百六十八夜
2687	第六百四十夜	2781	第六百六十九夜
2690	第六百四十一夜	2784	第六百七十夜
2693	第六百四十二夜	2787	第六百七十一夜
2696	第六百四十三夜	2789	第六百七十二夜
2700	第六百四十四夜	2793	第六百七十三夜
2703	第六百四十五夜	2795	第六百七十四夜
2707	第六百四十六夜	2798	第六百七十五夜
2713	第六百四十七夜	2800	第六百七十六夜
2716	第六百四十八夜	2803	第六百七十七夜
2719	第六百四十九夜	2806	第六百七十八夜
2723	第六百五十夜	2809	第六百七十九夜
2726	第六百五十一夜	2811	第六百八十夜
2729	第六百五十二夜	2815	第六百八十一夜
2732	第六百五十三夜	2822	第六百八十二夜
2735	第六百五十四夜	2824	第六百八十三夜
2737	第六百五十五夜	2828	第六百八十四夜
2741	第六百五十六夜	2834	第六百八十五夜
2744	第六百五十七夜	2837	第六百八十六夜

2841 第六百八十七夜
2846 第六百八十八夜
2850 第六百八十九夜
2853 第六百九十夜
2855 第六百九十一夜
2859 第六百九十二夜
2862 第六百九十三夜
2867 第六百九十四夜
2869 第六百九十五夜
2874 第六百九十六夜
2879 第六百九十七夜
2884 第六百九十八夜
2888 第六百九十九夜
2891 第七百夜
2895 第七百零一夜
2899 第七百零二夜
2902 第七百零三夜
2905 第七百零四夜
2913 第七百零五夜
2917 第七百零六夜
2921 第七百零七夜
2927 第七百零八夜
2930 第七百零九夜
2934 第七百一十夜
2940 第七百一十一夜
2945 第七百一十二夜
2949 第七百一十三夜
2954 第七百一十四夜
2959 第七百一十五夜

第五百九十五夜

夜幕垂空，莎赫札德接着讲故事：

幸福的国王陛下，第六位大臣接着讲那个故事：

国王进了小娘子家，小娘子对国王说："国王陛下，你的到来使我家蓬荜生辉，即使我把整个世界及世间的所有东西都送给你，也难以抵得上陛下朝我们走来一步。"

国王刚坐下，小娘子又说："陛下，请允许我再说一句话。"

"想说什么，就说吧！"

"陛下，请休息一下，脱下你的朝服，摘下你的缠头巾，换上这套衣服吧！"

国王身上的衣服价值一千第纳尔，而小娘子要他换上的那套衣服仅值十菲勒斯。

小娘子见国王已换好衣服，走去与他亲热起来。所有这些言谈，藏身在柜子里的法官、总督和宰相都听得清清楚楚，但谁也不敢吱声。

国王伸手去搂小娘子的脖子，想亲吻她，她说："陛下不要急嘛！我已答应尽心伺候你，保你如愿以偿。"

二人正交谈时，忽听"咚咚"的敲门声传来。国王问："谁在敲门？"

"我的丈夫。"

"你把他打发走!如若不然,我就强行将他赶走。"

"陛下,不能啊!你稍忍耐一下,我设法把他劝走就是了。"

"我怎么办呢?"

"快跟我来!"

小娘子把国王领到五斗柜前,让他钻进第四层,然后用锁锁起来。

小娘子走去开门,见来者是那个木匠,木匠向她问好致安,而她却说:"你做的那个五斗柜是什么呀?"

木匠问:"怎么啦?"

"最上面的一层太窄小了。"

"不是挺宽的吗?"

"你钻进去试一试呀!它连你都容不下。"

"它足以容下四个人。"

木匠走去,钻进第五层,小娘子立即关上柜门,随手锁上。

小娘子带上总督那张字条,迅速赶到监狱,见到典狱长,递上总督的条子。

典狱长看过条子,立即放了小娘子的情人。

小伙子出了监狱,小娘子将救他出狱的过程向他说了一遍。小伙子问:"我们怎么办呢?"

小娘子说:"我们立即离开这座城市,奔另一座城去。我们干了这种事之后,就不能再在这里待下去了。"

二人整理完东西,绑在骆驼背上,起程奔另一座城而去。法官、总督、宰相、国王和木匠被锁在五斗柜里,一连三天没有吃饭。他们实在憋不住了,木匠撒尿淋在国王的头上,国王撒尿淋在宰相的头上,宰相撒尿淋在总督的头上,总督撒尿淋在法官的头上,法官喊道:"这是什么脏东西?难道这还不够我们受的,还要在我们头上撒尿?"

总督提高嗓门嚷道:"法官阁下,安拉赏赐你了。"

法官听得出那是总督的声音。接着总督大声喊道:"这是什么脏东西呀?"

宰相大声说:"总督阁下,安拉奖赏你了。"

总督一听,便知那是宰相在说话。宰相嗅到尿臊味,高声喊道:"谁在撒尿?"

总督抬高声音:"相爷阁下,安拉会给你报偿的。"

国王一听便知那是宰相的声音,便默不作声了,想隐瞒自己的身份。

宰相这时故意说:"这个坏女人,把我们这些国家要人都集中到她这里,只有国王没来。"

国王听后,说道:"你们住口吧!我是第一个落入这个婊子的罗网中的。"

木匠听他们这样一说,提高声音嚷道:"我给她打了一个柜子,工钱四第纳尔,我要账来了,我有什么罪,致使她把我也锁在这柜子中?"

他们相互谈着,纷纷用好言安慰国王,消除他的怒气。

正在这时,邻居们来了。他们见房子一连好几天都紧锁着门,便相互议论说:"昨天我们还见邻居家媳妇在家中,怎么现在一个人的声音也听不到,一个人影也看不见了呢?把门砸开,看看里面出了什么事,免得总督或国王知道了,将我们关押起来,到时候我们后悔都来不及了。"

说着,邻居们将门打开,走了进去。他们看见客厅里放着一个五斗柜,听到柜子里有人喊渴叫饿,便相互议论说:"莫非这柜子里藏着妖精?"

一个人说:"我们弄些干柴来,将这妖精柜子烧掉吧!"

法官听后,大声喊道:"不要烧,不要烧!"

讲到这里,眼见东方透出黎明的曙光,莎赫札德戛然止声。

第五百九十六夜

夜幕垂空,莎赫札德接着讲故事:

幸福的国王陛下,第六位大臣接着讲那个故事:

邻居们将那小娘子家的门打开,走了进去。他们看见客厅里放着一个五斗柜,听到柜子里有人喊渴叫饿,便相互议论说:"莫非这柜子里藏着妖精?"

一个人说:"我们弄些干柴来,将这妖精柜子烧掉吧!"

法官听后,大声喊道:"不要烧,不要烧!"

邻居们相互说:"妖精在说人话……"

法官听人们这样一说,立即念了《古兰经》,然后对人们说:"你们走近这柜子些!"

人们走近柜子,法官说:"我们是人,我们有好几个人在这柜子里。"

"谁把你们弄到这里来的?把事情讲清楚。"

法官把事情始末对他们讲了一遍,他们才叫来一位木匠,一一打开柜门,陆续放出法官、总督、宰相、国王和木匠。

人们见他们各穿一件颜色各异的大袍,彼此面面相觑,一个个狼狈不堪,不禁捧腹大笑。

这几个达官想捉拿小娘子,派人四下打听,却没打听到她的任何消息。小娘子已经带着他们的衣物,远走高飞了。众达官无法出门见人,立即派人取来衣服,穿戴好,方才偷偷地溜走了。

讲到这里,第六位大臣说:"国王陛下,达官们的遭遇,全是那个小娘子一手造成的。这样的例子还很多。"

国王问:"还有什么例子?"

第六位大臣讲起《教丈夫祈祷的女人》的故事:

相传,很久很久以前,有一位男子汉,很想看一看神圣之夜的情景。

一天夜里,这位男子汉仰望天空,果然见天使展翼飞翔,天门洞开,而且看见所有的生灵分别跪在自己的位置上。眼见此情此景,男子汉兴奋不已,对妻子说:"喂,福拉娜,安拉已经让我们见识了神圣之夜的盛景。我曾许过愿,如若能见此盛景,我就祈祷三次,安拉定可满足我的要求。因此,我想和你商量商量,听听你的意见,我该祈求什么呢?"

妻子说:"那么,你就说,安拉啊,让我的阳具变大吧!"

丈夫立即把妻子的话重复了一遍。

话音刚落,丈夫的阳具变得像大棒槌,自己连站都站不起来了。

当丈夫想和妻子行房时,妻子恐惧不安,从一个角落躲到另一个角落,就是不肯与丈夫交欢。

丈夫对妻子说:"这本是你的愿望呀!完全是为了满足你的要

求！现在该怎么办呢？"

妻子说："我并没有希望你那东西变这么粗大呀！"

丈夫抬起头来，望着天空，说："安拉啊，救救我吧！让我摆脱这种灾难吧！"

话音刚落，丈夫的阳具消失，变成了阉人。

见此情景，妻子说："你连那东西都没有了，我还要你有啥用?!"

丈夫说："这都是你出的馊主意，使我倒了大霉。不过，我有三次祈祷机会，足以使我在今世得到安宁。我已祈祷了两次，还有一次呢！"

妻子说："你赶快求安拉使你恢复原状吧！"

丈夫马上求主使他恢复原状，果然立即一切如初。

第六位大臣讲到这里，对国王说："国王陛下，我讲的这两个故事，足以看出女人的阴谋诡计之厉害。因此，陛下千万不可因女人的只言片语，就把太子的命轻易送掉啊！"

听大臣这样一说，国王恍然大悟，立即废止了处死太子的命令。

第七天，妃子手持一把火，哭号着来到国王面前。国王见之，惊问道："爱妃，你怎么啦？何必这样呢？"

妃子说："太子侵犯王权，岂能轻饶？你若不替我做主，我就投火自焚。我已经厌恶了生活，不想再活下去了。我来之前，已经写好遗嘱，将钱财全部施舍掉了。我已决心寻死。我死之后，你会像折磨信女的国王那样后悔。"

国王问："还有国王会折磨信女？那是怎么一回事呀？"

妃子开始讲《国王冤枉信女》的故事：

相传，有一位虔诚的信女，常常出入国王的王宫。人们见之，必定对她表示祝福，用羡慕的目光注视着她。

一天，这位信女照平日习惯进了王宫，坐在王后的身旁。片刻过后，王后要去浴池沐浴，把价值一千第纳尔的项链摘下来，交到信女的手中，并且叮嘱说："你拿着这条项链，好好看守着，等我从浴池里出来，再给我。"

信女接过项链，王后到宫中的浴池洗澡去了。信女在王后那里坐了一会儿，把项链放在礼拜毯下，先做礼拜，然后去室外方便。

信女刚离开不久，一只鸟儿飞来，衔起项链飞去，将项链衔到宫院上空，丢到一个角落的墙缝里，然后展翅飞走了。

信女方便后回到屋内，对刚才发生的情况一无所知。

王后从浴池出来，向信女要项链，信女立即去拿，但她撩开礼拜毯一看，项链不见了。信女找来找去，却未见项链踪影，无可奈何地说："凭安拉起誓，一个人都没有来过，而且我接过项链，把它放在礼拜毯下面的时候，也没有一个婢女看见或注意我，当时我正在做礼拜。项链究竟被谁拿去了，只有伟大的安拉知道。"

国王听说王后的项链被信女看丢了，命令王后拷打那位信女，时而用鞭子抽打，时而用火燎烤。

讲到这里，眼见东方透出黎明的曙光，莎赫札德戛然止声。

第五百九十七夜

夜幕垂空，莎赫札德接着讲故事：

幸福的国王陛下,妃子继续讲《国王冤枉信女》的故事:

国王听说王后的项链被信女看丢了,命令王后拷打那位信女,时而用鞭子抽打,时而用火燎烤。一番折磨、拷打,各种刑罚用尽,但信女什么也没有招认,也没有猜疑任何人。国王下令给信女加上镣铐,随后将之投入监牢。

此后不久,有一天,国王和王后坐在宫院中,周围都是水,国王无意中看见一只鸟儿,正从一个角落的墙缝里往外啄一条项链,于是他让一婢女跑去追赶那只鸟儿。

婢女追上了那只鸟儿,夺回了项链。国王接过项链一看,认出那正是王后的那条项链,知道自己冤枉了那位信女,对自己的作为深感后悔。

国王立即将信女从监牢中接出来,连连亲吻她的头,边哭边求信女宽谅,对自己的作为深表歉意。随后,国王拿出许多钱来给信女。信女分文未收,原谅了那位国王,然后离去,发誓不再进任何人家,遂隐居高山深谷,专心膜拜安拉,直至天年竭尽。

妃子讲完这个故事,对国王说:"国王陛下,男人诡计多端,例子不胜枚举。"

国王问:"你还知道什么?"

妃子开始讲《雌鸽子屈死》的故事:

相传,有一对鸽子夫妻,采集了若干小麦粒和大麦粒,放在巢中,以备冬天食用。夏季来临,因风吹日晒,大麦粒和小麦粒干燥萎缩,看上去数量似乎减少了许多。

见此情景,雄鸽子问雌鸽子:"是你吃了大麦粒和小麦粒?"

雌鸽子说:"没有!凭安拉起誓,我一点儿都没有吃。"

雄鸽子不相信,随后用翅膀拍击雌鸽子,继而用喙狠啄它,终于将雌鸽子折磨至死。

天气渐渐冷了下来,大麦粒和小麦粒受了湿气,慢慢膨胀,恢复了原状,看上去和原来一样多了。雄鸽子这才知道自己冤枉了雌鸽子,但已经后悔莫及。从此,雄鸽子躺在死去的雌鸽子尸体旁,号哭不止,不吃不喝,身体日衰一日,终于一命归阴。

讲到这里,妃子说:"国王陛下,关于男人诡计多端的故事,还有比这所有故事更精彩、更奇妙的呢。"

"讲给我听听吧!"

妃子开始讲《王子智娶公主》的故事:

相传,某国王有位女儿,天生丽质,明眸皓齿,身材苗条,行止妩媚,心地高洁。此外,这位公主集女性温柔与男性刚健于一身,武艺也格外高强。

这位公主名叫杜蒂玛。曾有多少位王子前来求婚,杜蒂玛公主却一个也未看中。她说:"只有在校场上勇于刺杀、搏斗,能够战胜我的人,才能与我结为百年之好。谁能打败我,我就诚心诚意嫁他为妻;败在我手下的人,我将没收他的马、武器和衣物,并在他的前额烙上'释奴'字样。"

远近诸国王子纷纷前来求婚比武,结果一个个败在杜蒂玛公主的手下,武器、马匹被没收,前额被烙上"释奴"字样,狼狈地原路而回。

波斯的一位王子,名唤白赫拉姆。这位波斯王子得知杜蒂玛公主招亲之事,远道而来,携带着大批钱财、马匹、随从及若干皇家御用宝物,拜见杜蒂玛的父王,并送上贵重礼物。国王热情接待了波斯王子。

波斯王子向国王表示,他要向杜蒂玛公主求婚,国王说:"孩子,杜蒂玛的事情,我管不了啊!我的女儿已经立过誓,只与在校场比武中战胜她的英雄好汉结为伉俪。"

波斯王子说:"我正是接受这个条件之后,才离开父王的京城,前来拜访国王陛下的。"

"那样的话,明天你就同杜蒂玛在校场上见吧!"

第二天,国王派人通知杜蒂玛公主。

杜蒂玛公主得知波斯王子前来求婚,立即披挂整齐,拿好武器,准备校场比武。

波斯王子经过一夜精心准备,决计与公主较量一番。

人们闻讯,从四面八方来到校场,坐等观看比武场面。

杜蒂玛公主身穿甲衣,束着腰带,蒙着面纱,纵马挥矛上阵。波斯王子披坚执锐,全副武装,英姿勃勃,跃马冲至阵前。二人你来我往,剑矛对撞,铿锵作响,大战数个回合,不分胜负。

杜蒂玛公主感觉对方武艺高超,胆量过人,自知自己不是对手,但又怕在众人面前丢脸,于是略施小计,撩开自己的面纱,露出俊俏面容,赛过月华,娇艳无法描绘。

波斯王子见之,顿感惊喜不已,不禁精神涣散,斗志一扫而光。

杜蒂玛公主见此情景,奋力冲了过去,一矛将他戳下鞍,像老鹰捉小鸡那样将王子擒在了手中。王子一时魂飞魄散,不知如何是好。公主牵走了王子的马,夺去他的武器和衣物,在王子的前额上烙了字,便放他离去了。

波斯王子苏醒过来之后，一连数天不吃不喝，也不睡觉，他深深爱上了公主。他让随从给他的父王修书一封，信中说他不达目的决不回返，宁愿死在公主面前。

国王收到儿子的来信，深深为他感到难过，一时想发兵征讨，但群臣竭力阻拦，一致主张忍耐。

王子急中生智，随即想出一条妙计，把自己化装成一个老翁，来到公主的花园中，因为那是公主常去的地方。

王子见到园丁，对他说："老园丁，我是个异乡人，来自一个遥远的国家。我自打年轻时起，就喜欢栽花种树，对园艺之道颇为精通。"

老园丁一听，非常高兴，随即将王子带入花园里，并把几个人交给他管。王子开始在花园里干活，培植花草，管理果树。

有一天，他正在干活，忽见一群奴仆牵着骡子进了花园，驮着毡毯和餐具器皿。王子询问身边的助手们，他们说："公主要游园来了。"

王子听他们这样一说，立即走去，将从国内带来的首饰、锦衣拿到花园中，把一些宝物放在自己的面前。只见王子浑身颤抖着，看上去年迈体衰，老态龙钟。

讲到这里，眼见东方透出黎明的曙光，莎赫札德戛然止声。

第五百九十八夜

夜幕垂空，莎赫札德接着讲故事：

幸福的国王陛下,妃子继续讲《王子智娶公主》的故事:

王子见到园丁,说自己对园艺之道颇为精通。老园丁一听,非常高兴,随即将王子带入花园里,并把几个人交给他管。王子开始在花园里干活,培植花草,管理果树。

有一天,他正在干活,忽见一群奴仆牵着骡子进了花园,驮着毡毯和餐具器皿。王子询问身边的助手们,他们说:"公主要游园来了。"

王子听他们这样一说,立即走去,将从国内带来的首饰、锦衣拿到花园中,把一些宝物放在自己的面前。只见王子浑身颤抖着,看上去年迈体衰,老态龙钟。

一个时辰过后,众婢女和奴仆簇拥着公主走来,宛如众星捧月。

婢女们在花园里转来转去,摘果子,采鲜花,赏风景。她们看见一个人坐在一棵树下,便朝那棵树走去。那个人就是波斯王子。她们走近一看,发现那是一个老翁,手脚不停地颤抖,面前却放着许多国王的御用宝物。她们望了望,觉得非常奇怪,问他为什么摆着那么多首饰。王子告诉她们:"我想用这些首饰娶你们当中的一位姑娘。"

婢女们一听,都笑了起来。她们问王子:"你同姑娘结了婚,打算怎样呢?"

王子答道:"我吻她一下,然后就把她休掉。"

公主走来,对王子说:"我把这个婢女嫁给你了。"

王子拄着手杖,颤颤巍巍地走近那个婢女,吻了她一下,然后把首饰和锦衣递给她,那婢女非常高兴。众婢女不住地讥笑王子。

过了一会儿，公主和众婢女倦游归去。

第二天，婢女们来到花园，朝王子走去，发现他仍坐在那棵树下，面前摆着许多首饰和锦衣，比昨天的还要多。

婢女们坐在王子面前，问道："老人家，你摆这些首饰做何用呢？"

王子说："我要像昨天一样，用它与你们当中的一位姑娘成亲。"

公主说："我把这个婢女许配给你了。"

王子走去，亲吻那个婢女后，把首饰和锦衣送给了她。

随后，公主和众婢女离去。

公主看见王子送给婢女的首饰和锦衣，心想："我比她们更应该得到那些东西。我要了那些首饰和锦衣，又有何妨呢？"

次日天亮，公主独自走出闺房，扮成婢女模样，向花园走去。

公主来到王子坐的树下，对王子说："喂，老头儿，我是公主，你想同我结为鸳鸯吗？"

王子说："完全同意。"

王子立即取出更精美、更贵重的首饰和锦衣递给公主，然后站起来同她亲吻，将她紧紧搂抱起来，而她却是那样安然、放心，紧紧搂住了王子⋯⋯

王子问："难道你不认识我？"

"你是何许人？"公主问。

"我是波斯王子白赫拉姆。我化了装，远离祖国和亲人，到了这里，就是为了你呀，我的公主！"

公主站起来，默不作声，没有回答，什么也没表示。她心想："我就是杀了他，又有什么用呢？"她思来想去，心想："既然生米已煮成熟饭，我别无他路，只能跟着他走，到他的国家去。"

想到这里，公主立即回去收拾金银财宝和细软首饰，并且派人通知波斯王子，要他立刻做好起程准备。

波斯王子接到公主的通知，迅速行动，收拾起钱财，二人约定夜来之时起程上路。

夜幕垂空之时，王子与公主飞身上马，踏上归程，一夜马不停蹄，直奔驰到东方大亮。二人继续策马前进，终于到达波斯王国境内，接近了京城。

波斯国王得知王子归来，立即率大队人马出迎。父子相见，分外高兴。

几天过后，王子修书，派人送给杜蒂玛公主的父王，说公主已在波斯王国京城，请他为公主准备嫁妆。

国王收到信，笑纳礼物，热情款待信使，然后举行盛大宴会，请来法官和证人，为王子和公主缔结婚约，并向信使赐赠了礼袍，托信使将公主的嫁妆带回去。

波斯国王为王子举行盛大结婚典礼，白赫拉姆王子和杜蒂玛公主结为美满夫妻，共享天伦之乐。

讲到这里，妃子对国王说："国王陛下，男子的诡计多端在这个波斯王子身上体现得多么明显！国王不可不对他们保持高度警惕呀！我求国王为妃子做主，维护我的权利，不惜大义灭亲，当机立断，处死太子。"

听妃子这样一说，国王骤然心软，立即下令处死太子。

大臣们听说国王下令处死太子，第七位大臣急匆匆来到国王面前，恭恭敬敬地行吻地礼，然后说："国王陛下，且慢处太子死刑，容为臣进一忠言。谚语说得好：'忍耐从容，心想事成。''忙中出错，后悔莫及。'依臣之见，这位妃子屡次三番来游说陛下，目的在于让陛下冒绝后之大险行事。国王陛下，承蒙浩荡主恩，容臣一劝，女人诡计之多，令常人难以想象，愿陛下三思，决不可轻易处死太子；如若不然，就会像商人的儿子那样中老太婆的阴谋诡计。"

国王问："商人的儿子是怎样中计的呢？"

第七位大臣开始讲《心地不善的老太婆》的故事：

相传，很久很久以前，有一个商人，腰缠万贯，家中钱财堆积如山。他有一个儿子，商人爱之如命，视若掌上明珠。

有一天，儿子对父亲说："父亲，我有一个愿望，期望你能帮助我实现。"

"什么愿望？"父亲问，"孩子，说吧！我一定会尽力，让你如愿以偿。"

"我希望你给我些钱，我想跟着商人朋友们去巴格达，观赏一下那里的风光，看看那里的哈里发宫殿。因那些商人的孩子对我说过，那里风景宜人，美不胜收，所以我很想去亲眼看看。"

"孩子啊，你长期不在我的身边，我怎忍受得了呢？"

"不管怎样，我都要去。不论你愿意与否，我决心已经下定，一定要到巴格达去。"

讲到这里，眼见东方透出黎明的曙光，莎赫札德戛然止声。

第五百九十九夜

夜幕垂空，莎赫札德接着讲故事：

幸福的国王陛下，第七位大臣接着讲《心地不善的老太婆》的故事：

有一天，儿子对父亲说："父亲，我有一个愿望，期望你能帮助我实现。"

"什么愿望？"父亲说，"孩子，说吧！我一定会尽力，让你如愿以偿。"

"我希望你给我些钱，我想跟着商人朋友们去巴格达，观赏一下那里的风光，看看那里的哈里发宫殿。因那些商人的孩子对我说过，那里风景宜人，美不胜收，所以我很想去亲眼看看。"

"孩子啊，你长期不在我的身边，我怎忍受得了呢？"

"不管怎样，我都要去。不论你愿意与否，我决心已经下定，一定要到巴格达去。"

父亲见儿子态度坚决，便为他准备了价值三万第纳尔的货物，将他托付给一位可靠的商人，然后送他上路了。

这位青年随商人朋友们到达和平之地巴格达之后，来到市场，看见一座建筑精美、宽敞讲究的宅院，那里花香鸟语，客厅华丽，地面上铺着彩色大理石，天花板五彩纷呈，于是他问看门人："这座房子的租金是多少？"

看门人答道："月租金十第纳尔。"

"你说话当真，还是开玩笑？"

"凭安拉起誓，我说的是真话。不过，住这座房子的人，只能在这里住上一个礼拜或两个礼拜。"

"什么原因？"

"孩子，住这座房子的人，不是病着出来，就是死在里面。这座房子因此出名，所有的人都知道。我一说出它的租金，谁也不敢住进去。"

青年听看门人这样一说，惊愕不已。他说："既然住进去的人不是病就是死，这其中定有原因。"

青年暗自想了一会儿，求安拉为他驱除恶魔。他打掉了心中的顾虑，租下那座房子，住了进去。

青年住下之后，开始做买卖，忙经营。他在那座房子里住了若干天，看门人说的那种情况均未出现。

有一天，青年坐在门口，见一白发老太婆打门前走过，看上去真像一条蝮蛇，她口中念着赞美之词，脚下不住地踢开路上的石子儿。她见青年坐在门口，便朝他看了一眼，二目中绽露出惊奇的神色。

青年问老太婆："喂，阿妈，莫非你认识我，或看着我面熟？"

老太婆听他这么一问，马上走过来，向青年问安致意，她问青年："小伙子，你在这里住了多久啦？"

青年回答："阿妈，我在这里住了两个月啦。"

"孩子，我不认识你，你也不认识我。不过，使我觉得奇怪的是，别人住在这里，不是病着出来，就是死在里头，你却敢住进去。孩子，我认为你在拿自己的青春冒险呀！你还没有看见这座院子里的瞭望台，也没有上房去看看吧？"

老太婆说完，便走开了。

青年思考着老太婆的那番话，心想："我既没有上过房顶，也没有见识过老太婆说的那座瞭望台，那里会有什么呢？"

青年转身进去，在整个院子里巡视了一遍，终于在一个角落里看到一扇漂亮的门,在树木掩映之下,上面结满了蜘蛛网。他心想:"蜘蛛在此结网,也许因秘密就在其中。"他一边背诵着《古兰经》文:"我们只遇到真主所注定的胜败,他是我们的保佑者。"① 一边将门推开,看见一个梯子。青年沿梯子而上,发现上面果然有座瞭望台。

青年在那里坐下休息片刻,然后登上一座高台,向四周望了望,只见整个巴格达城风景尽收眼底。

他在瞭望台上左右环顾,看见一位妙龄姑娘,面目姣好,体态婀娜,皮肤白嫩,风采动人。青年见之,顿觉心荡神驰,自感心灵中增添了阿尤布的磨难、叶尔孤白的悲伤。

青年看着姑娘,仔细审视,心想:"也许人们说住在这座房子里的人不病即死,原因就在姑娘身上。但期我能知道将如何挣脱这种困境。因为我一看见她,便自觉神魂颠倒了。"

他离开瞭望台,不时思考着自己的处境。他只觉得心神不安,走出门去,坐在门前,一时不知如何是好。

忽然,他看见那个白发老太婆走来,她边走边赞颂着安拉。青年一看见她,急忙站起来,向她问安致意。他说:"阿妈,我本来身体健康,精神饱满。听你提到瞭望台之后,我就打开那扇门,登上房顶,到瞭望台看了看,使我大吃一惊。阿妈,我认为自己非死不可了。我知道,除了你,谁也不能医治我的疾病。"

老太婆听后一笑,随后说:"但求安拉保佑,你不会有什么灾祸的。"

青年听老太婆这样一说,转身回到房间,拿来一百第纳尔,递

---

① 见《古兰经》"忏悔章"第五十一节。

到老太婆手里，并且说："阿妈，请收下这点儿礼物吧！我求你像主人对待仆人那样对待我，请你不时到我这里来。如果我不幸死去，求你在世界末日为我申冤。"

"遵命！不过，孩子，你要想实现自己的愿望，还希望你帮我一把。"

"我能帮什么忙呢？"

"你去丝绸市场一趟，问艾卜·法塔赫·本·盖达穆的店铺在哪儿。问到之后，向店主致意，对他说：'把你的金丝面纱拿给我看看吧！'他那里有顶好的面纱，你要高价买下，先保存在你这里。我明天来看你。"

老太婆说完，转身离去。

青年一夜辗转反侧，不能成寐，忐忑不安，如坐针毡。

次日清晨，青年口袋里装着一千第纳尔，向丝绸市场走去。他顺利地打听到了艾卜·法塔赫的店铺，走进店里一看，但见那里奴婢成群，有一位女子容颜超凡，似乎只有在帝王宫中才能见到那样的仙女。在群仆当中，坐着一位相貌端正、举止庄重的人。青年一看，便知那就是艾卜·法塔赫。

青年上前问好，主人回过礼，随后让青年坐下。青年说："我想看看面纱。"

主人随即吩咐仆人从店内取来一包东西。五颜六色的面纱顿呈眼前，美不胜收，一时令人眼花缭乱。

青年挑到了那条金丝面纱，出五十第纳尔买了下来，然后高高兴兴地返回住处。

讲到这里，眼见东方透出黎明的曙光，莎赫札德戛然止声。

第六百夜

夜幕垂空,莎赫札德接着讲故事:

幸福的国王陛下,第七位大臣接着讲《心地不善的老太婆》的故事:

青年上前问好,主人回过礼,随后让青年坐下。青年说:"我想看看面纱。"

主人随即吩咐仆人从店内取来一包东西。五颜六色的面纱顿呈眼前,美不胜收,一时令人眼花缭乱。

青年挑到了那条金丝面纱,出五十第纳尔买了下来,然后高高兴兴地返回住处。

回到住处,老太婆已等在那里。他把面纱递给老太婆,老太婆说:"孩子,给我拿火炭来。"

青年拿来火炭,老太婆用火炭将面纱边烧了一下,然后照原样折叠起来,拿着向艾卜·法塔赫家走去。

敲过门后,来开门的是那位女子。老太婆是那女子母亲的好朋友,平日交往甚多。女子说:"你好,阿妈!有什么事吗?我母亲回她的住处去了。"

老太婆说:"闺女,我知道你妈不在你这里,我刚才还在你妈那里呢!我来你这里,是怕错过晌礼的时间。我想到你家做个小净,因为我知道你家干干净净的。"

女子让老太婆进了门，老太婆为女子祝福祈祷，然后接过水壶，进入清洁室做小净，接着准备做礼拜。她走到女子面前，说道："闺女，我看这个地方有仆人走过的痕迹，不大干净，还是另给我找个做礼拜的地方吧！"

"阿妈，跟我来！"

女子拉着老太婆的手，来到内室，指着一个地方，说："阿妈，这是我丈夫休息的铺垫，你就在这里做礼拜吧！"

老太婆开始祈祷、跪拜、叩首，趁女子不注意之时，将那条面纱放在枕头下。

礼拜毕，老太婆站起来，为女子祈祷一番之后，告别离去。

红日偏西时分，女子的丈夫艾卜·法塔赫回到家中，坐在自己的铺垫上。仆人端来饭菜，他吃过饭，洗完手，往枕头上一靠，看见枕头旁露着面纱边。他拉出面纱一看，认出那是他的店铺出售的东西，认定妻子是个坏女人。

他的妻子名叫麦哈济雅。丈夫喊道："喂，麦哈济雅，这面纱是从哪里来的？"

麦哈济雅以信仰起誓，说道："除了你，谁也没有来过。"

艾卜·法塔赫唯恐出丑，没有再说什么。他想："若让这个消息传出去，我们的臭名会传遍巴格达城。"

艾卜·法塔赫是巴格达有名的巨商，乃哈里发的座上客。因此，对于此类事，他不敢声张，只是对妻子说："麦哈济雅，你母亲近日心脏不适，邻居女人们都在围着她哭，她让你马上回去看看。"

麦哈济雅立即回到娘家，发现母亲情况正常，根本没病。

她刚坐下片刻，便见脚夫把她的衣物等东西都从丈夫家给她搬了回来。

母亲问:"闺女,这是怎么啦?出什么事了吗?"

麦哈济雅说没出什么事。

母亲哭了,知道女儿已被丈夫休掉了。

几天过后,白发老太婆来见麦哈济雅,向她问好之后,说:"闺女,亲爱的,你好哇!我很想你呀!"

老太婆又走去见她的母亲,问道:"老姐们儿,闺女和她的丈夫怎么啦?我听说她丈夫把她休了。她究竟有什么罪,致使她丈夫把她休掉呢?"

麦哈济雅的母亲说:"但愿她的丈夫能够回心转意。老姐姐,你就在长夜里多多为她祝福吧!"

仨人在一起谈起天来。

老太婆说:"闺女,不要难过,不要发愁!安拉会让你和丈夫重新和好的。"

老太婆离开那里,去见青年。她对青年说:"你赶快准备一桌宴席吧!我今夜就给你把她请来。"

青年立即去准备吃的喝的,然后坐着等待她俩到来。

老太婆见到麦哈济雅的母亲,对她说:"老姐们儿,我那里要举行一个聚会,让你女儿去参加吧,也好消消愁,解解闷。事完之后,我把她送回来。"

母亲走去,让麦哈济雅着意打扮一番,穿上最漂亮的衣服,戴上最华贵的首饰,然后让她跟着老太婆出门。

母亲把她俩送到大门口,叮嘱老太婆说:"老姐姐,要小心点儿!不要让任何人看见她,你知道,她丈夫在哈里发那里很有地位。事情完了之后,尽快把她送回来。"

老太婆带着麦哈济雅来到青年家中,进入客厅,只见青年立即走上前去……

讲到这里,眼见东方透出黎明的曙光,莎赫札德戛然止声。

第六百零一夜

夜幕垂空,莎赫札德接着讲故事:

幸福的国王陛下,第七位大臣接着讲《心地不善的老太婆》的故事:

母亲走去,让麦哈济雅着意打扮一番,穿上最漂亮的衣服,戴上最华贵的首饰,然后让她跟着老太婆出门。

母亲把她俩送到大门口,叮嘱老太婆说:"老姐姐,要小心点儿!不要让任何人看见她,你知道,她丈夫在哈里发那里很有地位。事情完了之后,尽快把她送回来。"

老太婆带着麦哈济雅来到青年家中,进入客厅,只见青年立即走上前去,拥抱女子,接着连连亲吻她的双手和双脚。

麦哈济雅见小伙子那样俊秀,打心里感到惊异。在她看来,那客厅中的一切,似乎都是香的,均可以吃,可以喝。

老太婆觉察到她那惊异的神态,忙对她说:"闺女,你不要害怕,我一直坐在这里,一刻也不离开你,你俩好好谈谈。"

麦哈济雅十分害羞地坐了下来,而青年则不时地用诗歌、故事和她开玩笑,安慰她,终于使她露出笑颜,开始吃喝起来。

她吃完喝罢,抱起四弦琴,唱了一首歌,名为《她爱少年俊容》。

青年听完那首歌,酒不醉人人自醉,他的心陶醉了。

见此情景,老太婆走了出来。

次日清晨,老太婆回来,向二人问早安。老太婆对麦哈济雅说:"闺女,昨夜过得好吗?"

"多亏你的安排,过得很好。"麦哈济雅回答。

"走吧,我们去你母亲那里吧!"

青年听老太婆这样一说,立即拿出一百第纳尔递给老太婆,并对她说:"让麦哈济雅今夜留在我这里吧!"

老太婆离开那里,来到麦哈济雅的母亲家,对她说:"老姐们儿,你的女儿向你问安。新郎的母亲留她在那里过夜。"

"老姐们儿,代我向她们俩问好。如果闺女高兴那样,那有什么妨害呢?我所担心的是来自她丈夫单方面的强迫行动。"

老太婆安排了一个又一个计谋,让麦哈济雅在青年那里住了七天。她每天都从青年那里得到一百第纳尔。

七天过去了,麦哈济雅的母亲对老太婆说:"把我闺女叫回来吧!我在为她担心了,因为她好久不回来,我害怕她出了什么事。"

老太婆听后,恼怒地离开那里,走到青年家中,拉住麦哈济雅的手便走。青年因酒醉睡在床上,对此事一无所知。

来到麦哈济雅的母亲家,母亲用喜悦的目光望着女儿,心中高兴极了。母亲说:"孩子,我心里挂念你呀!我因为你,说话伤了我的老姐们儿。"

麦哈济雅说:"妈妈,你赶快吻吻阿妈的手和脚吧!她就像我的仆人一样,给我办了许多事。你如果不愿意,我就不是你的女儿,你也就不是我的母亲。"

那位母亲急忙站起来,与老太婆和好。

青年酒醒之后,发现麦哈济雅不在了。但是,他感到高兴,因为他的目的达到了。

过了一会儿,老太婆来到青年家中,问安之后,说:"你看我干得怎么样?"

"你干得很漂亮,安排周到。"

"我们好好想个办法,把麦哈济雅还给她的丈夫吧!那对夫妻之所以分离,原因在于我们身上。"

"我该干什么?我能干什么呢?"

"你去艾卜·法塔赫店铺,在他那里坐上一会儿,问候他一下。我打他店铺前走过,你看见我时,立即离开店铺,跑到我的跟前,拉住我的衣服,破口大骂,威胁我,向我讨还那条面纱,并对商人说:'先生,你不晓得,我用五十第纳尔买了那条面纱。我的妻子戴上那条面纱,不慎把花边烧了,我便让女仆给了这位老太太,想找个人织补一下。老太太拿走了面纱,至今我也没有见她送回来。'"

青年立即说道:"我记住了!"

青年转身来到艾卜·法塔赫店铺,在那里坐了一个时辰,忽见老太婆路过门前,手拿念珠,不住地赞美安拉。

青年看见老太婆,急忙站起来,走去拉住老太婆的衣服,破口大骂她。而她却好言说道:"孩子,你是可以原谅的。"

市场上的人见此情景,纷纷问道:"这究竟是怎么回事呢?"

青年说:"各位,我从这位商人手里买了一条面纱,花了五十第纳尔。我的妻子刚戴上一个时辰,一颗火星溅来,烧坏了面纱的花边。我把面纱交给了这个糟老太婆,让她织补一下,然后再送回来。可是,过了好多天,她还没有送回来。"

老太婆说:"这个孩子说的全是实话。我带着面纱去串门,把面纱忘在了那家的一个什么地方,我记不清了。我是个穷老婆子,怕那家主人,不敢找人家去要。"

讲到这里,眼见东方透出黎明的曙光,莎赫札德戛然止声。

第六百零二夜

夜幕垂空,莎赫札德接着讲故事:

幸福的国王陛下,第七位大臣接着讲《心地不善的老太婆》的故事:

人们问:"这究竟是怎么回事呢?"

青年说:"各位,我从这位商人手里买了一条面纱,花了五十第纳尔。我的妻子刚戴上一个时辰,一颗火星溅来,烧坏了面纱的花边。我把面纱交给了这个糟老太婆,让她找个人织补一下,然后再送回来。可是,过了好多天,她还没有送回来。"

老太婆说:"这个孩子说的全是实话。我带着面纱去串门,把面纱忘在了那家的一个什么地方,我记不清了。我是个穷老婆子,怕那家主人,不敢找人家去要。"

商人艾卜·法塔赫听得一清二楚,但他完全不知道这是那个老太婆与那个青年共同策划的一个阴谋诡计。

商人听后,站起来,说:"安拉至大,安拉至大!我求伟大的安拉宽恕我的罪过。感赞安拉揭开了事实真相。"

商人走到老太婆跟前,问道:"老太太,你到我家去过吗?"

老太婆说:"我去过你家,也去过别人家,全是为了行善。自打那天起,没有任何人告诉过我那条面纱丢在了哪里。"

"你问过我家的人吗?"

"先生,我去过你家,你家的人告诉我,老爷你已把太太休掉了。自那天起,我没再问过你家任何人。"

商人望着青年,说:"你就把老太太放掉吧!你的那条面纱在我这里。"

随后,商人从店铺取出面纱,当着大家的面,交给青年,让他去设法织补。

过了一会儿,商人去见自己的妻子麦哈济雅,给了她一些钱,一番道歉之后,将她接回家中,并连声求安拉宽恕他的罪过,而他对老太婆的作为一无所知。

讲到这里,第七位大臣对国王说:"国王陛下,这就是女人玩弄的一种阴谋诡计。"

接着,他又讲起《妖女子断送王子命》的故事:

相传,很久很久以前,有位王子,独自外出游玩。他经过一座花园,但见那里树木繁茂,绿草如茵,果实累累,鸟语花香,河渠纵横,风景如画,便停下脚步,坐在一个地方休息,拿出身上带的干果,吃了起来。

正当这时,王子忽见一缕烟雾腾空而起,直冲天空,心中十分害怕,立即站起身,爬上一棵大树,藏身在浓密的树叶之间。他定睛一看,只见一个妖魔浮出水面,头顶着一口石箱,上面还加着锁。那妖魔把石箱放在花园里,将石箱打开,从中走出一个女子,貌美绝伦,宛如晴空艳阳。妖魔让女子坐在自己面前,先是互相看一番,然后把头埋在女子怀里,睡着了。

片刻过后,姑娘把妖魔的头移到石箱上,站起来走动。她朝树上望去,看见了那位王子,向他使了个眼色,示意他下来,王子却一动不动。

那女子再三要王子下来,并且说:"你如果不下来,不按照我的吩咐行事,我就把妖魔叫醒,让他把你处死。"

王子一听,不禁恐惧万分,立即从树上下来。女子走上前去,亲吻王子的双手和双脚,她春心勃发,要求与王子欢乐一番。王子心中害怕,只得答应了她的要求。一阵欢乐之后,女子说:"把你手上戴的戒指送给我吧!"

王子把戒指摘下来递给女子。女子打开一个绸布包,但见里面包的全是戒指,足有八十枚以上。她随手将王子的那枚戒指放在里面。王子见绸布包里有那么多戒指,大感不解,问道:"你要这么多戒指做什么用呢?"

女子说:"这个妖魔把我从我父亲的宫中抢出来,将我装在这口石箱里,用锁锁上,然后顶在他的头上,须臾不肯离身。出于嫉妒,他禁止我同其他男子接触。面对这种情况,我立誓进行报复,不拒绝同任何男子交欢,每遇一男子,交欢之后,便向之索取一枚戒指。你看这绸布包之中,有多少枚戒指,就说明我见过多少男子。"

女子叹了口气,又对王子说:"你走你的吧!我在这里再等另一个男子。"

王子简直不敢相信这一切,随后回王宫中去了。国王完全不知道自己的儿子已被那个女子玩弄过,只是因为听说儿子的戒指丢了,便下令处死儿子。

国王回到宫中,只见大臣们都在那里,纷纷劝说国王,不要轻易处死王子。国王听了大臣们的劝告，方才终止了处死王子的想法。

一天夜里，国王把大臣们请来，对他们劝阻自己处死王子的举动表示谢意，王子也对他们表示感谢，他对他们说："你们的善举保全了我的生命，但期我能报答你们的恩惠。"

接着，王子把失去戒指的原因从头到尾向他们讲述了一遍，大臣们为王子祈祷平安、吉祥，然后相继离去。

讲到这里，第七位大臣对国王说："国王陛下，对女人的诡计，不可不防啊！"

国王听后，觉悟过来，终于下令免除太子死刑。

第八天，太子跟着他的老师、哲学家辛迪巴德来见国王。

太子向父王行过吻地礼之后，开始赞颂父王及诸位大臣，对他们的大恩大德表示感谢。

在场的文官武将、学者大夫见太子口齿伶俐，能言善辩，一个个敬佩不已。

国王闻听太子语出惊人，更是喜出望外。随后将太子叫到自己的跟前，亲吻儿子的眉心，并向太子的老师辛迪巴德询问七天来太子沉默不语的原因。哲学家回答说："国王陛下，太子不说话，才是万全之策。陛下，我真担心太子在那段时间里被处死。自打太子降生之日起，我就观察星象，知道他命中有这么一场麻烦。如今，多亏陛下英明，太子的灾难已经过去。"

国王听后大悦。他对诸位大臣说："假若我把太子杀掉了，这罪责在我身上，还是在妃子身上，或者在太子的老师身上呢？"

在场的人听后，谁也不作答。哲学家对太子说："太子，你来回答陛下的问话吧！"

讲到这里,眼见东方透出黎明的曙光,莎赫札德戛然止声。

第六百零三夜

夜幕垂空,莎赫札德接着讲故事:

幸福的国王陛下,国王问众大臣:"假若我把太子杀掉了,这罪责在我身上,还是在妃子身上,或者在太子的老师身上呢?"

在场的人听后,谁也不作答。哲学家对太子说:"太子,你来回答陛下的问话吧!"

太子说:"相传有位商人,一日家中来客,便派女仆拿着罐子到市场上去买牛奶。女仆买好奶,放在罐子里,转身向主人家走去。她正在路上走着,忽然有一只鹞鹰飞来,爪子里抓着一条毒蛇,说来也巧,那毒蛇滴的一滴毒液恰恰落到奶罐里,而女仆完全没有觉察到。女仆回到主人家中,把奶交给主人。主人和客人喝下奶,蛇毒随即蔓延全身,主客双双丧命。父王陛下,你说这罪责在谁身上呢?"

一位大臣说:"罪责在喝奶的那些人。"

另一位说:"罪责在女仆,因她没有给奶罐盖上盖子。"

哲学家辛迪巴德问太子:"喂,太子,你说罪责在谁身上呢?"

太子说:"依我之见,大家说的都不对。罪责既不在喝奶的人,也不在女仆,而是他们的大限来到了,这只不过是他们的一种死法而已。"

在场的人一听,无不敬佩得五体投地,连连高声为太子祈祷祝福。他们异口同声地说:"太子殿下,你的回答绝妙无比。你是当今的大学者。"

太子听后,对他们说:"诸位王公,我算不上什么学者。谈到学识,世上有三人,他们都比我博学多才。"

"哪三位?"

"一位是盲老夫子,一位是三龄童子,一位是五龄童子。"

"请给我们讲讲那三位博学者的故事吧!"

太子开始讲《盲老夫子智高一筹》的故事:

相传,许久许久以前,有一个商人,腰缠万贯,常常外出经商。每当他要去一个地方时,便首先向从那个地方来的人打听当地的情况。

一次,他想去一座城市经商。他见到从那座城市来的人,便问道:"喂,朋友,到那座城中经商,什么货赚钱多呀?"

"檀香木能卖好价钱。"

商人听后,立即把自己所有的钱都买了檀香木,然后带着货驮子向那座城市进发了。

到达那座城市时,天色已晚。商人遇见一位赶着羊的老婆婆。老婆婆问他:"你是谁呀?"

"我是从异乡来这里经商的人。"

"你要留神啊,这里骗子和盗贼很多,他们专门欺负异乡人,吃人家的,喝人家的,还拐骗人家的东西。"

老婆婆一番告诫之后,离商人而去。

第二天一大早,便有一个当地人来找这个商人,一番问候之后,对商人说:"先生,你从哪里来呀?"

"我从外乡来。"

"你带来了些什么货物?"

"我带来了檀香木,我听说檀香木在这里能卖好价钱。"

"这个消息不准确呀!我们这里都拿檀香木当柴烧饭。在我们这里,檀香木和一般木柴没有什么两样。"

商人一听,懊悔不已,但又半信半疑。他住在客栈里,开始用檀香木烧火做饭。

那个当地人见商人果然拿檀香木当木柴烧火做饭,便走上前去说:"你愿意以一沙阿①换一沙阿的代价,把檀香木卖给我吗?"

"卖给你!"

商人把带来的檀香木全部让那个当地人搬走,而他想的是用一沙阿黄金换一沙阿檀香木。

第三天清晨,商人正走在大街上,遇到一个蓝眼睛的独眼人,见商人眼珠也是蓝的,独眼人一把把他抓住,说:"你把我的眼睛弄瞎了,我绝不能放你走!"

商人觉得莫名其妙,随口说:"哪有这么回事呢?"

人们围拢上来,要求独眼人宽限一天,明天再让商人来赔他的眼钱,并且有一个人出面做保人,商人这才得以脱身。

因为被那个独眼人纠缠,商人的一只鞋子都被踩坏了。

商人来到一家修鞋铺,把那只鞋子交给修鞋匠,说:"请把这只鞋子修一修,你要多少钱,我都会使你满意的。"

商人离开修鞋铺,遇见一伙人坐着打赌玩,他便也坐在了旁边,忧心忡忡,闷闷不乐,看人家打赌玩耍。那些人要他和他们一起玩,他就玩了起来,结果,输得一塌糊涂。有一个人对他说:"如果你能喝干海水,我就把自己的全部财产给你;如果喝不完海

---

① 沙阿,古代阿拉伯的容积单位,等于一百一十八点八公升。

水,那你就把你的全部财产给我。"

商人站起来,对他们说:"请你们宽限我到明天,再让我进行选择吧!"

商人满怀忧虑地离去,不知道如何是好。他坐在一个地方,正在苦思冥想之时,忽然看见那位老婆婆走来,对他说:"我看见你满目惆怅,想必是被本地人骗了吧?"

商人把自己两天来的经历从头到尾讲了一遍。老婆婆说:"谁要换走你的檀香木?在我们这里,每一磅檀香木要卖十第纳尔。我给你出个主意,但期帮你摆脱困境。"

"请老婆婆赐教。"

"你朝那座门走,那门里有一位盲老夫子,他是位很有学识的老人。不论谁有了难事,都去问他,向他求教解困的办法。那盲老人总会给人们出主意,想办法。盲老人对于那些骗子的手段、阴谋、伎俩和诡计,都很了解。夜晚来临时,常有一些当地人聚集在那里,听他分析问题,谈解决难题的方法。你不妨到那里去,不要让你的对手看见你,只要能听见老人说话就可以了。那位老人会告诉人们何为胜、何为败。也许你能从中得到启发,悟出摆脱困境的方法。"

讲到这里,眼见东方透出黎明的曙光,莎赫札德戛然止声。

❖ 第六百零四夜 ❖

夜幕垂空,莎赫札德接着讲故事:

幸福的国王陛下,太子接着讲那个故事:

商人请老婆婆赐教,老婆婆说:"你朝那座门走,那门里有一位盲老夫子,他是位很有学识的老人。不论谁有了难事,都去问他,向他求教解困的办法。那盲老人总会给人们出主意,想办法。盲老人对于那些骗子的手段、阴谋、伎俩和诡计,都很了解。夜晚来临时,常有一些当地人聚集在那里,听他分析问题,谈解决难题的方法。你不妨到那里去,不要让你的对手看见你,只要能听见老人说话就可以了。那位老人会告诉人们何为胜、何为败。也许你能从中得到启发,悟出摆脱困境的方法。"

商人按时来到老婆婆指点的地方,看见一位盲老人,便在他附近躲藏起来。片刻后,便有一伙求教的当地人来到老人面前,向老人问过安好,然后围坐起来,其中就有与商人打过交道的那四个对手。

他们坐好,老人吩咐旁人拿来一些吃的东西。他们边吃,边谈自己一天的经历。

买檀香木的商人对老人说:"我从一个人那里买了檀香木,商定用同等沙阿的东西对换。"

盲老人说:"你输给你的对手啦!"

"如何输了呢?"

"你想一想呀!假若对方要同等沙阿的金银,你给他吗?"

"我给呀!就是给他黄金或白银,我也赚钱。"

"如果他要你给他同等沙阿的跳蚤,且一半是公的,一半是母的,你怎么办呢?"

那商人一听,承认自己败给了对手。

接着,那个独眼人对老人说:"老人家,我今天看见一个蓝眼珠的外乡人,便一把抓住他,硬说是他把我的一只眼睛弄瞎的,在有人担保他赔偿我金钱之后,我才放他走了。"

老人说:"如果那个人想制服你,一样可以办到。"

"他怎样才能制服我呢?"

"他只要说:'你剜下你的一只眼,我剜下我的一只眼,放在天平上称一称。如果两只眼睛重量相等,我就赔给你。'到那时,你一只眼睛都没有了,变成了瞎子,而他还有一只眼可以看见光明。"

商人在一旁听得一清二楚,知道可以用这个方法战胜独眼人。

这时那个鞋匠对老人说:"老人家,今天有一个人来我铺子里修鞋,对我说:'把这只鞋子给我修一修,你要多少钱,我都会使你满意的。'我要把他的钱全弄到我手里,我才满意。"

老人说:"他可以不给你分文,便把他的鞋子取走。"

"怎么会呢?"

"那个人只要说:'有一个君王,打败了敌人,征服了对手,子孙满堂,奴婢成群,让你成为这样一位君王,你满意吗?'等你一说'满意',他可以拿起鞋子,转身离去。倘若你说'不满意',他就会拿鞋子劈头盖脸地抽你一顿。"

鞋匠知道自己注定是输了。

接着打赌玩钱的那个人对老人说:"老人家,我遇到一个人,和他打赌,我赢了他。我对他说:'如果你能喝干海水,我就把自己的全部财产给你;如果喝不干海水,那你就把你的全部财产给我。'"

老人说:"假若那个人想战胜你,也是可能的。"

"怎么可能呢?"

"那个人只要说:'你把海嘴儿给我拿来,我就能把它喝干。'你不可能把海嘴儿拿给他,你也就输了。"

商人听后,掌握了征服对手的办法。

人们相继离去，商人也离开了那里。

第二天早晨，打赌喝海水的那个人来了。商人对他说："你把海嘴儿拿来，我就能喝干海水。"

那个人无能为力，商人赢了。那个人付出了一百第纳尔给商人作为赎身钱，然后败兴而去。

商人去修鞋铺取鞋子，修鞋匠要"满意"，商人说："有一位君王，打败了敌人，征服了对手，子孙满堂，奴婢成群，让你成为这样一位君王，你满意吗？"

"满意！"修鞋匠说。

商人拿起鞋子离去，分文未付。

独眼人来找商人讨赎眼金，商人说："你剜下你的一只眼，我剜下我的一只眼，放在天平上称一称，如果两只眼睛重量相等，我就赔给你。"

独眼人听商人这样一说，立即求情道："容我想一想。"片刻后，他与商人说和，并赔给商人一百第纳尔，然后转身离去。

买檀香木的那个人走来，对商人说："我给你送买檀香木的钱来了。"

商人问："你将给我什么呢？"

"我们已经商定一沙阿换一沙阿。如果你想要金或银，我就给你金或银。"

"金银我不要，我要跳蚤，必须是一半公的，一半母的。"

"我上哪儿给你弄呢？"那个人自叹败在异乡商人的脚下，只好还回全部檀香木，然后又赔了一百第纳尔给商人。

商人卖掉檀香木，带着钱离开那座城市，到另一座城市去了。

讲到这里，眼见东方透出黎明的曙光，莎赫札德戛然止声。

第六百零五夜

夜幕垂空，莎赫札德接着讲故事：

幸福的国王陛下，太子是这样结束那个故事的：

商人说不要金银，而要跳蚤，且必须是一半公的，一半母的。那个买檀香木的人自感为难，只好将檀香木如数归还，还另外赔了一百第纳尔给商人。

之后，商人卖掉檀香木，带着钱离开那座城市，到另一座城市去了。

太子讲完这个故事，接着讲起《三龄童子怒斥奸夫》的故事：

相传，有那么一个人，高大肥胖，行动迟缓，个性执拗，脾气很坏，贪恋女色，人称"色鬼"。一次，他听说另一座城市中有位颇具姿色的美女，便带着礼物，来到那座城市住下。随后，他写了一封信，向那位美女表白了他强烈的爱慕、思念之情，并说正是这种情感驱使他来到了这座城市，一心乞求与她幽会一番。

那位女子接到信后，让人捎信允许他来见面。

那男子来到女子家中，女子恭恭敬敬地迎接他，对他表示欢迎，亲吻他的双手，为他做饭烧菜，并置备酒席招待他。

那女子有个孩子，刚刚三岁，因母亲忙于招待客人，时而烹饪，时而端饭送酒，故把孩子放在一旁，顾不上管他。

那色鬼急不可待，对女子说："我们上床吧！"

女子说："我的孩子坐在这里，看着我们，如何使得呢？"

"这孩子小，什么也不懂，不会说什么的。"

"假若你知道他的学识，你就不会这样说了。"

孩子知道饭已做熟，哇哇地哭了起来。母亲问："孩子，你哭什么呢？"

孩子说："给我盛碗米饭，再往里搁点儿黄油。"

母亲给孩子盛了米饭，搁了黄油，送到孩子手里。

孩子刚吃一口，又哭了起来。

"孩子，你又哭什么呢？"

"妈妈，给我放点儿糖吧！"

色鬼忍耐不住了，怒气冲冲地说："你真是个带来凶兆的孩子！"

孩子说："凭安拉起誓，带来凶兆的不是别人，正是你！你跑到这里，一心追求的是色情淫乱。我哭泣，我掉泪，不过是要吃一口搁黄油加糖的米饭罢了，我吃饱了，也就没有眼泪了。究竟谁是带来凶兆的人，这还不一清二楚吗？"

那色鬼听三岁的孩童那样一说，羞得无言以对，如同听到了惊世箴言，受到了一次教育。他未凑近那位女子，便转身离去，回到家中，一直忏悔到天年竭尽，一命入土。

太子接着讲《五岁童子才思过人》的故事：

相传，许久许久以前，有四个商人，一起凑了一千第纳尔，放入一个钱袋里，然后拿着钱袋走去采购货物。

他们正走在路上,看见一个花园,那里树木繁茂,百花竞放,百鸟鸣啭,风景秀丽。商人们将钱袋交给看门的女子保管,走进花园。

四个商人进入园中,在一个地方坐下,观赏景色,又吃又喝,分外开心。一个人说:"我带着洗发香水呢,我们何不在这清澈的溪水中洗洗头呢?"

另一个人说:"需要有梳子呀!"

又一个人说:"我们去找看门的女子借把梳子嘛,说不定她带着呢!"

第四个商人走到看门的女子那里,对她说:"把钱袋给我吧!"

女子说:"我们已经讲好条件,你们四个人都来,或者你的朋友们让我给你,我才能给你。"

其余三个人坐在离看门的女子不远的地方,她可以看见他们,而且能听见他们说话。第四个商人回过头去,对他的同伴们说:"她不愿意给我。"

三个同伴齐声说:"你就给他吧!"

女子听那三个人这样一说,便把钱袋交给了那个商人,那个商人接过钱袋,转身逃跑了。

三个同伴见那个人久久不回,便一起来到看门的女子面前,问道:"我们那位兄弟来借梳子,你没借给他?"

女子愕然:"他没借梳子,而是要钱袋呀!"

"你把钱袋给他啦?"

"是的。我是经过你们三个人允许后才给他的。他拿着钱袋离开这里,走了。"

三个商人一听,忧心如焚,连连批打自己的面颊,然后抓住女子,说:"我们是让你给他梳子呀!"

"你们的那位朋友根本没有提梳子的事。"女子申辩说。

他们把她带到法官面前,向法官叙说了事情的经过。法官要她交出钱袋,三个商人逼她赔偿。

讲到这里,眼见东方透出黎明的曙光,莎赫札德戛然止声。

第六百零六夜

夜幕垂空,莎赫札德接着讲故事:

幸福的国王陛下,太子接着讲《五龄童子才思过人》的故事:

三个商人一听女子说第四个商人没借梳子,而要的是钱袋,忧心如焚,连连批打自己的面颊,然后抓住女子,说:"我们是让你给他梳子呀!"

"你们的那位朋友根本没有提梳子的事。"女子申辩说。

三个商人把那女子带到法官面前,向法官叙说了事情的经过。法官要她交出钱袋,三个商人逼她赔偿。

女子离开法官,一时不知如何是好,竟然迷失了方向。她正走着,遇见一个五岁孩童。那孩童见她满面愁云,便问道:"阿姨,你怎么啦?"

女子见他年纪那么小,认为就是对他说明情况,也不起什么作用,因此没有开口答话。

五龄童子一问再问,女子方才说:"有四个人进花园里游玩,把一个装着一千第纳尔的钱袋交给我保管,并且说定只有他们都在时,才能把钱袋交给其中的一个人。他们进入园中,正在观赏游玩时,一个人跑来索要钱袋。我说,你们都来了,或经过其他几人的许可,我才能给你。那个人说,他已经得到了同伴们的许可。我仍然不愿意给他,他就喊他的同伴,对他们说:'她不愿意给我。'他的同伴们说:'你就给他吧!'因为他们都离我不远,说话听得清清楚楚,我就把钱袋给了那个人。那个人拿起钱袋走了。他们见那个人久久不回去,便都来问我:'你为什么不给他梳子?'我说:'他根本没有向我要梳子,只是要走了钱袋。'就因为这个,他们把我告到法官那里,法官一定要我拿出钱袋来。"

五龄童子听后,说:"阿姨,你给我一菲勒斯,让我买块糖吃,我来给你出个主意,保证让你得以脱身。"

看门的女子给了他几个零钱,然后问:"你有什么主意呀?"

"你去找法官,就说:'我和他们事先已有约言,只有他们四个人都在时,我才能把钱袋还给他们。'"

女子听后一想,不禁暗暗称妙。她回到法官那里,把五龄童子的话向法官说了一遍。法官随后问那三个人:"你们事先是这样约定的吗?"

"是的。"仨人异口同声地回答。

"那么,你们就去找你们的同伴吧,然后再找女子要钱袋。"

女子平安回到家中,没有受到任何伤害。

国王听完太子讲的故事,喜在心里。大臣们及在场的人对国王说:"国王陛下,太子已经成为当今出类拔萃的人物。"

他们齐声为国王及太子祈祷祝福。国王把太子拉到自己的怀里,连连亲吻儿子的眉心,又问他与妃子究竟发生过什么事。太子遂以伟大的安拉及其先知的名义起誓,说妃子因看见他而动春心,调戏不成,反诬陷他。国王相信太子说的是实话,对太子说:"我就把妃子交给你发落了,要杀要放全听你的。"

太子说:"父王陛下,就让她离开京城,另选地方安身吧!"

国王允之。从此以后,太子与父王一起过着安乐、幸福的生活,直至天年竭尽。

讲到这里,莎赫札德说:"幸福的国王陛下,国王、太子、妃子和七位大臣的故事讲完了。"

妹妹杜娅札德说:"天色还早,姐姐,再给我讲个故事吧!"

莎赫札德说:"如蒙国王陛下厚恩,能再留我一夜,我还会讲更精彩的故事。"

舍赫亚尔国王说:"天色尚早,你讲下去就是了!"

莎赫札德开始讲《朱德尔三兄弟》的故事:

相传,从前有个商人,名叫欧麦尔。他有三个儿子,长子名叫萨利姆,次子名叫赛里姆,小儿子名叫朱德尔。三个儿子都已长大成人,但欧麦尔格外喜欢小儿子朱德尔。

萨利姆和赛里姆见父亲格外宠爱弟弟,心生嫉妒,便讨厌朱德尔。欧麦尔也观察到了这一点。

欧麦尔年事已高,怕自己一旦归西,长子和次子一起找朱德尔的麻烦,便把族人、法官、学者和家人叫到面前,对他们说:"把我的钱财、布帛都拿出来吧!"

家人随后按吩咐将钱财和布帛都拿了出来。欧麦尔说:"请你们把这些钱财和布帛分成四等份。"

大家一起动手,将那些东西分成了四等份。欧麦尔老人给每个儿子一份，然后说："留下的一份归我，我已经把东西都分给了他们，我这里再没有他们的东西，他们之间也互不欠什么。我死之后，他们之间就没有什么可争吵的了，因为我生前已经给他们分好家。我留下的这一份财产属于孩子的母亲，是她日后生活的依靠。"

讲到这里，眼见东方透出黎明的曙光，莎赫札德戛然止声。

第六百零七夜

夜幕垂空，莎赫札德接着讲故事：

幸福的国王陛下，商人欧麦尔把自己的财产分成四份，三个儿子各分得一份，留下一份归自己，并且说："留下的一份归我，我已经把东西都分给了他们，我这里再没有他们的东西，他们之间也互不欠什么。我死之后，他们之间就没有什么可争吵的了，因为我生前已经给他们分好家。我留下的这一份财产属于孩子的母亲，是她日后生活的依靠。"

时隔不久，欧麦尔便离开了人间。

老人尸骨未寒，长子和次子都对老人的做法表示不满，相继找朱德尔要财产。他俩对弟弟说："我们父亲的钱财都落在了你的手里。"

朱德尔不承认，便同两个哥哥打官司。分家时在场的人为朱德尔做证，法官们制止了两个哥哥的勒索行为。尽管如此，毕竟打官司要花钱，朱德尔损失了一些钱，他的两个哥哥也掏了一些钱。

一段时间过去，老大和老二再次挑起官司，又各自掏了一些钱。此后，老大、老二多次花钱，想买通贪官，打赢官司，结果兄弟三人的钱财都被贪官拿去，官司没有胜负，他们却都变成了穷光蛋。

之后，萨利姆和赛里姆来到母亲面前，一番讥笑、嘲弄之后，把老太太的养老钱拿走了，还打了她，并且将她赶出了家门。

老太太来找小儿子朱德尔，向他述说了两个哥哥的行为，并且说："那两个白眼儿狼把我的钱都抢走了……"

老太太咒骂那两个儿子无义不孝。

朱德尔说："妈妈，别骂他俩啦！安拉会找他俩算账的。不过，妈妈，我现在也是囊中空空，一贫如洗。我的两个哥哥也穷得很，因为钱财都花在了打官司上，我跟他俩在法官面前争执不下，什么作用也不起，反而把爸爸的钱财全都耗尽了。那么多人看我们的笑话，已够我们丢脸的了，我还能为你再同他俩打官司吗？不能啊！不能再打官司了！妈妈，你就住在我这里吧！我有发面饼，一定给你吃。我祈求安拉为你和我打开生活之路。关于他俩的事，就让他俩去接受安拉的惩罚吧！请记住诗人的佳句吧……"

朱德尔吟诵道：

    愚夫迫害你，切莫理睬他。
    单等时辰到，报仇找冤家。
    迫害损人苦，极力避开它。
    山与山相撞，暴君石下压。

朱德尔再三劝慰母亲，母亲的情绪终于稳定下来，在他那里住了下来。

朱德尔开始背起渔网，有时赶海，有时奔河，哪里有水去哪里，靠打鱼维持生活。有时候，一天能打十条鱼，有时也能打二十条、三十条鱼，用卖鱼换来的钱养活母亲，倒也不愁吃喝。

朱德尔的两个哥哥依旧游手好闲，无所事事，无所用心，整日浪荡，把从母亲那里抢来的钱财很快挥霍一光，变成了两个一无所有的流浪汉。他俩两手空空地来到母亲面前，向老人家诉说饥饿之苦，哀求母亲给点儿吃的东西。

母亲的心是仁慈的，家中没有新鲜的食物，她只能给两个不孝之子一些发霉的干发面饼吃，并且说："你们俩快吃吧，赶快吃吧！免得你们的弟弟回来斥责我。"

萨利姆、赛里姆狼吞虎咽吃下去，匆匆离去。

有一天，老大、老二又来找母亲要吃的，母亲仍然拿出东西来让他俩吃。正在这时，朱德尔回家了。见小儿子回来了，母亲有些羞愧，生怕儿子责怪，只有低下头去。

朱德尔微笑着望着他们，说道："欢迎两位哥哥！你俩来看我，今天定是个吉利的日子。"说着，上前和两个哥哥拥抱，接着说："你俩好久不来看母亲了，很长时间不到我这里来，我怪想你们的，怎么今天才来呀？"

两个哥哥说："凭安拉起誓，我们也很想念你。可是，我们之间有过那么一段事，实在是羞于来见你呀！我们很后悔。这都是受魔鬼的驱使所为，安拉诅咒魔鬼。我们的幸福只能来自你和我们的母亲。"

讲到这里，眼见东方透出黎明的曙光，莎赫札德戛然止声。

第六百零八夜

夜幕垂空,莎赫札德接着讲故事:

幸福的国王陛下,朱德尔回到家中,看见两个哥哥来了,连忙表示欢迎,并且说:"我的吉祥如意来自二位兄长呀!"

母亲对朱德尔说:"朱德尔,我的孩子,安拉开恩,给你带来福气,你成了富裕的人。"

朱德尔说:"二位哥哥,欢迎你们!你们就住在我这里吧!安拉是慷慨的。我这里有吃有喝。"

兄弟和好如初,老大、老二住下,大家一起生活。

第二天,他们吃过早饭,朱德尔照例背着渔网,外出打鱼去了。老大、老二出了门,直到中午才回来。母亲给他俩端上饭,二人坐下便吃。朱德尔很晚才回来,每次总是带些肉和菜。

他们就这样生活着,不知不觉一个月过去了。朱德尔天天外出打鱼,把卖鱼的钱如数交给母亲,而老大、老二则坐等吃喝,日日游逛。

有一天,朱德尔出海打鱼,撒下一网,拉上来的是空网,再撒一网,拉上来仍不见鱼,心想:"莫非这个地方没有鱼?"于是转移到另一个地方,继续撒网。他把网撒下去,拉上来一看,还是空网。他又换了一个地方,结果仍不见鱼。从早到晚,不知换了多少地方,最后连一条鱼也没打上来。他心想:"怪呀!莫非鱼儿离海而去?究竟是何原因呢?"

朱德尔背着渔网，满怀愁绪回家，不知道用什么养活母亲和两个哥哥。

他来到饼铺，只见人们手里拿着钱在那里等着买饼，拥挤不堪，而卖饼的老板却根本不看他们一眼。

朱德尔站在那里，愁云满面。老板说："喂，朱德尔，欢迎你，欢迎你！要大饼吗？"

朱德尔默不作声。老板又说："如果一时没钱，你先拿饼，钱以后慢慢给。"

"赊给我半第纳尔的大饼吧！"

"拿吧！你再拿上半第纳尔走，明天给我送二十条鱼来。"

"好吧！"

朱德尔带着半第纳尔的大饼，用另外半第纳尔买了肉和青菜，边说着"明天安拉一定开恩"，边走回家中。

母亲做完饭，朱德尔吃罢，便上床入睡了。

日次清晨，朱德尔背起渔网就走，母亲忙说："朱德尔，吃完早饭再去吧！"

朱德尔说："你和哥哥他们吃吧，我不吃了。"

说完，他转身来到海边，开始撒网打鱼。他撒了一网又一网，换了一个地方又一个地方，一直打到红日西斜，却一条鱼也没打上来，只好背起渔网，转回家去。

回家路上，必经饼铺。老板已经为他准备了大饼和钱，递到他的手中，并且说："朱德尔，你只管拿饼和钱就是了，今天打不上来，明天会打上来的。"

朱德尔想表示歉意，饼铺老板说："像我这样的人，你用不着道歉。假若打到了鱼，我会看得见你拿在手中的；我见你两手空空，便知道你今天没有收获。你即使明天打不上鱼来，仍然可以来拿饼,不要不好意思。钱嘛,以后慢慢还就行。"

第三天,朱德尔照样出海,一直打到傍晚,还是一无所获,只好到饼铺老板那里赊饼借钱。

就这样,天天出海,日日空归,不知不觉七天过去了。朱德尔十分纳闷儿,百思不得其解,心想:"我今天将去戈伦潭打鱼……"

朱德尔背着渔网来到戈伦潭,正要撒网之时,却看见一个摩洛哥人骑着骡子朝他走来。只见那个人衣饰华贵,带着一个金丝绣花马褡子,骡背上的所有东西都是金丝绣花的。

那摩洛哥人离开骡鞍,向朱德尔打招呼道:"喂,朱德尔·本·欧麦尔,你好哇!"

朱德尔立即回礼:"你好,哈之先生!"

"朱德尔,我有一事相求。你若能依我,你将得到说不完的好处,会成为我的朋友,为我解决许多难题。"

"先生,有什么事,只管说就是,我一定从命,决不违抗。"

"你诵读一下《古兰经》的'开端章'吧!"

二人一起诵读道:"奉至仁至慈的真主之名。一切赞颂,全归真主,全世界的主,至仁至慈的主,报应日的主。我们只崇拜你,只求你佑助,求你引导我们上正路,你所佑助者的路,不是受谴怒者的路,也不是迷误者的路。"

诵完经,摩洛哥人把一条绸带递给朱德尔,叮嘱说:"你用这条绸带把我紧紧捆绑起来,将我投入水中,稍等一会儿,假若看见我的手高高露出水面,那说明我还活着,你就赶快撒网,把我拉上来;假若看见我露出来的是脚,那说明我已经死去,你就不要管我了,只管牵着骡子走开。你到了市场上,会看见一个犹太人,名叫舍米阿,你把骡子给他,他会付给你一百第纳尔。你接过钱后,只管走你的,但有一条,要严加保密,千万不可对他人泄露此事。"

朱德尔接过绸带,将那摩洛哥人捆绑起来。那个人说:"用点儿劲,绑紧点儿!"

朱德尔照他的意思,将他紧紧绑住。那人说:"把我推入水里去吧!"

朱德尔将他推入水中,那个人便沉了下去。朱德尔等了一会儿,只见那个摩洛哥人露出来的是两只脚,知道他已经死去。

朱德尔牵着骡子来到市场,见那位犹太人坐在货栈门前。犹太人看见骡子,叹了口气,然后说:"那个人死了,贪婪之心害了他呀!"

犹太人接过骡子,给了朱德尔一百第纳尔,随后叮嘱他要好好保密。

朱德尔接过钱,走到饼铺,买了大饼,对老板说:"你收下这十第纳尔吧!"

老板一算账,发现还余下两天的饼钱。

讲到这里,眼见东方透出黎明的曙光,莎赫札德戛然止声。

第六百零九夜

夜幕垂空,莎赫札德接着讲故事:

幸福的国王陛下,朱德尔牵着骡子来到市场,见那位犹太人坐在货栈门前。犹太人看见骡子,叹了口气,然后说:"那个人死了,贪婪之心害了他呀!"

犹太人接过骡子,给了朱德尔一百第纳尔,随后叮嘱他要好好保密。

朱德尔接过钱,走到饼铺,买了大饼,对老板说:"你收下这十第纳尔吧!"

老板一算账,对朱德尔说:"我这里还存着你两天的饼钱。"

朱德尔又来到肉铺,递给老板一第纳尔,买了些肉,然后对老板说:"余下的钱,存在你这里吧!"

朱德尔又买了些青菜,然后回到家中。他看见两个哥哥正向母亲要吃的东西,母亲说:"家里什么东西也没有,等你弟弟回来再说吧!"

朱德尔进门后,就对他们说:"有东西了,拿去吃吧!"

老大、老二狼吞虎咽地吃了起来。

朱德尔把剩下的钱全都交给了母亲,并且说:"妈妈,这些钱留在你身边,我不在时,让我的两位哥哥去买吃的东西吧!"

朱德尔安排停当,安睡一夜。

第二天天刚亮,朱德尔便背着渔网向戈伦潭走去。

他来到水边,刚要撒网时,忽然看见另一个摩洛哥人骑着骡子走来,其装束比第一次遇到的那个人更考究。他带着一只马褡子,里面装着两个小盒子,那个人对朱德尔说:"喂,朱德尔,你好哇!"

"你好,哈之先生!"

"昨天,有一个摩洛哥人骑着一匹骡子来过吗?"

朱德尔害怕,矢口否认道:"我一个人也没看见。"

他生怕对方问那个人哪里去了。他想:"假若说他淹死在潭里了,说不定对方会说:'你淹死了他!'"因此,朱德尔只有说假话。

那个摩洛哥人说:"喂,可怜的小伙子呀,有人来过了。"

"我一点儿也不知道。"朱德尔说。

"莫非不是你把他捆绑起来,将他推进水中的吗?那个人对你说:'我露出手,你就撒网,把我拉上来;如果露出来的是我的脚,那就表明我死了。之后,你把骡子牵走,到市场上去找一个名叫舍米阿的犹太人,他会给你一百第纳尔。'不是这样吗?结果那个人露出的是脚,你牵着骡子,送到了犹太人那里,他给了你一百第纳尔。不是吗?"

"你既然知道得一清二楚,何必还要问我呢?"

"我是想让你像对待我的哥哥那样……"

说着,他掏出一条绸带,说:"把我捆绑起来,将我推入水中。如果情况也像我哥哥那样,你就把骡子牵走,找那个犹太人,要他给你一百第纳尔。"

"好吧!"

那个摩洛哥人走上前去,朱德尔用绸带将他紧紧绑住,推入水中。等了一会儿,见露出来的是一双脚,朱德尔说:"生还无望,大灾已降,每天都有摩洛哥人来,让我把他们绑好,沉入水中淹死;一个人死去,我得到一百第纳尔,够啦,够啦!"

朱德尔牵着骡子离去。

犹太人看见朱德尔,叹道:"又一个人丧命了!"

"愿你保重!"朱德尔安慰说。

"这就是贪婪的下场啊!"

犹太人接过骡子,给了朱德尔一百第纳尔。

朱德尔带着钱回到家中,把钱交给母亲,母亲问:"孩子,哪儿来的这么多钱?"

朱德尔把真实情况从头到尾向母亲讲了一遍,母亲听后,担心地说:"孩子,不要再到戈伦潭去打鱼了!我害怕那摩洛哥人会报复你的。"

"妈妈,不是我要把他们推入水里,而是他们自愿投水的。他们愿意,我有什么办法呢?这样,我每天能拿回一百第纳尔,轻轻松松,来去容易,不是挺好吗?我不能不去戈伦潭。摩洛哥人全都死了,我就不用再去那里了。"

第三天,朱德尔背着渔网来到戈伦潭,刚刚站稳,只见第三个摩洛哥人骑着骡子走来,也带着马褡子,里面也装着两个小盒子。

"你好哇,朱德尔·本·欧麦尔!"

摩洛哥人主动问安。

朱德尔心想:"他们是打哪儿知道我的名字的呢?"

"你好,哈之先生!"

"这里可来过两个摩洛哥人?"

"来过两个。"

"都到哪里去了?"

"我把他俩绑起来,丢到潭里,都淹死了,你也想得到这种结局吗?"

摩洛哥人一笑,然后说道:"喂,可怜的年轻人,每个活着的人都有自己的约言。"

说着,只见他离开骡鞍,走上前来,对朱德尔说:"喂,朱德尔,请像捆绑那两个人那样,把我也捆绑起来,丢入水里吧!"

说罢,他掏出一条绸带,递给朱德尔。朱德尔说:"背过手来,我给你绑上!快一点儿,时间不等人,我还有急事呢!"

那摩洛哥人背过手去,朱德尔给他绑好,将他推入水中。

朱德尔等了一会儿,见那个人两只手露出水面,并且听他叫道:"快撒网呀!"

朱德尔撒下网去，将他拉了上来，但见那个人手里抓着两条鱼，色呈鲜红，宛如红珊瑚，一手抓着一条。

"快把鱼放在小盒子里，一个里面放一条，盖好盖子。"

说完，那摩洛哥人把朱德尔抱住，连连亲吻朱德尔的左右两颊，并且说："安拉使你免遭任何灾难。凭安拉起誓，若不是你及时撒下网去，把我救上来，我也就抓着这两条鱼沉入水里，再也无力钻出水面了。"

朱德尔说："哈之先生，看在安拉的面儿上，请你把先前淹死的那两个人以及这两条鱼，还有那个犹太人的秘密告诉我吧！"

讲到这里，眼见东方透出黎明的曙光，莎赫札德戛然止声。

第六百一十夜

夜幕垂空，莎赫札德接着讲故事：

幸福的国王陛下，那摩洛哥人把朱德尔抱住，连连亲吻朱德尔的左右两颊，并且说："安拉使你免遭任何灾难。凭安拉起誓，若不是你及时撒下网去，把我救上来，我也就抓着这两条鱼沉入水里，再也无力钻出水面了。"

朱德尔说："哈之先生，看在安拉的面儿上，请你把先前淹死的那两个人以及这两条鱼，还有那个犹太人的秘密告诉我吧！"

摩洛哥人便开始讲自己的身世：

说来话长啊！

朱德尔，你有所不知：先前淹死的那两个人，是我的两个亲兄弟，一个名叫阿卜杜·萨拉姆，另一个名叫阿卜杜·阿哈德。我的名字叫阿卜杜·赛姆德。那个犹太人也是我们的兄弟，名叫阿卜杜·拉希姆，他不是什么犹太人，而是一位马立克学派①的穆斯林。

我们兄弟共四人，家父名叫阿卜杜·沃杜德。父亲教我们识密码，解咒符，习魔法。我们颇得心源，都能够与妖魔鬼怪打交道，以至可以让他们为我们效力。

家父过世后，留给我们大批家产，我们平分了金银财宝之后，开始分父亲留下的书籍。我们看到父亲的书库中有一本书，名叫《先贤传奇》，兄弟之间因它出现了矛盾。这部书是海内孤本，价值连城，原因在于书中记载着若干宝库所在的地方及解咒符的知识。父亲生前对之爱不释手，而我们只能记住里面的很少一点儿内容。我们几兄弟都想得到这部书，以便掌握其中记载的要领。兄弟之间争执不下，一位老先生来到我们中间进行调解。那位老者名叫库欣·艾卜泰。

库欣·艾卜泰老人是家父的先生，家父就是从他那里学会魔法和占卜术的。老人对我们说："把书给我拿来！"

我们把书交给老人，老人说："你们都是我的孩子，我不能亏待你们当中的任何一个。你们兄弟几个，谁想要《先贤传奇》这本书，就得设法打开舍麦戴勒宝库，将天体仪、眼药瓶、戒指和宝剑取来交给我。那戒指专有一个精灵听候使唤，名叫'霹雳公'。谁掌握了那枚戒指，就是帝王也奈何不得他；而他要想占领广大土

---

① 马立克学派，伊斯兰教法学派之一，由麦地那人马立克·艾奈斯所创。与哈乃斐学派、沙斐仪学派、罕百里学派并称逊尼派四大教法学派。因其教法体系直接建立于圣训和麦地那地区学者们公认的传述之上，故又称"圣训派"或"传述派"。

地，也没有人敢于阻挡。那口宝剑足以击退三军，持剑者若说：'消灭敌军！'那宝剑会自动飞出剑鞘，携带火光，冲向敌军，令敌军化为灰烬。那天体仪的用途则更多，谁拥有了它，便可以看见从东到西的全部国家，坐在任何地方，只要转动天体仪，让其指向自己意想的方向，便可看见那里的一切，仿佛人与物俱在自己面前；假若对哪一城池生厌，意欲灭之，只要把天体仪转向太阳，便见那座城池顿时起火，化为飞灰。"

老人停顿片刻，接着说："那眼药瓶更是神奇无比，谁用其中的眼药点眼，他就可以看见地下的宝藏。孩子们，谁能把这四样东西给我弄来，谁才配得到这部《先贤传奇》。"

我们兄弟四人都同意老人提出的这个条件。

老人又对我们说："孩子们，你们要知道，舍麦戴勒宝库在红王的儿子们的统治下。你们的父亲告诉我，他曾试图打开那座宝库，但未能如愿。红王的儿子们逃到了埃及大地上的一个名叫'戈伦潭'的大湖，沉到水中去了。你们的父亲一直追赶到埃及，只因他们潜入水中，无法战胜他们。因为那是个受魔力禁咒的湖泊……"

讲到这里，眼见东方透出黎明的曙光，莎赫札德戛然止声。

第六百一十一夜

夜幕垂空，莎赫札德接着讲故事：

幸福的国王陛下,摩洛哥人继续讲自己的身世:

老人对我们说:"孩子们,你们要知道,舍麦戴勒宝库在红王的儿子们的统治下。你们的父亲告诉我,他曾试图打开那座宝库,但未能如愿。红王的儿子们逃到了埃及大地上的一个名叫'戈伦潭'的大湖,沉到水中去了。你们的父亲一直追赶到埃及,只因他们潜入水中,无法战胜他们。因为那是个受魔力禁咒的湖泊。之后,你们的父亲败兴而归,没能打开舍麦戴勒宝库,也未能战胜红王的儿子们。你们的父亲回来后,向我述说了情况,我卜了一卦,得知只能通过埃及一个名叫朱德尔·本·欧麦尔的小伙子才能打开舍麦戴勒宝库,借助他,可以抓住红王的儿子们。那小伙子是个渔夫,只有在戈伦潭才能见到他。要想找到红王的儿子们,必须让朱德尔帮他把手脚捆绑住,然后推入水中,同红王的儿子们进行搏斗。幸运者能够抓住红王的儿子们,而没有那种福分的人,则入水之后露出双脚,表示已经死亡;露出双手的人,表明平安无事,需要朱德尔立即撒网,将他拉上来。"

我的兄弟们听老人家这样一说,纷纷表示:"走!我们到戈伦潭去吧!哪怕死在那里。"

我立即说:"我也去!"

我们那个扮装成犹太人的兄弟说:"我不想去。"

因此,我们商定让他扮装成犹太商人去埃及,一旦有谁死去,要他等在那里接受骡子和马褡子,然后再给你一百第纳尔。

第一个下到戈伦潭里的兄弟,被红王的儿子杀害了;第二个兄弟下到水中,又被他们杀死;我这次下水,他们抵挡不住我,我将他们抓了上来。

朱德尔忙问:"你抓住的人在哪儿?"

阿卜杜·赛姆德说:"你没看见我已把他们关在小盒子里了吗?"

"这是鱼呀?"

"这不是鱼,而是鱼形魔鬼!朱德尔,你有所不知,这座宝库只有借助你的手才能打开。你愿意听我的话,跟着我一起到菲斯城①吗?打开宝库之后,你要什么,我给你什么。承蒙安拉默许,你等同我的同胞兄弟。你一定会平安返回家人身边的。"

"哈之先生,我有重担在肩,要养活母亲和两个哥哥呀……"

讲到这里,眼见东方透出黎明的曙光,莎赫札德戛然止声。

第六百一十二夜

夜幕垂空,莎赫札德接着讲故事:

幸福的国王陛下,摩洛哥人对朱德尔说:"朱德尔,你有所不知,这座宝库只有借助你的手才能打开。你愿意听我的话,跟着我一起到菲斯城吗?打开宝库之后,你要什么,我给你什么。承蒙安拉默许,你等同我的同胞兄弟。你一定会平安返回家人身边的。"

朱德尔说:"哈之先生,我有重担在肩,要养活母亲和两个哥哥呀!我跟着你走之后,谁来供养他们呢?"

"这算不上什么理由!假若仅仅因为缺钱,我就先给你一千第

---

① 菲斯城,在摩洛哥境内。

纳尔，你把钱交给你母亲，让他们在你回来之前花用。过不了四个月，你就能回来。"

朱德尔听说给他一千第纳尔，立即回答道："好吧！给我母亲留下一千第纳尔，我就跟你一道去！"

阿卜杜·赛姆德掏出一千第纳尔，递给朱德尔。

朱德尔接过钱，立即回到家中，将钱交给母亲，接着把他同那个摩洛哥人之间的谈话向母亲说了一遍。他对母亲说："妈妈，你拿着这一千第纳尔，用来维持你和我两个哥哥的生活。我跟着那个摩洛哥人到马格里布一趟，四个月后返回，将会带回来许多好东西。妈妈，你就为我祈祷祝福吧！"

母亲说："孩子，我会想你，还会为你担心的。"

"妈妈，安拉保佑下的信士不会有什么不幸的，那个摩洛哥人是个好人。"

随后，朱德尔把那个人的情况向母亲说了一遍。

"安拉保佑你平安！孩子，跟着他去吧！也许他会给你点儿什么。"

朱德尔告别母亲，然后离去。

阿卜杜·赛姆德问朱德尔："你同你母亲商量过了吗？"

"商量过啦！母亲还为我祈祷祝福了。"朱德尔答道。

"朱德尔，骑上来，坐在我后面！"

朱德尔纵身跃上骡背，二人一前一后，向菲斯城进发了。

二人从上午一直走到红日西斜。朱德尔肚子饿了，却没见摩洛哥人阿卜杜·赛姆德带什么吃的东西，于是问道："哈之先生，你忘记带路上吃的东西了吧？"

"你饿啦？"阿卜杜·赛姆德问。

"是的。"

阿卜杜·赛姆德和朱德尔离开骡背，停下脚步。

"喂，朱德尔，告诉我，你想吃什么？"

"大饼和奶酪。"

"唉，太可怜了！大饼、奶酪与你的地位不相称，还是要点儿好东西吃吧！"

"此时此地，任何东西都好。"

"你喜欢吃红烧鸡吗？"

"喜欢呀！"

"你喜欢吃蜜米饭吗？"

"喜欢。"

"你喜欢……"

……

阿卜杜·赛姆德一口气说出了二十四种美食。朱德尔心想："莫非他疯啦？他既没有厨房，也没有厨师，从哪里弄来这么多好吃的东西给我呢？不管怎样，我就赶快说'够了'吧！"

想到这里，朱德尔说："哈之先生，够了，够了，足够啦！我什么也看不到，你想馋我吗？"

阿卜杜·赛姆德说："朱德尔，欢迎你！你就伸手从马褡子里取吧！"

朱德尔伸手掏出一只金盘子，盘上摆着烤羊肉串……只见他不停地伸手，一连掏出二十四种美味佳肴，与阿卜杜·赛姆德说的一模一样！

朱德尔大惊，忙问："先生，莫非你雇厨师将马褡子当厨房来做出这些佳肴的？"

阿卜杜·赛姆德一笑，说："这马褡子是施过魔法的宝物，自有可使唤的役夫，即使你一个时辰里要千种佳肴，也是有求必应的。"

"好个奇妙的马褡子呀!"

二人填饱肚子,将剩余的东西扔掉,把空盘子装入马褡子。随后伸手掏出一只壶,二人喝过水,接着做小净,做晡礼,把水壶放回马褡子,又把那两个装鱼的小盒子放进鞍袋。一切收拾停当,将马褡子放在骡背上。

阿卜杜·赛姆德纵身跃上骡背,对朱德尔说:"喂,朱德尔,上来,我们登程吧!"

他又问朱德尔:"你知道我们从埃及到这里跨过了多少路程了吗?"

"凭安拉起誓,我不知道。"朱德尔答道。

"我已经走过了一个月的路程。"

"那是怎么回事?"

"朱德尔,你有所不知:我们骑乘的这匹骡子,是一个魔怪,日行一年的路程,可是,你却觉得它走得很慢。"

二人骑着骡子,继续向马格里布进发。

夜幕垂降,他们从马褡子里取出晚饭;晨光初照,他们从马褡子里取出早餐……就这样,二人每日夜半才离鞍就寝,日出即跨鞍上路,一直行走了四天时间。朱德尔想吃什么,阿卜杜·赛姆德就从马褡子里取什么。

第五天,二人到达菲斯城。

二人进到城中,凡看见阿卜杜·赛姆德的人都向他问好,亲吻他的手。

他们来到一家大门前,刚一敲门,前来开门的是一位姑娘,如花似月。阿卜杜·赛姆德说:"莱哈麦,我的女儿,去把厅堂门打开!"

"知道了,爸爸!"

朱德尔见那姑娘裙角飘舞，不禁神飞魂消，顺口说道："哦，好一个美丽的公主！"

门开了，阿卜杜·赛姆德从骡背上取下鞍袋，对骡子说："安拉为你祝福，走吧！"

只见大地登时开裂，那骡子沉入地下。地缝旋即弥合，完好如初。朱德尔说："啊，安拉啊，赞美安拉，让我们离开了骡背！"

阿卜杜·赛姆德说："朱德尔，不要感到奇怪！我对你说过，这匹骡子是魔怪。走，进厅堂吧！"

二人步入厅堂，但见那里陈设豪华，摆放着无数珍宝古玩，琳琅满目，五光十色。

二人坐下，阿卜杜·赛姆德对女儿说："莱哈麦，取包裹来！"

姑娘走去取来一个包裹，放在父亲面前。阿卜杜·赛姆德打开包裹，取出一件价值一千第纳尔的华丽锦袍，对朱德尔说："喂，朱德尔，你把它穿上！"

朱德尔穿上锦袍，顿时容光焕发，活像一位阿拉伯君王。

阿卜杜·赛姆德把马褡子放在面前，伸手取出四十盘美味，对朱德尔说："朱德尔，来，请吃吧！请不要责备，我们不知道你喜欢吃什么……"

讲到这里，眼见东方透出黎明的曙光，莎赫札德戛然止声。

第六百一十三夜

夜幕垂空，莎赫札德接着讲故事：

幸福的国王陛下,姑娘走去取来一个包裹,放在父亲面前。阿卜杜·赛姆德打开包裹,取出一件价值一千第纳尔的华丽锦袍,对朱德尔说:"喂,朱德尔,你把它穿上!"

朱德尔穿上锦袍,顿时容光焕发,活像一位阿拉伯君王。

阿卜杜·赛姆德把马褡子放在面前,伸手取出四十盘美味,对朱德尔说:"朱德尔,来,请吃吧!请不要责备,我们不知道你喜欢吃什么。你想吃什么,就请直说,我们会马上给你送来。"

"凭安拉起誓,哈之先生,我喜欢所有的东西,不讨厌任何一种。请不要问我想吃什么,你想拿什么就拿什么,我都吃。"

就这样,朱德尔在阿卜杜·赛姆德家穿锦袍,食美食,既不用到市场去买肉,也不用去买大饼,就连各种水果都是从马褡子里取出来的。不知不觉二十天时间过去了。

第二十一天,阿卜杜·赛姆德说:"朱德尔,我们走吧!今天是开启舍麦戴勒宝库门的日子。"

朱德尔起身,和阿卜杜·赛姆德一起走到城市的尽头,然后出了城。二人骑上一匹骡子,一直走到中午时分,来到一条河边。

阿卜杜·赛姆德说:"喂,朱德尔,下来吧!"

朱德尔离鞍下地,阿卜杜·赛姆德挥手示意两个奴仆接着缰绳。两个奴仆牵起骡子离去。片刻过后,一个奴仆带着帐篷走来,旋即将帐篷撑好;另一个奴仆则带着被褥走来,将之放在帐篷里,在四周放上靠枕。

片刻后,一个奴仆出去取回装鱼的那两个小盒子,另一个奴仆抱来马褡子,放在帐篷里。

阿卜杜·赛姆德说:"朱德尔,你来呀!"

朱德尔走过来,坐在他的身边。

阿卜杜·赛姆德从马褡子里取出几盘美味,二人开始共进午餐。

吃完饭,阿卜杜·赛姆德取出两个小盒子,念了几句咒语。只听盒子里有人讨饶道:"世间足智多谋的人啊,我们在这里,怜悯怜悯我们吧!"

阿卜杜·赛姆德继续念咒,只见小盒子碎裂开来,碎片横飞,从中冲出两个大汉,双臂被反绑着,呼喊道:"世间足智多谋的人啊,求你宽恕我们!你要把我们怎么样啊?"

阿卜杜·赛姆德说:"我想烧死你们俩;如若不想一死,那就向我立下誓言,为我打开舍麦戴勒宝库。"

"我们立誓为你打开宝库!不过,有一个条件,你要把渔夫朱德尔找来,因为宝库的大门只为他开着,而且只有朱德尔·本·欧麦尔才能进入宝库。"

"你俩说的那位渔夫,我已经把他带来了,他就在这里,不但能听见你俩说话,还可以看见你俩的身影。"

两个大汉立下打开宝库大门的誓言,阿卜杜·赛姆德方才为二人松绑。

阿卜杜·赛姆德取出一根芦苇和几片红玉,将红玉片放在芦苇上。他又取出一个火盆,放上木炭,吹了一口气,木炭便燃烧起来。随后,他又拿来香,说:"喂,朱德尔,我要开始念咒、抛香了。我一开始念咒,就不能说话;否则,咒语便会失灵。我想教你怎样才能完成你的任务。"

"请讲吧!"朱德尔说。

"我念咒、抛香之时,河水就会干涸,你面前就会出现一道金门,有城门那样大小,上有两个门环。看见门,你就走上前去敲门,要轻敲一下;等待片刻,再敲第二下,比第一次稍重一点儿;

等待片刻,连续敲三下。这时,你就会听到门里有人说话:'是谁敲门?怎么连符咒都不会解就敲门呢?'你就说:'我是渔夫朱德尔·本·欧麦尔。'那个人听到你的答话,就会给你开门,然后走出一个手持宝剑的人。那个人会对你说:'你若果真是朱德尔·本·欧麦尔,就请伸过脖子来,让我把你的脑袋砍下来!'你就伸出脖子,不要害怕。

"那个人只要一扬起宝剑,欲砍你的脑袋之时,他便会倒在你的面前。片刻之后,你会发现他成了一个无魂之人。你不要怕死!其实你不会受到任何伤害;相反,你若违背他的意志,他就会杀死你。

"你用顺从废掉了他的符咒,就可以进门了。走进第一道门,就会看到另一道门,只管走上前去。敲过门,会走出来一位骑士,骑着一匹骏马,肩上扛着长矛,会对你说:'这是个神与人都不能进的地方,什么东西把你送到这里来啦?'继之,他会向你摇晃长矛,你只管袒开前胸,让他刺你。只要他一举矛,便会倒在你的面前,成为一个没有灵魂的躯体;相反,你若违抗他,他就会把你杀死。

"之后,你去敲第三道门,出来迎接你的是一个人,手持弯弓,箭上弓弦,他会拉弓射你,你只管袒开胸怀,让他发箭。只要他一拉弓,便会倒在你的面前,一命呜呼;相反,你若存心反抗,他就会把你杀死。

"这之后,你就可以敲第四道门了……"

讲到这里,眼见东方透出黎明的曙光,莎赫札德戛然止声。

第六百一十四夜

夜幕垂空,莎赫札德接着讲故事:

幸福的国王陛下,阿卜杜·赛姆德继续叮嘱朱德尔:"之后,你去敲第三道门,出来迎接你的是一个人,手持弯弓,箭上弓弦,他会拉弓射你,你只管袒开胸怀,让他发箭。只要他一拉弓,便会倒在你的面前,一命呜呼;相反,你若存心反抗,他就会把你杀死。

"这之后,你就可以敲第四道门了。门一开,出来的是一只大狮子,张着大嘴,看上去像是要把你吃掉。你不要害怕,不要躲逃!它走近你时,你就把手伸给它;只要它一咬你的手,就会倒在地上死去,不会伤你的一根毫毛。

"进第五道门时,出来迎接你的是一个黑奴,问你:'你是何人?'你就说:'我是朱德尔。'他说:'如果你真是朱德尔·本·欧麦尔,那就请开第六道门吧!'你走到门前,说:'喂,伊萨,你告诉穆萨,让他开门。'门开启后,你会看见两条蛇,一条在左侧,一条在右侧,每条蛇都张着口,要向你发动进攻。你不要害怕,不要躲逃,只管把你的双手伸过去,不论哪条蛇咬你,都会立即死去;相反,你若进行反抗,那两条蛇就会把你咬死。

"来到第七道门前,你一敲门,出来迎接你的是你的母亲。你母亲对你说:'孩子,欢迎你,你走近我,让我向你问好。'你就说:'你离我远一点儿,脱掉你的衣服吧!'你的母亲说:'孩子,我是你的生身之母，我对你有哺乳之恩，你怎好让我赤身裸体呢？'你就说：'你若不脱下衣服，我就杀掉你。'你朝右侧看，会发现那右墙上挂着一口宝剑，你取下来，拔剑出鞘，然后手握宝剑，对你的母亲说：'脱下衣服吧！'她开始和你周旋，苦苦哀求你宽容，但你千万不要同情她。她每脱下一件衣服，你就说：'接着脱！'不断地用死亡威胁她，直至她把衣服全部脱掉，倒在地上。

"你解开了符咒，破除了魔法，感到自己的安全有保障时，就可以进门了。进了门，你会看见那里黄金堆积如山，但你不要去动它。你会看见宝库当中有个小房间，那里挂着幕帘，撩开幕帘，就能看见占卜家舍麦戴勒躺在一张金床上。你再仔细留心看，会发现占卜家舍麦戴勒的头上方有一个圆圆的闪光的东西，如同圆月，那就是天体仪。你还会发现舍麦戴勒腰佩宝剑，手指上戴着戒指，脖子上挂着一条项链，下面系着一个眼药瓶。

"朱德尔，你要把那四样宝物拿来，不要忘记任何一件东西！你若违背了我的叮嘱，定会后悔不已，说不定会出危险。"

阿卜杜·赛姆德向朱德尔重复叮嘱了四遍，朱德尔才说："你说的我全都记住了，可是，谁能对付得了你提及的那种种危险，顺利闯过那一道道险关呢？"

"朱德尔，你不要害怕！因为那都是些没有生命的幻影。"

阿卜杜·赛姆德再三要朱德尔放心，朱德尔这才说："我全靠安拉了！"

阿卜杜·赛姆德抛下香，开始念起咒语。片刻后，果见河水干涸，河床见天，露出了宝库大门。

朱德尔走上前去敲门，听见有人问："谁在敲击宝库大门？怎么连符咒也不会解？"

朱德尔回答："我是朱德尔·本·欧麦尔。"

门立即开启,走出一个手握宝剑的人,大声说:"伸过你的脖子来!"

朱德尔伸过脖子去,只见那个人一挥剑,立即倒在了地上。

他一连废七道门的符咒,只见母亲走了出来。母亲说:"孩子,你好哇!"

"你是谁?"朱德尔问。

"我是你的母亲,我对你有生身、哺乳之恩呀!孩子,我怀你九个月……"

"脱下你的衣服!"

"你是我的儿子,怎好看我赤身裸体呢?"

"脱掉你的衣服!如若不然,我手起剑落,你的头就会搬家!"

母子间纠缠多时,母亲害怕儿子的威胁,脱下一件衣服。

"继续脱剩下的衣服!"

经过多次劝说,母亲又脱下一件衣服。

就这样,一件一件地往下脱。母亲说:"孩子,教养在你的身上一点儿作用都没有了。"

母亲身上只剩下一层内衣时,说道:"孩子,莫非你的心是石头的,你要让我露出羞体才罢休?难道你不晓得这是违禁的吗?"

"你说得对!不要再脱了。"

听儿子这样一说,母亲一声大喊,说道:"他已经错了,打他吧!"

只见宝库的奴仆们围了上来,根棒如同雨点儿般落在朱德尔身上,一顿痛打,令他终生难忘。一场痛打之后,他们把朱德尔推出门外,宝库门登时关上了。

阿卜杜·赛姆德眼见朱德尔被推出门外,忙去将他拉起,旋即,河水流淌,河床消失,大河如初。

讲到这里，眼见东方透出黎明的曙光，莎赫札德戛然止声。

第六百一十五夜

夜幕垂空，莎赫札德接着讲故事：

幸福的国王陛下，朱德尔继续在幻觉中，他的母亲听他说出"不要再脱了"的话，一声大喊，说道："他已经错了，打他吧！"

只见宝库的奴仆们围了上来，棍棒如同雨点儿般落在朱德尔身上，一顿痛打，令他终生难忘。一场痛打之后，他们把朱德尔推出门外，宝库门登时关上了。

阿卜杜·赛姆德眼见朱德尔被推出门外，忙去将他拉起，旋即，河水流淌，河床消失，大河如初。

阿卜杜·赛姆德开始念咒，朱德尔渐渐苏醒过来。

"喂，可怜的小伙子，你做了些什么事？"

"我闯过了一道道险关，到我母亲那里时，纠缠了很长时间，她脱得只剩下一层内衣时，对我说：你不能让我出丑呀！裸露羞体是违禁的。听她这样一说，我的怜悯之心顿生，就没有让她再脱。就在这时，只听她一声大喊，说道：'他已经错了，打他吧！'忽然一帮人跳了出来，将我痛打了一顿，险些断送了我的性命，然后将我推了出来。后来发生过什么事，我就不知道了。"

"我对你说过，千万不要违背我的叮嘱。如今，你害了我，也害了你自己。假若她能脱完衣服，我们本可以如愿以偿的。你只能住在我那里，待来年的今天，再来叩击宝库之门了。"

阿卜杜·赛姆德唤来那两个奴仆，拆掉帐篷，牵来骡子，二人各骑上一匹，返回菲斯城。

朱德尔在阿卜杜·赛姆德那里住了下来，不愁吃喝，每日更换一套锦衣，不知不觉一年时间过去了。

期盼的日子终于来临，阿卜杜·赛姆德说："喂，朱德尔，我们行动吧！"

"好吧！"朱德尔应道。

阿卜杜·赛姆德带着朱德尔来到城外，见两个奴仆牵着骡子已等在那里。二人各骑上一匹骡子，行至河边。二奴仆撑起帐篷，铺好被褥。吃完午饭后，阿卜杜·赛姆德像去年的那时那刻一样，拿出芦苇和红玉片，点上火，取来香，然后说："喂，朱德尔，我想再叮嘱你一次。"

"哈之先生，即使我忘记了自己挨的一顿打，也忘不掉你的叮嘱。"

"你记得我的叮嘱吗？"

"我记得一清二楚。"

"你要保住你的生命！你不要认为那个女人是你的母亲，她只是中了魔法，外貌像你的母亲，她是有意让你犯错误。你第一次错，还能活着出来了；假若你这次再错，可就没命了。"

"假如我再错，那就该让他们把我烧死。"

阿卜杜·赛姆德抛下香，念起咒语，顿时河水断流，河床见天，宝库门露出。朱德尔走上前去，轻轻叩门，门便开启了。

朱德尔闯过七道门，来到母亲面前。只听那位母亲说："欢迎你，我的孩子！"

朱德尔说："我哪里是你的孩子！可恶的女人，脱下你的衣服吧!"

那女人纠缠片刻,开始一件件脱衣服,最后只剩下一层内衣。

"可恶的女人,把你的衣服全脱下来!"

那女人全脱了,变成了一个无魂幽灵。

朱德尔走进宝库一看,只见那里黄金堆积如山,但朱德尔根本没去理会。他走进宝库当中的小房间,见占卜家舍麦戴勒躺在床上,腰佩宝剑,手上戴着戒指,天体仪在他的头上方,眼药瓶挂在他的脖子上。朱德尔拿起了那四样宝贝,转身离去。

朱德尔一往回走,号角响了起来,奴仆们高声喊道:"喂,朱德尔,你得到了想要得到的东西。"

号角声一直响到朱德尔走出宝库大门。

朱德尔来到阿卜杜·赛姆德面前,他停止了念咒语,抛下香,站起来,抱住朱德尔,向他问安。

朱德尔把四样宝贝递到阿卜杜·赛姆德的手里。

阿卜杜·赛姆德唤来两个奴仆,收拾起帐篷,牵来骡子,二人骑上骡子,返回菲斯城。

回到家中,阿卜杜·赛姆德从马褡子里取出数盘美味佳肴,摆上一桌丰盛宴席,对朱德尔说:"朱德尔兄弟,请吧!"

朱德尔吃饱喝足,将盘中剩下的食物丢掉,随后把空盘子放回鞍袋。

阿卜杜·赛姆德说:"朱德尔兄弟,你为了我们告别亲人,远离故土,给我们解决了难题,理应得到我们的款待。你需要什么,请只管说,伟大安拉一定会让我们满足你的愿望。你理应得到你所喜欢的一切,请只管开口,不要不好意思!"

朱德尔说:"我希望你能看在安拉的面儿上,把这马褡子送给我。"

阿卜杜·赛姆德拿来马褡子，递到朱德尔手中，并说："你拿着！你应该得到它，你若还要什么东西，我们都能让你如愿以偿。不过，朱德尔兄弟，这马褡子只能解决你的吃饭问题。你已为我们付出了巨大辛苦，我们已答应送你回国，一定要让你满意而归，这个马褡子你用于吃饭，我们再送给你一个马褡子，里面装满金银财宝。我们把你送回国之后，你可以经商，以便养活自己和家人。你和你的家人想吃什么东西，就可以从这马褡子里取，方法是：把手伸进马褡子，报出你所要的东西，然后说：'马褡子的仆人，给我拿来！'它就会按照你的要求，给你提供美味佳肴。即使你一天当中要上一千种，它也会让你如愿以偿。"

阿卜杜·赛姆德让奴仆牵来一匹骡子，随后亲手取来另外一个马褡子，一端装满金银，另一端装满宝石。他对朱德尔说："兄弟，骑上骡子吧！家仆为你带路，会把你一直送到家门口。回到你家之后，你拿下两个马褡子，把骡子交给家仆，让他牵回来就行了。朱德尔兄弟，有一事当叮嘱你一下，千万不要向任何人吐露你的秘密。我求安拉保佑你平安返回家乡。"

朱德尔说："安拉会加倍报偿你的。"

随后，朱德尔将两个马褡子放在骡背上，然后纵身跨上骡鞍，由仆人牵着骡子离去。

行走了一天一夜，第二天早晨，便来到了凯旋门下。朱德尔见母亲坐在那里，不时地说："看在安拉的面儿上，给点儿吃的东西吧！"

见此情景，朱德尔顿感魂飞魄散，急忙跳下骡背，一下子扑到母亲的怀里。

母亲见是自己的儿子朱德尔，不禁泪水簌簌落下。

朱德尔把母亲扶上骡背，牵着骡子回到家中。朱德尔把母亲扶下骡背,拿起两个马褡子,随后把骡子交给那个奴仆。

奴仆接过骡子,转身离去。因为奴仆和骡子都是魔怪,故瞬间消失,去无踪影。

朱德尔不便在路上问母亲什么,进门之后方才问:"母亲,我的两个哥哥都好吗?"

"都好。"母亲答道。

"母亲,你为什么沿街乞讨啊?"

"孩子,我饿呀!"

"我起程的前两天,不是给过你一百第纳尔,起程那天还给了你一千第纳尔吗?"

"孩子,那些钱都被你的两个哥哥算计去啦!他俩说:'我们想买些东西。'之后他们把我赶出了家门,我饥饿难耐,只好沿街要饭。"

"母亲,现在我回来了,就不用发愁了。你看哪,这只马褡子里装的全是金银和宝石,花不完,用不尽。"

"孩子,安拉使你幸运,为你带来福气。孩子,快去买些大饼来吧!我还没有吃晚饭,肚子饿得很哪!"

"母亲,你想吃什么,我马上就给你拿来,既不用到市场上去买,也用不着到厨房里动灶。"

"孩子,怎么我什么也没有看见呢?"

"母亲,所有的美食都在这马褡子里。"

"孩子,什么东西都能填饱肚子的。"

"母亲说得对!人在没有东西吃的时候,什么东西都是香的;一旦富裕起来,就想吃好的了。现在什么都有了,母亲就要自己想吃的东西吧!"

"孩子,给我拿块热饼和一块奶酪吧!"

"母亲,这东西与你的地位不相称呀!"

"我的地位嘛,你最清楚,该吃什么,你就给我拿什么吧!"

"母亲,你应该吃红烧牛肉、红烧鸡和辣子米饭。你还应该吃肚子包米饭、瓜包米饭、羊肉抓饭、奶油白糖粉丝、蜜糖点心、甜味丝面、酸面点心……"

朱德尔一口气报了若干种美食,致使他的母亲认为儿子在耍笑、戏弄自己。

"孩子,你怎么啦?难道你在做梦?莫非你是疯了不成?"

"你从哪里断定我疯了呢?"

"你说了那么多好吃的东西,谁能买得起呢?谁又会做呢?"

"母亲,以我的生命起誓,我一定要让你吃到我刚才说的那所有东西,而且立即就送到你的眼前。"

"孩子,我可什么也没有看见呀!"

"拿马褡子来!"

母亲把马褡子拿了过来,打量一番后,发现马褡子是空空的。

母亲把马褡子递到儿子的手中。朱德尔伸手从里面掏出一盘盘佳肴美味,和他刚才说的那些美食一模一样。

母亲看后,惊喜不已,问道:"孩子,这马褡子很小,里面空空的,为什么取出来这么多盘好吃的东西,原先究竟放在哪里呢?"

"母亲,你要知道,这马褡子是那个摩洛哥人送给我的,本是个被施过魔法的马褡子,里面有个仆役。人要什么,只要说出名字,那个仆役就给送来。人只要说:'马褡子的仆人,给我拿某某来!'他立刻就按照要求送来。"

"我能伸进手去,要点儿什么吗?"

"伸手吧!"

母亲把手伸进马褡子里,说了句:"马褡子的仆人,给我送盘肋骨米饭来吧!"随后一抓,一盘肋骨米饭便出现在她的手上。接着,母亲要了大饼和她想要吃的各种美味。

朱德尔说:"母亲,吃完饭后,把剩下的饭菜放在另外一些盘子里,这些盘子要全部放回马褡子里。记住这些咒语,好好保存马褡子。"

母亲按照儿子的嘱咐行事,腾空盘子,一一放好,将马褡子妥善保存在一个地方。

朱德尔说:"母亲,要保守秘密,不要对任何人讲!你需要什么时,就从马褡子里取,济助施舍,让我两个哥哥吃都可以,不管我在不在家中。"

朱德尔与母亲过着平安的日子,不觉几天过去了。

有一天,两个哥哥突然闯了进来。原来他俩听胡同里的一个人说:"你们的弟弟回来了,骑着骡子,还有奴仆给他牵着牲口。你们的弟弟身穿锦袍,漂亮无比。"

听到这个消息,老大对老二说:"我们不那样对待我们的母亲该有多好!母亲一定会把我们的不好行为告诉弟弟,揭我们的丑事。"

老二说:"母亲心软,即使告诉了弟弟,弟弟也会同情我们的。我们若向弟弟表示歉意,他也会原谅我们的。"

二人来到朱德尔面前。

朱德尔站起来,向两位哥哥热情问好,并且说:"坐下,一起吃饭吧!"

他们坐下,吃了起来。老大、老二因饥饿而变得身体虚弱,二人狼吞虎咽,吃了个足饱。

朱德尔对他俩说:"把剩下的饭菜拿走,分给穷苦人吧!"

二位哥哥说:"弟弟,留着当晚饭吧!"

"晚饭时间到了,你们来,将会看到更多的饭菜。"

二人把剩余的饭菜拿去,对每一个路过的穷苦人说:"拿走,去吃吧!"终于将剩余的饭菜施舍光了。

吃完午饭,朱德尔对母亲说:"把盘子都放回马褡子里去吧!"

讲到这里,眼见东方透出黎明的曙光,莎赫札德戛然止声。

第六百一十六夜

夜幕垂空,莎赫札德接着讲故事:

幸福的国王陛下,吃完午饭,朱德尔的两个哥哥对朱德尔说:"弟弟,留着当晚饭吧!"

"晚饭时间到了,你们来,将会看到更多的饭菜。"

二人把剩余的饭菜拿去,对每一个路过的穷苦人说:"拿走,去吃吧!"终于将剩余的饭菜施舍光了。

吃完午饭,朱德尔对母亲说:"把盘子都放回马褡子去吧!"

晚上,朱德尔走进里屋,从马褡子里取出四十种饭菜,然后来到厅堂与两个哥哥坐在一起。他说:"母亲,上晚饭吧!"

母亲进里屋一看,只见四十大盘美味已经摆在那里,于是一盘一盘地端上桌子,顷刻间,丰盛的宴席摆好了。

大家吃完晚饭,朱德尔说:"把剩下的饭菜拿去送给穷人吧!"

二位哥哥听从弟弟的吩咐,把剩余的饭菜拿出去分给了穷苦饥民。之后,朱德尔又拿出甜食。一家人吃饱之后,朱德尔说:"把剩余的甜食分给邻居们吧!"

第二天,早餐依然丰盛,午餐和晚餐照样剩余,都拿去分发给了穷苦人。

就这样,一家人生活宽裕,无忧无虑,不知不觉十天时间过去了。

眼见天天美食,顿顿饱餐,老大萨利姆对老二赛里姆说:"我们的弟弟早晨招待我们,中午招待我们,晚上仍招待我们,而且夜里还有甜食,吃不完的东西用于济助穷人,这都是帝王才能办到的事情。这究竟是怎么回事呢?他既不上街买什么东西,又不生火烤煮,没有厨房,也不用厨师,这些美味佳肴都是从哪里来的呢?"

赛里姆说:"不知道,谁能把事实真相告诉我们呢?"

"只有母亲才能告诉我们。"

老大、老二商量好计谋,便趁弟弟朱德尔不在之时,来到母亲面前。兄弟俩说:"母亲,我们肚子饿了。"

母亲说:"那好办!"

说完,转身进了里屋,求助于马褡子的仆人,随后为他俩拿出了热气腾腾的饭菜。兄弟俩说:"母亲,你没有点火,也没有烹饪,怎么有这样热乎乎的饭菜呢?"

"这都是从马褡子里取出来的。"

"什么马褡子呀?"

"你俩可要保密!"

"母亲,我们一定守口如瓶。饭菜究竟是怎样来的呢?"

母亲真的把方法教给了两个儿子。老大、老二把手伸进马褡子,果然取出了想要的饭菜。而朱德尔对此事一无所知。

兄弟俩知道了马褡子的妙用,萨利姆对赛里姆说:"二弟,我们为朱德尔当奴仆到何年何月才是尽头呢?我们不能等着吃他的施舍，我们要想个计谋，拿到这个马褡子，把他制服。"

"有何计可施呢？"赛里姆问。

"我们把弟弟卖给苏伊士海头领。"

"怎样把他卖到那里去呢？"

"我和你一起把那位首领领到家里，请他带着两个助手到我们这里来。至于朱德尔，我来对付他，请相信我就是了，夜深人静之后，你再看我如何行动。"

二人商量好卖弟弟的事，便向苏伊士海头领家走去。

萨利姆和赛里姆见到那位头领，说道："头领阁下，我们来你这里只为一事，想必会使你感到高兴。"

"欢迎，欢迎！"头领兴高采烈。

"我俩是一母同胞的兄弟。我们有个弟弟，不务正业，吊儿郎当，不干好事。家父已经去世，留下一笔财产，弟弟分走一份，但他挥霍无度，胡乱折腾，终于将家产花光。当他穷得一贫如洗时，便来纠缠我们，诬告我们，说我俩拿走了他的钱财和我们父亲的遗产。我们没有办法，只好去打官司。我们打官司花了许多钱。一段时间过后，他又控告我们，致使我们将自己的钱财也花了个精光。尽管如此，他仍不放过我们，我们常常因为他而感到不安。我们希望你能把他买下来。"

"你俩有办法把他带到我这里来吗？如果能把他送到这里来，我就可以很快把他送到海上去。"

"我们没有办法把他带到这里来。不过，有一个办法：你不妨到我们家做客，再带上两个人，趁他熟睡之时，我们五个人把他绑起来，给他的嘴里塞上东西，不让他喊出声来，乘夜色把他带走，你们愿意把他弄到哪里，完全随你们的便。"

"一言为定！我付你俩五十第纳尔行吗？"

"可以！宵礼之后，你们到胡同里来，我们当中的一个人在角门那里等候你们。"

"好吧！你俩先回去吧！"

兄弟俩回到家中，来见朱德尔。忍耐片刻之后，萨利姆走上前去，亲吻朱德尔的手。

朱德尔觉得很奇怪，随后问："大哥，你怎么啦？"

萨利姆说："朱德尔，你有所不知，我有位朋友，你不在家时，他曾多次请我去他家做客。他给我的好处太多啦，把我当作兄弟。我今天见到了他，向他问好，他又请我去他家，我说：'我不能离开我的弟弟呀！'他说：'让他和你一道来我家做客吧！'我说：'我弟弟不愿意出来。不过，你和你的兄弟可以到我家做客嘛！'当时，正好有他的两个兄弟在场，我便约他们一起前来。我本以为他们会婉言拒绝，结果出乎意料，他们一口答应，对我说：'你在角门等着我吧！我将带着我的两个兄弟一道前往你家做客。'我觉得真不好意思，不知道他们来了之后，你乐不乐意今夜招待他们一下？朱德尔，你待我们太好了。如果你不愿意招待他们，我就把他们带到邻居家去。"

朱德尔听哥哥这样一说，立即回答道："为什么把客人带到邻居家去呢？难道说我们的房舍太狭窄，或者没有东西招待他们，因而使你感到丢脸？这样一件小事，何必找我商量！他们来了，只管用好饭菜和甜食招待他们就是了；我若不在，就让母亲加倍好好款待他们。你去请他们吧！他们的到来，会给我们带来吉祥如意。"

哥哥吻了吻朱德尔的手，随后离去，坐在角门，一直等到宵礼之后。

他们来了，萨利姆把他们领到家中。

朱德尔看见他们，说道："欢迎你们！"

然后请他们坐下，和他们交谈。朱德尔完全不知道他们在耍弄什么阴谋诡计。

片刻过后，朱德尔让母亲为他们准备晚饭。母亲去马褡子里取，朱德尔点菜报名。一阵忙碌之后，四十盘美味摆在了客人面前。

宾主吃饱喝足，撤去餐桌。苏伊士海头领和他所带的两位水手满以为这是萨利姆对他们的款待。

夜过二更，朱德尔又给他们送来甜食，负责照顾他们的是萨利姆，而赛里姆和弟弟朱德尔则坐在那里。

睡觉的时间到了，朱德尔安心就寝去了，没有多想任何事情。

朱德尔睡熟了，他们五个人则动起手来，未等朱德尔完全醒来，已把木楔子塞入他的嘴里，随后将他绳捆索绑，乘夜色带走了。

讲到这里，眼见东方透出黎明的曙光，莎赫札德戛然止声。

第六百一十七夜

夜幕垂空，莎赫札德接着讲故事：

幸福的国王陛下，夜过二更，朱德尔又给客人们送来甜食，负责照顾他们的是萨利姆，而赛里姆和弟弟朱德尔则坐在那里。

睡觉的时间到了，朱德尔安心就寝去了，没有多想任何事情。

朱德尔睡熟了，他们五个人则动起手来，未等朱德尔完全醒来,已把木楔子塞入他的嘴里,随后将他绳捆索绑,乘夜色带走了。

他们把朱德尔劫往苏伊士,给他加上脚铐。

从此朱德尔在苏伊士就像俘虏和奴隶一样从事劳役,度过了整整一年时间。

让我们回过头看看萨利姆和赛里姆的情况。

次日天明,老大、老二来到母亲的房间,问道:"母亲,朱德尔在哪儿?莫非他还没有醒?"

母亲说:"把他叫醒吧!"

"他睡在哪里?"

"他和客人在一起。"

"也许他跟客人走时,我们还在睡觉。弟弟想尝尝去异乡生活的滋味,想探探宝库。我们听到他和摩洛哥人说话,那些人对他说:'我们带你一起走,我们为你打开宝库。'"

"他和摩洛哥人见面啦?"

"他们不是在我们这里做客了吗?"

"说不定他跟他们走了。但期安拉为他指路,这倒是件好事,他一定能带回许多好东西来……"

话音未落,母亲哭了起来,因同儿子分别而感到难过。

老大、老二说:"该死的老太婆,难道你偏爱他到了这种程度?我们在与不在,你既不喜也不悲,难道我俩和朱德尔不都是你的儿子吗?"

"你俩都是我的儿子,但你俩都是坏蛋,一点儿好处都没有给过我。自打你们的父亲过世那天起,你俩什么好事都没有给我做过。朱德尔,他待我好,常常安慰我,孝顺我。有他才有我和你们的好日子；不见他的身影，我怎会不落泪呢？"

老大、老二一听，大骂起他们的母亲来，随后冲进里屋，搜寻那个马褡子。终于发现了那个马褡子，继而掏出了里面的珠宝和金银，还找到了那个施过魔法的马褡子。他俩对母亲说："这都是我们爸爸的钱财！"

母亲说："不是的！凭安拉起誓，这都是你们的弟弟朱德尔的钱财，是他从马格里布带回来的。"

"你撒谎！这是父亲的钱财，应该让我们花！"

老大和老二开始瓜分那些金银和珠宝。在分那个施过魔法的马褡子时，二人发生了争执。萨利姆说："我要这件东西！"

赛里姆说："我想要这件东西！"

兄弟俩都坚持自己该拿那个马褡子。母亲说："那个马褡子里的珠宝和金银，你们能分，而这只马褡子是不能分的，它的价值不是金银能衡量的；如果被分成两半，它的符咒就失去了功效。你们还是把它留在我这里吧！有它我随时都能够给你们取出饭菜和甜食。我跟着你俩，有口饭吃，有遮羞之衣，也算你俩有功，我也就心满意足了。你们俩都要好好与人们相处。你俩都是我的孩子，我是你们的亲娘，我们就好好在一起吧！你们这样争吵，等朱德尔回来，你们还有什么脸见人呢？"

兄弟俩争吵不休，一夜都没有静下来。

当时，有一个国王的侍卫正在朱德尔的邻居家里做客。因为窗子开着，隔壁兄弟俩的吵嚷声，他听得一清二楚，那兄弟俩争什么，那位侍卫全都听在耳里，记在心上。

第二天一早，那位侍卫回宫去见国王。

当时的埃及国王名叫舍姆斯·道莱。侍卫来到国王面前，将昨夜听到的情况详细禀报。

国王听完侍卫的话，立即派人去把朱德尔的两个哥哥抓来，一番拷打，二人对所发生的事情供认不讳。国王没收了那两个马褡子，将萨利姆和赛里姆投入监牢。之后，国王给朱德尔的母亲规定了每日足够用的生活费用。

朱德尔在苏伊士度过了整整一年的苦役日子。

一年之后的一天，他和其他人乘船在海上航行，不期遇到狂风巨浪，船因触礁而毁坏，船上的东西全部沉入海里；除了朱德尔，谁也没有幸免被淹死。

朱德尔经过一番挣扎，终于到达岸边。他上岸之后，继续往前走，来到一个阿拉伯人居住的小村庄。人们问起他的情况，他告诉他们，说自己本是一条船上的水手，接着把自己的经历从头到尾向他们讲了一遍。

那个小村庄里，住着一位来自吉达的商人。这位商人同情朱德尔，对他说："喂，埃及兄弟，我管你吃饭、穿衣，把你带到吉达，跟着我们做事，你乐意吗？"

朱德尔表示乐意，于是跟着那个商人到了吉达。

那位商人对他照顾得热情周到。不久，商人去麦加朝觐，朱德尔与他同往。

朱德尔绕天房时，无意间遇见了他的那位摩洛哥朋友阿卜杜·赛姆德，只见他也在那里吻拜。

讲到这里，眼见东方透出黎明的曙光，莎赫札德戛然止声。

第六百一十八夜

夜幕垂空，莎赫札德接着讲故事：

幸福的国王陛下，那个小村庄里，住着一位来自吉达的商人。这位商人同情朱德尔，对他说："喂，埃及兄弟，我管你吃饭、穿衣，把你带到吉达，跟着我们做事，你乐意吗？"

朱德尔表示乐意，于是跟着那个商人到了吉达。

那位商人对他照顾得热情周到。不久，商人去麦加朝觐，朱德尔与他同往。

朱德尔绕天房时，无意间遇见了他的那位摩洛哥朋友阿卜杜·赛姆德，只见他也在那里吻拜。

阿卜杜·赛姆德看见朱德尔，上前热情问安，随后又问起别后的情况。

朱德尔听朋友问起自己的情况，禁不住泪水潸然而落，随后把自己的遭遇对朋友讲了一遍。

阿卜杜·赛姆德把朱德尔领到自己住的地方，热情款待，让他穿上世间无双的漂亮锦袍，然后对他说："喂，朱德尔，你的灾难过去了。"

阿卜杜·赛姆德为朱德尔卜了一卦，测到了他的两个哥哥的情况。阿卜杜·赛姆德说："朱德尔，你有所不知，你的两个哥哥如今被关押在埃及国王的监牢之中。欢迎你到我这里来，朝觐活动结束之后，一切都会好起来的。"

"先生，请允许我去跟那位商人打声招呼，然后我就来你这里。"

"你欠他钱吗？"

"不欠。"

"去吧！跟他说一声，马上就回来。滴水之恩，本当涌泉相报啊！"

朱德尔回去见到那位商人，说道："我遇见了我的好兄弟。"

商人说："把他请来，我们招待他一下吧！"

"这倒用不着，因为他是个富翁，家中奴婢成群。"

商人给了朱德尔二十第纳尔，说："这样，我的责任就尽到了。"

朱德尔告别商人，离开那里，出门遇见一个穷苦人，便把那二十第纳尔送给了那个穷苦人。

朱德尔在阿卜杜·赛姆德那里住了下来，直至朝觐仪式结束。阿卜杜·赛姆德把从舍麦戴勒宝库取出来的那枚戒指给了朱德尔，并且说："你拿着这戒指吧！它能够满足你的要求。这枚神奇戒指的奴仆叫'霹雳公'。只要一搓戒指，霹雳公就会出现在你的面前，你要什么，他就给你什么；你要他干什么，他就干什么。"

阿卜杜·赛姆德说完，一搓戒指，那奴仆便出现在他面前，说道："我的主人，我来了！你想要什么，请开口，定能如愿以偿。你想重建被毁坏的城郭，还是想使一座繁华城市化为废墟？你想杀死一位国王，还是想击溃一支大军？"

阿卜杜·赛姆德指着朱德尔说："霹雳公，他成了你的主人，从今以后，你要听从他的命令，服从他的指挥！"

"遵命！"奴仆说完隐去。

阿卜杜·赛姆德又对朱德尔说："你只要一搓戒指，奴仆便会出现在你的面前，他会按你的命令行事，贝都因违背你的意志。你戴上这枚戒指，回国去吧！你能依靠它打败你的敌人，你千万不要低估它的能量。"

朱德尔说："哈之先生，我想回国了。"

"你一搓戒指，奴仆就会出现在你面前。你可以骑在他的背上，说一声：'今天把我送回国去！'他不会违背你的命令。"

朱德尔告别阿卜杜·赛姆德，搓了搓戒指，那奴仆霹雳公便出现在面前，霹雳公说："主人，我来了！有何吩咐？"

朱德尔说："今天把我送回埃及去！"

"遵命！"

霹雳公背起朱德尔，腾空而起，从中午飞到夜半，降落在他家门前，便隐去了。

朱德尔进了家门，去见母亲。

母亲见小儿子朱德尔突然出现在面前，喜出望外，忙站起来，泪水像断了线的珍珠，脱眶而出，簌簌滚落下来。

随后，母亲把他的两个哥哥被国王抓去拷打的事情告诉了他，还述说了他俩如何拿走施了魔法的马褡子和装着金银、珠宝的马褡子。

朱德尔听后，十分难过，遂对母亲说："母亲，你不要悲伤！你立刻就会看到我怎样把两个哥哥救出来。"

说完，朱德尔把戒指一搓，只见那霹雳公登时出现在他的面前。

"主人，我来了，有何吩咐？"霹雳公说。

"我命令你立即把我的两个哥哥从国王的监牢里救出来！"朱德尔命令道。

霹雳公立即钻入地下,片刻后出现在监牢当中。

此时此刻,萨利姆和赛里姆正在牢中,因难忍难耐牢中之苦,恨不得立即一死了之。老大对老二说:"天哪,我们在这监牢里要忍受到什么时候呢?待在这里,还不如死了好。"

正在这时,地"嘣"地裂开了一道缝,霹雳公出现在他俩面前,然后携起他俩,钻入地下。那兄弟俩吓得魂不附体,不省人事了。

萨利姆和赛里姆醒来之时,发现自己已在家中,看见弟弟朱德尔和母亲坐在他俩身旁。

朱德尔说:"两位哥哥,你们好哇!莫非你俩把我忘记啦?"

他俩面对着地面,泪水不住落下。朱德尔接着说:"不要哭了!是魔鬼和贪欲把你们送入了监牢。你俩怎好把我卖掉呢?不过我会效仿优素福的,他的哥哥们把他抛入枯井之中,要比你俩把我卖掉更残酷些。"

讲到这里,眼见东方透出黎明的曙光,莎赫札德戛然止声。

第六百一十九夜

夜幕垂空,莎赫札德接着讲故事:

幸福的国王陛下,萨利姆和赛里姆醒来之时,发现自己已在家中,看见弟弟朱德尔和母亲坐在他俩的身旁。

朱德尔说:"两位哥哥,你们好哇!莫非你俩把我忘记啦?"

他俩面对着地面，泪水不住落下。朱德尔接着说："不要哭了！是魔鬼和贪欲把你们送入了监牢。你俩怎好把我卖掉呢？不过我会效仿优素福的，他的哥哥们把他抛入枯井之中，要比你俩把我卖掉更残酷些。"

朱德尔停顿片刻，又说："你俩怎好这样对待我呢？你们赶快向安拉忏悔，求安拉宽恕你们的罪过吧！安拉是大慈大悲的，安拉会宽恕你们的。我已原谅了你们，欢迎你们俩！不要把此事放在心上！"

朱德尔再三安慰两个哥哥，他俩的心终于安定了下来。

接着，朱德尔向两个哥哥讲述了自己的种种遭遇，一直说到在麦加朝觐时遇到老朋友阿卜杜·赛姆德，并把得到神奇戒指的事告诉了他俩。

两个哥哥对朱德尔说："弟弟，请原谅我们吧！我们一定痛改前非，听候你对我们的处置。"

"知错就好，无可责怪！国王是怎样对待你们俩的呢？"

"国王对我们严加拷打，厉声威胁我们，还夺走了那两个马褡子。"

"我不在乎那些！"

朱德尔一搓戒指，霹雳公又出现在他的面前。

萨利姆和赛里姆见了，惊恐不已，以为弟弟招来大汉想把他俩杀掉，急忙躲到母亲身后，哆嗦着说："母亲，快为我们求求情吧！"

母亲说："孩子，用不着害怕！"

朱德尔对霹雳公说："我命令你把国王金库中的金银财宝全部搬来，一点儿不剩！还要把他从我的两位哥哥那里要去的施过魔法的马褡子和装着金银财宝的马褡子要回来！"

"遵命！"

霹雳公立即离去，将国王金库里的金银财宝和两个马褡子全部卷了回来，向朱德尔报告说："主人，那国王的金库已经被我搬空了！"

朱德尔让母亲把装有珠宝的马褡子保存起来，把施过魔法的马褡子放在自己的面前。

他对霹雳公说："我命令你今夜为我建造一座巍峨宫殿，要金碧辉煌，富丽豪华，世间无双，而且不等天亮就要竣工。"

"我保证主人如愿以偿！"

霹雳公说完，钻地而去。

朱德尔从马褡子里取出种种美味佳肴，全家人吃饱喝足，上床就寝。

霹雳公召集伙伴，命令他们即刻动手，为主人建造如意宫殿。伙伴们一齐行动，有的凿石，有的砌墙，有的粉刷，有的雕镂，有的铺设……一片繁忙景象。天还没亮，一座巍峨宫殿已经落成。

霹雳公走去向主人报告说："主人，宫殿已经落成，各种陈设齐备，请你过目。"

朱德尔带着母亲和两位哥哥走去，只见那宫殿确实世间无双，建筑之精美，超出常人想象。朱德尔看后，十分高兴。那宫殿虽然坐落在大道当中，却不妨碍人马通行。

朱德尔对母亲说："母亲，你愿意住在这宫殿里吗？"

母亲说："孩子，为娘愿意住！"

母亲连连为小儿子祈祷祝福。

朱德尔拿出戒指一搓，霹雳公出现在面前。

"主人，我来了！"

"我命令你立即带四十名漂亮的白婢女、四十名黑婢女、四十名仆人和四十名奴隶来！"

"遵命!"

霹雳公立即带上四十名伙伴飞赴印度、信德和波斯,看见漂亮的姑娘就抢,遇到奴仆即抓;又派另外四十名伙伴去找黑婢女,再派四十名伙伴去抓奴隶。过不多时,婢女和奴隶如数来到朱德尔的宫殿。

朱德尔说:"霹雳公,为每个人置办一套最华丽的服装!"

"遵命!"

"给我母亲送来一套衣服!"

"遵命!"

"为我取一套衣服来!"

"遵命!"

片刻后,主人与奴仆都穿上了漂亮、整齐、合体的服装。朱德尔指着母亲对众婢女说:"这位就是你们的女主人,你们亲吻她的手吧!你们不要违背她的意志!你们所有的人都要为她效力。"

奴仆们都穿戴整齐,纷纷上前亲吻朱德尔母子的手。

朱德尔让两个哥哥穿上锦袍,顷刻之间,朱德尔变得像国王,而两位兄长就像两位宰相。

那座宫殿宽大无比。朱德尔让两个哥哥和奴婢们住在一边,他和母亲住在另一边,他们各有自己的天地,都像一位君王。

王宫大司库想到国王的金库里取点儿钱,不料走去一看,金库空空,正如诗人所云:

蜂在蜂房兴盛,蜂去蜂房空空。

司库见此情景,不禁一声号叫,登时倒在地上,昏迷过去,不省人事了。

片刻过后，司库从昏迷中苏醒过来，他走出金库，连库门都没有关，就跑去报告国王舍姆斯·道莱："国王陛下，一夜之间，金库里什么东西也没有了。"

国王大怒道："你是怎样管财的？"

"凭安拉起誓，我不曾动过一丝一毫，不知道何故一夜之间，里面什么东西也不见了。昨天我曾去看过，金库里满满当当；今天一看，那里空空荡荡，一无所有。但是，金库大门完好无损，既无洞穴，亦无破损之处，不像有盗贼进去过！"

"两个马褡子也一并不见啦？"

"是的。"

国王听后，不禁魂飞魄散，目瞪口呆。

讲到这里，眼见东方透出黎明的曙光，莎赫札德戛然止声。

第六百二十夜

夜幕垂空，莎赫札德接着讲故事：

幸福的国王陛下，司库对国王说："凭安拉起誓，我不曾动过一丝一毫，不知道何故一夜之间，里面什么东西也不见了。昨天我曾去看过，金库里满满当当；今天一看，那里空空荡荡，一无所有。但是，金库大门完好无损，既无洞穴，亦无破损之处，不像有盗贼进去过！"

"两个马褡子也一并不见啦？"

"是的。"

国王听后,不禁魂飞魄散,目瞪口呆。

片刻后,国王站起来,对司库说:"带我去看看!"

司库在前面走,国王在后面跟。来到金库一看,见那里空无一物,国王难过万分,哀号道:"天哪,谁洗劫了我的金库呀?难道就不惧怕我的威严和权势?"

国王怒不可遏,随即召集文武大臣前来议事。

百官们见国王满脸怒容,都以为在对自己发脾气。国王说:"诸位文官,诸位武将,昨夜我的金库被洗劫一空,不知是谁如此胆大妄为,竟敢盗窃到我的头上来。"

"究竟出什么事啦?"众臣异口同声问道。

"你们问问大司库吧!"

他们一问,司库说:"金库昨天还满满当当的;可是,今天,我进去一看,库里空空荡荡,什么也没有了,然而金库墙壁无洞,大门完好。"

众武将听司库这样一说,无不惊异不已,但谁也无言以对,只有密告萨利姆和赛里姆之事的那位国王的侍卫走上前去,对国王说:"大王陛下,昨夜我发现泥瓦匠们整夜忙个不停;天亮时,我看见一座宫殿已经建成,巍峨豪华,世间无双。我向人打听那是谁的宫殿,有人对我说:'朱德尔回来了,是他建造的宫殿。'他们还告诉我,朱德尔家中奴婢成群,还带回来了大量金银财宝,并且把他的两个哥哥救出了监牢。人们还说,朱德尔在自己的宫殿中,就像是一位君王。"

国王一听,忙下令道:"快去监牢里看一看!"

大臣们立即前去察看,果然不见萨利姆和赛里姆的身影。他们回来禀报后,国王说:"哦,我知道我的仇敌是何许人了!那个从监牢里抢走萨利姆和赛里姆的,就是盗我金库的人。"

宰相问:"陛下,到底是什么人呢?"

"就是他们的弟弟朱德尔!拿走两个马褡子的也是他。相爷阁下,马上派一将领,带上五十名近卫军士兵,把朱德尔抓来,把他的两个哥哥也抓来,查封他的家财,把他们统统抓来,把他们绞死!"

国王盛怒,接着催促道:"快派将领带兵行动,把他们全抓来,全都处死!"

宰相说:"国王陛下,安拉是宽厚温和的,即使奴仆有过错,也不急于处罚他。一夜之间造一座宫殿的人,世间无人能与之较量。因此,我担心我们的将领完不成任务,反倒被朱德尔送上断头台。国王陛下,且请息怒,忍耐一下,容我稍作筹划,弄明事情真相,定能让陛下如愿以偿。"

"相爷阁下,为我出个主意吧!"

"我将派一将军去请他来宫中。他来到宫中,陛下要热情欢迎他,做出友好表示,问问他的情况。倘若见他力量超乎寻常,就设法智取;假若看他不堪一击,就立即将他抓起来,按陛下的意志处置他。"

"好主意!派人去请他吧!"

宰相派一位名叫欧斯曼的武将去请朱德尔,并且叮嘱他说:"你对朱德尔说,国王将设宴款待他。"

国王又嘱咐欧斯曼:"你一定要把朱德尔带到宫中来!"

武将欧斯曼素有几分呆笨,几分矜持。他带着五十名近卫军大汉来到朱德尔宫殿门前,见一阍人坐在门前的一把金椅子上,大模大样,好像根本没有看见有人来到门前似的。

欧斯曼厉声喝道:"喂,奴才,你的主人在哪儿?"

"在宫中。"阉人没有站起来,而是靠在椅背上说。

欧斯曼大怒,嚷道:"下贱的奴才,我跟你说话,你却卧在那里,难道不害臊?"

"走你的吧!不要多废话啦!"

欧斯曼听他这样一说,怒不可遏,抽出指挥棒,想打那个阉人。他根本不知道他不是人,而是个妖魔。

阉人见欧斯曼抽出棒子,站起来,冲上前去,夺过棒子,痛打欧斯曼四十大棒。五十名近卫军壮汉见此情景,不忍心将军遭打,纷纷拔出宝剑,想杀那个阉人。阉人喝道:"狗东西,你们敢动刀剑?"

阉人冲了上去,抡起棍棒,狠力击打,直打得近卫军壮汉们人人头破血流,个个狼狈逃窜。

众近卫军壮汉们远离宫门之后,阉人回到自己的座椅上,依旧不把任何人放在眼里。

讲到这里,眼见东方透出黎明的曙光,莎赫札德戛然止声。

第六百二十一夜

夜幕垂空,莎赫札德接着讲故事:

幸福的国王陛下,阉人见欧斯曼抽出棒子,站起来,冲上前去,夺过棒子,痛打欧斯曼四十大棒。五十名近卫军壮汉见此情景,不忍心将军遭打,纷纷拔出宝剑,想杀那个阉人。阉人喝道:

"狗东西,你们敢动刀剑?"

阉人冲了上去,抡起棍棒,狠力击打,直打得近卫军壮汉们人人头破血流,个个狼狈逃窜。

众壮汉远离宫门之后,阉人回到自己的座椅上,依旧不把任何人放在眼里。

欧斯曼率众溃军回到舍姆斯·道莱国王面前,向他禀报了情况。欧斯曼将军说:"国王陛下,我到朱德尔宫门前,见一阉人坐在门前的一把金椅子上,傲气十足,大模大样。他见我来,不但不站起来,反倒靠在椅背上,根本不把我放在眼里。我和他说话,他靠在椅子上答话。我怒不可遏,抽出棒子想打他,他却冲了过来,夺过去我的棒子打我,还打了我手下的壮汉。我们抵不过他,只好逃了回来。"

国王一听,怒容满面,说道:"派一百名近卫军去捉拿他!"

欧斯曼带着一百名近卫军壮汉来到阉人面前,只见那阉人抄起棒子,一阵乱打,百名大汉落荒而逃。

官兵逃走,阉人照例回到金椅子旁,稳稳坐下。

百名近卫军狼狈逃回王宫,向国王禀报说:"陛下,我们害怕那个阉人,无可奈何,逃了回来。"

国王下令:"派二百名近卫军,将他擒来!"

二百名近卫军大汉赶去,仍然被阉人打得落花流水。他们败逃回王宫,将情况报告了国王,国王对宰相说:"相爷阁下,你亲自出马一趟吧!你带五百名近卫军,速速把那阉人捉来,同时将其主人朱德尔及其两个哥哥带来!"

宰相说:"国王陛下,我不用带一兵一卒,只身一人,赤手空拳即可。"

"快去吧!请相爷见机行事。"

宰相解下腰中佩剑，换上一件白大褂，手拿一串念珠，独自从容不迫地走去。

宰相来到朱德尔宫门前，果见一奴仆坐在那里。

奴仆见一人赤手空拳而来，礼貌地让来客坐在自己的身边，然后问道："你好哇，凡人！有何贵干哪？"

宰相听他称自己为"凡人"，知道他是神仙，禁不住吓得周身颤抖，结结巴巴地说："先生，你的主人朱德尔在这里吗？"

"是的，正在宫中。"

"请你去禀报一声，就说舍姆斯·道莱国王陛下请他去宫中赴宴，并问他好。国王请他，要他一定赏光。"

"你站在这里稍等，待我去向主人禀报。"

宰相恭恭敬敬地站在那里，阉人转身去见朱德尔，报告说："报告老爷，国王派来一位将军，带着五十名壮汉，被我打了回去。后来，国王又派来一百名壮汉，也被我打了回去；继之来了二百名，均已被我打跑。现在，国王派宰相来了，他只身一人，赤手空拳，说国王请你去王宫赴宴，不知老爷意下如何？"

朱德尔听后，说："把宰相带到这里来！"

阉人回来，对宰相说："宰相阁下，请进吧！"

"谢谢！"

宰相来到朱德尔面前，但见朱德尔坐在一把宝椅上，其华丽超过国王的御座，那宫殿也比王宫富丽堂皇，不禁大吃一惊。宰相细观那殿中精美陈设，自感在朱德尔面前，自己变成了一个穷汉。

宰相向朱德尔行过吻地礼，一番祈祷之后，朱德尔问："宰相阁下，有何贵干哪？"

"舍姆斯·道莱国王陛下向你问安。他很想见你一面，并备盛筵，请阁下赴宴，不知阁下肯不肯赏光？"

朱德尔说:"既然国王如此高看我,就请代我问陛下安好吧!宰相阁下,请你禀报国王,我请他来我这里做客。"

"愿为阁下转达此好意!"

朱德尔拿出神戒指,搓了搓,只见霹雳公出现在面前。朱德尔吩咐道:"给我拿套上等锦衣!"

片刻之后,霹雳公携锦袍来到。朱德尔说:"宰相阁下,请穿上这套锦衣吧!"

宰相接过锦衣,穿在身上。朱德尔说:"请回去转达我对国王的盛情邀请。"

宰相穿着那套自己从未见过的漂亮衣服,来到国王面前,将朱德尔及其宫殿的情况一一详细禀报。他说:"国王陛下,朱德尔请你赴宴!"

国王当即令大臣们行动,并叮嘱说:"你们全都要骑上马,并给我鞴一匹宝马,我们一同到朱德尔的宫殿去!"

国王纵身上马,带着大队人马,浩浩荡荡向朱德尔家进发了。

朱德尔对霹雳公说:"你让众妖魔全部扮成人的模样,组成一支大军,站在庭院当中,要让国王见了你们不寒而栗,胆战心惊,让他知道我的权势在他的权势之上。"

霹雳公得令,立即招来二百名妖魔,组成一支大军,个个腰佩宝剑,人人英姿勃勃,威武雄壮。

国王到来,见了列队勇士,顿觉强悍难抵,不禁心生惧意。国王走进宫中,见朱德尔端坐宝椅,庄重威严,忙上前问安致意,卑躬屈膝;而此时,朱德尔不曾站起,亦没让国王落座,只是让他站在那里。

讲到这里,眼见东方透出黎明的曙光,莎赫札德戛然止声。

第六百二十二夜

夜幕垂空,莎赫札德接着讲故事:

幸福的国王陛下,霹雳公得令,立即招来二百名妖魔,组成一支大军,个个腰佩宝剑,人人英姿勃勃,威武雄壮。

国王到来,见了列队勇士,顿觉强悍难抵,不禁心生惧意。国王走进宫中,见朱德尔端坐宝椅,庄重威严,忙上前问安致意,卑躬屈膝;而此时,朱德尔不曾站起,亦没让国王落座,只是让他站在那里。见此情景,国王心生惧意,既不能坐下,也不便退出。国王心想:"如果他记得我,他是不会放过我的,说不定会因我那样对待他的两个哥哥而对我进行残酷折磨。"

朱德尔说:"国王陛下,天下哪有像你这样坑害下人、掠夺人家财产的?"

国王立即答话:"请不要见怪!正是贪婪之心使我干出那样的事情。命该如此!假若没有罪过,也就不存在什么宽恕了。"

国王向朱德尔表示歉意,要求朱德尔宽恕他以前犯下的罪过。他花言巧语,滔滔不绝,直至吟诵起诗歌来:

> 天下大度人,宽容乃至德。切勿责怨我,莫记我之过。
> 我们能原谅,你之过与错。我有不对处,亦求宽谅我。

国王在朱德尔面前低三下四,苦苦哀求,屈膝卑躬,朱德尔终于开口说话:"愿安拉宽恕你。"

朱德尔让国王坐下,表示宽恕他。继而,朱德尔吩咐两个哥哥给国王摆筵席。

宾主吃饱喝足,朱德尔向国王的随行人员赠送衣物,款待备至,然后国王一行人马告别离去。

自那天起,国王每天来访,成了朱德尔门下的常客,友谊与日加深,彼此相处甚好。

一段时间过后,有一天,国王单独召见宰相。国王对宰相说:"相爷阁下,我有一事,心中甚感不安。"

宰相问:"陛下有什么不安心的事呢?"

"我担心朱德尔会杀死我,夺取我的王位。"

"大王陛下,有关王位、王权之事,陛下大可不必担心。因为朱德尔的权势要比陛下的权势大得多,而夺得王位,反倒降低了他的地位。如果陛下怕他杀你,不妨把公主嫁给他做妻子,如此成了一家人,也便永久消除了隐患。国王陛下,你看如何?"

"妙策!妙策!那好,你就当大媒吧!"

"好!"宰相甚为高兴,"国王陛下,依臣之见,可将朱德尔请来,在一个大厅里举行夜宴,让你的女儿着意打扮一番,穿上最漂亮的衣服,从大厅进来,走过他的身边。朱德尔看到公主,定然一见钟情。我看到这种情景,及时走上前去,告诉他,那是你的女儿,然后再跟他谈,让他以为陛下对此事一无所知,最后指点他找陛下,向公主求婚。一旦他与公主结为百年之好,陛下与他成了一家人,就可以完全放心了。万一他有了不幸,他的大批家产也就成了陛下的了。"

国王听后,欣然说道:"相爷阁下,你的主意极好!"

宰相立即开始做准备工作,一切安排妥当,将朱德尔请到王宫。文武百官,济济一堂,气氛热烈,笑声朗朗。

国王派人通知王后,让她好好将公主打扮一番,然后带她到大厅前。

王后按照国王的旨意,着意将女儿打扮了一番,衣饰华美,宛若天仙,然后带着她走来。

朱德尔见一美女到来,立即睁大眼睛,定睛细看,见其面目姣好,体态婀娜,明眸皓齿,娇艳妩媚,亭亭玉立,神采飞扬,情不自禁地赞叹道:"哇,好一个天仙美人⋯⋯"顿时四肢酥软,对那姑娘深深爱在心中,一时不知如何是好,不知不觉面色变黄。

宰相见此情景,忙问:"公子有何不舒适吗?何故面色变黄了呢?"

朱德尔说:"相爷阁下,这是谁家的姑娘?她把我的魂都勾去了⋯⋯"

"这是阁下的好友国王的公主呀!如果你喜欢她,我就去跟国王说说,让国王把公主许配给你,好吗?"

"相爷有眼力,快去禀报国王,以我的生命起誓,你若能做成这个大媒,你要什么,我给你什么;国王要什么彩礼,我就给什么彩礼。到那时,我们成了一家人,相亲相爱,共享幸福。"

"我一定让你如愿以偿!"

宰相转身来到国王处,悄声对国王说:"国王陛下,你的好朋友朱德尔想和你亲近,求我来做大媒,让你把女儿阿西娅公主嫁给他。陛下,千万莫让我失望哟!朱德尔已经一口答应,无论你要什么彩礼,他都能满足要求。"

国王欣喜不已,忙说:"彩礼嘛,就算收过了!姑娘嘛,听候你的安排!他同意与公主成亲,就是大恩大德。"

讲到这里,眼见东方透出黎明的曙光,莎赫札德戛然止声。

第六百二十三夜

夜幕垂空，莎赫札德接着讲故事：

幸福的国王陛下，宰相转身走去，悄声对国王说："国王陛下，你的好朋友朱德尔想和你亲近，求我来做大媒，让你把女儿阿西娅公主嫁给他。陛下，千万莫让我失望哟！朱德尔已经一口答应，无论你要什么彩礼，他都能满足要求。"

国王欣喜不已，忙说："彩礼嘛，就算收过了！姑娘嘛，听候你的安排！他同意与公主成亲，就是大恩大德。"

夜宴结束，各自回去休息。

第二天清晨，国王上朝，请来名流绅士，也有平民百姓。证人相继到来，朱德尔按时赶到。

朱德尔向公主求婚，并且说："聘礼已经送到。"

婚书写毕，朱德尔派人取来满盛金银珍宝的马褡子，作为公主的聘礼送给国王。接着，鼓乐齐鸣，笛声悠扬，欢声雷动，婚礼隆重热闹。继之，新郎新娘入洞房，朱德尔做了国王的驸马。

朱德尔夫妇与国王在一起生活了不长时间，国王一病不起，不久驾崩。军队一致要求朱德尔继承王位，但朱德尔再三推让；举国上下再三拥戴朱德尔为国王，他这才登上王位。

朱德尔国王下令在舍姆斯·道莱国王的陵墓上建造一座清真寺，并拨一笔宗教经费作为清真寺的修建费用。该清真寺坐落在"威尼斯人区"。

朱德尔的家原在"也门区"。他当上国王之后,开始建造房舍和清真寺,并将该区以他自己的名字命名,称为"朱德尔区"。

朱德尔国王还任命他的两个哥哥当了丞相,令长兄萨利姆任右丞相,让二哥赛里姆任左丞相。

三兄弟为王为相刚满一年时间,有一天,萨利姆对赛里姆说:"喂,二弟,这种情况到哪一天是尽头呢?难道说我们就甘心终生为朱德尔当奴仆?只要朱德尔活着,我们就得不到权力,也没有什么幸福可言。"

赛里姆说:"我们怎么才能把他杀掉,夺得那枚戒指和马褡子呢?"

赛里姆思考片刻,又说:"大哥,你比我见识广,你就出个计谋,也许我们能够把他杀死。"

"如果我想出了主意,把他杀掉了,我当国王,你来就任右丞相,戒指归你所有,你乐意吗?"

"一言为定!"

就这样,兄弟二人出于对权与利的狂妄贪求,达成了谋杀同胞弟弟的协议。

萨利姆与赛里姆策划好阴谋,二人对朱德尔说:"弟弟,我们应该为你感到自豪。请你到我们家里来,让我们款待你一番,也好给我们一些安慰。"两个哥哥再三哀求:"接受我们的款待,安慰安慰我们吧!"

朱德尔说:"好吧!在你们哪一个的家里款待我?"

萨利姆说:"在我家吧!我先招待你,赛里姆接着再款待你。"

"好吧!"

朱德尔和二哥赛里姆一起到老大家中。

萨利姆悄悄将毒药投入饭菜中,然后端出来给朱德尔吃。

朱德尔吃下不久,骨肉松软,随后瘫倒在地。萨利姆走上前去摘朱德尔的戒指,朱德尔奋力反抗,萨利姆一刀砍断了他的手指头,将戒指抢到手里。

萨利姆一搓戒指,霹雳公立即出现,说:"我来了!有何吩咐?"

萨利姆说:"把我二弟抓住杀掉,然后将一个被毒死和一个被杀死的两具尸体拖出去,抛到武将们面前示众。"

霹雳公依照吩咐,将赛里姆抓住杀掉,然后背起两具尸体,离开厅门,抛到了武将们面前。当时,武将们正坐在那里吃饭,他们见朱德尔和赛里姆已死,纷纷扔掉手里的食物,惊恐万状,惶惶不安,异口同声问:"谁把国王和左丞相杀啦?"

霹雳公说:"是他俩的哥哥萨利姆干的……"

话音未落,萨利姆已来到他们的面前。他说:"众位武将,你们只管吃喝,开怀畅饮!我已从朱德尔手里弄到了戒指。这位霹雳公就是戒指的奴仆,我命令他杀死了我的弟弟赛里姆,免得他与我争夺王位;因为他是叛徒,我担心他背叛我。朱德尔也已一命呜呼。现在,我就是你们的君王,你们同意吗?如若不拥戴我,我一搓戒指,霹雳公就会立即将你们老老少少全部杀死!"

讲到这里,眼见东方透出黎明的曙光,莎赫札德戛然止声。

第六百二十四夜

夜幕垂空,莎赫札德接着讲故事:

幸福的国王陛下,萨利姆来到众武将面前,对他们说:"众位武将,你们只管吃喝,开怀畅饮!我已从朱德尔手里弄到了戒指。这位霹雳公就是戒指的奴仆,我命令他杀死了我的弟弟赛里姆,免得他与我争夺王位;因为他是叛徒,我担心他背叛我。朱德尔也已一命呜呼。现在,我就是你们的君王,你们同意吗?如若不拥戴我,我一搓戒指,霹雳公就会立即将你们老老少少全部杀死!"

"我们拥戴你当我们的国王!"众武将异口同声道。

萨利姆下令埋掉两个弟弟的尸首,人们默默地为已故国王和右丞相送葬。

随后,文武百官来到王宫,萨利姆端坐在宝座上,百官们向他宣誓效忠。

仪式举行完毕,萨利姆说:"我要娶我弟弟朱德尔的遗孀为妻。"

文武百官们齐声说:"要等限期过去之后,才能订婚。①"

萨利姆说:"我不懂什么限期不限期,我今天就要与她成婚!"

百官无可奈何,只好请来法官、证人,为他写婚书,同时通知朱德尔的遗孀阿西娅公主。

阿西娅公主听后,说:"就让他今夜和我入洞房吧!"

宫中立刻张灯结彩,一片喜庆气氛。

新郎新娘入洞房,阿西娅公主显得喜气洋溢,欢欢喜喜迎接新郎萨利姆。

阿西娅公主将毒药溶入水中,端给萨利姆喝。萨利姆饮下,顿感肚子疼痛难忍,片刻后一命归天。

---

① 按伊斯兰教规定,寡妇再嫁,须经一次月经,证明无孕,方可再嫁,这段时间,即称"限期"。如果怀有身孕,须等生育之后再嫁,不然,便视作违法。

阿西娅公主拿起神戒指,将之砸成碎末,不让任何人再用它呼神唤鬼,随后又将马褡子撕了个粉碎。

阿西娅公主又去找长老们,向他们说明了情况,并对他们说:"你们选举自己的新国王,让新国王管理你们的国事吧!"

讲到这里,莎赫札德说:"这就是朱德尔三兄弟的结局。"

妹妹杜娅札德说:"姐姐,这个故事真是奇妙极了!"

莎赫札德说:"如蒙国王陛下厚恩能多留我一夜,我来夜讲的故事会更神奇、美妙、动人。"

舍赫亚尔国王说:"我很想听下去。天色尚早,你讲下去就是了。"

莎赫札德开始讲《异母异父三兄弟》的故事:

相传,很久很久以前,有一位伟大君王,名叫康德麦尔。

康德麦尔国王骁勇过人,能攻善守,攻无不克,战无不胜。然而岁月不饶人,华年迅速消逝,转眼已成老翁。承蒙安拉恩赐,国王老年得一男孩儿,因其相貌英俊,故取名阿吉布,意为"稀奇少有"。

老国王爱子若掌上明珠,特意为儿子选定保姆、奶妈、婢女,专门负责照看、喂奶。

阿吉布长到七岁,国王从教友当中为他挑选了教师,负责教他教义、教法及所需要的各种知识。仅仅三个年头,王子阿吉布学问大有长进,他志向坚定,思想健全,成了一位博学才高、能言善辩、人皆称道的哲学家,常与学者、哲人对座争辩。国王见之,惊叹不已,甚为王子高兴。

之后,国王亲自教王子骑马、刺杀、击剑,王子长进很快,刚满十岁,便成了一名勇猛骑士,博通战略战术门道,在各方面都超过了同代人。因此，他矜持自傲，顽固任性，简直变成了一个魔鬼和妖怪。他每当外出打猎，总要带上千骑，动辄对弱小部落发动突然袭击，拦路抢劫，抢夺王公、君主们的女儿。因此，登门告状者络绎不绝，致使国王大伤脑筋。

有一天，康德麦尔国王唤来五名宫奴，对他们发令道："你们把这个狗东西给我捆起来！"宫奴们立即冲向王子阿吉布，把他捆绑了起来。

继之，国王命令宫奴们狠打阿吉布王子。众宫奴一齐动手，直打得王子昏迷过去，不省人事。

之后，国王把王子阿吉布关在一个黑屋子里，使之分不清白天和黑夜。

大臣们得到消息，纷纷去拜见国王，向国王行吻地礼，为王子求情，国王这才放了阿吉布王子。

阿吉布忍耐了十天。一天夜里，他闯入父王寝宫，乘父王熟睡之机，手起剑落，削下了父王的首级。

次日天亮，阿吉布登上国王的宝座，令手下人分站左右两厢，个个身披甲胄，人人利剑出鞘，雄赳赳，气昂昂。文武百官进到宝殿一看，只见阿吉布王子坐在国王的宝座上，手里提着老国王的首级，虎将左右站立，不禁人人胆战心惊，个个面色如土。

阿吉布大声说："文官武将们，你们已经看到你们国王的下场！谁顺从我，我就尊敬他；谁违抗我的意志，我就这样处置他！"

众臣听他这样一说，一个个吓得魂不附体，害怕命丧于阿吉布之手，纷纷表示："你就是我们的国王，你就是我们的统帅！"

百官连连向这位新国王行吻地礼。

阿吉布见文武百官已表示臣服，心中十分高兴，下令拿出钱财和布帛，分发给他们，以示感谢，并且赐赠给他们每人锦袍一身。

百官们得到赐赠财物，一致表示拥护、服从这位新国王。随后，阿吉布国王又向各地总督和地方官员赐赠了钱财，他们均表示服从。新国王开始发号施令，举国上下，一呼百应，政令畅行无阻。

不知不觉五个月时间过去了。一天夜里，阿吉布国王做了一个梦，突然惊醒，直到天明，也未能入睡。

天亮之后，阿吉布端坐宝座，武将们左右两厢侍立。片刻后，他唤来圆梦家和占卜师，对他们说："你们来给我圆圆这个梦吧！"

"陛下，你梦见了什么呢？"圆梦家和占卜师问。

"我好像梦见我的父亲来到我的面前，只见他两腿一叉，从他的裤裆下钻出一个东西，有蜜蜂那样大小，渐渐变大，旋即变得像一只巨大的猛狮，利爪如同一把匕首。我害怕极了。正当我惊恐万状之时，那只猛狮向我袭来，伸出利爪，撕破了我的肚子。我惊醒过来……"

圆梦家们听罢，相互观望片刻，思考如何对答。过了一会儿，他们说："国王陛下，这个梦表明你的已故父王还有一个儿子；不久之后，你与他之间必定会有一场争斗，他将与你争夺王权。因此，你必须对之保持高度警惕才是。"

阿吉布国王听后，说道："我根本没有兄弟，没有这种顾虑。你们是在说谎啊！"

"我们是根据自己悟到的情况告诉陛下的。"

阿吉布国王下令将圆梦家们打了一顿，然后将他们赶走。随后，阿吉布到已故父王的后宫进行察看，发现先王嫔妃中果然有一位妃子已经怀孕七个月。见此情况，阿吉布立即唤来两个宫奴，吩咐说："你俩立即把这个怀孕的妃子带走，将她抛入大海之中。"

两个宫奴拉着妃子行至大海边，正想将她丢进大海时，撩开面纱一看，但见她花容玉貌，明艳动人，不禁春心勃发，便说："我们为什么要把她抛入大海,将她淹死呢?何不把她带到一片树林子去,与她欢乐一场呢?"

两个宫奴商妥之后,便带着她离开海边,一连走了几天几夜,自知已经远离京城,然后带着她来到一片树林。只见那里树木繁茂,河渠纵横,果实满枝,百鸟鸣啭。

两个宫奴商定,在那里轮流与妃子交欢作乐。一个宫奴说:"我得先来!"

另一个说:"你不能先来,得我先来!"

两个宫奴争执不下。就在这时,只见一帮黑大汉冲了过来,挥舞利剑长矛,相互厮杀争斗,剑矛相撞,铿锵作响,你来我往,激烈非常。他们见两个宫奴正在戏弄一女子,便上去将二人杀死。妃子趁他们相互厮杀之机,慌忙向林子深处逃去。

妃子在林子中吃野果充饥,喝河水解渴。妊娠期满,生下一个男婴,漂亮可爱,因生于异乡,故为他取名"埃里布"。妃子用自己的衣服将孩子包起来,给他喂奶;想到昔日在王宫尽享欢乐清闲,如今母子身居野林,心中不胜悲苦,不禁泪水潸潸流淌。

讲到这里,眼见东方透出黎明的曙光,莎赫札德戛然止声。

第六百二十五夜

夜幕垂空,莎赫札德接着讲故事:

幸福的国王陛下,妃子在林子中吃野果充饥,喝河水解渴。妊娠期满,生下一个男婴,漂亮可爱,因生于异乡,故为他取名"埃里布"。妃子用自己的衣服将孩子包起来,给他喂奶;想到昔日在王宫尽享欢乐清闲,如今母子身居野林,心中不胜悲苦,不禁泪水潸潸流淌。

母子在林中生活了一些日子,痛苦不堪,孤寂难耐。有一天,忽见一队人马走来,只见他们当中有的骑马,有的步行,带着猎隼和猎狗,马背上驮着大批猎物,其中有灰鹤、苍鹭、天鹅、野鸭、鸵鸟以及多种水鸟,还有野兔、羚羊、野牛、山猫、豺狗、狮子等。

这些人进入林子,发现一妇人正怀抱婴儿喂奶,于是走上前去,问道:"你是人呢,还是妖?"

"我是人哪!阿拉伯首领们!"妃子回答。

他们转身走去禀报了他们的头领。

他们的头领名叫穆尔达斯,是葛哈唐人①的酋长。他带着本族及兄弟部族的五百名壮士外出打猎,来到这片树林中,发现了那母子二人。

妃子把自己的经历从头到尾讲了一遍,穆尔达斯听后,惊诧不已。

穆尔达斯继续带着族中壮士打猎,并安排那对母子随行。他们来到葛哈唐部族居住的地方,穆尔达斯为那对母子单独安排了住所,并派五名婢女照顾他们母子的生活。

穆尔达斯深深爱上了那位带孩子的妃子,不久娶之为妾。洞房花烛之夜,妻子有喜。妊娠期满,生下一个漂亮的男婴,取名苏海

---

① 葛哈唐人,系古代也门南部的一个部落。其始祖名叫"葛哈唐",后裔分为两支,其一叫"希木叶尔",其二叫"凯哈兰"。

姆·莱伊里。

埃里布和苏海姆·莱伊里在酋长穆尔达斯的关怀下健康成长。兄弟二人稍稍懂事,穆尔达斯便将二人交给一位教法学家,学习宗教知识。之后,他又将兄弟俩交给阿拉伯勇士,教他俩骑马、射箭、击剑和刺杀。

埃里布和苏海姆·莱伊里兄弟二人年满十五岁,便学会了必要的知识和本领,武艺超过本地区所有的勇士。埃里布武艺高超,足以抵挡千骑;苏海姆·莱伊里智勇过人,亦能抵过千名壮士。

酋长穆尔达斯有许多敌人,而他的手下都是英雄好汉,力大无穷,势不可当。他们的部落附近住着一位阿拉伯首领,名叫哈桑·本·萨比特,是穆斯林的好朋友。

哈桑·本·萨比特与葛哈唐部落的一位大家闺秀结婚,邀请了许多宾客,其中就有穆尔达斯酋长。

穆尔达斯酋长带领三百名骑士前往赴宴,留下四百名骑兵在家中保护妇幼。一行人马浩浩荡荡来到哈桑家,哈桑出门相迎,热情接待,将他安排在首席位置上。前来参加婚礼的人马无数,哈桑举行盛大婚筵,热情招待来宾。

欢宴结束,贺礼的宾客相继回返。

穆尔达斯返回自己部落居住的地方,途中发现路旁有两具死尸,鹰鹫正在那里盘旋,禁不住心中一惊。

穆尔达斯正走着,忽见埃里布骑马飞驰而来,但见他身披锁子甲,风尘仆仆。他向酋长问好并祝他平安返回之后,酋长问:"喂,埃里布,你何故全副武装,究竟出了什么事?"

埃里布回答道:"哈姆勒·本·马吉德率五百名骑兵向我们发动了一场突然袭击……"

平地起一场风暴,正是事出有因:

酋长穆尔达斯有一个女儿，名唤穆哈迪娅，身材修长，肌肤白嫩，亭亭玉立，娇艳妩媚，正所谓闭月羞花，沉鱼落雁，倾国倾城，世上无双。

努卜哈人首领哈姆勒听说穆哈迪娅姑娘貌美无比，便垂涎欲滴，即亲率五百骑士，前来拜访穆尔达斯酋长，向其女儿求婚。结果令哈姆勒大失所望，穆尔达斯拒绝了这位首领的要求。因此，哈姆勒对穆尔达斯怀恨在心，等待时机，准备对之进行报复。

哈姆勒获悉穆尔达斯应哈桑之约赴婚宴，便率大批骑士，向葛哈唐部族发动了一场突然袭击，杀死葛哈唐部族若干人，余生者纷纷逃往山林。

就在那一天，埃里布和弟弟苏海姆·莱伊里率领百骑外出打猎，直到日当午时，方才回转。

兄弟二人回来一看，发现哈姆勒已经洗劫了他们的村舍，抢劫去大批民女，把穆哈迪娅姑娘也抢走了。

见此情景，埃里布怒火中烧，当即把弟弟苏海姆·莱伊里叫到跟前，说："这个该死的杂种，把我们的家园洗劫一空，抢走了我们的姐妹！走！找敌人算账去！夺回我们的财产，救出我们的姐妹！"

苏海姆·莱伊里和埃里布率领百名勇士，闯入敌营。埃里布怒火万丈，纵横驰骋，挥舞利剑。连连斩下敌人的首级，直冲杀到首领哈姆勒跟前。他见妹妹穆哈迪娅被押在女俘当中，怒不可遏，拍马向哈姆勒杀去，手起剑落，将哈姆勒斩于马下。

晡时来临，埃里布、苏海姆·莱伊里兄弟俩已杀死大半敌人，其余敌人全部溃逃。

埃里布带着被救出的亲人们返回家中，他坐在马背上，用长矛叉着哈姆勒的首级，边走边吟诵道：

激战日子里，我自显威风。夜临大地时，神鬼畏我影。
右手舞利剑，左侧敌丧命。我有矛在手，锋刃似月弓。
我名埃里布，族中称奇勇。人少我不怕，奇勇抵千兵。

埃里布吟罢诗，遇到了赴宴回来的穆尔达斯。

穆尔达斯对埃里布勇猛出战表示感谢，并且说："埃里布，你无愧于我的精心培养。"

穆尔达斯进入帐篷，人们围在他的身边，纷纷赞扬埃里布。

"酋长大人，假若没有埃里布英勇出战，我们这里的任何人都难以保住性命。"

穆尔达斯衷心感谢埃里布的义勇之举。

讲到这里，眼见东方透出黎明的曙光，莎赫札德戛然止声。

第六百二十六夜

夜幕垂空，莎赫札德接着讲故事：

幸福的国王陛下，埃里布祝贺穆尔达斯平安返回，接着把酋长外出之时发生的激烈战斗情况讲了一遍。

穆尔达斯对埃里布勇猛出战表示感谢，并且说："埃里布，你无愧于我的精心培养。"

穆尔达斯进入帐篷，人们围在他的身边，纷纷赞扬埃里布。

"酋长大人，假若没有埃里布英勇出战，我们这里的任何人都难以保住性命。"

穆尔达斯衷心感谢埃里布的义勇之举。

埃里布将穆哈迪娅从哈姆勒手中救出来，并且杀死了哈姆勒，带着穆哈迪娅回来时，两人的目光偶然相遇，埃里布只觉情箭穿心，一下落入了穆哈迪娅的情网之中。

自此之后，埃里布总也忘不掉穆哈迪娅，深深沉浸在爱河之中，因此夜不成寐，食不甘味，不吃不喝，常常骑马登山，到野外吟诗，日头偏西时方才回来。

埃里布的相思之情难抑，终于把自己对穆哈迪娅的爱慕之情吐露给了自己的朋友。随后，这个消息在整个部落传播开来。

消息传到酋长穆尔达斯的耳里，他不禁勃然大怒，坐卧不宁，时而咒骂太阳，时而咒骂月亮。酋长说："这就是抚养私生子者的报应！如果我不杀掉埃里布，这岂不是我的奇耻大辱？"

他就杀埃里布之事跟部族中一位智者商量，并向之吐露了自己心中的秘密。那位智者说："酋长大人，之前埃里布救出了你的女儿。如果非杀他不可的话，那也应该借助他人之手，以免别人对你生疑。"

穆尔达斯说："你就出个计谋将他杀掉吧！我只能借助于你了。"

"酋长大人，你可以趁他外出打猎之时，在他经过的路上设下埋伏，你带上百名壮汉，藏在山洞之中，乘其不备，突然袭击，结果他的性命。到那时，你一清二白，什么责任都没有。"

"这个办法妙！"

酋长穆尔达斯从本部族中挑选了一百五十名彪形大汉，向他们面授机宜，要他们杀死埃里布。

穆尔达斯终于等到了埃里布外出狩猎的日子。当埃里布深入峡谷和山野时，穆尔达斯便率领壮士们埋伏在他返回的路上，以便突然出击，置他于死地。

穆尔达斯的人马刚刚在丛林中隐藏好，忽然五百名大汉朝他们猛扑过来，杀死了六十人，抓走了九十人，穆尔达斯也在被俘之列。

原来那五百名大汉是给哈姆勒报仇来的。哈姆勒被埃里布斩于马下，剩余人马溃逃之后，去找哈姆勒的弟弟，报告了哈姆勒被杀的情况。哈姆勒的弟弟一听，勃然大怒，立即召集部下，精选出五百名彪形大汉，人人体壮如牛似虎，上马出发，去为哥哥报仇。他们在丛林中遇见穆尔达斯带领的人马，于是发生了那场激战。

他们俘虏了穆尔达斯及其手下人，哈姆勒的弟弟及其部下相继离鞍下马，哈姆勒的弟弟对大汉们说："勇士们，神助我轻易报了仇，雪了恨，你们可以休息一下了。你们要好好看守穆尔达斯及其手下人，等我睡上一觉，再来处置他们。"

穆尔达斯眼见自己手脚被绑，对自己的行为后悔不已。他说："我是自作自受啊！"

哈姆勒的弟弟和手下人沉浸在胜利的欢乐之中，而穆尔达斯及其部下却被捆绑着，自感生存无望，定死无疑。

这一天，负了伤的苏海姆·莱伊里来见妹妹穆哈迪娅，妹妹急忙站起来，上前亲吻哥哥的手，然后说："你会很快痊愈的！假若没有你和埃里布及时相救，我们就无法摆脱敌人的折磨。哥哥，你有所不知，父亲带着一百五十名壮汉骑马外出了，他想杀死埃里布。埃里布维护了你们的体面，拯救了你们的财产。倘若他被父亲杀死，那将是不可挽回的巨大损失。"

苏海姆·莱伊里听妹妹这样一说，脸色顿时阴沉下来。他沉思片刻,站起身来,抄起宝剑,走出帐篷,跨上骏马,向埃里布打猎的地方飞驰而去。

到了那里,发现埃里布已打到大批猎物。苏海姆·莱伊里走上前去,向哥哥问安,然后说:"哥哥,你外出打猎,怎么也不告诉我一声呢?"

埃里布说:"凭安拉起誓,没有别的意思,只因为我看你负了伤,有意让你休息一下。"

"哥哥,你要对我父亲多加提防呀!"

随后,苏海姆·莱伊里把父亲带一百五十名壮汉打算伏击埃里布,欲置他于死地的事讲了一遍。

埃里布听后,说:"安拉会使他自作自受的!"

埃里布和苏海姆·莱伊里纵身上马,踏上回家的路程。夜幕垂空时,二人行至山谷中,忽然马嘶声传入耳际。苏海姆·莱伊里说:"哥哥,我父亲带领的人马就埋伏在这个山谷里,我们赶快离开这里吧!"

埃里布跳下马背,把马缰交给苏海姆·莱伊里,并且说:"停一停!我去一会儿就回来。"

埃里布走去一看,发现那里有许多人,都不是本地区的人。他听他们提及穆尔达斯的名字,并且说:"我们要把他带到我们那个地区再杀掉。"

埃里布得知穆尔达斯已被他们抓住,暗自心想:"看在穆哈迪娅的面儿上,我也要把她的父亲救出来,决不能让她担忧!"

埃里布趁着夜色四下寻找穆尔达斯,终于发现他手脚被绑着,狼狈不堪。埃里布悄悄坐在他的身旁,小声说:"大叔,你受苦了!"

穆尔达斯眼见埃里布坐在自己的身边,不禁大惊失色,连忙说:"孩子,我亏待了你!看在抚养你的情分上,你就赶快设法救救我吧!"

"我若把你救出去,你能把穆哈迪娅许配给我吗?"

"孩子,凭我的信仰起誓,她此生就属于你了。"

埃里布给他解开绳索,然后说:"那里有马,你的儿子苏海姆·莱伊里在那里等你,快去吧!"

穆尔达斯悄悄离开那里,来到苏海姆·莱伊里跟前。苏海姆·莱伊里为父亲脱险而感到高兴。

埃里布为那九十名被俘骑士一一松绑,又给他们弄来武器和马匹,对他们说:"你们上马吧,然后分散在敌人的四周,等听到我的呼唤,就大声呼喊:'葛哈唐人,冲啊!'他们醒来,一定会自相残杀,到时候我们再收拾他们。"

埃里布耐心等到五更天,只听他一声大喊:"葛哈唐人,冲啊!"

埋伏的骑士齐声大喊:"葛哈唐人,冲啊!"

那呼喊声回荡在整个山谷之中,敌人以为葛哈唐人正从四面八方发起进攻,于是急忙抄起武器,相互厮杀起来。

讲到这里,眼见东方透出黎明的曙光,莎赫札德戛然止声。

第六百二十七夜

夜幕垂空,莎赫札德接着讲故事:

幸福的国王陛下，埃里布耐心等到五更天，只听他一声大喊："葛哈唐人，冲啊！"

埋伏的骑士齐声大喊："葛哈唐人，冲啊！"

那呼喊声回荡在整个山谷之中，敌人以为葛哈唐人正从四面八方发起进攻，于是急忙抄起武器，相互厮杀起来。

埃里布及其手下将士忙向后撤，敌人相互厮杀直到天亮，死者不计其数。

埃里布和穆尔达斯以及九十名壮士挥剑冲向残存的敌人，将他们斩杀大半，剩下的少数仓皇逃遁。

葛哈唐人牵上缴获的战马，带着缴获的武器，胜利返回。穆尔达斯简直不敢相信自己已经摆脱敌人的绳索。

他们凯旋，乡亲们热烈迎接他们，祝贺他们安全返回。人们各自回到自己的帐篷里。

埃里布刚走进帐篷，便被青年们围了起来，大人小孩无不向他问候致安，争相为他祝福。

穆尔达斯眼见埃里布如此受青年崇敬，心中对他更加憎恶。他对身边的亲信说："我对埃里布更加讨厌了，尤其是看到这些青年围着他，使我更加心中不安。你们有所不知，明天他还要找我向我的女儿穆哈迪娅求婚呢！"

一位谋士说："酋长大人，你何不让他去办一件根本办不到的事情，难为难为他呢？"

穆尔达斯一听，觉得此主意甚好。他心中高兴，一夜安睡，不觉天已大亮。

清晨，酋长穆尔达斯端坐帐中，亲信和侍从们围坐在他的四周。

埃里布带着数名青年来到酋长帐中，向穆尔达斯恭恭敬敬地行吻地礼。

穆尔达斯见之，表现得十分高兴，忙站起来，表示欢迎，然后让埃里布坐在自己的身边。

埃里布说："大叔，你已向我许过诺言，就请你实践自己的诺言，把穆哈迪娅许配给我吧！"

穆尔达斯说："孩子，她今生今世是属于你的。不过，你的钱太少了。"

"大叔，你要什么，只管说就是了。我将冲进阿拉伯首领的住宅，闯入阿拉伯帝王的京城，给你抢来足以堆满东方和西方天地的金银财宝。"

"孩子，我向所有偶像立过誓：我只能把穆哈迪娅许配给为我报仇雪耻的英雄。"

"大叔，你要找哪位君王报仇雪耻，请只管对我讲；我必将砸碎他的宝座，取下他的首级。"

"孩子，当初我有个儿子，是个英雄好汉。有一次，他带着百名壮士外出打猎，从一个山谷走到另一个山谷，渐渐深入大山之中，终于行至百花谷。哈姆·本·舍伊斯·本·舍达德·本·赫勒德的宫殿就在百花谷。孩子，那里住着一个黑色巨人，身高七十腕尺，动辄拔大树当武器进行打斗。我的儿子到了那里，那个黑色巨人向他冲了过来，将他杀死。他手下的百名壮士，幸免者仅有三人。他们回来报告了情况，我便率领人马前往讨伐，结果未能为儿子报仇，大败而归。我已立下誓言，谁能为我的儿子报仇，我才能把我的女儿许配给他。"

埃里布听穆尔达斯这样一说，立即站起身来，说道："大叔，让我去征讨这个黑色巨人，蒙安拉默助，为你的儿子报仇，为大叔雪耻。"

"埃里布,你若能把那个黑色巨人打败,你就能得到连火都烧不尽的金银财宝。"

"有关我的婚姻之事,你就请人来为我做证,以便增强我的信心,谋求来日生计。"

穆尔达斯承认自己的诺言,并请了族中长老来做证。随后,埃里布满怀希望离去。

埃里布来见母亲,将事情告诉了她。母亲说:"孩子,你有所不知,穆尔达斯是很讨厌你的,他派你去那座山中,只是为了把你同母亲分开。你还是带着我去吧,也好让我离开这个暴虐的人家。"

"母亲,我此去一定能够战胜敌人,如愿以偿。"

埃里布一夜安睡。

第二天清晨,阳光普照大地,埃里布纵身上马,正要踏上征程之时,忽见二百名青年伙伴赶来,个个身强力壮,人人披坚执锐。他们叫住埃里布,异口同声说道:"把我们全带去吧!我们能与你合作,路途上为你带来慰藉。"

埃里布非常高兴,对他们说:"安拉定会嘉奖你们!朋友们,跟着我一起走吧!"

埃里布带着伙伴们跋涉了两天,于傍晚时分在一座高山下停下脚步,将马拴好。埃里布漫步走去,行至一座山洞前,发现洞中有光射出,便走了进去。

走进山洞,只见那里坐着一位老人,眉毛长长的,盖住了眼睛;长长的胡子,把嘴都遮掩住了。埃里布见之,心中不禁一惊,钦敬之情油然而生。一问,知道老人已三百四十岁了。

老人对他说:"孩子,看来你是多神教徒,还在对石头顶礼膜拜,而不崇拜创造日夜和星辰的伟大造物主。"

埃里布听老人这样一说,禁不住周身颤抖。埃里布说:"老人家,那造物主在哪里?我看不见又怎能顶礼膜拜呢?"

"孩子,这位伟大的主,世人谁也看不见他,人看不见他,他却能看见人;他在高天,居高临下,却又无处不在,到处都有他的踪迹;他创造了宇宙万物、人和神,时光岁月都要由他安排;他派先知为人类指出光明正道,谁服从他,就可以上天堂,谁违抗他,就得下地狱。"

"老人家,崇拜这万物的主,会怎样呢?"

"孩子,我当年本是称霸这里的阿德部落人,他们是多神教徒。后来,主给他们派来了先知,名叫呼德,但众人不听他的劝导,于是一阵狂风吹来,将他们消灭了。而我和部分族人,服从先知呼德劝导,幸免于折磨,平安无事。赛莫德人来了,他们与他们的先知撒立哈生活在一起。后来,安拉给他们派来了一位先知,名叫易卜拉欣,被誉为'安拉的至交'。安拉还派他去向巴比伦王奈姆鲁德传教。我同族的信民们都死去了,唯有我还活着。我就山凿室以为居所,崇拜安拉。伟大安拉保佑我,不愁吃和穿。"

"老人家,我怎样才能成为安拉的信徒呢?"

"你要说:'我证万物非主,唯有安拉;我证易卜拉欣是安拉的至交。'"

埃里布遵老人家所嘱说了一遍,皈依了伊斯兰教,心口一致,诚心诚意。

老人说:"伊斯兰教和信仰已在你的心中扎下根。"

随后,老人教埃里布举行简单的宗教仪式,诵读《古兰经》某些章节。老人又问:"孩子,你叫什么名字?"

"我叫埃里布。"

"埃里布,你打算到哪里去?"

埃里布把自己的情况从头到尾讲了一遍,直至谈及他要攻打的山中妖魔。

讲到这里,眼见东方透出黎明的曙光,莎赫札德戛然止声。

第六百二十八夜

夜幕垂空,莎赫札德接着讲故事:

幸福的国王陛下,老人教埃里布举行简单的宗教仪式,诵读《古兰经》某些章节。老人又问:"孩子,你叫什么名字?"
"我叫埃里布。"
"埃里布,你打算到哪里去?"
埃里布把自己的情况从头到尾向老人讲了一遍,直至谈到他要攻打的山中妖魔。
老人问:"你单枪匹马攻打山上妖魔,岂不是发疯了吗?"
"老人家,不是我一个人,我还带着二百名勇士呢!"
"埃里布,你就是带上万名猛将,也难以抵挡那个妖魔。那妖魔名叫奥勒,吃人肉,饮人血。我们祈求安拉保佑天下人平安。那妖魔是哈姆的后裔。他的父亲就是建立印度的人,名叫印迪耶;他留下这个儿子,取名赛阿丹·奥勒。孩子,赛阿丹·奥勒力大无穷,是个巨怪。他以人为食,其父亲生前曾制止他食人,但他根本不听,反倒变本加厉,肆无忌惮。因此,他父亲只好驱逐他,经过一番战斗和巨大的辛苦,将他赶出了印度国,他便来到了这块土地上。他在这里修筑堡垒,居住下来。他开始拦路抢劫,袭击过往行人，然后回到这条峡谷里栖身。他有五个儿子，个个身强力壮，精明过人，足以抵挡千名勇士。他抢夺了大量钱财、马匹、骆驼和牛羊，把整个山谷都填满了。孩子，我实在担心你吃亏。但求安拉默助你，用一神教语言战胜他。孩子，你攻打多神教徒时，一定要高喊：'安拉至大！'这句话能帮助你们打败多神教徒。"

说完，老人送给埃里布一条钢棒，重一百磅，上有十个钢环；拿起钢棒一摇，顿时发出雷鸣般的响声。

老人又送给埃里布霹雳宝剑一口，长有三腕尺，宽三拃；用它砍巨石，巨石立刻断开。

老人还送给埃里布一身铠甲、一个盾牌和一部《古兰经》，并对他说："回族人当中去吧！你要向他们传播伊斯兰教。"

埃里布怀着对伊斯兰教的衷心热爱，走出山洞，来到勇士们中间。人们高高兴兴地迎接他，异口同声问他："首领啊，你为何在那里待了那么长时间，这时才回来？"

埃里布把在山洞中与老人的谈话从头到尾讲了一遍，并向他们传播了伊斯兰教。大家听罢，当即皈依了伊斯兰教。

众勇士一夜安睡。

次日天明，埃里布纵身上马，前去告别山洞中的老人，然后向勇士们走去。走着走着，忽见一骑士飞驰而来，只见那骑士全副武装，披甲戴胄，仅仅露着两只眼睛，挥剑直冲向埃里布，并且大声喊道："阿拉伯强盗，赶快放下武器；如若不然，定要你的性命！"

埃里布毫不示弱，挥钢棒奋起应战。二人大战数个回合，不分胜负；战斗激烈，足令顽童头发变白，能使顽石顷刻熔化。

就在这时，那个骑士突然撩开蒙面巾，原来是埃里布的同母异父弟弟苏海姆·莱伊里。

苏海姆·莱伊里因何突然出现在这里呢？

埃里布离开家门后，苏海姆·莱伊里回到家中。他不见埃里布，便去看望母亲，却发现母亲正在哭泣落泪。他问母亲为什么哭，母亲便把哥哥外出的事情告诉了他。

苏海姆·莱伊里听母亲那样一说，休息片刻，即速带上武器去追哥哥。与埃里布一阵激战，方才取下蒙面巾。埃里布见是弟弟，连忙问安，然后说："你怎么这样干呢？"

苏海姆·莱伊里兴奋地回答："好知道一下我在战场厮杀中的地位和能力嘛！"

兄弟俩并驾齐驱向前走去。埃里布向苏海姆·莱伊里讲述伊斯兰教教义，苏海姆·莱伊里也皈依了伊斯兰教。

兄弟俩率大队人马继续前进，不久到了那座山谷。

山中的妖怪巨人奥勒见一股烟尘腾空而起，对儿子们说："小子们，立即上马，把那些人给我抓来！"

赛阿丹·奥勒的五个儿子纵身跨鞍，直奔他们而去。

埃里布见五个巨人朝他们冲来，立即策马迎了上去，大声喊道："你们是什么人？是人还是妖？你们打算干什么？"

赛阿丹·奥勒的大儿子法勒侯走上前去，厉声喝道："赶快下马投降吧！你们自己相互捆绑起来，好让我把你们带到我父亲那里去，让我父亲把你们烧烤吃掉！因为我们好久吃不到人肉啦……"

埃里布听他这样一说，拍马直取法勒侯，他挥动手中的钢棒，钢环立即发出惊雷般的响声。

法勒侯大惊失色。

埃里布舞起钢棒朝法勒侯的背上轻轻一击，只见他像一棵无根的椰枣树一样倒了下去。苏海姆·莱伊里和几个骑士离鞍下马，手疾眼快，将法勒侯捆绑起来，然后在他的脖子上系上一条绳子，就像牵牛那样把他拉走了。

法勒侯的弟弟们见哥哥被俘,奋力冲向埃里布。结果又有三兄弟被俘,仅有一个得以逃脱,回去报告父亲。

父亲见儿子回来,忙问:"情况如何?你的兄弟们在哪儿?"

"他们都被一个高大健壮、嘴上没毛的小子抓走了。"

赛阿丹·奥勒听儿子这样一说,怒不可遏,说道:"你们这些无用的东西,太阳是不会把吉祥降与你们的!"

赛阿丹·奥勒离开堡垒,走出去拔起一棵大树,向着埃里布及其部将们冲去。因为他身躯过大,马驮不动,只能步行。行至埃里布跟前,只言未提,抡起树干打将下去,一下子砸死五个人。随后向苏海姆·莱伊里发动进攻,举起树干就打;苏海姆·莱伊里眼疾腿快,及时躲开,赛阿丹·奥勒扑了个空。赛阿丹·奥勒大怒,甩掉手中的大树干,直向苏海姆·莱伊里扑去,终于像老鹰抓麻雀那样将他牢牢攥在了手中。

埃里布见巨怪抓住了弟弟苏海姆·莱伊里,大喊道:"安拉至大!易卜拉欣是安拉的至交!穆罕默德是安拉的使者!"

讲到这里,眼见东方透出黎明的曙光,莎赫札德戛然止声。

第六百二十九夜

夜幕垂空,莎赫札德接着讲故事:

幸福的国王陛下,赛阿丹·奥勒离开堡垒,走出去拔起一棵大树,向着埃里布及其部将们冲去。因为他身躯过大,马驮不动,只能步行。行至埃里布跟前，只言未提，抡起树干打将下去，一下子砸死五个人。随后向苏海姆·莱伊里发动进攻，举起树干就打；苏海姆·莱伊里眼疾腿快，及时躲开，赛阿丹·奥勒扑了个空。赛阿丹·奥勒大怒，甩掉手中的大树干，直向苏海姆·莱伊里扑去，终于像老鹰抓麻雀那样将他牢牢攥在了手中。

埃里布见巨怪抓住了弟弟苏海姆·莱伊里，大喊道："安拉至大！易卜拉欣是安拉的至交！穆罕默德是安拉的使者！"

话音未落，埃里布跃马直取赛阿丹·奥勒，他摇动钢棒，钢棒发出雷鸣般的响声。他不住地喊着"安拉至大"，狠击赛阿丹·奥勒的胸肋，只见赛阿丹·奥勒顿时倒在地上，昏迷过去，苏海姆·莱伊里这才逃离了巨怪的手心。

巨怪赛阿丹·奥勒苏醒过来时，发现自己已被绳捆索绑。

赛阿丹·奥勒的儿子见父亲已沦为俘虏，慌忙掉转马头，拨马飞快逃走。埃里布追了上去，一棒击中他的后背，只见他翻身落马。埃里布下马将之绑住，带到他父亲及兄弟们那里，然后用一条绳子将他们拴在一起，继而就像拉骆驼那样拉着他们向巨怪奥勒的堡垒走去。

走进堡垒，只见那里钱财堆积如山，而且还关押着一千二百名波斯人，个个枷锁缠身。

埃里布登上赛阿丹·奥勒的宝座，那宝座本来属于舍达德大帝的孙子萨斯。

苏海姆·莱伊里站在哥哥的右侧，勇士们左右两厢侍立。

埃里布下令把奥勒带上来，厉声问道："你这个可恶的妖怪，你打算让我如何发落你？"

巨怪奥勒低三下四，狼狈不堪地说："主公大人，如今我和我的儿子们像骆驼一样被拴在一起，还有什么希望可言？只有听候你的发落了。"

"我打算让你加入伊斯兰教。伊斯兰教信仰创造光明和黑暗、创造万物的安拉。万物非主,唯有安拉;只有安拉才是唯一的主宰,易卜拉欣是安拉的至交。"

赛阿丹·奥勒及其儿子们当即皈依了伊斯兰教。埃里布立刻下令给他们松绑。

赛阿丹·奥勒感激不尽,泪水簌簌落下,忙跪下来,亲吻埃里布的脚;他的儿子们也仿效父亲,争相去吻埃里布的脚。埃里布表示免礼,他们这才先后站了起来。埃里布说:"喂,赛阿丹·奥勒!"

"有,主公大人有何吩咐?"赛阿丹·奥勒答道。

"这些波斯人是怎么回事呀?"

"报告主公,这都是我从波斯抓来的。其实,这里不仅有他们这些人,还有别的人呢!"

"还有谁?"

"波斯国王萨布尔的女儿也在这里,名叫法赫尔·塔吉。她还带着一百名彩女,个个如花似月,娇艳欲滴,妩媚动人。"

埃里布觉得奇怪,问道:"你是怎样把这些人抓来的呢?"

赛阿丹·奥勒回答道:"我带着我的儿子和五个奴仆外出,本想捞一把,结果在路上伏候许久,不见一个过路人,于是,我们便分散在荒野游逛。就在这时,我们不知不觉到了波斯帝国境内,自感能够抢一批东西,以免空手而回。这时忽见前面荡起一片烟尘,我派一名奴仆去探虚实。那奴仆去不多时,回来禀报说:'报告大人,波斯国王的女儿法赫尔·塔吉公主带着两千骑士,浩浩荡荡向这边开来。'我对奴仆说:'你带来了一个好消息!没有比这更丰美的战利品了。'我率领儿子们立即对波斯人发动进攻。我们杀死三百骑士,俘虏了一千二百人,俘获了萨布尔国王的女儿,得到了她随身携带的钱财和珠宝,然后把他们带到了这个堡垒之中。"

埃里布听赛阿丹·奥勒这样一说,立即问:"你强迫法赫尔·塔吉公主服从你了吗?"

"没有,没有!我凭生命及我所信仰的宗教起誓,我绝没干过那种事。"

"赛阿丹·奥勒,你干了一件好事啊!因为公主的父王是当今了不起的伟大君王;谁要是抓走了他的女儿,他定亲率雄兵追拿谁,并且会捣毁其家园。谁不考虑这种后果,定会遭到岁月的惩罚。赛阿丹·奥勒,公主在哪儿?"

"我让公主和她的婢女独住在一个地方。"

"让我去看看她住的地方!"

"遵命!"

埃里布和赛阿丹·奥勒一道行至公主住的地方,发现公主正在哭泣落泪。因为公主昔日过着幸福舒适的生活,如今痛苦难耐,实在止不住眼泪流淌。

埃里布看见公主,误以为皓月就在自己身边,急忙连声赞颂伟大安拉。

法赫尔·塔吉公主看见埃里布,只觉得他是一位勇敢骑士,但见他的二目中闪烁着未曾见过的英雄光芒。公主站起来,先亲吻埃里布的双手,继之吻他的双脚。她说:"当代大英雄,我期盼你的保护,赶快把我从这个巨怪魔爪中解救出来吧!我真担心他把我糟蹋后,再把我吃掉。求你把我带走,就是为你做牛当马,我也心甘情愿。"

埃里布说:"你只管放心!你将回到你的父王那里,恢复往日的尊严。"

公主当即为埃里布祈祷祝福,祝他长命百岁,福星高照。

埃里布下令为所有波斯人松绑。

埃里布问法赫尔·塔吉公主:"公主,你何故走出宫中,来到荒野,竟被强盗们抓住呢?"

公主回答说:"我父亲王国的居民,还有土耳其、戴勒姆等国的居民,他们都是拜火教,崇拜火而不崇拜万能的主。我们国家里有一座修道院,名叫'火神院',每当节日,拜火教徒的女儿及拜火教者便聚集在那里,住上一个月时间,然后再返回自己的故乡。我正是带着婢女们前往火神院拜火的,父王特派了两千名骑士负责保卫我的安全。我们正走着,不期遇到这个妖魔,杀死了我们数百人,其余人全部被俘。我们就是这样被拉到这里来的。"

埃里布听后,说:"公主,你不要害怕!我会把你送回你的宫中。"

公主再次为埃里布祈祷祝福,亲吻他的双手和双脚。

一夜安睡,不觉已是黎明。埃里布起来,做完小净,按照安拉的至交易卜拉欣的宗教仪式,叩拜两次。赛阿丹·奥勒及其儿子、埃里布的所有部将,都跟着埃里布叩拜了两次。

埃里布望着赛阿丹·奥勒,说:"喂,赛阿丹·奥勒,何不领我去观赏一下百花谷?"

"主公随我来!"

赛阿丹·奥勒及其儿子当即领着埃里布和法赫尔·塔吉公主以及众骑士向百花谷走去。行前,他嘱咐奴婢备好午饭,送至谷地林中。他有一百五十名婢女和一千名奴仆,负责放牧骆驼和牛羊。

埃里布一行来到百花谷,只见那里树木繁茂,百花争艳,溪水清澈,风光秀丽。百鸟鸣啭枝头:金翅雀音色清脆,画眉鸣声婉转,夜莺声若弦乐,斑鸠啼鸣悲哀,鹦鹉唱似人在对话……

讲到这里,眼见东方透出黎明的曙光,莎赫札德戛然止声。

第六百三十夜

夜幕垂空,莎赫札德接着讲故事:

幸福的国王陛下,赛阿丹·奥勒及其儿子领着埃里布和法赫尔·塔吉公主以及众骑士向百花谷走去。行前,他嘱咐奴婢备好午饭,送至谷地林中。他有一百五十名婢女和一千名奴仆,负责放牧骆驼和牛羊。

埃里布一行来到百花谷,只见那里树木繁茂,百花争艳,溪水清澈,风光秀丽。百鸟鸣啭枝头:金翅雀音色清脆,画眉鸣声婉转,夜莺声若弦乐,斑鸠啼鸣悲哀,鹦鹉唱似人在对话。那里果树枝繁叶茂,果实累累:石榴有酸有甜,椰枣有红有黄,香杏和呼罗珊品种的黄杏均有,梅子和使君子树枝相互交叉,火红的橘子、醇香的柠檬压弯枝条,香橼、佛手等名贵药用水果应有尽有。

埃里布眼见这如画美景,由衷赞叹伟大安拉的创造。正如诗人所云:

> 清澈溪流上,婉转百鸟鸣。
> 难抑心魂荡,思之发诗情。
> 果香似天堂,水淌荫掩映。

埃里布很喜欢这百花谷,下令在林间撑起法赫尔·塔吉公主的波斯大帐篷。大家一齐动手,大帐顷刻撑好,并铺上豪华地毯。

埃里布坐在帐中,奴仆端来饭菜,大家吃饱之后,埃里布呼喊道:"喂,赛阿丹·奥勒!"

赛阿丹·奥勒应声赶到,回答道:"主公大人,我来啦!有何吩咐?"

"你这里有酒吗?"

"我有一大罐葡萄酒。"

"给我拿些酒来!"

赛阿丹·奥勒立即派了十个奴仆回去取酒。

过了不大一会儿,十个奴仆送来很多上等葡萄酒。他们开怀畅饮,津津有味,乐不可支。

埃里布饮酒之时,想起了穆哈迪娅,情不自禁地吟诵道:

> 每忆亲近日,情火心中烧。
> 离你非本意,时运远奇缘。
> 遥寄千问候,相思泪绵绵。

他们在百花谷吃喝、游玩了整整三天,然后回到山堡中。

埃里布喊来苏海姆·莱伊里,对他说:"喂,苏海姆·莱伊里,你带上百名骑兵,去见你的父母和葛哈唐父老乡亲,然后把他们带到这个地方来,让他们在这里度过有生之年吧。我去波斯一趟,把法赫尔·塔吉公主送到她的父王那里去。"

埃里布又对赛阿丹·奥勒说:"赛阿丹·奥勒,你和你的儿子们就在这山堡中等着我回来……"

"为何不带我到波斯帝国去一趟呢?"赛阿丹问。

"你竟敢把国王的女儿抓来,那国王看到你,会吃你的肉,喝你的血的。"

赛阿丹·奥勒一听,不禁一阵哈哈大笑,响若雷鸣,继之,满不在乎地说:"主公大人,说句实话,假若波斯人、戴勒姆人与我决战,我定会喝干他们的血,杀得他们一个不留。"

"你确实能够这样。不过,你还是在山堡中等我回来为好。"

"遵命!"

苏海姆·莱伊里跨鞍上马,埃里布带着众骑士护送法赫尔·塔吉公主向波斯国王萨布尔的京城进发了。

让我们来看看波斯国王萨布尔的情况。

火神院的拜火节已经过去,法赫尔·塔吉公主仍未回来,萨布尔国王急切地等待着女儿,不禁忧心如焚。

萨布尔国王有四十位大臣,其中年纪最大、知识最渊博、见识最广的,就是他的宰相,名叫戴丹。国王对戴丹说:"喂,相爷阁下,拜火节已经过去,我的女儿迟迟不归,而且没有任何消息,实在使我心神不安啊!你立即派个差使,到火神院去一趟,打听一下情况吧!"

戴丹宰相说:"遵命!"

戴丹转身离去,唤来差使官,对他说:"你马上起程,到火神院去一趟,打听一下法赫尔·塔吉公主的去向。"

差使官立即踏上征途,一路顺利来到火神院,向修士们打听法赫尔·塔吉公主的消息,他们回答说:"今年我们没有看见她呀!"

差使官立即返回京城,向戴丹宰相报告了所得到的消息。

宰相得知情况,立即禀报国王。萨布尔国王得知公主去向不明,不禁心慌意乱,坐立不安,他将王冠抛在地上,撕扯着自己的胡子，然后跌倒在地上，不省人事。

宫仆们见国王昏迷过去，立刻取来水，洒在国王的脸上，国王这才慢慢苏醒过来。国王心中难过，泪眼模糊，边哭边吟诵道：

> 我呼忍耐心，我唤泪水至。泪水按时来，忍耐不守时。
> 岁月既无情，你我东西置。依照岁月习，背叛命名之。

国王唤来十名将领，命令他们带领千骑，各奔一个地区，寻找法赫尔·塔吉公主。

将领们得令，各率一队人马，奔向一方，执行寻找任务。

法赫尔·塔吉公主的母亲以及婢女们全部都穿上黑色丧服，宫仆们把灰撒在地上，大哭不止，整个宫中一片悲凉气氛。

讲到这里，眼见东方透出黎明的曙光，莎赫札德戛然止声。

第六百三十一夜

夜幕垂空，莎赫札德接着讲故事：

幸福的国王陛下，萨布尔国王命令将领们各率一队人马，各奔一方，执行寻找法赫尔·塔吉公主的任务。

法赫尔·塔吉公主的母亲以及婢女们全部都穿上黑色丧服，宫仆们把灰撒在地上，大哭不止，整个宫中一片悲凉气氛。

护送法赫尔·塔吉公主的埃里布一行人马，辛苦跋涉十天。第十一天,忽见前方荡起一片烟尘,弥漫天空。埃里布唤来一名波斯将领,派他作为探马,吩咐道:"前方有一片烟尘,你去探探虚实。"

"遵命!"

那位波斯将领纵身上马,直向烟尘起处飞驰而去。到了那里,但见一彪人马迎面而来,他问他们是干什么的,一个人回答说:"我们是海塔勒部族人,我们的首领名叫赛穆萨姆·本·吉拉哈。我们的首领带着五千人马,是出来抢东西的。"

探马立刻掉转马头,策马回返,向埃里布报告了情况。

埃里布得知前方一彪人马是阿拉伯劫匪,立即对部下葛哈唐人和波斯人喊道:"将士们,握紧武器,向前方的劫匪们进攻!"

他们冲上前方,与那帮阿拉伯人相遇了。那帮阿拉伯人叫喊着:"发横财的时机到了!抢战利品啊!"

埃里布冲着他们喊道:"狗东西们,安拉会使你们大失所望、一败涂地的!"

埃里布纵马舞剑,直向劫匪们杀去,同时口中喊着:"安拉至大;易卜拉欣是安拉的至交!"

两队人马大战起来,剑来矛往,铿锵作响。战马嘶鸣,尘土飞扬。激战一直进行到夜幕垂空,两队人马方才鸣金收兵,各自撤回。

经过清点,埃里布发现葛哈唐人有五人阵亡,而波斯将士有七十三人丧生。敌方损兵折将五百名以上。

赛穆萨姆离开战场,吃不下饭,睡不着觉。他对手下人说:"我今生还没有见过这样善战的年轻勇士!他时而挥剑,时而舞棒,势不可当,所向披靡。明天,我要同他激战一场,一决雄雌,将这帮人斩尽杀绝。"

埃里布回到营中,法赫尔·塔吉公主看到他,惊慌失措,泪水流淌,未等他下马,便走上前去,亲吻他的脚。公主说:"壮士打得好,敌人定会被你制服!当代的勇士,万赞归于保佑你平安的造物主!我真担心你会吃这些劫匪的亏。"

埃里布听公主这样一说,笑了起来。他请公主放心,并且说:"公主啊,你大可不必害怕!纵然漫山遍野都是敌人,我也会借助伟大安拉的力量将他们消灭!"

公主对埃里布表示感谢,预祝他战胜敌人,然后回到婢女们中间。

埃里布离鞍下马,洗去沾在手上的多神教徒们的血迹。将士们一夜安歇。

次日天亮,双方人马列队来到交战的地方。首先出战的是埃里布,只见他策马逼近多神教徒阵前,大声喊道:"有谁敢于出来同我交战?但愿出战的不是一个懒汉、懦夫!"

话音刚落,忽见阿德部族中冲出一个彪形大汉,手握重达二十磅的狼牙棒,直朝埃里布打将过去,并且高喊着:"阿拉伯强盗,你送死来了,看我的狼牙棒!"

埃里布眼见大棒抡来,急忙躲闪,只见狼牙棒落在地上,钻入地里一腕尺深;与此同时,那大汉也落下马来。埃里布抡起铜棒打去,将大汉的前额劈裂开来,那大汉顿时倒在血泊之中,旋即一命呜呼,被安拉送入了地狱。

埃里布策马驰骋,继续叫阵。多神教徒一方出来第二个应战者,仅有两个回合,便被斩于马下。接着,第三个,第四个,第五个……直至出来了第十个应战者,统统一命归天。

多神教徒们眼见埃里布所向披靡,纷纷躲避,不敢与之交战。首领赛穆萨姆·本·吉拉哈见此光景,说道:"你们这些无用的!看我来与他交战!"

说完,抓起利器,策马来到阵前,对着埃里布喊道:"狗东西,你杀死了我的人,你敢同我交战吗?"

埃里布当即应战,同时喊道:"你看我的钢棒,为你的手下丧命者报仇吧!"

赛穆萨姆举棒开打,埃里布抡棒应战,二人你来我往,两棒相撞,火星四溅,令人眼花缭乱,大战数回合,不分高下。埃里布使出绝招儿,朝赛穆萨姆的胸部奋力打去,只见赛穆萨姆顿时落马,摔在地上,登时气绝。

多神教徒们见自己的首领落马丧命,一齐向埃里布扑去。埃里布高喊着"安拉至大",从容应战,将他们一个个征服。

讲到这里,眼见东方透出黎明的曙光,莎赫札德戛然止声。

第六百三十二夜

夜幕垂空,莎赫札德接着讲故事:

幸福的国王陛下,赛穆萨姆举棒开打,埃里布抡棒应战,二人你来我往,两棒相撞,火星四溅,令人眼花缭乱,大战数回合,不分高下。埃里布使出绝招儿,朝赛穆萨姆的胸部奋力打去,只见赛穆萨姆顿时落马,摔在地上,登时气绝。

多神教徒们见自己的首领落马丧命,一齐向埃里布扑去。埃里布高喊着"安拉至大",从容应战,将他们一个个征服。

多神教徒们听埃里布高喊伟大安拉的大名,相互望着说:"他喊的这是什么话？为什么能使我们周身颤抖，削弱我们的意志，缩短我们的寿命？我们从来没有听过比这更美妙动听的词句。"

他们相互说："我们不要继续同他交战了，问问那话是什么意思吧！"

多神教徒们停止了厮杀，一个个离鞍下马，首领们召集大家，一番商议之后，决定去找埃里布讲和。他们说："我们还是先选十个人去见埃里布吧！"

他们选了十个人，向埃里布的大帐走去。

埃里布见其部将停止了攻击，感到十分奇怪，回到大帐之后正坐着时，忽见十个彪形大汉走来，要求拜见埃里布。他们获准进入大帐，恭恭敬敬地向埃里布行吻地礼，并祝他尊荣长存。

埃里布问："你们为什么停止战斗了呢？"

"你喊的那句话使我们闻声丧胆。"十个大汉异口同声道。

"你们崇拜什么呢？"

"我们崇拜的是努哈族人中的顽固分子蛊惑族人崇拜的旺德、素佤尔和叶巫斯等偶像①。"

埃里布说："我们只崇拜创造一切、供养世间生灵的伟大安拉。安拉创造了天和地，安拉创造了大山，使水从石间源源流出，令大地长起树木，使野兽有吃有喝。安拉是唯一的，安拉是万能的。"

十个大汉听埃里布这样一说，不禁豁然开朗。他们说："这位神灵是伟大、慈悲之神。"随后，他们问："我们说什么，才能变成穆斯林呢？"

埃里布说："你们只要说：'我证万物非主，唯有安拉；我证易

---

① 旺德、素佤尔和叶巫斯都是《古兰经》中所载的古代阿拉伯人崇拜的偶像。见《古兰经》"努哈章"。

卜拉欣是安拉的至交。'"

十个大汉当即按照埃里布的嘱咐说了一遍,皈依了伊斯兰教。

埃里布对他们说:"伊斯兰教的根已扎在你们心中。你们回到部族中之后,要向他们宣传伊斯兰教。倘若他们皈依了伊斯兰教,他们将平安无事;假若他们拒绝皈依伊斯兰教,我们将用火把他们烧死。"

十个大汉回到部族中,向族人们宣传伊斯兰教,向他们讲解了信仰真理的正确道路,族人们立即心口如一地皈依了伊斯兰教。继而,他们步行来到埃里布面前,向他行吻地礼,祝福他尊荣长在,步步登高。他们说:"主公大人,我们都是你的仆人,你有何吩咐,就请说吧!我们坚决听你的话,服从你的命令,决不离开你。因为安拉通过你为我们指出了正道。"

埃里布表扬了他们,他对他们说:"你们先回家吧!然后带上你们的钱财和孩子,到百花谷和萨斯·本·舍伊斯堡来安身立业吧!我现在送波斯国王的女儿法赫尔·塔吉公主回国去,我把她送到她的父王那里后就回到你们中间来。"

"遵命!"大家异口同声。他们转身离去,带着对伊斯兰教的衷心热爱,回到自己住的地方,向家人和乡亲传播伊斯兰教,他们都皈依了伊斯兰教。之后,他们回到家里,收拾起钱财,牵上牲口,向百花谷走去。

赛阿丹·奥勒及其儿子们走出山堡,准备迎击他们。埃里布临行前已对他们说过:"假若奥勒出来阻拦你们,你们就赞颂创造一切的伟大安拉;他听到你们念及安拉,就会停止动武,立即热情欢迎你们。"赛阿丹·奥勒及其儿子们正要动武之时,听到他们齐声赞颂伟大安拉,当即改变态度,热烈欢迎他们。赛阿丹·奥勒问及他们的情况,他们把埃里布对他们的嘱咐向赛阿丹·奥勒讲了一遍，赛阿丹·奥勒听后十分高兴，立即安排他们住下，待他们如亲兄弟。

埃里布带着法赫尔·塔吉公主向伊斯巴尼尔城进发了。

他们艰苦跋涉五天，第六天，忽见前方荡起一股烟尘，埃里布即派一波斯人作为探马，前往探听消息。

探马策马前往，片刻后像鸟儿一样飞了回来，禀报道："报告主公大人，前面有一千骑士赶来，那是波斯国王派出的寻找法赫尔·塔吉公主的队伍。"

埃里布听探马这样一说，即命令随行人员离鞍下马撑起帐篷。

片刻后，寻找公主的人马到了，法赫尔·塔吉公主的随行人员走去迎接他们，并且告诉首领托曼说公主就在帐篷里。

托曼来到帐中，向埃里布行吻地礼，问起法赫尔·塔吉公主的情况。埃里布派人将托曼送到公主帐中，托曼即上前亲吻公主的双手和双脚，将她的父王和母后急切盼望她返回的心情告诉了公主，公主也把自己的经历以及埃里布如何救她挣脱山中巨怪的情况，从头到尾讲述了一遍，并且说，若不是埃里布及时相救，自己定会被巨怪吃掉。

讲到这里，眼见东方透出黎明的曙光，莎赫札德戛然止声。

第六百三十三夜

夜幕垂空，莎赫札德接着讲故事：

幸福的国王陛下,片刻后,寻找公主的人马到了,法赫尔·塔吉公主的随行人员走去迎接他们,并且告诉首领托曼说公主就在帐篷里。

托曼来到帐中,向埃里布行吻地礼,问起法赫尔·塔吉公主的情况。埃里布派人将托曼送到公主帐中,托曼即上前亲吻公主的双手和双脚,将她的父王和母后急切盼望她返回的心情告诉了公主,公主也把自己的经历以及埃里布如何救她挣脱山中巨怪的情况,从头到尾讲述了一遍,并且说,若不是埃里布及时相救,自己定会被巨怪吃掉。

谈到这里,公主说:"念埃里布的救命之恩,我父王应该把王权分给埃里布一半。"

之后,托曼站起来,走去向埃里布告辞,先亲吻他的双脚,衷心感谢他做的善事,并说:"主公大人,我可以先回京城伊斯巴尼尔,向国王报喜了吗?"

埃里布说:"去吧!你可要向国王讨个喜钱哟!"

托曼转身走去,随后,埃里布下令拆掉帐篷,继续向京城进发。

托曼快马加鞭,急速赶到京城,风尘仆仆进了王宫,见到萨布尔国王,即行吻地礼。国王问:"报喜官,有何好消息?"

托曼说:"国王陛下,你得先赏给我报喜钱,我才能对陛下说。"

"说吧,我会让你满意的。"

"国王陛下,我们找到了法赫尔·塔吉公主。"

国王一听女儿的名字,喜不自禁,一下子昏了过去。婢女们拿来玫瑰水洒在国王的脸上,国王慢慢苏醒过来,叫着托曼,说:

"离我近一点儿,再给我讲一遍。"

托曼走近国王,把法赫尔·塔吉公主的详细情况对国王说了一遍。

国王听后,高兴地一拍巴掌,说道:"我可怜的女儿,总算找到你了。"

随后,国王奖赏给托曼一万第纳尔,并委任他为伊斯法罕城执政官。

国王喊来几位将领,对他们说:"你们立即上马,随我一起去迎接法赫尔·塔吉公主。"

大太监走去报告王后,嫔妃们听后无不兴高采烈。王后赐赠大太监锦袍一身,并赏给他一千第纳尔。

京城百姓听说法赫尔·塔吉公主即将回来,立即行动起来,装点城郭,张灯结彩。

托曼将军骑马带路,大队人马在后面跟随,行不多时,便看见了埃里布护送公主的队伍。

萨布尔国王下马步行,走上前去迎接埃里布;与此同时,埃里布也离了鞍,向国王走去,二人紧紧拥抱在一起,相互问安。萨布尔国王俯身亲吻埃里布的双手,感谢他的善行,随后下令撑起帐篷。

萨布尔国王来到女儿的帐中,公主站起身来,迎上前去,和父王拥抱后,谈了自己在前往火神院的路上被山中巨怪劫持以及被埃里布相救的经过。父王说:"女儿呀,我一定重重奖赏他!"

法赫尔·塔吉公主说:"父王,埃里布骁勇善战,所向披靡,你就纳他为你的门婿吧,也好让他成为你战胜敌人的助手。"

公主之所以这样说,因为她已深深爱上了埃里布这个英姿勃勃的小伙子。

国王说:"女儿啊,难道你不晓得乌尔迪沙国王已送来大批绸缎,并赠送十万第纳尔作为彩礼要娶你为妻吗?乌尔迪沙是设拉子国王,财产无数,雄兵在握。"

法赫尔·塔吉公主听父王这样一说,立即答道:"父亲,我不希望你对我提这件事。倘若你强迫我做我不愿意做的事情,我将自寻绝路。"

国王去见埃里布。

埃里布见国王走来,立即起身迎接。国王坐下,仔细端详埃里布,心想:"哦!怪不得我的女儿爱上了这个贝都因小伙子!"

端上饭菜,他们吃饱喝足,一夜安歇。

第二天清晨,大队人马上路,不久平安抵达京城。国王与埃里布并肩步入王宫,王宫里顿时一片欢腾。

法赫尔·塔吉公主回到自己的闺房,王后在那里迎接她,婢女们发出欢乐的呼声。

萨布尔国王坐在宝座上,让埃里布坐在自己的右侧,文武百官、国家重臣们分站两厢,纷纷向国王表示祝贺,祝贺公主平安归来。

国王对群臣们说:"谁喜欢我,谁就向埃里布赠送锦袍吧!"

话音未落,锦袍就像雨点儿一样落在埃里布的面前。

埃里布在王宫中做客十天,想起程返回时,萨布尔国王赐赠给他锦袍一件,并以自己的宗教起誓,要他再住一个月再走。埃里布听后,说:"国王陛下,我与一位阿拉伯姑娘订了婚,想回去完婚。"

国王问:"你的未婚妻与法赫尔·塔吉公主相比,哪一个更漂亮呢?"

"国王陛下,奴隶怎好与主人相比呢?"

"我把法赫尔·塔吉公主许配给你了,因为是你把她从山大王的魔爪中救出来的,只有你才配娶她为妻。"

埃里布站起来,向国王行吻地礼,然后说:"大王陛下,你是国王,我是穷人,也许你会要很重的彩礼。"

"孩子,你有所不知,设拉子国王送来了十万第纳尔,向公主求婚,而我却把公主许配给你。我将让你成为王国的锋利宝剑和坚固盾牌。"

国王望着国家重臣们,说:"诸位,你们就为我做证吧,我把我的女儿法赫尔·塔吉公主许配给了我的孩子埃里布。"

讲到这里,眼见东方透出黎明的曙光,莎赫札德戛然止声。

第六百三十四夜

夜幕垂空,莎赫札德接着讲故事:

幸福的国王陛下,埃里布站起来,向国王行吻地礼,然后说:"大王陛下,你是国王,我是穷人,也许你会要很重的彩礼。"

"孩子,你有所不知,设拉子国王送来了十万第纳尔,向公主求婚,而我却把公主许配给你。我将让你成为王国的锋利宝剑和坚固盾牌。"

国王望着国家重臣们,说:"诸位,你们就为我做证吧,我把我的女儿法赫尔·塔吉公主许配给了我的孩子埃里布。"

说完,国王与埃里布握手,公主成了埃里布的未婚妻。埃里布说:"容我后送彩礼来,我的无数金银财宝都在萨斯山堡之中。"

"孩子,我既不要你的金银,也不要你的财宝,我只要你拿戴士特国王贾马尔甘的首级及艾赫瓦兹城作为聘礼。"

"国王陛下,我这就带人去找你的敌人报仇,捣毁他们的房舍和家园。"

国王重重嘉奖埃里布,然后大家相继散去。

国王认为埃里布只要去讨伐戴士特国王贾马尔甘,必定有去无还。

第二天清晨,国王和埃里布骑上马,并令武将们纵身上马,一起来到校场。国王对他们说:"你们挥矛舞剑,比比武,让我欣赏一番,看个痛快!"

波斯武将们遵命纵马驰骋,挥矛舞剑,你击我打,比起武来。

正在这时,埃里布说:"国王陛下,我想趁此机会同波斯武士们比试一下,不过有个条件……"

"什么条件?"

"我只穿一件薄衣衫,手持一柄裹上一团染着橙黄颜色的破布的长矛,然后与手执锋利长矛的勇士们对刺,他们战胜我,我甘愿牺牲性命;倘若我战胜他们,只在他们的胸前留下一个橙黄色斑点,他们只要有了橙黄色斑点,就算失败,应该立即退出校场。"

"一言为定!"

国王随即传唤指挥官,令其挑选比武勇士。片刻后,从禁军中选就了一千二百名武士,个个膀阔腰圆,人人勇猛超群。

国王用波斯语对他们说:"谁能杀死这个贝都因人,定会得到重赏!"

一群武士争先恐后冲向埃里布。

真假并不难分,玩笑抵不住认真。埃里布说:"我把一切托付给了安拉！安拉是易卜拉欣的真神，无所不能，无所不知，战无不胜，所向披靡。"

禁军中一个大汉冲了过来，尚未站稳，仅仅一个回合，大汉的胸前便留下了橙黄色斑点；那大汉扭头就跑，埃里布一矛刺在他的脖子上，只见他翻身落马，旋即被同伴们抬出了校场。

接着，第二个，第三个，第四个，第五个……冲上前来，结果一一被埃里布点上了橙黄色斑点。

安拉默助埃里布战胜了一个个武士，使他们相继退出校场。

比武结束，端上饭菜和美酒，大家开始进餐，开怀畅饮。

埃里布喝过酒，头重脚轻，昏昏欲醉。他走出去便溺，回来时，不期迷了路，走进了法赫尔·塔吉公主的闺房。

公主见埃里布走来，惊喜不已，随后对婢女们说："你们各自回去休息吧！"

婢女们相继离去。

法赫尔·塔吉公主站起身来，迎了上去，亲吻埃里布的手，然后说："我的恩人，欢迎你！正是你把我从山中巨怪爪下解救出来了。我愿永远做你的奴婢。"

说着，公主把埃里布拉上床，二人紧紧拥抱在一起，共枕鸳鸯……不觉东方大亮。

国王以为埃里布走了。

第二天清晨，埃里布来见国王，国王让他坐在自己的身边。之后，文武大臣们来见国王，行过吻地礼，然后分站两厢。他们开始谈论埃里布的勇敢。他们说："小伙子年纪轻轻，却如此勇敢善战，真是天赐之勇啊！"

人们正在谈论之时，无意中朝宫殿窗外望去，只见一缕烟尘直冲蓝天。国王大声对侍卫们说："哪里来的烟尘？快去探探虚实，立即回来禀报!"

一探马转身走去,弄明情况,顷刻间回来报告:"国王陛下,我们发现烟尘下有一百名骑士,为首的名叫苏海姆·莱伊里。"

埃里布听探马这样一说,当即说:"国王陛下,这是我的弟弟呀!是我派他去办事的,让我出去迎接他吧!"

埃里布飞身上马,带领百名葛哈唐骑士和一千名波斯骑兵,一派帝王气概,浩浩荡荡向城外开去。

兄弟俩相遇,各自下马,走上前去,相互紧紧拥抱。之后,二人各自上马,并驾前行。

埃里布说:"弟弟,你把乡亲们送到百花谷萨斯山堡去了吗?"

"哥哥,那背信弃义的穆尔达斯听说你占领了山中巨怪的山堡,心慌意乱。他说:'如果我不离开这个家,埃里布回来就要一分彩礼不拿娶走我的女儿穆哈迪娅了。'之后,他带上女儿和家人、财产到伊拉克的库法城,找阿吉布国王寻求保护,并想把他的女儿嫁与阿吉布。"

埃里布一听,气得要命,勃然大怒道:"凭伊斯兰教起誓,凭伟大安拉起誓,我一定要去伊拉克,在那里打上一仗。"

埃里布和弟弟苏海姆·莱伊里进了城,来到王宫,向国王恭恭敬敬地行吻地礼。国王站起来,迎接埃里布兄弟,并向苏海姆·莱伊里问安。埃里布把情况报告了国王,国王即令十位将领各带一万名阿拉伯和波斯勇士,准备行装,三日之内起程上路。

埃里布登程回返萨斯山堡,奥勒及其儿子们出堡相迎。

赛阿丹·奥勒及其儿子们还未等埃里布离鞍下马,便上前亲吻坐在马鞍上的埃里布的脚。

埃里布向赛阿丹·奥勒讲述了发生的事情。赛阿丹·奥勒说:"主公,你只管在自己的山堡里安心休息,待我带着我的儿子和兵士进发伊拉克,捣毁里斯塔格城堡,将其守军全部绑到你的面前来。"埃里布感谢赛阿丹·奥勒的美意,并且说:"喂,赛阿丹·奥勒,我们一道前往!"

埃里布做好准备,他们便一道出发了。他们留下一千名骑兵守卫山堡,率领其余大军浩浩荡荡开往伊拉克。

穆尔达斯带着人马和大批贵重礼物踏上伊拉克大地,进入库法城。他把礼物送到阿吉布国王面前,恭恭敬敬行过吻地礼,祝国王长命百岁,然后说:"大王陛下,我向你乞求保护来了。"

讲到这里,眼见东方透出黎明的曙光,莎赫札德戛然止声。

第六百三十五夜

夜幕垂空,莎赫札德接着讲故事:

幸福的国王陛下,埃里布做好准备,他们便一道出发了。他们留下一千名骑兵守卫山堡,率领其余大军浩浩荡荡开往伊拉克。

穆尔达斯带着人马和大批贵重礼物踏上伊拉克大地,进入库法城。他把礼物送到阿吉布国王面前,恭恭敬敬行过吻地礼,祝国王长命百岁,然后说:"大王陛下,我向你乞求保护来了。"

阿吉布问:"谁在欺负你,我来找他算账,即使是波斯、土耳其、戴勒姆人的君主萨布尔,我也不怕!"

"大王陛下,欺负我的不是别人,而是由我养大的继子!我是在一个山谷里发现他们母子二人的,当时他还在他母亲的怀里吃奶。我把他们母子二人救出之后,与他的母亲结为夫妻。他的母亲为我生了个儿子,名叫苏海姆·莱伊里;而继子的名字,叫埃里布。埃里布是在我的抚养下长大成人的。他武艺高强,大智大勇,杀死了努卜哈人的首领哈姆勒,征服了许多骑士,许多壮汉在他的面前变成懦夫。我的女儿聪明伶俐,亭亭玉立,花容月貌,本来只有许配给你才合适,可是他却向我的女儿求婚,于是我要他取来山中巨怪赛阿丹·奥勒的首级作为聘礼。埃里布带着人马去与山中巨怪进行厮杀,生擒了赛阿丹·奥勒,后来那巨怪赛阿丹·奥勒成了他手下的一员大将。我听说埃里布已经皈依了伊斯兰教,并且号召人们加入他的宗教,他还从山大王赛阿丹·奥勒手中救出了萨布尔国王的女儿,占领了萨斯·本·舍伊斯的山堡。萨斯是阿德大帝的后裔,他的山堡中存放着古人和今人积攒的金银财宝;那里是先人的宝库,珍藏无数,价值连城。我的继子护送波斯公主回国,定会带回大量钱财。"

阿吉布听完穆尔达斯这番话,面色蜡黄,神情恍惚,自觉性命难保。他说:"穆尔达斯,这个小伙子的母亲在你那里,还是在他那里?"

"在我的帐篷里。"

"她叫什么名字?"

"她叫奈斯莱。"

"你赶快把她给我带来!"

穆尔达斯派人把埃里布的母亲带来,阿吉布一眼便认出了她,知道她就是他父王那个怀了孕的妃子。阿吉布问:"该死的娘儿们,那两个跟随你外出的宫奴到哪里去了?"

奈斯莱答道:"为了争抢我,他俩厮打起来,都死了。"

阿吉布抽出宝剑,手起剑落,将埃里布的母亲奈斯莱劈成了两半,然后令宫奴将尸体拖出了宫门。

阿吉布心中忐忑不安,思绪烦乱。他对穆尔达斯说:"把你的女儿许配给我吧!"

穆尔达斯说:"她就是你的一个婢女,我把她许配给你了。我也是你的奴仆。"

"我还想见见埃里布这个杂种,把他干掉,让他遍尝种种折磨。"

随后,阿吉布拿出三万第纳尔、一百匹金丝锦缎、一百块绣金手帕、若干宝石金项链等作为聘礼送给了穆尔达斯。

穆尔达斯带上这批聘礼离开,开始为女儿穆哈迪娅准备嫁妆。

埃里布起程上路,辛苦跋涉,终于到达伊拉克的吉齐拉城。那是一座坚固的城池。埃里布下令在城外撑起帐篷,就地安歇。

城中人见一队人马在城外安营扎寨,急忙关上城门,加固城堡,向大王禀报军情。

大王站在宫中阳台上向城外望去,发现重兵围城,全都是波斯人。于是问手下人:"这些波斯人想干什么呢?"

"不知道。"手下人异口同声回答道。

吉齐拉王名叫达米锷①,因为他每上战场,必给对手留下印记。他有一个精明强干的部将,名叫赛布阿·盖法尔,英姿勃勃,性烈如火,活像一柄火炬。

大王将赛布阿·盖法尔叫来,吩咐道:"你出城去看一看,了解一下他们为何把大军开到这里,马上回来报告。"

赛布阿·盖法尔转身离去,行走快如风,转眼来到埃里布的大

---

① 达米锷,音译,意为"留下印记的人"。

军前。几个阿拉伯人迎上前来,问道:"你是什么人?有何贵干哪?"

赛布阿·盖法尔回答道:"我是城主的使者,有要事与你们的首领相商。"

他们带着他穿过帐篷和林立的旌旗,来到埃里布的大帐前。他们进帐向埃里布禀报,埃里布说:"请他进来!"

赛布阿·盖法尔进了大帐,向埃里布行吻地礼,祝福他尊荣长在。埃里布说:"有何事呀?"

"我是吉齐拉城大王的使者。我们的大王达米锷是库法城主康德麦尔国王陛下的胞弟。"

埃里布听使者这样一说,禁不住泪珠滚滚下落。他望着来使说:"请问你的尊姓大名?"

"我叫赛布阿·盖法尔。"

"你回去禀报大王,就说本帐主名叫埃里布,就是康德麦尔国王的儿子。我的父王被我的哥哥杀了,我正是要去找背信弃义的阿吉布报仇雪恨的。"

使者高高兴兴地回到达米锷大王那里,行过吻地礼,大王问:"情况如何?"

赛布阿·盖法尔答道:"主公阁下,这支人马的首领是你的侄子……"

接着,他把情况从头到尾讲了一遍。达米锷听后,欣喜不已,仿佛觉得是在做梦。

"喂,赛布阿·盖法尔!"

"我在这儿!"

"你说的可是真的?"

"以生命起誓,千真万确!"

达米锷当即带领大队人马,出了城门,来到埃里布的大营前。

埃里布得知叔父驾临,立即迎了出去,叔侄二人紧紧拥抱在一起,相互问候安好。

埃里布接叔父进了大帐,二人坐下。

达米锷望着埃里布,说:"想起你父王的惨死,我就心里难过。可是,你那个倒霉的哥哥手握重兵,权力在手,而我的军队人马很少,我对他无能为力啊!"

"叔叔,我就是来报仇雪耻的!我就是来捣毁他的国王宝座的!"

"贤侄啊,你有两重仇恨要报,那就是要报杀父之仇,又要报杀母之仇。"

"我母亲怎样啦?"

达米锷说:"你的哥哥阿吉布把你的母亲杀死了。"

讲到这里,眼见东方透出黎明的曙光,莎赫札德戛然止声。

第六百三十六夜

夜幕垂空,莎赫札德接着讲故事:

幸福的国王陛下,达米锷望着埃里布,说:"想起你父王的惨死,我就心里难过。可是,你那个倒霉的哥哥手握重兵,权力在手,而我的军队人马很少,我对他无能为力啊!"

"叔叔,我就是来报仇雪耻的!我就是来捣毁他的国王宝座的!"

"贤侄啊,你有两重仇恨要报,那就是要报杀父之仇,又要报杀母之仇。"

"我母亲怎样啦?"

达米锷说:"你的哥哥阿吉布把你的母亲杀死了。"

"叔叔,他为什么杀我的母亲呢?"

达米锷把他母亲的情况及穆尔达斯如何把女儿许配给阿吉布,并且正在准备举行婚礼的情况,从头到尾讲了一遍。

埃里布一听,不禁魂飞魄散,登时昏迷过去,险些丧命。

片刻过后,埃里布苏醒过来,立即号令大军:"上马!"

叔父马上阻拦道:"贤侄,且慢,等我准备一下,率领人马,和你一道前往。"

"叔叔,我再也忍耐不住了!请你快些准备,跟我一道去库法城吧!"

埃里布带领人马来到巴比伦城下,城中人恐慌不安。巴比伦王名叫贾迈克。贾迈克王手下有两万骑兵,另有五万名乡间骑士安营扎寨在巴比伦城郊。

埃里布给巴比伦王写了封信,派信使送往城里。

信使来到城下,高声喊道:"喂,我是信使……"

守城门人立即走上前去报告贾迈克,说城下有信使叫门。贾迈克说:"让他进来!"

守门人把信使带来,信使行过吻地礼,呈上书信。

贾迈克打开信,见上面写道:

万赞归于世界的主,万物之主,世界生灵之主,万能的主!

伊拉克国王、库法之主康德麦尔之子埃里布致信巴比伦王贾迈克:

接到此信之后,务必立即捣毁偶像,改信创造光明和黑暗、创造世间一切的全能全知之主。如果不按照我的命令行事,今天就将成为你最倒霉的日子。照令行事者,安然无恙;违背此令者,后患无穷。为王者只能服从今世和来世之主,因为不论什么,只有主说有才能有。

贾迈克读完信,两眼发黑,脸色蜡黄,对信使说:"你回去报告你们的首领,明天与我在战场上一决高低。"

信使离去,将巴比伦王的答话报告埃里布。埃里布听后,立即命令部下做战斗准备。

巴比伦王贾迈克令部下在城外埃里布营帐的对面撑起帐篷,骑兵部队立即像汹涌的海潮一样,开赴城外,安营扎寨,准备决战。

第二天清晨,两军人马列阵,击鼓鸣号,顿时喊声惊天动地,双方对战开始。

首先冲入战场的是赛阿丹·奥勒,只见他肩扛巨木一根,在两军之间大声呼喊。他喊道:"我是赛阿丹·奥勒,谁敢与我比武较量?懒汉、懦夫无法与我比高下呀!"

他又对他的儿子们喊道:"孩子们,给我拿干柴、送火种来!我已经饿了!"

他的儿子们立即呼唤奴仆,奴仆们便迅速抱来干柴,在战场当中燃起火来。

多神教徒一方冲出一名大汉,只见肩上扛着一根桅杆似的巨柱,直取赛阿丹·奥勒,并且高声喊道:"喂,赛阿丹·奥勒,你这个该死的……"

赛阿丹·奥勒一听,勃然大怒,抡起巨木,发出"呼呼"的声响,直朝那个大汉打去。巨木将大汉手中的巨柱打掉在地,接着落在大汉的头上,只见那大汉像一棵椰枣树那样倒了下去,顿时一命呜呼。赛阿丹·奥勒呼喊奴仆道:"把这只肥牛拉到火上去,赶快烤烤吃!"

奴仆们迅速行动,剥掉那大汉的皮,放在火上烤熟,然后送到赛阿丹·奥勒的手里,他便连肉带骨头都吃了下去。

多神教徒们眼见赛阿丹·奥勒如此对待自己的同伴,禁不住周身颤抖,吓得面色如土,一时不知如何是好。他们相互议论说:"谁要出列与这个巨人交战,肉和骨头都留不下。"

他们在赛阿丹·奥勒及其儿子们面前,一个个吓破了胆,纷纷退出战场,掉头逃了回去。

这时埃里布高声呼道:"壮士们,追击溃军哪!"

波斯人和阿拉伯人一起冲向巴比伦王及其部下,挥矛舞剑,杀死敌人两万多人。他们冲到城门下,又杀死对方许多溃兵,致使守门将士未能关上城门,阿拉伯和波斯壮士们便冲进了城中。

赛阿丹·奥勒夺过被杀敌军的巨矛,挥舞着杀过去,直冲贾迈克的宫殿,遇到贾迈克,举矛将他戳倒在地,他登时昏迷过去。紧接着,赛阿丹·奥勒冲向宫中人,抵抗者无不立刻倒下,直到他们高喊求饶时,赛阿丹·奥勒方才停止厮杀。

讲到这里,眼见东方透出黎明的曙光,莎赫札德戛然止声。

第六百三十七夜

夜幕垂空，莎赫札德接着讲故事：

幸福的国王陛下，赛阿丹·奥勒夺过被杀敌军的巨矛，挥舞着杀过去，直冲贾迈克的宫殿，遇到贾迈克，举矛将他戳倒在地，他登时昏迷过去。赛阿丹·奥勒冲向宫中人，抵抗者无不立刻倒下，直到他们高喊求饶时，赛阿丹·奥勒方才停止厮杀。

赛阿丹·奥勒对宫中人说："把你们的大王贾迈克给我捆绑起来！"他们只得动手把贾迈克绑起来。之后，赛阿丹·奥勒像赶羊群一样将他们赶到了一起。一番激烈战斗之后，城中人多半死于埃里布部将的刀剑之下。

赛阿丹·奥勒将他们带到埃里布的面前。巴比伦王贾迈克苏醒过来之后，方才发现自己被绳索绑着。

赛阿丹·奥勒说："今日晚餐我就吃贾迈克大王了！"

贾迈克听赛阿丹·奥勒这样一说，立即望了望埃里布，说道："手下留情，留我一条命吧！"

埃里布说："只要你改信伊斯兰教，你便免遭赛阿丹·奥勒吃掉，也不必受折磨之苦。"

贾迈克当即皈依了伊斯兰教，心口如一。

埃里布下令为贾迈克松绑，然后向贾迈克的臣民们宣传伊斯兰教，他们全都皈依了伊斯兰教，决心为埃里布效力。

贾迈克回到城中，拿出美食佳酿招待埃里布手下将士。之后，埃里布的大军在巴比伦城安度一夜。

次日天亮，埃里布命令人马起程上路，大队人马到达米法尔根城，发现那里已是一座空城，因为城中人听说巴比伦城所发生的事，便纷纷弃家而逃，奔库法城去了，并把情况报告了阿吉布。

阿吉布听后，坐立不安，立即召集将领，向他们通报说埃里布到了，命令他们立即做好战斗准备。

阿吉布手下有三万骑兵和一万步兵，后又招来五万骑兵和步兵，这才率领大军出发。跋涉五天之后，发现弟弟埃里布的大军已在摩苏尔驻扎下来，于是下令停止前进，在埃里布营帐对面安营扎寨。

埃里布写了一封信，他望着手下人，问道："谁把这封信送到阿吉布那里去？"

苏海姆·莱伊里站起身，走上前去，说道："我去送信，还能把回信带来。"

埃里布把信交给苏海姆·莱伊里，苏海姆·莱伊里转身离去，来到阿吉布的大帐前。

守卫报告说有人来访，阿吉布说："让他进来！"

苏海姆·莱伊里进了大帐，阿吉布问："你从哪儿来？"

"我从波斯人和阿拉伯人的首领那里来，我们的首领是当今波斯科斯鲁的驸马。我带来首领给你的书信一封，请你回他的信。"

"呈上信来，让我一阅。"

苏海姆·莱伊里呈上信，阿吉布打开一看，只见上面写道：

奉大慈大悲安拉之名

向安拉的至交易卜拉欣致敬

请接到此信之后，立即信奉创造一切、驾云行走的伟大安拉，抛弃偶像崇拜。假若你皈依了伊斯兰教，你就是我的哥哥，也是我们的统治者，我可免除你的弑君杀母之罪，不再谴责你的荒唐作为；如果你不执行我的命令，我就割下你的首级，捣毁你的家园。我郑重劝告你：走正道、服从主宰者平安无事；不然，大灾必将临头。

阿吉布读完埃里布的信，了解到信中的威胁意图，顿时虎目圆睁，咬牙切齿，吱吱作响，不禁勃然大怒，将信撕了个粉碎，抛撒在地上。

苏海姆·莱伊里见此情况，实觉难堪，大声呼喊阿吉布，说道："你竟敢如此行事，安拉会使你的双手瘫痪的！"

阿吉布命令手下人："把这家伙给我抓起来，用利剑将他碎尸万段！"

那些人一起动手，朝苏海姆·莱伊里冲去。

苏海姆·莱伊里拔出宝剑，从容应战，手起剑落，接连斩杀五十名壮士，闯出一条生路，他周身沾满鲜血，回到哥哥那里。埃里布问："喂，苏海姆·莱伊里，这是怎么回事？"

苏海姆·莱伊里把发生的事情向埃里布讲了一遍。埃里布听后，勃然大怒，大喊了一声"安拉至大"，随即命令擂起战鼓，英雄上马。只见壮士们穿上锁子甲，佩起宝剑，手持长矛，跨马列队。阿吉布跨上战马，率部出征。敌我相遇，战马驰骋，相互厮杀开始。

讲到这里，眼见东方透出黎明的曙光，莎赫札德戛然止声。

第六百三十八夜

夜幕垂空,莎赫札德接着讲故事:

幸福的国王陛下,苏海姆·莱伊里拔出宝剑,从容应战,手起剑落,接连斩杀五十名壮士,闯出一条生路,他周身沾满鲜血,回到哥哥那里。埃里布问:"喂,苏海姆·莱伊里,这是怎么回事?"

苏海姆·莱伊里把发生的事情向埃里布讲了一遍。埃里布听后,勃然大怒,大喊了一声"安拉至大",随即命令擂起战鼓,英雄上马。只见壮士们穿上锁子甲,佩起宝剑,手持长矛,跨马列队。阿吉布跨上战马,率部出征。敌我相遇,战马驰骋,相互厮杀开始。

战争的判官,判决往往不公,嘴巴紧闭,一声不吭,鲜血成河,尸横遍野,在大地上留下的图案令人愁白乌发。战斗持续进行,惨烈无比,有的人倒下,有的人依然步履坚定;勇敢者奋力冲锋陷阵,胆小鬼因怕死而溃逃。厮杀一直进行到夕阳西下,夜幕垂空,双方才鸣金收兵,脱离接触,各自返回营帐。

第二天清晨,双方将士披坚执锐,跃上战马,击鼓鸣号,列队上阵,如同汹涌澎湃的大海。他们高声呼喊:"今天必决一死战……"

第一个出阵厮杀的是苏海姆·莱伊里。只见他纵马到阵前,挥舞着手中的双剑和双矛,首先打开了激战之门。他高声喊道:"谁敢与我交战?懒汉和懦夫莫来送死!"

话音刚落,多神教徒一方冲出一名勇士,英姿飒爽,如同一柄火炬。苏海姆·莱伊里果敢勇猛,冲上前去,一矛将对手戳于马下。

接着,敌方第二个人出战,被苏海姆·莱伊里杀死。第三个、第四个相继死在苏海姆·莱伊里的剑刀之下。敌方不甘心失败,屡派壮士出战,结果来一个死一个,出两个死一双,直至日当午时,已有二百名将士死在苏海姆·莱伊里的手中。

眼见此情此景,阿吉布喝令部下一齐出动,双方兵对兵,将对将,乱马交接,激战开始。战场上杀声震天,战马嘶鸣;刀剑相撞,铿锵作响;长矛飞舞,你来我往;壮士相杀,血流成河;头颅落地,滚尸马下;尸横遍野,情景凄凉。战斗一直进行到夕阳西沉,夜色降临,双方才鸣金收兵,各回营帐安歇。

第三天早晨,双方将士照例跃马来到阵前,个个摩拳擦掌,人人求战心切。

穆斯林部队等待着埃里布像往日一样骑马站在帅旗之下,然而等来等去,不见人影马踪。苏海姆·莱伊里马上派人去哥哥的大帐,却发现帐中空无一人。问侍卫,皆说不知主帅到哪里去了。

苏海姆·莱伊里得知埃里布去向不明,不胜惆怅。他将此消息告知部下,部下人马即拒绝再行出战。他们说:"我们的主帅不在,敌人会把我们全部杀死的……"

穆斯林大军的主帅埃里布到哪里去了呢?

阿吉布与弟弟大战两天之后,将手下一个名叫赛亚尔的人叫到面前,对他说:"赛亚尔,我把你留在我的身边,就是为了今天来用你呀!你立即设法潜入埃里布的大营,溜进他的帅帐,将埃里布抓来。你就向我展示一下你的才干吧!"

"遵命!"

赛亚尔得令转身离去，悄悄潜入了埃里布的帅帐。其时夜深人静，万籁俱寂，人们都已沉睡在梦乡之中。

赛亚尔站在埃里布的铺旁，扮作主帅的奴仆。埃里布口渴醒来要水，赛亚尔趁机将蒙汗药放入水罐里。埃里布喝下赛亚尔递来的水，顷刻间昏睡过去，就在这时，赛亚尔用自己的斗篷将埃里布包了起来，扛在肩上，回到阿吉布的大帐，把斗篷包放在他的面前。

阿吉布见了斗篷包，惊问："喂，赛亚尔，这是什么？"

赛亚尔回答说："这斗篷里包的是你的弟弟埃里布呀！"

阿吉布一听，欣喜不已，忙说："百神为你祝福、庆功！快给我解开斗篷包！"

赛亚尔把包打开，拿来醋，放在埃里布的鼻子下。

埃里布嗅到醋的气味，慢慢苏醒过来，他睁开眼睛，发现自己被绳捆索绑，且在别人的帐篷里，禁不住自言自语道："无能为力，只有依靠伟大的安拉了！"

阿吉布大声喝道："狗东西，你想杀我，为你的父母报仇，好大的狗胆！我今天就要让你步你父母的后尘，让你离开这个世界！"

埃里布怒斥道："你这个忘恩负义的畜生，多神教徒的鹰犬！你将看到谁将被天车碾碎，谁将被晓知世间一切秘密的主宰征服，并被抛入地狱之中，备受折磨！你要是想可怜可怜你自己，就赶快跟我一起说'我证万物非主，唯有安拉；我证易卜拉欣是安拉的至交'吧！"

阿吉布听埃里布这样一说，吹了吹胡子，表现出一种不屑一听的神态，随后大骂埃里布所说的主神，并且命令刀斧手铺好血垫，就要处死埃里布。

就在这时，阿吉布的宰相赶来。恭恭敬敬地向阿吉布行吻地礼。宰相本是个穆斯林，只是表面上装作是多神教徒。他对阿吉布说:"大王,且慢,千万莫急!首先让我们弄明谁是胜利者,谁又是失败者,然后再处死他不晚。如果我们被人家打败,把他留在我们这里,对我们是大为有利的,可以给我们增加一种力量。"

群臣们一听,异口同声说:"宰相阁下说得很对!"

讲到这里,眼见东方透出黎明的曙光,莎赫札德戛然止声。

第六百三十九夜

夜幕垂空,莎赫札德接着讲故事:

幸福的国王陛下,当阿吉布想杀埃里布时,宰相赶了过来,对阿吉布说:"大王,且慢,千万莫急!首先让我们弄明谁是胜利者,谁又是失败者,然后再处死他不晚。如果我们被人家打败,把他留在我们这里,对我们是大为有利的,可以给我们增加一种力量。"

群臣们一听,异口同声说:"宰相阁下说得很对!"

阿吉布这才放弃了立即处死埃里布的想法,随后下令给埃里布加上双重镣铐和枷锁,将他押在自己的帐篷里,并派一千名壮士严加看守。

埃里布的部将不见自己的主帅,便变成了一群没有牧人的羊群。这时,赛阿丹·奥勒站了起来,大声喊道:"将士们,披挂上阵,全心全意依靠你们的主吧!"

阿拉伯人和波斯人穿起甲衣,手持剑矛,纵身跃上马背,在旗手的引领下,浩浩荡荡向战场开去。

首先出战的是赛阿丹·奥勒,只见他肩扛着一根重达二百磅的大棒,策马纵横驰骋。他高声喊道:"偶像崇拜者,多神教徒们,你们出来吧!今天是决战的日子。谁认识我,就会知道我的厉害;谁不认识我,就听我自我介绍一番,我叫赛阿丹·奥勒,埃里布大帅的部将。谁敢出阵同我较量?要选精兵强将,不要懒汉懦夫!"

这时,多神教徒队伍中冲出一名勇士,如同一柄火炬,纵马舞剑,直取赛阿丹·奥勒。

赛阿丹·奥勒挥棒迎战,一棒击中那勇士的肋骨,只见他顿时落马摔在地上,一命呜呼。

赛阿丹·奥勒呼唤儿子和奴仆,对他们说:"给我点火!把丧命的多神教徒,全都给我拿去烤熟,然后给我送来,让我饱食一顿午餐!"

手下人立即执行命令,在战场上架起火,将那个丧命的多神教徒拉去,放在火上烤熟,然后送给赛阿丹·奥勒。只见赛阿丹·奥勒连肉带骨全都吃了下去。

多神教徒们见赛阿丹·奥勒吃人不吐骨头,禁不住一个个大惊失色,面面相觑。

阿吉布呼唤部下道:"壮士们,你们这些无用的东西!你们快向这个吃人的魔怪发动进攻,用剑把他砍碎!"

两万名多神教徒一齐向赛阿丹·奥勒发动进攻,将他团团包围,万箭齐发,赛阿丹·奥勒身上有了二十四处箭伤,鲜血淌在地上。

穆斯林大军见此情景,奋力冲向多神教徒,高声向伟大安拉求援。

战斗一直进行到日落西山,夜色来临,双方才各自鸣金收兵,脱离接触。

赛阿丹·奥勒因流血过多，活像一个醉鬼，被多神教徒绳捆索绑，当了俘虏带走，与埃里布关押在一起。

埃里布见赛阿丹·奥勒也沦为俘虏，说道："毫无办法，只能依靠伟大安拉了！"

埃里布问道："喂，赛阿丹·奥勒，你这是怎么啦？"

赛阿丹·奥勒说："主公啊，吉凶祸福都是伟大安拉的安排，命中注定，不可避免。"

"赛阿丹·奥勒，你说得对啊！"

阿吉布欣悦不已，对将士们说："明日一早，你们就骑上战马，向穆斯林大军发动猛攻，彻底消灭他们的残余部队。"

"遵命！"部将们异口同声道。

穆斯林大军因主帅失踪，赛阿丹·奥勒被擒而难过。苏海姆·莱伊里对他们说："将士们，你们不要哭泣，莫发愁！伟大安拉很快就会解救我们的。"

众将士各自安歇，苏海姆·莱伊里耐心等到夜半，便向阿吉布的大帐走去。

苏海姆·莱伊里进入阿吉布的营帐群中，渐渐接近阿吉布的帅帐，只见阿吉布正襟危坐在帅椅上，大臣们两厢站立。苏海姆·莱伊里轻如蝴蝶，箭步走到盛燃着的蜡烛前，取下一节烛花，将手中的蒙汗药点燃，然后蹑手蹑脚转身走到大帐外，耐心等了一个时辰。这时，蒙汗药发出烟雾潜入主帅阿吉布及其大臣们的鼻腔里，他们一个个昏迷了过去，相继瘫倒在地，如同死亡一般，一动不动，无声无息了。

看到阿吉布及其大臣们倒了下去，苏海姆·莱伊里来到囚人的帐篷，溜进去一看，埃里布和赛阿丹·奥勒正好在那里，且有千名武士看守，但都已困倦不堪，昏昏欲睡。苏海姆大声对他们呼喊道:"你们这些该死的奴才,不要昏睡了!好好看着你们的对手!快去点着火把!"

他们把火把点着,苏海姆·莱伊里接过一柄火把,点燃干柴,然后把蒙汗药放在干柴上,拿着干柴绕帐篷转了一圈,蒙汗药烟雾升腾散发,进入守卫们的鼻腔,他们相继倒下昏睡。

苏海姆·莱伊里走到埃里布和赛阿丹·奥勒跟前,解下他俩手脚上的镣铐,用随身带的浸泡过酸醋的海绵抹在他俩的鼻子上。二人慢慢苏醒过来,望着苏海姆·莱伊里,连连为他祈祷祝福,欣喜之情溢于言表。

三人走出帐篷,从熟睡的守卫身上取下几件武器。苏海姆·莱伊里对他俩说:"你俩赶快回我们的营帐去吧!"

埃里布和赛阿丹·奥勒走后,苏海姆·莱伊里来到阿吉布的帅帐,用斗篷将阿吉布包住,然后扛起来朝穆斯林大军的营帐走去。

夜色黑暗,谁也没有注意到苏海姆·莱伊里的行迹,他顺利平安地回到埃里布的大帐。

苏海姆·莱伊里解开斗篷,埃里布仔细一看,发现苏海姆·莱伊里扛回来的那个人是他的哥哥阿吉布,手脚全被捆绑着。埃里布立刻喊了一声:"安拉至大!安拉至大!"

埃里布对苏海姆·莱伊里说:"喂,苏海姆·莱伊里,让他醒来!"

苏海姆·莱伊里走上前去,用乳香和酸醋熏了熏他的鼻子。阿吉布随即缓缓苏醒过来,睁开眼睛,发现自己被绳捆索绑,随后低下了头。

讲到这里,眼见东方透出黎明的曙光,莎赫札德戛然止声。

第六百四十夜

夜幕垂空,莎赫札德接着讲故事:

幸福的国王陛下,苏海姆·莱伊里解开斗篷,埃里布仔细一看,发现苏海姆·莱伊里扛回来的那个人是他的哥哥阿吉布,手脚全被捆绑着。埃里布立刻喊了一声:"安拉至大!安拉至大!"

埃里布对苏海姆·莱伊里说:"喂,苏海姆·莱伊里,让他醒来!"

苏海姆·莱伊里走上前去,用乳香和酸醋熏了熏他的鼻子。阿吉布随即缓缓苏醒过来,睁开眼睛,发现自己被绳捆索绑,随后低下了头。

苏海姆·莱伊里说:"该死的东西,抬起你的头来!"

阿吉布抬起头来,发现周围有波斯人,也有阿拉伯人,并且看见弟弟端坐在那里,尊贵无比,因此沉默无语,一声未吭。

埃里布一声大喊,说道:"把他的衣服扒光!"

手下人立刻行动,将阿吉布的衣服扒下,继之鞭子像雨点儿一样落在阿吉布的身上,直打得他皮开肉绽,昏迷过去,不省人事。随后,埃里布派一百名骑士将之看守起来。

埃里布刚刚惩罚过阿吉布,便听到多神教徒大军的营帐传来赞颂安拉的高亢呼喊声:"安拉至大!万物非主,唯有安拉;易卜拉欣是安拉的至交!"

原来那是吉齐拉王达米锷的大军发出的赞颂声。

埃里布离开吉齐拉城十天之后,达米锷便率领两万骑兵开至埃里布与阿吉布交战地附近,随即派出探马,侦察情况。

探马离去一日,回来向达米锷报告了埃里布与其兄阿吉布激战的情况。

达米锷的大军等到夜幕垂空时分,便对着多神教徒大军的营帐高声叫喊道:"安拉至大!万物非主,唯有安拉;易卜拉欣是安拉的至交!"随后,将士们披坚执锐,向多神教徒大军冲去……

听到赞颂声,埃里布立即把弟弟苏海姆·莱伊里唤来,吩咐说:"你去探探虚实,看看是哪支部队发出的赞颂声。"

苏海姆·莱伊里转身出去,行至赞颂声发出的地方,向人打问情况,有人告诉他:"吉齐拉王达米锷两万大军到了这个地方。达米锷说,他决不袖手旁观,一定要帮助他的侄子打败多神教徒,以取悦于伟大安拉。他乘着夜色,带着大军向多神教徒发动了猛烈进攻……"

苏海姆·莱伊里弄明情况,回到埃里布的身边,报告了达米锷的英雄举动,埃里布立即向部下发布命令:"将士们,带上武器,跨上战马,支援我的叔父,消灭敌人!"

埃里布的穆斯林大军向多神教徒大军发起猛烈进攻,刀枪向敌人狠刺过去。天色未亮,他们已经杀死多神教徒五万之众,俘虏了近三万人,其余的则溃败逃遁,东奔西散。

穆斯林们大获全胜,兴高采烈。

埃里布骑马走去,见到叔父达米锷,向叔父问好,感谢他的支援。

达米锷说:"阿吉布这个狗东西,怎么和你打起仗来了呢?"

埃里布说:"叔父,你只管放心就是了!阿吉布现在就被捆在我的营帐里。"

达米锷听后,甚为高兴。

来到营帐,埃里布和他的叔父达米锷离鞍下马。走进帐篷一看,不见阿吉布的踪影,埃里布惊呼道:"安拉啊,安拉的至交易卜拉欣哪,这是多么倒霉的一天!"

他问侍卫们:"你们这些该死的,我的仇敌哪里去了?"

侍卫们回答:"我们骑马跟从你出发时,你没有命令我们把他关押、囚禁起来呀!"

"毫无办法,只有依靠伟大的安拉了!"

叔父达米锷对埃里布说:"你不要着急,不要发愁!他跑到哪里,我们就到哪里去捉他。"

原来接走阿吉布的是其侍卫赛亚尔。

赛亚尔悄悄潜伏在埃里布的营帐中,他见埃里布骑马率兵去支援达米锷,而且没有留下兵士看守阿吉布,便溜进帐篷,将处于昏迷状态的阿吉布背起来,飞快离开了埃里布的营地。

赛亚尔背着阿吉布,从初夜一直走到第二天,方才来到一棵苹果树下的泉水旁。

赛亚尔放下阿吉布,给他洗了洗脸,阿吉布这才睁开眼睛,发现赛亚尔站在自己的面前。阿吉布说:"赛亚尔,赶快把我送回库法城,好让我调集军队,重振士气,征服我的敌人。赛亚尔,我现在很饿,给我弄点儿吃的东西来。"

赛亚尔立即站起,走到林中,抓到一只雏鸵鸟,宰杀洗净,又捡来些干柴,用燧石打着火,把鸵鸟肉烤熟。阿吉布大吃起来,继之用泉水解渴,精神这才得以恢复。

随后,赛亚尔潜入阿拉伯人居住的地方,偷来一匹马,让阿吉布骑上,向库法城进发了。

二人经过几天跋涉,来到库法城郊外,京官出来迎接阿吉布国王,上前问候致安,发现国王已被其弟埃里布折磨得瘦弱不堪。

阿吉布进城之后,召集文官武将,对他们说:"你们必须在十天之内,使我恢复健康!"

"遵命!"

文官武将们想方设法,求医问药,善言劝慰,国王终于健壮如初,被折磨的痕迹一扫而光。

国王命令宰相修书二十一封,分发给各地总督,要他们带兵赶往库法城集结,听候调遣。

讲到这里,眼见东方透出黎明的曙光,莎赫札德戛然止声。

第六百四十一夜

夜幕垂空,莎赫札德接着讲故事:

幸福的国王陛下,阿吉布逃脱后,在文官武将的关心下,迅速康复,随后命令宰相修书二十一封,分发给各地总督,要他们带兵赶往库法城集结,听候调遣。

各地总督接到命令,即刻带兵赶至京城集结。

埃里布见阿吉布逃走,心中不悦,随即派一千人马,分兵八路,奋力追寻,但奔跑一天一夜,未得到阿吉布的任何消息。他们回来之后,向埃里布报告了情况。埃里布呼唤苏海姆·莱伊里,却不见人。埃里布担心苏海姆·莱伊里出什么事,心急如焚,忐忑不安,惆怅万分。

就在这时,苏海姆·莱伊里突然出现在他的面前,行了吻地礼。埃里布惊喜地问道:"苏海姆·莱伊里,你到哪里去啦?"

苏海姆·莱伊里回答:"报告主帅,我到库法城去了一趟,发现阿吉布已坐回到宝座上,令文官武将设法为他医病,而且身体已经恢复健康。他又写信给各地总督,命令他们带兵集结京城……"

埃里布听苏海姆·莱伊里这样一说,遂令部下拆帐篷,起程向库法城进发。

埃里布率部到达库法城,发现城四周帐篷林立,旌旗招展,人马如潮,无头无尾,无边无际。埃里布下令在多神教徒大军营帐的对面安营扎寨,树起旗杆。

夜幕垂空,两支大军各自燃起篝火,守卫着自己的营帐,直至东方透出黎明的曙光。

清晨,埃里布起床,做过小净,然后按照安拉的至交易卜拉欣规定的宗教仪式,向安拉跪拜两次,随后下令擂响战鼓。

将士们听到战鼓声,即刻穿好甲衣,纵身上马,手握利剑,挥动长矛,举起大旗,争先恐后开赴战场。

首先出战的是吉齐拉王、埃里布的叔父达米锷,只见他纵马驰至两支大军之间,手握剑和矛,令两军将士都感到气势非凡。

达米锷高声叫阵:"谁敢与我决一雌雄?懒汉和懦夫万勿接近我!我是康德麦尔的弟弟、吉齐拉王达米锷!"

多神教徒军中冲出一名武士,看上去像把火炬,只言未吐,直朝达米锷飞驰而来。

达米锷从容应战,一矛刺进壮士的前胸,矛头从后胸钻出,只见那壮士顿时落马,顷刻一命呜呼。

第二个、第三个相继出战,均被达米锷斩于马下。接连有七十六个人在达米锷手下丧生,多神教徒们这才停止出战。

阿吉布怒骂部将道："你们这些无用的东西！你们一个一个地和他对战，会一个一个地死去！你们为何不一起冲锋，扑向敌人呢，把敌人杀个精光，让我们的战马踏着他们的头颅前进？"

多神教徒们一听，即摇起警告旗，两军将士厮杀开始，只见剑飞矛舞，寒光闪烁，又闻杀声震天，战马嘶鸣，顷刻间血流成河，尸横大地。战争的法官断案难得公正之言，勇士们挺立战场，胆小鬼败下阵去。两军直厮杀到夕阳西下，夜幕垂降。

眼见夜色笼罩大地，多神教徒大军鸣金收兵，埃里布指挥穆斯林大军向多神教徒大军冲击。夜幕下，多少多神教徒头颅搬家，多少多神教徒鲜血飞溅，多少多神教徒肢体分离，多少多神教徒血肉模糊，多少多神教徒中的壮士和青年命丧战场……

天亮了，幸存的多神教徒已溃不成军，试图逃跑，而穆斯林大军却没有停止战斗，直追击到红日当午。穆斯林大军俘获了两万名多神教徒，将他们一一绳捆索绑带走……

埃里布率兵开进库法城，即令传令官沿街传达命令：凡是抛弃偶像崇拜，改信创造人和光明与黑暗的唯一的、万能的主的人，一律平安无事，均可安居乐业。

传令官沿街呼喊一遍，城中的大人小孩都皈依了伊斯兰教，所有的人都来到埃里布的面前，再次表示信仰伊斯兰教。埃里布听后，大为高兴，心情舒畅，欣喜不已。

埃里布向城中人问起穆尔达斯及其女儿穆哈迪娅，人们告诉他说："他们躲到红山背后去了。"

埃里布得知此消息，立即把弟弟苏海姆·莱伊里叫到面前，吩咐他说："你去打探一下你父亲的消息吧！"

苏海姆·莱伊里手握一柄褐色长矛，跨上战马，毫不迟疑地向红山进发了。

他到红山一番寻找，未得到父亲的任何消息，也没有见到本族人的任何踪迹，却见到一位年事已高的阿拉伯老翁。苏海姆·莱伊里向老翁打听那些人的情况，问他们到哪里去了，老翁说："孩子，穆尔达斯听说埃里布攻克了库法城，害怕极了，随后带着他的女儿、族人和所有奴婢，逃往荒野。具体到哪里去了，我不得而知。"

苏海姆·莱伊里听了，回到埃里布那里，报告了情况，埃里布十分难过。他坐在父王的宝座上，打开国库，把钱财分给将士们。

埃里布在库法城住下，然后派探马去打探阿吉布的消息。之后，他召集文武百官和本城百姓，向他们赠送锦衣，并叮嘱百官要爱护百姓。

讲到这里，眼见东方透出黎明的曙光，莎赫札德戛然止声。

第六百四十二夜

夜幕垂空，莎赫札德接着讲故事：

幸福的国王陛下，苏海姆·莱伊里听了老翁的话，回到埃里布那里，报告了情况，埃里布十分难过。他坐在父王的宝座上，打开国库，把钱财分给将士们。

埃里布在库法城住下，然后派探马去打探阿吉布的消息。之后，他召集文武百官和本城百姓，向他们赠送锦衣，并叮嘱百官要爱护百姓。

有一天，埃里布外出打猎，带领百名骑士，来到一座山谷，那里树木繁盛,果实累累,河溪纵横,百鸟飞鸣;那里是羚羊的天然乐园;那里是令人精神振奋的美妙天地,景色宜人,芳香四溢。他们在那里度过了欢乐的一天,又在那里过夜,直至次日天亮。

埃里布起来,做过小净,两次跪拜,又连声感赞安拉。就在这时,忽听一阵喧闹声传来,声音久久响在山谷上空。埃里布对苏海姆·莱伊里说:"苏海姆·莱伊里,你去打探一下情况!"

苏海姆·莱伊里转身向喧闹声传来的方向走去,发现那里有大批被抢来的钱财、马匹以及妇女和儿童,只听大人哭、小孩子叫,吆喝声此起彼伏,嘈杂声不断。苏海姆·莱伊里问牧人们:"这是怎么回事?"

牧人们告诉他:"这是葛哈唐部族的首领穆尔达斯的妻室和他的钱财。贾马尔甘昨天把穆尔达斯杀死了,洗劫了他的钱财和眷属,把他的东西全部抢来了。贾马尔甘不断地袭击百姓,拦路抢劫,无恶不作,猖狂至极,平民们对他无可奈何,就连王公首领们也不能把他怎样。他是万恶之源呀!"

苏海姆·莱伊里听了父亲被杀、家眷和钱财已被抢去的消息,回去向埃里布报告了情况。埃里布听后,不禁火冒三丈,立志报仇雪耻。他纵身上马,带着将士们奔驰而去。见到那群劫匪,埃里布高声喊道:"安拉至大!为非作歹、信奉多神教者都要受到惩罚!"

紧接着,埃里布挥动巨棒,一口气杀死二十一个盗匪。之后,他挺立在战场上,毫不怯懦地说:"贾马尔甘在哪里?让他出来同我决战,叫他尝尝屈辱的苦酒,我要把他永远赶出这块土地!"

话音未落,贾马尔甘走了出来,只见他身材高大,体态粗壮,活像一个大篮筐,又像是一块包着铁皮的巨大山石。他一声不响地向着埃里布冲去。

埃里布像一只猛狮,主动迎战。贾马尔甘手持一柄中国铁质狼牙大棒,沉重无比,若用之击山,山必崩裂。他舞动狼牙棒,朝着埃里布的脑袋狠狠打去,但见埃里布灵巧地一躲,狼牙棒打在地上,顶端有半腕尺陷入泥土里。眼见此情此景,埃里布抓住时机,抡起巨棒,向贾马尔甘的手腕打去。贾马尔甘手指被砸断,只得松手,狼牙棒掉在地上,埃里布弯下腰去,斜跨战马,闪电似的冲过去,拾起狼牙棒,抡向贾马尔甘的肋部,只见他像一棵被刨出根的椰枣树一样,直挺挺地掉下马背。

苏海姆·莱伊里见贾马尔甘翻身落马,一个箭步冲了过去,眼疾手快,将之捆绑起来,用绳子拉走。

埃里布手下的壮士纵马向贾马尔甘的队伍冲击,杀死五十余人,其余幸存者抱头鼠窜。

贾马尔甘的部下败逃而去,回到他们的城堡,一番高声喊叫之后,城堡中的守军纷纷下来迎接他们,问他们战况如何。当他们得知首领被俘后,争相跃马向山谷飞驰而去,决计救他们的首领贾马尔甘。

溃军逃遁后,埃里布离鞍下马,吩咐部将把贾马尔甘带来。

贾马尔甘来到埃里布面前,卑躬屈膝,低三下四地说:"盖世英雄啊,我服从你啦!"

埃里布怒不可遏:"你这个狗东西,怎敢拦路抢劫那些崇拜伟大安拉的信士呢?莫非你就不怕世界之主对你进行惩罚?"

"主公大人哪,何为世界之主?"

"你崇拜什么呀?"

"我崇拜用椰枣加黄油、蜂蜜捏成的神像;神像做成之后,顶礼膜拜一番,然后吃掉,再做一个。"

埃里布听后笑得前仰后合。他说:"可怜虫!值得崇拜的只有伟大的安拉。伟大的安拉创造了你,创造了世间的一切,养活着世间的一切生灵。伟大的安拉无所不知,无所不能。"

"这位神灵在哪儿呢?我得晓知其所在,也好崇拜呀!"

"这位神灵名叫安拉。安拉创造了天和地;安拉使树木生长,令河水流淌;安拉创造了飞禽走兽、天堂和地狱;人看不见安拉,安拉居高临下,却能看见一切;安拉创造了我们,养活着我们;万赞只能归于唯一的安拉。"

贾马尔甘听埃里布这样一说,茅塞顿开,豁然开朗,不禁周身颤抖,忙问:"主公大人,我怎样行事,方可成为你们当中的一员,让这位伟大的主宰对我感到满意呢?"

"你要说:'我证万物非主,唯有安拉;我证易卜拉欣是安拉的使者和至交。'"

贾马尔甘当即诵读"做证词",随后成了伊斯兰教信徒。

埃里布问:"你尝到伊斯兰教的益处了吗?"

"尝到啦!"

"给他松绑!"

众仆役为贾马尔甘解开绳索。贾马尔甘当即向埃里布行吻地大礼,亲吻埃里布的脚。

正当此时,忽见远处一股烟尘腾空而起,旋即铺天盖地……

讲到这里,眼见东方透出黎明的曙光,莎赫札德戛然止声。

第六百四十三夜

夜幕垂空,莎赫札德接着讲故事:

幸福的国王陛下,贾马尔甘皈依了伊斯兰教,埃里布下令为贾马尔甘松绑。贾马尔甘当即向埃里布行吻地礼,亲吻埃里布的脚。

正在此时,忽见远处一股烟尘腾空而起,旋即铺天盖地。

埃里布说:"喂,苏海姆·莱伊里,快去打探一下情况!"

苏海姆·莱伊里飞也似的离去,片刻后转回,报告说:"报告主公,那是贾马尔甘的伙伴阿米尔人的战马扬起的烟尘。"

埃里布对贾马尔甘说:"你赶快上马去迎接你的友伴吧!你要向他们宣传伊斯兰教,假若他们服从你,他们会平安无事;如果他们拒绝你的好意,我们就让他们尝尝我们刀剑的滋味。"

贾马尔甘策马飞奔而去。他老远便对阿米尔人喊话。当阿米尔人认出他来时,一一离鞍下马,走上前来说:"主帅大人,你平平安安,使我们感到高兴。"

贾马尔甘说:"将士们,谁服从我,就能平安无事;谁违抗我,就将丧命在我的这柄利剑之下!"

"主帅有何吩咐,就请直接下令吧!"众将士异口同声道。

"你们要随我说:'我证万物非主,唯有安拉;我证易卜拉欣是安拉的至交。'"

"主帅阁下,你说的这两句话是从哪里听到的呢?"

贾马尔甘把与埃里布之间的谈话向他们说了一遍。之后,他对他们说:"将士们,我每次上战场都是冲锋在前,奋不顾身。你们可曾知道,我这次被俘,尝尽了当俘虏的屈辱?"

众将士听他这样一说,立即齐声跟贾马尔甘诵读"做证词",然后由贾马尔甘带着去见埃里布,再次表示皈依伊斯兰教,接着向埃里布行吻地礼,并祝福他尊荣长在。

埃里布十分高兴,说道:"你们回去吧!回去之后,要向族人宣传伊斯兰教。"

贾马尔甘和他的伙伴异口同声说:"主公大人,我们再不离开你了。我们回去之后,马上带着妻子和孩子到你这里来。"

埃里布说:"你们先回去,然后到库法城去找我吧!"

贾马尔甘和部下上马挥鞭,回到他们居住的地区,向妻子儿女们宣传伊斯兰教。他们相继愉快地皈依了伊斯兰教,随后捣毁房舍,拆除帐篷,骑上马,赶着骆驼和羊,向库法城走去。

埃里布回到库法城,骑兵大队夹道相迎。

埃里布回到宫中,坐在父亲的宝座上,文官武将左右侍立。忽有探马进来禀报说,阿吉布已经逃到也门大地,跑到阿曼城国王吉兰德·本·凯尔吉尔的辖地去了。

埃里布一听,命令将士道:"将士们,立即开始准备,三天之后起程,全力捉拿阿吉布!"他又对两万多俘虏说,要他们首先皈依伊斯兰教,然后跟随他出征。两万人皈依了伊斯兰教;其余人拒绝皈依,结果被杀。

贾马尔甘及其部将赶来,向埃里布行吻地礼。埃里布向他们一一赠送锦袍,并让贾马尔甘作为先锋,吩咐说:"贾马尔甘,你随同兄弟部族将领和两万骑士打先锋,直奔阿曼城国王吉兰德·本·凯尔吉尔的辖地。"

"遵命!"

他们把妻子和孩子留在库法城,便起程上路了。

埃里布寻找穆尔达斯的妻子儿女,无意中在妇女队伍中看见了穆哈迪娅,登时昏迷过去,不省人事。人们取来玫瑰水,洒在他脸上,他才慢慢苏醒过来。

埃里布走过去,把穆哈迪娅紧紧搂在怀里,然后将她带入客厅，和她一起交谈了一些时间，随后各自安歇。

第二天早晨，埃里布登上宝座，向叔父达米锷赠送锦袍，委托他代管伊拉克全境事务，并把穆哈迪娅托付给他照顾。叔父欣然从命。之后，埃里布率两万骑兵和一万步兵，开往阿曼和也门大地，捉拿逃到那里的阿吉布。

阿曼城国王吉兰德·本·凯尔吉尔眼见城外一股烟尘腾空而起，马上派探马探听虚实。

片刻后，探马回来报告说："伊拉克国王阿吉布率兵来到城下……"

吉兰德听后，觉得非常奇怪，不知阿吉布为何远道而来。不过，得到消息后，吉兰德立即命令部将："出城迎接阿吉布的大军吧！"

部将们赶到城外，热烈迎接阿吉布，在城外为将士们搭起帐篷，扎好营寨。

一切安排停当，阿吉布进城拜见吉兰德。只见阿吉布眼泪纵横，格外伤心。

阿吉布的堂妹是吉兰德的妻子，为吉兰德生下几个孩子。吉兰德见阿吉布哭得那样伤心，问道："你这是怎么啦？"

阿吉布便把自己与同父异母弟弟埃里布之间发生的事情，从头到尾讲了一遍。阿吉布说："埃里布还让人们崇拜主宰，禁止人们崇拜偶像等其他神灵。"

吉兰德一听，勃然大怒，说道："凭光芒万丈的太阳起誓，我一定要把你弟弟族人的家宅全部捣毁。你是在哪里离开他们的？他们共有多少人？"

"我在库法城离开他们，他们共有五万人马。"

吉兰德国王唤来宰相贾瓦米尔德，吩咐说："相爷阁下，你立刻率七万大军，前去同穆斯林交战，将他们全部生擒来，让我好好折磨他们一顿！"

贾瓦米尔德纵马率部向库法城开去。他们一连跋涉七天，来到一个山谷，那里树木繁茂，清泉流淌，果实累累。贾瓦米尔德下令就地安歇。

讲到这里，眼见东方透出黎明的曙光，莎赫札德戛然止声。

第六百四十四夜

夜幕垂空，莎赫札德接着讲故事：

幸福的国王陛下，吉兰德国王唤来宰相贾瓦米尔德，吩咐说："相爷阁下，你立刻率七万大军，前去同穆斯林交战，将他们全部生擒来，让我好好折磨他们一顿！"

贾瓦米尔德纵马率部向库法城开去。他们一连跋涉七天，来到一个山谷，那里树木繁茂，清泉流淌，果实累累。贾瓦米尔德下令就地安歇。

休息至半夜，贾瓦米尔德下令起程，他纵身上马，率领大队人马，浩浩荡荡向前开去。黎明时分，他们行至另一个谷地，只见那里树木茂盛，百花争艳，芳香四溢，鸟儿啼鸣，枝条随风摇曳。眼见迷人景色，贾瓦米尔德诗兴大发，吟诵道：

> 我率大军至,奋勇闯尘埃。
> 我领猛狮群,力将劲敌埋。
> 天下英雄汉,知我威名在。
> 保我部族安,英名传天外。
> 要捉埃里布,桎梏解将来。
> 凯旋荣归日,身神浴欢快。
> 披甲执利器,冲锋入战海。

贾瓦米尔德吟罢诗,忽见丛林中钻出一名骑士,身披甲衣,傲气横溢,冲着贾瓦米尔德大喊道:"阿拉伯人当中的败类,赶快脱下你的甲衣,放下你的武器,下马逃命吧!"

那骑士正是贾马尔甘。

贾瓦米尔德一听,脸上的光泽顿时消失,脸色登时黯淡下来,随后拔出宝剑,向贾马尔甘冲了过去,并且说道:"你这个阿拉伯人的败类,怎敢拦路抢劫我?我是吉兰德国王大军的先锋,是特意来收拾埃里布及其手下人马的。"

贾马尔甘听后说:"你想得倒好!"

话音未落,挥剑直取贾瓦米尔德的首级,同时吟诵道:

> 我本英雄汉,战场美名传。
> 劲敌无奈何,畏我矛与剑。
> 若问我名姓,唤贾马尔甘。
> 天下骑士们,知我矛刃尖。
> 大帅埃里布,战场一好汉。
> 主公兼教长,威显值会战。
> 正教在心中,自有神威严。

战场露英姿，灭敌驰骋间。
教人入正道，偶像弃一边。

原来，贾马尔甘率大军出了库法城，连续跋涉十天。第十一天，他们歇息到夜半时分，贾马尔甘下令起程上路。贾马尔甘带领人马行至那个山谷，听到贾瓦米尔德吟诵诗歌，当即像一头猛狮似的扑了出去。他手起剑落，将贾瓦米尔德劈成了两半。

贾马尔甘稍等片刻，手下人赶来，他把发生的事情告诉了他们，然后对将领们说："你们五位将领，分别带领五千人马，分散开来，把山谷包围起来。我和阿米尔部族勇士守在此处，一旦敌人先头部队到达这里，我立即向他们发动猛攻，并且同时高喊：'安拉至大！'你们听到我的喊声，即刻向敌人发动进攻，并高喊'安拉至大'口号，挥剑舞矛，狠狠打击敌人！"

"遵命！"将领们异口同声道。

将领们得令，回去向部下传达了主帅的意图，随后分散在山谷四方，一直伏候到东方透出黎明的曙光。

敌人果然出现了，如同羊群，顿时布满了平原和山冈。

贾马尔甘和阿米尔族人奋起冲锋，口中高喊"安拉至大"，信士们和多神教徒们听得一清二楚。伏候在各个角落的穆斯林放声呼喊着"安拉至大"的口号，同时向多神教徒的军队发动猛烈进攻。此时此刻，整个山谷和山冈、丘陵上回荡着"安拉至大"的喊声，草木皆回应着"安拉至大"的口号。多神教徒们听到后大惊失色，只觉得四面临敌，急中出错，拔剑挥矛，相互厮杀起来。穆斯林们个个英勇善战，人人如同火把，冲锋陷阵，所向披靡，直杀得敌人头颅横飞，鲜血迸溅，胆小鬼望风怯逃，天未大亮，已有三分之二多神教徒丧命，被安拉送入地狱之中，其余的人抱头鼠窜，溃不成军,散逃到荒野之上。穆斯林大军追击过去,溃军有的被俘,有的被杀。

战斗一直继续到红日当头,穆斯林大军方才收兵。多神教徒有七千人被俘,生还者仅有两万六千人,且大多数人挂彩负伤。穆斯林大军大获全胜,缴获大批马匹、辎重和帐篷,随后派一千名骑士将战利品送往库法城。

讲到这里,眼见东方透出黎明的曙光,莎赫札德戛然止声。

第六百四十五夜

夜幕垂空,莎赫札德接着讲故事:

幸福的国王陛下,贾马尔甘和阿米尔族人奋起冲锋,口中高喊"安拉至大",信士们和多神教徒们听得一清二楚。伏候在各个角落的穆斯林们放声呼喊着"安拉至大"的口号,同时向多神教徒的军队发动猛烈进攻。此时此刻,整个山谷和山冈、丘陵上回荡着"安拉至大"的喊声,草木皆回应着"安拉至大"的口号。多神教徒们听到后大惊失色,只觉得四面临敌,急中出错,拔剑挥矛,相互厮杀起来。穆斯林们个个英勇善战,人人如同火把,冲锋陷阵,所向披靡,只杀得敌人头颅横飞,鲜血迸溅,胆小鬼望风怯逃,天未大亮,已有三分之二多神教徒丧命,被安拉送入地狱之中,其余的人抱头鼠窜,溃不成军,散逃到荒野之上。穆斯林大军追击过去,溃军有的被俘,有的被杀。

战斗一直继续到红日当头，穆斯林大军方才收兵。多神教徒有七千人被俘，生还者仅有两万六千人，且大多数人挂彩负伤。穆斯林大军大获全胜，缴获大批马匹、辎重和帐篷，随后派一千名骑士将战利品送往库法城。

贾马尔甘及伊斯兰大军离鞍下马，向俘虏宣传伊斯兰教，俘虏们当即皈依了伊斯兰教，心悦诚服，心口如一。他们为俘虏松绑，为他们信奉伊斯兰教而感到高兴，信士们相互拥抱，欢乐无比。

贾马尔甘令大军休整一天一夜。次日清晨，他率大军起程上路，向着吉兰德国王的京城开去。

一千名骑士把战利品护送到库法城，并向埃里布国王报告了情况，埃里布喜在心中。

埃里布望着赛阿丹·奥勒说道："赛阿丹·奥勒，你带上两万人马去增援贾马尔甘，立即起程上路！"

赛阿丹·奥勒及其儿子纵身上马，带领两万人马，向阿曼城开去。

多神教的溃军连哭带叫逃回京城，吉兰德·本·凯尔吉尔国王见此大惊，忙问："你们这是怎么啦？"

他们把惨败的过程讲了一遍，吉兰德国王听后大怒道："你们这些没有用的东西！他们有多少人马？"

"报告国王，他们有二十面军旗，每面军旗下有一千名骑兵。"

"你们这些废物！你们有七万人马，怎会败在两万人马的脚下？你们再也沐浴不到太阳的光辉了。贾瓦米尔德一个人，在战场上能够抵挡三千人……"

吉兰德气急败坏，拔剑出鞘，对在场的溃军们大喊道："你们哪里还有脸面来见我……"随后手起剑落，将他们一一斩首，然后令宫仆将尸首拖出去喂狗。

吉兰德国王喊来自己的儿子，说："儿啊，你立即骑马上路，带上十万大军，开往伊拉克，捣毁那里的房舍，一间不留！"

吉兰德的儿子名叫古尔江。古尔江勇冠三军，足以抵挡三千兵马。将士们得知古尔江挂帅出征，一个个摩拳擦掌，兴奋不已。古尔江穿上征袍，命手下人带上帐篷，备足粮草，跃马出征。将士们一路上相互鼓舞，古尔江走在大队人马的最前面，扬扬自得，豪迈无比，高声吟诵道：

> 我叫古尔江，英名天下扬。
> 漠上与城中，民皆足下降。
> 勇士遇到我，似牛倒地躺。
> 人马溃逃去，首级滚地上。
> 征服伊拉克，敌血如雨淌。
> 活捉埃里布，俘其军中将。
> 严惩以警世，看其好下场。

大队人马跋涉十二天，忽见前方荡起一片烟尘，旋即遮天蔽日。古尔江即令探马上路，并吩咐道："快去打探虚实，速速回来报告！"

探马转身跃马而去，穿越旗海，一番探听之后，回来报告说："报告大帅，前方那是穆斯林大军踏起的烟尘。"

古尔江听后感到高兴，忙问："他们有多少人马？"

"我们数了数旗子，共有二十面。"

"凭我的信仰起誓，我不带任何人，只需我独自出马，便可将他们的头颅踏在马蹄之下。"

原来那是贾马尔甘的队伍扬起的烟尘。

贾马尔甘朝多神教徒大军望去,但见人马众多,如汹涌的大海,随即命令自己的部队就地安营扎寨,撑起帐篷,竖起旗帜;与此同时,他们不住地赞颂创造光明与黑暗及一切的伟大安拉。他们赞颂道:"万物非主,唯有安拉。安拉是万能的,全知的;安拉看得见众生,而众生却看不见安拉……"

多神教徒大军撑起帐篷,古尔江对将士们说:"你们要做好准备,睡觉时把武器放在手边。三更天时,你们要骑马上阵,将这一小撮敌人消灭掉!"

古尔江向多神教徒大军布置作战计划。贾马尔甘的探子就站在帐篷外面。探子听后,报告了贾马尔甘。

贾马尔甘听后,望着将士们,说:"你们要带好自己的武器!夜色降临后,把骡子和骆驼牵来,给骡子和骆驼的脖子上全系上铃铛。"

部下一齐动手,给两万多峰骆驼和骡子系上了铃铛。

等到多神教徒大军全进入梦乡时,贾马尔甘令部下上马。只见他们纵身上马,把自己的一切全部托付给安拉,虔诚地向安拉祈求胜利。贾马尔甘对部将们说:"你们赶着骡子和骆驼,向多神教徒们的营帐进军吧!你们要用锐利的长矛刺入他们的胸膛!"

部将们驱赶着骡子和骆驼,开始向多神教徒的营帐发动进攻。铃铛叮叮当当,穆斯林们紧跟在骡子和骆驼后,高声喊着"安拉至大"。铃声与赞颂声响成一片,回荡在山谷与丘陵间。

讲到这里,眼见东方透出黎明的曙光,莎赫札德戛然止声。

第六百四十六夜

夜幕垂空，莎赫札德接着讲故事：

幸福的国王陛下，贾马尔甘率穆斯林大军夜袭多神教大军，他们高喊"安拉至大"，铃声与赞颂声响成一片，回荡在山谷与丘陵间。

熟睡中的多神教徒被铃铛和赞颂声惊醒，急忙抄起武器，因夜色黑暗，多神教徒相互难以辨清，自相残杀起来，结果死亡大半。

天色稍亮，多神教徒们一看，发现穆斯林大军无一死亡，而是骑在牲口背上，个个全副武装，人人精神抖擞。此时此刻，他们方才知道自己中了穆斯林大军的计谋。

古尔江对幸存的将士们说："我们本打算用来袭击敌人的计谋，却被敌人用来袭击了我们！敌人的谋略超过了我们的智慧！"

多神教徒正想发动反攻之时，忽见前方烟尘飞扬，被风一吹，顿时铺天盖地……

仔细望去，只见烟尘下盔甲闪闪发光，英雄们腰佩印度宝剑，手握锐利长矛。

多神教徒们眼见烟尘弥漫，立即停止了战斗，每队派出一名探马，前往烟尘弥漫处打探消息。

探马们一番探听后回来，报告说那是穆斯林大军。

那的确是一支穆斯林大军，由赛阿丹·奥勒率领，奉国王埃里布之命前来支援贾马尔甘。

赛阿丹·奥勒率领援军抵达穆斯林大军营帐，贾马尔甘向多神教徒们发动进攻。赛阿丹·奥勒的部队与贾马尔甘的人马会合在一起，人人像一柄火炬，个个奋力挥矛舞剑，向着多神教徒大军狠刺猛击，直杀得烟尘四起，天昏地暗，遮挡住了人的眼目。勇敢者挺立战场，胆小鬼纷纷逃窜，或奔旷野，或避荒原，只见鲜血淌地，如河奔流。激战一直持续到夕阳西下，夜幕垂降，穆斯林大军和多神教徒方才各自鸣金收兵。

穆斯林军退回营寨，吃过晚餐，一夜安睡，直至次日天亮。

经过一天的苦战，多神教徒大军大部分负伤，有三分之二的人惨死在剑矛之下，古尔江对部将们说："明天我出战穆斯林大军，擒他一批勇将，以解我心头之恨。"

天亮了，古尔江率众将士们骑马出营，举剑挥矛，列阵对战，喊声震天。

穆斯林将士们做完晨礼，披挂上马，冲上战场，摆好阵势。

首先出战的是吉兰德国王的儿子古尔江。他喊道："谁敢与我厮杀？懒汉和懦夫不要与我较量！"

贾马尔甘和赛阿丹·奥勒站在大旗下，首先出阵的是阿米尔部族的一个将领，只见他跃马向古尔江冲去。二人就像两头公羊角抵一样，相互拼杀一阵，不分胜负。过了一会儿，古尔江向那位将领发动猛烈进攻，趁对方措手不及，揪住他的衣袖，狠狠一扯，将那位将领拉下马鞍，倒栽在地。多神教徒们见那将领落马，急忙赶去，将之绳捆索绑，然后拖往他们的帐篷。

古尔江继续纵马驰骋，高声叫阵。第二个出战的一个穆斯林将领，他冲过去，没战几个回合，便被古尔江俘虏去。接着第三个、第四个……午前竟有七个穆斯林将领沦为古尔江的俘虏。这时，贾马尔甘一声大喊，整个战场为之颤动，两军不禁大惊。但见他向古

尔江猛扑过去,同时吟诵道:

> 我是贾马氏,身健志又壮。
> 天下骑士们,谁不畏我强!
> 坚堡毁我手,士死将号丧!
> 听我进一言,敌将古尔江:
> 及早弃邪路,正道乃康庄。
> 信奉唯一主,开天辟地王。
> 令山坐阔野,使河长流淌。
> 皈依伊斯兰,来日入天堂。
> 免遭严惩苦,心舒体复康。

古尔江听贾马尔甘吟罢诗,火冒三丈,咒日骂月,拍马直取贾马尔甘,同时高声吟诵道:

> 吾名古尔江,当代一奇勇。莽原雄狮猛,亦惧我身影。
> 我进城陷落,我狞兽投诚。天下诸骑士,无不畏我攻。
> 贾马尔甘氏,我言你听清:若不信此语,战场识高明。

贾马尔甘听罢古尔江吟诵的狂诗,奋不顾身地朝古尔江扑去,只听刀剑相撞,铿锵作响,火星飞溅,两军喊声震天。随后二将挥矛对战,喊声不断,一直厮杀到夕阳下山,夜色降临。这时,贾马尔甘抡起狼牙棒向古尔江打去,一棒击中他的胸部,只见古尔江像椰枣树一样,直挺挺地倒在地上,继之穆斯林将士箭步冲了上去,将古尔江绳捆索绑,再拴上一条绳子,像拉骆驼一样把他拉走了。

多神教徒眼见自己的将领沦为俘虏,不禁火气冲天,奋起向穆斯林们冲将过去,想结果他们首领的性命,然而穆斯林英雄们勇过多神教徒,将数名多神教徒打翻在地,幸免者掉头就跑,仓皇逃命。穆斯林们提剑奋力追赶,直至他们逃入山间和旷野,方才停止追赶,拨马回返。

穆斯林大军缴获了大量战利品,其中有马匹、帐篷等,剑、矛、盾牌更是数不胜数。

穆斯林大军返回营帐,贾马尔甘向古尔江宣传伊斯兰教,多方威胁他,但他没有皈依伊斯兰教,穆斯林们只得割下他的首级,把他的首级叉在矛头上。随后,穆斯林大军收起帐篷,携带武器,浩浩荡荡向阿曼城进发。

多神教徒溃军逃回阿曼城,向国王吉兰德报告了古尔江被杀和将士们丧命战场的情况。

吉兰德听后,将王冠摔在地上,连连批打自己的面颊,直至两个鼻孔流血不止,昏倒在地。宫仆们拿来玫瑰水,给国王洒在脸上,吉兰德方才慢慢苏醒过来。

吉兰德唤来宰相,吩咐道:"立即修书给各地总督,要他们把所有善于使剑、用矛者及弓箭手全部带到京城来。"

宰相写完信,交给信使分送各地。各地总督接到命令,立即着手调集人马,赶往京城。仅仅几天,十万人马集结完毕,且备好了帐篷、骆驼和马匹。

吉兰德正要率大军出发时,不期贾马尔甘和赛阿丹·奥勒率领的穆斯林大军已兵临阿曼城下,计有七万人马,人人披坚执锐,个个如狮似虎。

吉兰德见伊斯兰大军到了,咬牙切齿地说道:"凭光辉灿烂的太阳起誓,我一定要把敌人斩尽杀绝,连一个回去报信儿的人都不留。我还要踏平伊拉克,为我的勇敢儿子报仇雪耻;如若不然,我心中的怒火难以熄灭。"

吉兰德望着阿吉布,怒气冲冲地说:"你这个狗东西呀!这些灾难都是你给我们带来的。凭我崇拜的神灵起誓,我若不能战胜敌人,就要把你杀死!"

阿吉布听吉兰德这样一说,不禁忧愁满怀,懊悔不已。

穆斯林大军在阿曼城外搭起帐篷,安营扎寨。

夜幕垂降,阿吉布离开自己的大帐,来到自己的部下中间,对他们说:"兄弟们,你们有所不知,穆斯林大军已在城外,我和吉兰德都非常害怕。我已得知,吉兰德国王没有能力保护我免遭我的弟弟及其部将的侵袭。因此,我认为我们最好趁人们熟睡之机,离开此地,投奔叶阿里卜·本·葛哈唐国王。因为他兵多将广,实力雄厚。"

部将们一听,忙说:"好主意!"

阿吉布即令他们在帐篷面前点燃篝火,乘夜色起程上路。部将们坚决执行命令,燃起篝火,拆除帐篷,连夜拔营。天亮时分,阿吉布率部下已经远远离开了阿曼城。

清晨,吉兰德率二十六万大军出现在两军阵前,个个身披甲衣,人人手持利器,旌旗招展,鼓声震天。

贾马尔甘和赛阿丹·奥勒纵身上马,率四万骑士来到阵前,每面旗下有一千名勇士,个个精神焕发,人人斗志昂扬,队列整齐,剑拔弩张。

两军摆好阵势,长矛林立,剑闪寒光,双方将士摩拳擦掌,频频叫阵,喊声嘹亮。

穆斯林大军中首先出阵的是赛阿丹·奥勒,只见他像座大山,也像一个巨魔。多神教徒大军中冲出一名骑士,与赛阿丹·奥勒仅仅交战一个回合,便被斩于马下。赛阿丹·奥勒大声呼唤自己的儿子和部将:"小子们,赶快去搬柴点火,把这个家伙给我烤一烤……"

部下急忙动手执行命令,片刻后将那个多神教徒烤熟,送到赛阿丹·奥勒手中,赛阿丹·奥勒连肉带骨头一起吃下肚去。

多神教徒将士们远远望见赛阿丹食人肉的景象,一个个惶恐不已,惊呼道:"天哪,多么可怕!"

多神教徒们无不惧怕与赛阿丹·奥勒交战。吉兰德呼喊道:"将士们,冲上去,把这个妖魔给我杀掉!"

多神教徒将士一个又一个地出阵与赛阿丹·奥勒交手,结果一个个相继倒下,不多时已有三十名骑士丧命,他们这才停止与赛阿丹·奥勒交战,纷纷说:"谁打得过这样一个巨魔妖怪呢?"

吉兰德大喊道:"一百名骑士一齐上,把这个妖魔给我抓来,或者把他杀死!"

一百名骑士同时上阵,挥剑舞矛,一齐冲向了赛阿丹·奥勒。

赛阿丹·奥勒从容镇静,应付自如,他心怀唯一安拉,口颂"安拉至大",拍马纵横驰骋。只见他手起剑落,多神教徒骑士们的首级相继落地,仅仅一个回合,便有七十四人丧生,其余的狼狈逃走。

吉兰德唤来十名将领,每人率一千名勇士,命令他们说:"你们要用箭将他的马射死,等他落马之后,再把他抓住!"

一万人马直攻赛阿丹·奥勒,却见赛阿丹·奥勒不慌不忙,从容不迫,意志坚强,应付自如。

贾马尔甘和穆斯林们眼见万名多神教徒围攻赛阿丹·奥勒,遂高声喊着"安拉至大"的口号,向多神教徒们冲去。毕竟寡不敌众,万名多神教徒围上去,将赛阿丹·奥勒的马射死,赛阿丹·奥勒翻身落马,成了多神教徒们的俘虏。

穆斯林大军向多神教徒猛烈进攻,直杀到夜色降临,对面看不清人脸，然而刀剑依旧相互撞击，喊杀声不绝于耳。勇敢者出生入死，胆怯者暗自逃遁。穆斯林将士与多神教徒相比，真是寡众悬殊，犹如黑牛身上的一块白斑。

讲到这里，眼见东方透出黎明的曙光，莎赫札德戛然止声。

第六百四十七夜

夜幕垂空，莎赫札德接着讲故事：

幸福的国王陛下，穆斯林大军向多神教徒猛烈进攻，直杀到夜色降临，对面看不清人脸，然而刀剑依旧相互撞击，喊杀声不绝于耳。勇敢者出生入死，犹如黑牛身上的一块白斑。

两支大军一直厮杀到夜色深重，方才各自收兵。

多神教徒死伤不计其数。

贾马尔甘率部回到营帐，深为赛阿丹·奥勒被俘感到痛苦，个个食不甘味，人人夜不成寐。他们清点人数，发现死伤人数不到一千。贾马尔甘说："将士们，明天我亲自出战对阵。蒙伟大安拉默助，我一定杀死他们一批兵士，俘获他们一批将领，拿俘虏去把赛阿丹·奥勒将军换回来！"

将士们听后，心中无比欣慰，各自散去，入帐就寝。

吉兰德回到帅帐，端坐宝椅，武将左右侍立。他令部将把赛阿丹·奥勒带到面前，怒不可遏地问道："喂，阿拉伯贼种，无耻的狗东西！我来问你：我那英雄无比的儿子古尔江，究竟是谁杀死的？"

赛阿丹·奥勒回答:"是我们的主帅、埃里布国王的爱将贾马尔甘将他杀死的;因为我当时肚子很饿,我把他的尸首烤了烤,吃到肚子里去了。"

吉兰德一听,气得直翻白眼,即令刀斧手将赛阿丹·奥勒拉出去斩首。

刀斧手应声赶来,向赛阿丹·奥勒走去。

就在这时,赛阿丹·奥勒挣断绳索,扑向刀斧手,夺过利剑,手起剑落,刀斧手的脑袋顿时搬了家。

赛阿丹·奥勒转身冲向吉兰德国王,只见国王慌忙逃离宝座。赛阿丹·奥勒面对国王的武将们,舞剑刺杀,一连杀死二十人,其余将士们纷纷逃窜。多神教徒的营帐中喊声此起彼伏,连绵不断。赛阿丹·奥勒冲出大帐,扬起利剑,左右开弓,多神教徒们纷纷躲闪,让出一条通道。赛阿丹·奥勒边走边杀,终于冲出多神教徒的营帐,向穆斯林大军的营地跑去。

穆斯林们听到多神教徒大营喧嚣不止,纷纷议论说:"莫非他们的援兵到啦?"

正当他们惊恐不安之时,赛阿丹·奥勒突然出现在他们的面前,他们顿感欣喜不已。贾马尔甘最为高兴,忙上前向赛阿丹·奥勒致意问安。穆斯林们热烈祝贺赛阿丹·奥勒平安脱险。

赛阿丹·奥勒离去之后,多神教徒及他们的国王回到大帐中。吉兰德国王对他们说:"将士们,凭光焰万丈的太阳起誓,凭白天、黑夜和星斗起誓,今天我能幸免丧命,真是出乎意料之事。我想,假若我落在赛阿丹·奥勒的手中,非被他吃掉不可;在他那里,我充其量不过是一粒大麦,或一粒小麦、一粒谷子罢了。"

众将士说:"国王陛下,我们压根儿没见过像他这样的魔怪。"

"将士们,明天你们要手持利器,跃马上阵,把他们统统踏在马蹄之下!"

与此同时,穆斯林们聚集在一起,沉浸在胜利的欢乐之中,为赛阿丹·奥勒生还而欢喜。贾马尔甘说:"明天,你们就看看我在战场上的作为吧!凭安拉的至交易卜拉欣起誓,我一定要杀得他们片甲不留,让他们尝尝我的厉害!不过,明天我打算先取他们的左军和右军,你们看见我向帅旗下的国王发动攻击时,你们就紧紧跟随在我后面,然后再看安拉如何安排我们的命运吧。"

两支大军安歇过夜,谨慎防卫,直至东方升起一轮红日。

晨光普照大地,两军人马列队上阵,一时喊声惊天动地,剑拔弩张,相互射出仇恨的目光。

首先出战的是贾马尔甘。只见他跃马出列,纵横驰骋,高声叫阵。

吉兰德国王正要派将出战时,忽见前方一片烟尘腾空而起,遮天蔽日,顿时天昏地暗。微风吹来,烟尘散开,出现一队人马,他们个个身披甲衣,人人利器在手,剑闪寒光,矛刃刺天,英姿勃勃,如狮似虎,无所畏惧,步伐整齐。

两军暂时停止战斗,各自派探马前去打探情况,欲弄明这支队伍是由何处而来,又是哪路雄兵。

探马挥鞭而去,旋即消失在人们的视野之中。

一个时辰过后,多神教徒大军的探马回来报告说那是一支穆斯林的队伍,为首的是他们的国王埃里布。

穆斯林的探马回来报告说埃里布国王率援军赶来了,大家兴高采烈,欣喜异常。他们立刻拨马前往迎接他们的国王。他们离鞍下马,恭恭敬敬向国王行吻地礼,然后围聚在国王的身边。

讲到这里,眼见东方透出黎明的曙光,莎赫札德戛然止声。

第六百四十八夜

夜幕垂空,莎赫札德接着讲故事:

幸福的国王陛下,探马挥鞭而去,旋即消失在人们的视野之中。

一个时辰过后,多神教徒大军的探马回来报告说那是一支穆斯林的队伍,为首的是他们的国王埃里布。

穆斯林的探马回来报告说埃里布国王率援军赶来,大家兴高采烈,欣喜异常。他们立刻拨马前往迎接他们的国王。他们离鞍下马,恭恭敬敬向国王行吻地礼,然后围聚在国王的身边。

埃里布见大军平安无事,非常高兴。他们来到营地,随即为国王撑起帐篷,竖起帅旗。埃里布端坐宝椅,将领们两厢站立。紧接着,他们把赛阿丹·奥勒被俘和脱险的情况向国王讲了一遍。

多神教徒的将领们回到营地,四处寻找阿吉布,发现他既不在军中,也不在帐内。吉兰德国王得知这个情况,不禁火冒三丈,雷霆大发,咬破手指,愤然说道:"凭灿烂无比的太阳起誓,阿吉布真是个忘恩负义的恶狗,定是领着他那一帮坏蛋逃到原野上去了。现在,我们只有用鏖战赶走这些敌人。你们要鼓足勇气,振作精神,对穆斯林大军格外小心才是!"

埃里布国王也对手下将士们说:"你们要增强斗志,提高士气,衷心依靠伟大安拉,求安拉默助你们战胜敌人。"

"国王陛下,就请你看我们在战场上的出色表现吧!"众将领异口同声道。

两军安度一夜。次日清晨,红日东升,阳光洒遍平原和山冈。埃里布按照安拉的至交易卜拉欣所规定的宗教仪式,向安拉跪拜两次之后,修书一封,派弟弟苏海姆·莱伊里送往多神教徒大营。

苏海姆·莱伊里来到多神教徒营地,卫兵们拦住他,问道:"你有何事啊?"

"我想见你们的首领,有要事相告。"苏海姆·莱伊里说。

"你先站在这里等着,我们去报告国王。"

苏海姆·莱伊里站在那里,卫兵进帐报告吉兰德国王,说穆斯林大军来使求见。

"把他带进来!"吉兰德国王说。

苏海姆·莱伊里来到吉兰德国王面前,国王问:"谁派你来的?"

"受安拉委派担任阿拉伯人和波斯人国王的埃里布派遣我来见陛下。"

说着,苏海姆·莱伊里呈上埃里布的信,大声说:"这是我们国王给你的信,请你回一封信。"

吉兰德国王接过信,拆开一看,只见上面写着:

奉大慈大悲安拉之名
埃里布致信吉兰德国王陛下:

安拉是世界唯一之主,是全能的主,是全知的主,是努哈、撒立哈、呼德、易卜拉欣的主,也是万物之主。遵循正道、畏惧背叛之后果者,必定安然无恙;服从至高无上之安拉、走正道、重来世而轻今世者,必定平安无事。

吉兰德国王陛下,只有唯一万能的安拉才值得崇拜。

安拉创造了日夜和星辰，把使者派往人间。安拉使江河奔流，安拉撑起蓝天，摊展大地。安拉使万木丛生，令百花吐艳。安拉给巢中的雏鸟和穴中的幼兽送去食物。安拉大慈大悲，宽宏大量，他无处不在，人眼看不见。安拉令日与夜交替降临，降使命和经书给人间。

吉兰德国王陛下，天下只有安拉至交易卜拉欣的宗教才是正教。假若你皈依伊斯兰教，就将免受今世刀剑之苦，亦可躲开来世火狱之熬煎；倘若你拒绝加入伊斯兰教，定将粉身碎骨，城池被毁，任何痕迹不存。

吉兰德国王陛下，请你把坏蛋阿吉布交给我，让我报弑杀父母之仇，以雪耻冤。

吉兰德国王阅罢书信，对苏海姆·莱伊里说："你对埃里布国王说，阿吉布已带着人马逃走了，我们不知他的去向，还请你告诉他，吉兰德无意改变信仰，请他明天与我们决战。我相信，太阳会默助我们大获全胜。"

苏海姆·莱伊里回到穆斯林营帐，把情况禀报了埃里布。

第二天清晨，穆斯林大军手握利器，跨上战马，高呼"安拉至大"口号，万般赞颂创造灵魂和肉体的伟大安拉，战鼓咚咚，地动山摇。勇士们个个摩拳擦掌，人人争先恐后，奋力冲向战场，喊杀声惊天动地。第一个出战的是贾马尔甘，只见他拍马冲向战场，舞动利剑长矛，令人眼花缭乱，心惊胆战。他叫阵道："有谁敢与我厮杀决战？懒汉和懦夫不要来白白送命！你们要知道，吉兰德国王的儿子古尔江就丧命于我的刀剑之下！谁敢替他报仇？"

吉兰德听对方提到他儿子的名字，便对自己的部将大喊道："小子们，把这个杀死我儿子的家伙给我抓过来！我要吃他的肉，喝他的血！"

话音未落，一百名多神教徒向贾马尔甘冲去。

贾马尔甘手起剑落，一口气将对手杀死大半，只有少数人夺路而逃。

吉兰德眼见自己的将士败下阵来，便高声对部下喊道："将士们，一齐冲啊！把那个家伙给我抓住，要活的！"

多神教徒大军挥动旌旗，一齐冲了上去。埃里布、贾马尔甘率部迎战，两军短兵相接，如同两个大海相遇，利剑翻飞，长矛穿梭，削伤了肢体，刺穿了胸膛。两军将士亲眼见识过死神降临，烟尘腾空直上天堂；杀声阵阵，震耳欲聋，令人瞠目结舌；死神来自四面八方，令人防不胜防。勇士们坚定不移，巍然屹立；胆小鬼闻风丧胆，仓皇逃遁。

多神教徒大军与穆斯林大军一直相互厮杀到夕阳西下，夜幕垂空，方才鸣金收兵，各回营帐。

讲到这里，眼见东方透出黎明的曙光，莎赫札德戛然止声。

第六百四十九夜

夜幕垂空，莎赫札德接着讲故事：

幸福的国王陛下，多神教徒大军挥动旌旗，一齐冲了上去。埃里布、贾马尔甘率部迎战，两军短兵相接，如同两个大海相遇，利剑翻飞，长矛穿梭，削伤了肢体，刺穿了胸膛。两军将士亲眼见识过死神降临,烟尘腾空直上天堂;杀声阵阵,震耳欲聋,令人瞠目结舌;死神来自四面八方,令人防不胜防。勇士们坚定不移,巍然屹立;胆小鬼闻风丧胆,仓皇逃遁。

多神教徒大军与穆斯林大军一直相互厮杀到夕阳西下,夜幕垂空,方才鸣金收兵,各回营帐。

埃里布回到帐中,端坐宝椅,众将军分站两厢。埃里布说:"诸位将军,阿吉布这个坏蛋逃跑了,而且不知去向,令我心中不快。假若我抓不着他,不能为父母报仇雪恨,我会惆怅而死的。"

苏海姆·莱伊里走上前去,向埃里布行过吻地礼,然后说:"主公,派我去多神教徒营帐,打听一下阿吉布这个坏蛋的下落。"

"你立即行动,弄明这个坏蛋的去向!"

苏海姆·莱伊里换上多神教徒的服装,打扮成多神教徒的模样,向敌人的营地走了。

苏海姆·莱伊里走进敌营,发现大部分将士因战斗过分疲劳而深深进入了梦乡,醒着的只有几个卫兵。苏海姆·莱伊里悄悄地溜进帅帐,发觉国王吉兰德睡得死死的,身旁没有一个人。他轻轻凑上前去,用蒙汗药将之一熏,那国王顿时变得像个死人似的。接着,苏海姆·莱伊里用床单将吉兰德裹起来,扛出帐篷,放在骡子背上,在上面盖上一张席子,然后赶着骡子离去。

苏海姆·莱伊里回到穆斯林营中,走进埃里布的大帐,大家竟然认不出他来了,纷纷问他:"你是何人?"

苏海姆·莱伊里一笑,取下面罩,大家这才认出他来。埃里布问:"你带来了什么?"

"这就是多神教徒的国王吉兰德。"

苏海姆·莱伊里解开床单,埃里布一看,果然是吉兰德。埃里布立即吩咐道:"苏海姆·莱伊里,让他苏醒过来吧!"

苏海姆·莱伊里拿来醋和乳香,让吉兰德闻了闻,只见吉兰德慢慢睁开了眼睛。他发现自己躺在穆斯林们中间,惊问:"我是在做梦吧?"

说完,吉兰德合上了双眼,又睡了起来。

"可恶的东西,睁开你的眼吧!"

吉兰德睁开双眼,说:"我这是在哪儿呀?"

"你这是在埃里布·本·康德麦尔国王陛下面前。"苏海姆·莱伊里说。

吉兰德一听,忙说道:"国王陛下,求您宽恕!陛下有所不知,其实厮杀之罪不在我的身上,是你的哥哥阿吉布让我们和你们交战。如今,他却逃跑了。"

埃里布说:"你知道阿吉布到哪儿去了吗?"

"凭太阳起誓,我对此一无所知,不晓得他的去向。"

埃里布下令给吉兰德戴上镣铐,好好看管起来。

将领们各回帐篷安歇。贾马尔甘回去后,对部将们说:"兄弟们,今夜我想干一件能在埃里布国王面前露脸的漂亮事儿!"

"将军大胆安排吧!"部下异口同声道,"我们一定听从你的命令,服从你的指挥。"

"带上你们的武器,我和你们一道行动。你们的脚步要轻,连蚂蚁也不要惊动!你们散布在多神教徒营帐的四周,听到我喊'安拉至大'时,你们就齐声高喊'安拉至大',然后一道向城门进攻。我们求安拉默助我们大获全胜。"

将士们备好武器和马匹,耐心等到夜半时分,出发包围了多神教徒的营帐。他们分散在敌人大营周围,等了一个时辰,忽听贾马尔甘用剑击盾牌,同时高声喊道:"安拉至大……安拉至大……"

那喊声高亢嘹亮,回荡在整个谷地之中。穆斯林大军闻声,随之喊道:"安拉至大……"

那喊声响彻云霄,多神教徒们从梦中惊醒,慌忙中抄起剑和矛,混乱中自相厮杀起来。

穆斯林大军没有向多神教徒的营寨冲锋,而是向城门开去,杀死守城的卫兵,闯入城中,抢劫城中的金钱和妇女。

埃里布听到"安拉至大"的喊声,急忙披挂上马,部将们随之披坚执锐,纵马紧跟。

苏海姆·莱伊里拍马奔向交战地点,看到阿米尔人和贾马尔甘正向多神教徒们发动袭击,使多神教徒大军饱尝苦头,随即急忙返回,把情况报告了埃里布。

埃里布得知贾马尔甘出奇兵进攻多神教徒大军,心中喜不胜收,暗暗为贾马尔甘祈祷祝福。

多神教徒们舞剑挥矛,自相残杀,不遗余力,直至天明,阳光遍洒原野之时,方才看清死亡的全是自己人。

这时,埃里布对部将们说:"将士们,冲啊!为安拉而勇敢战斗吧!"

英雄们挥动长矛,握紧利剑,奋力杀向多神教徒们,不知有多少敌人的胸膛被刺穿,不知有多少敌人的头颅滚落在地上。

多神教徒大军打算逃回阿曼城中,不料贾马尔甘率领阿米尔人从城里冲了出来,将多神教徒们阻截在两山之间,多神教徒们死伤者不计其数,其余人逃向荒野和山林。穆斯林们穷追不舍,直至多神教徒们东奔西窜,溃不成军。

讲到这里,眼见东方透出黎明的曙光,莎赫札德戛然止声。

第六百五十夜

夜幕垂空，莎赫札德接着讲故事：

幸福的国王陛下，穆斯林英雄们挥动长矛，握紧利剑，奋力杀向多神教徒们，不知有多少敌人的胸膛被刺穿，不知有多少敌人的头颅滚落在地上。

多神教徒大军打算逃回阿曼城中，不料贾马尔甘率领阿米尔人从城里冲了出来，将多神教徒们阻截在两山之间，多神教徒们死伤者不计其数，其余人逃向荒野和山林。穆斯林们穷追不舍，直至多神教徒们东奔西窜，溃不成军，有的逃往山间，有的逃往平原。

穆斯林大军进了阿曼城，埃里布步入吉兰德国王的宫中，坐上宝座，文官武将左右侍立。

埃里布把吉兰德国王叫到宝座面前，向他宣布伊斯兰教，但吉兰德拒绝皈依伊斯兰教。随后，埃里布下令将吉兰德钉在城门上，吉兰德被乱箭穿身，躯体插满羽箭，形同豪猪。

埃里布国王赐赠给贾马尔甘将军锦袍一身，他说："将军阁下，从现在起，你就是本地总督，这里的一切由你掌管。因为这座城是你率领人马，用宝剑打开的。"

贾马尔甘上前亲吻埃里布国王的脚，表示感谢，并祝国王尊荣长在，胜利永远相伴。

埃里布打开吉兰德的宝库，见库里金银堆积如山，便下令将钱财分赏各军将领、旗手、勇士，并将一部分钱财分发给穷苦的百姓。分发钱财用去了十天时间。

一天夜里，埃里布做了一个噩梦，惊醒过来，继而唤醒弟弟苏海姆·莱伊里，对他说："我做了梦，梦见我到了一个山谷之中，那山谷宽阔无比。忽见两只猛禽俯冲下来，我从来没有见过比那更大的猛禽，两条腿就像两柄长矛，直朝我扑来，一下把我吓醒了。"

苏海姆·莱伊里听后，说："国王陛下，这是大敌来临的预兆啊！你要谨慎提防才是。"

埃里布再也没有睡着，好不容易才熬到天明。天刚亮，埃里布便叫人牵来一匹马。苏海姆·莱伊里问："哥哥，你到哪儿去呀？"

埃里布说："我一夜心中郁闷，想外出一趟，去上十天，散散心。"

"你不妨带上千名骑兵……"

"不用啦！我带上你一个人，也就够了。"

埃里布和苏海姆·莱伊里骑上马，向山谷和草原走去。兄弟俩走过一道山谷又一道山谷，跨过一片草原又一片草原，终于来到一道河谷，但见那里树木葱茏，野果累累，清水流淌，百花吐艳，鸟儿鸣啭枝头。斑鸠的"咕咕"叫声回荡在山谷里；夜莺的啼鸣声足以唤醒微睡中的人们；鸲鸟的鸣叫声酷似人在说话；百灵、画眉、金翅雀等鸣禽的鸣唱声此起彼伏，婉转悦耳，令人听之心旷神怡。树上的果子伸手可摘，那山谷着实令人留恋。

埃里布和苏海姆·莱伊里吃了些果子，喝过泉水，坐在树下，不知不觉困意来临，片刻之后，进入了梦乡。

兄弟二人正熟睡时，两个妖魔自天而降，落在兄弟俩的身旁，把他俩一人一个扛在肩上，旋即腾空而起，顷刻之间升到白云之上。

兄弟俩醒来，发现自己已置身云间，又见背着自己的是两个妖魔，其中一个长着狗头，另一个长着猴头，形体高大，活像一株椰枣树。二妖魔头发长似马鬃，生着猛狮一样的爪子。

埃里布和苏海姆·莱伊里见此情景，忙说："无可奈何，只有依靠伟大的安拉了！"

原来那两个妖魔是魔王的天神。魔王名叫穆尔阿什，他有个儿子，名叫萨伊格。萨伊格爱上了一位神女，名叫纳吉玛。一天，萨伊格和纳吉玛变成了两只鸟儿，相聚在那道山谷中。埃里布、苏海姆·莱伊里见了，以为那是两只真鸟，于是搭弓放箭，将萨伊格射伤。纳吉玛见萨伊格伤口流血，痛苦钻心，忙携起萨伊格，展翅高飞而去，唯恐自己也被箭射伤。

纳吉玛带着萨伊格一直飞到魔王穆尔阿什的门前，方才将他放下。守门的卫兵接过萨伊格，把他送到他的父王面前。穆尔阿什见儿子肋上扎着一支箭，忙问："儿啊，这是谁把你弄伤的？告诉我，我非把他的房舍家园踏平不可，即使他是神王之王。"

萨伊格睁开眼睛，说道："父王，射杀我的是泉水谷中的一个人呀……"话音刚落，萨伊格气绝身亡。

魔王穆尔阿什见儿子命亡，痛苦难耐，连连批打自己的面颊，直至鼻血喷流。他随后唤来两名妖魔，吩咐说："你俩立即去泉水谷一趟，把那里的人全部给我抓来！"

两妖魔得令赶到泉水谷，看见埃里布和苏海姆·莱伊里睡在那里，便将二人带上直飞魔王穆尔阿什那里。

讲到这里，眼见东方透出黎明的曙光，莎赫札德戛然止声。

第六百五十一夜

夜幕垂空，莎赫札德接着讲故事：

幸福的国王陛下，魔王穆尔阿什见儿子命亡，痛苦难耐，连连拍打自己的面颊，直至鼻血喷流。他随后唤来两名妖魔，吩咐说："你俩立即去泉水谷一趟，把那里的人全部给我抓来！"

两妖魔得令赶到泉水谷，看见埃里布和苏海姆·莱伊里睡在那里，便将二人带上直飞魔王穆尔阿什那里。

两个妖魔把埃里布和苏海姆·莱伊里放在魔王面前，兄弟俩定神一看，只见魔王穆尔阿什坐在宝座上，如同一座大山，生有四个头：狮头、象头、虎头和豹头。

两个妖魔走到魔王穆尔阿什跟前，说道："魔王陛下，我们在泉水谷发现了这两个人，把他们带来了。"

魔王用愤怒的目光凝视着埃里布和苏海姆·莱伊里，喘着粗气，眼冒火星，令人无不望而生畏。魔王说："坏东西，好大的狗胆！竟敢把我的儿子杀死，使我肝火冒三丈！"

埃里布问："我们哪里杀死过你的儿子？谁又见过你的儿子呀？"

"你们在泉水谷看见了一只鸟，便搭弓放箭将鸟射死了，不是吗？"

"我没看见有谁射死鸟儿。凭全知全能的唯一的安拉起誓，凭安拉的至交易卜拉欣起誓，我们没有看见鸟儿，也没有杀死一头兽、一只鸟儿。"

魔王听埃里布以伟大安拉及安拉的使者易卜拉欣的名义起誓，知道他是一名穆斯林。

魔王穆尔阿什是个拜火教徒。他呼唤手下妖魔道："把我崇拜的主神拿来！"

妖魔们立即抬来一个金火炉，放在魔王的面前，然后点着火，将几种草药投入火中，遂有绿色、蓝色、黄色三种火苗冒出来。

见此情景，魔王及在场妖魔都向火焰叩头，顶礼膜拜。

尽管如此，埃里布和苏海姆·莱伊里却口中念着"安拉至大"，不住地赞颂安拉是万能的主。

魔王抬起头来，见埃里布和苏海姆·莱伊里站在那里，不曾有跪拜之意，便大怒道："可恶的东西，为何不向火神叩拜？"

埃里布说："你们这些该死、该诅咒的东西！值得崇拜的只有伟大的安拉；他能从无中创造有，他能使顽石淌出甘泉；他使已生者怜悯未生者，任何东西都不能用来形容他；他是努哈、撒立哈、呼德和易卜拉欣所崇拜的主；他创造了天堂、地狱、树木、果实；他就是万能的安拉。"

魔王穆尔阿什听埃里布这样一说，眼睛翻白，大喊道："把这两个家伙绑起来，用来祭奠我所崇拜的主神！"

群魔一齐动手，把埃里布和苏海姆·莱伊里绑了起来，正想把他俩投入火中之时，忽见一堵宫墙坍塌下来，砸到火炉上，把炉火扑灭了，灰烬顿时飘飞在空中。

埃里布说："安拉至大！安拉必战胜多神教徒。安拉至大！安拉必战胜拜火教徒。"

魔王问："你是个魔法师！你对我的主神施了魔法，才发生了这种情况。"

"喂，疯子呀！假若火有什么秘密和灵验，它本来是可以保护自己不被扑灭的。"

魔王听后大怒，随之骂了火一顿，又说："凭我的宗教起誓，我一定要用火把你们烧死！"

魔王下令将二人关押起来，继而又喝令一百名妖魔搬来大批柴火，立即点火。

妖魔们遵命执行，顿时烈火熊熊，一直燃烧到次日天亮。

天亮之后，魔王穆尔阿什坐在摆在大象背上的一把镶有宝石的金椅上，在众妖魔的簇拥下，来到火场。

片刻后，妖魔们将埃里布和苏海姆·莱伊里带来了。

埃里布、苏海姆·莱伊里眼见烈火熊熊，忙向创造日夜、明察秋毫、全知全能、独一无二的安拉求救。兄弟俩虔诚祈祷，赞词不绝于口。突然间，一片乌云由西向东飘来，顿时瓢泼大雨自天而降，将烈火浇灭。

魔王及魔兵魔将见此情景，惊惶失措，忙躲进王宫。

魔王穆尔阿什望着宰相和大臣们，说："你们对这两个人有何看法？"

大臣们异口同声说道："大王陛下，若不是他俩手握真理，那熊熊烈火也就不会一下被浇灭。依我们之见，这两人诚实可信，真理在手。"

魔王说："我已看清真理和正道，拜火是一种虚妄行为。假若火真的是神，定会自我保护，怎会容大雨将自己浇灭呢？假若火真是神，也便不会因遭石击而化为灰烬。我已信奉创造火、光、凉和热的主。你们有何意见？"

"我们全都听大王陛下的安排！"

随后他们将埃里布和苏海姆·莱伊里请进王宫，魔王站起迎接，热烈拥抱埃里布，吻他的眉心，接着拥抱苏海姆·莱伊里，并且亲吻他。群臣和武将纷纷围向兄弟二人，争相亲吻他俩的手和头。

讲到这里，眼见东方透出黎明的曙光，莎赫札德戛然止声。

第六百五十二夜

夜幕垂空，莎赫札德接着讲故事：

幸福的国王陛下，魔王把埃里布和苏海姆·莱伊里请进王宫，热烈欢迎、拥抱兄弟俩，一一亲吻他们的眉心。群臣和武将纷纷围向兄弟二人，争相亲吻他俩的手和头。

魔王坐在宝座上，让埃里布和苏海姆·莱伊里在自己的左右落座。魔王说："二位兄弟，我们说什么才能成为穆斯林呢？"

埃里布说："你们要说：'我证万物非主，唯有安拉；我证易卜拉欣是安拉的至交。'"

魔王及其臣民全都皈依了伊斯兰教，心口如一，至忠至诚。

埃里布教给他们如何做礼拜，并向他们宣传伊斯兰教义。

时隔不久，埃里布想到自己的部将，禁不住长吁短叹起来。魔王穆尔阿什问："主公大人，忧愁已经散去，欢乐业已降临，何故唉声叹气呢？"

"陛下有所不知，我有很多敌人，实在是担心我的部下遭敌人暗算呀！"

随后，埃里布将他与异母哥哥阿吉布之间的仇怨从头到尾向魔王讲了一遍。

魔王听后，说："主公大人，我马上派魔将去了解你部下的处境；至于你嘛，就不要离开我了，以便我能天天见到你。"

魔王立即唤来两个魔将，一个名叫吉尔江，另一个名叫高尔江。

二魔将来到魔王面前，行过吻地礼，魔王命令道："你俩立即起程上路，奔赴也门，弄明这两位主公的部下的情况。"

"遵命！"

二魔将转身离去，腾空展翅，飞向也门。

让我们回过头去，看看穆斯林大军的情况。

第二天清晨，穆斯林大军在将领们率领下，骑马前往王宫拜见埃里布国王，然而侍卫们说："国王和他的弟弟黎明时分外出了。"

将领们随即策马向河谷、山间走去。他们追迹而行，来到泉水谷，见埃里布和苏海姆·莱伊里的武器丢在树下，两匹马正在附近吃草。将领们说："我们的国王就是在这个地方失踪的，我们马上到附近去找找吧！"

他们分散开来，深入谷地和山中，寻找了整整三天，一点儿踪影也没发现，不免感到难过。他们又唤来若干名探马，对他们说："你们立即分头去战场、城堡和要塞打探我们国王的消息！"

"遵命！"

探马们转身离去，各奔一方，四下探寻国王埃里布及其弟弟苏海姆·莱伊里的踪迹。

阿吉布派出的奸细得知埃里布失踪的消息，忙回去禀报。阿吉布为埃里布的失踪感到高兴，随后去见叶阿里卜·本·葛哈唐国王，向他求援。

叶阿里卜国王即拨二十万精兵强将给阿吉布，由他率领，直奔阿曼城。

贾马尔甘和赛阿丹·奥勒二将军得知阿吉布大军赶到，立即拍马出城迎战。一场大战后，穆斯林大军死伤众多，被迫撤回城中，关紧城门，加固城堡，死守不出。

就在穆斯林被困在城中之时，魔将吉尔江、高尔江赶到。二魔将耐心等至夜幕垂空，各抽出一把长十二腕尺、足以断裂顽石的神剑，向着多神教徒大营冲杀而去，口里高喊着："安拉至大！安拉的至交易卜拉欣的宗教默助我们打败多神教徒！我们必获全胜！"

二魔将挥舞神剑，所向披靡，口鼻喷火，威猛无比。多神教徒惶惶跑出帐篷，眼见魔将长剑在手，口鼻出火，个个周身战栗，人人肝胆碎裂，混乱之下互夺武器，自相残杀起来。

二魔将边挥剑斩杀多神教徒，边高声喊着："安拉至大！我们是埃里布国王、穆尔阿什魔王的仆役！"

二魔将手起剑落，多神教徒们的首级纷纷落地，一直杀到午夜来临。在多神教徒们看来，似乎所有山冈都变成了魔怪，一齐朝他们发动猛攻，自感灭顶之灾来临只在旦夕之间，于是慌忙收起帐篷，将金钱和行李捆上驼背，匆匆逃离。首先逃跑的就是阿吉布。

讲到这里，眼见东方透出黎明的曙光，莎赫札德戛然止声。

妹妹杜娅札德说："姐姐，你讲的故事真精彩，真动人，真美妙！"

莎赫札德说："如蒙国王陛下厚恩，能再留我一夜，这与我来晚将要讲的故事相比，就算不上什么精彩、美妙、动人了。"

听莎赫札德这么一说，舍赫亚尔国王心想："凭安拉起誓，我不能杀她，我要把故事听完……"想到这里，他说："我要把故事听完，明晚接着讲吧！"

第六百五十三夜

夜幕垂空，莎赫札德接着讲故事：

幸福的国王陛下，那二魔将手起剑落，多神教徒们的首级纷纷落地，一直杀到午夜来临。在多神教徒们看来，似乎所有山冈都变成了魔怪，一齐朝他们发动猛攻，自感灭顶之灾来临只在旦夕之间，于是慌忙收起帐篷，将金钱和行李捆上驼背，匆匆逃离。首先逃跑的就是阿吉布。

得知多神教徒大军狼狈逃走，对妖兵魔将怕得要死，穆斯林们聚而议论，无不感到奇怪。

二魔将对多神教徒溃军穷追不舍，直至他们散落在荒原旷野。叶阿里卜国王支援阿吉布的二十万大军，只有五万人得以活命，溃逃回自己的国家去了。

穆斯林将士们正感迷惑不解之时，二魔将吉尔江、高尔江赶到，对他们说："埃里布国王的将士们，你们的国王埃里布及其弟弟向你们问好。他俩现在在魔王穆尔阿什那里做客，不久就会回到你们中间来。"

穆斯林将士们听说埃里布国王和苏海姆·莱伊里安然无恙，欣喜不已，忙说："安拉会嘉奖你们二位的！"

二魔将回到埃里布国王和穆尔阿什魔王的面前，见二位大王坐在那里谈笑风生。二魔将将发生的事情详细禀报二位大王,二位大王立即嘉奖他俩。

听完魔将的禀报,埃里布放下心来。

魔王穆尔阿什对埃里布说:"兄弟,我想让你看看我们这块土地,带你去游一游雅福斯·本·努哈当年的京城。"

"大王陛下,请你安排就是了。"埃里布欣然表示同意。

魔王穆尔阿什给埃里布和苏海姆·莱伊里准备了两匹马,自己也骑上一匹,然后带上一千人马,浩浩荡荡出发了,队伍就像一座被拦腰劈开的大山,雄壮而稳健。

他们边行走边欣赏高山大川,终于到达雅福斯·本·努哈的古城。城中的老老少少,走出门来迎接穆尔阿什。

穆尔阿什进入雅福斯的王宫,坐在雅福斯当年坐的宝椅上。那是用雪花石雕凿而成的宝椅,上嵌金栏杆,高二十阶,铺着彩色丝毯。

城中居民们站在宝座前,穆尔阿什问他们:"雅福斯·本·努哈的子孙们,你们的列祖列宗崇拜什么呢?"

居民们答道:"我们的先辈全都是拜火教徒,因此我们也随着他们拜火。关于这些,你比我们更清楚。"

"各位,我们现在已经知道,那火是伟大安拉创造的一种东西。伟大安拉创造了一切,是真正的造物主。我明白了这个道理之后,便皈依了伊斯兰教,笃信了唯一万能的安拉。安拉创造了日夜、星辰;我们看不见他,而他却能看见我们;安拉大慈大悲,宽容无比。你们皈依伊斯兰教吧!你们若皈依了伊斯兰教,今世可得安拉保佑,来世可免受地狱之苦。"

众居民听穆尔阿什这样一讲,纷纷皈依伊斯兰教,心悦诚服,心口如一。

穆尔阿什拉着埃里布的手,开始游览雅福斯王宫,欣赏那里的奇特建筑和各种珍宝。走进武器库,他们开始欣赏雅福斯的武器,埃里布看到金橛上挂着的一口宝剑,问道:"大王陛下,这是谁的宝剑?"

穆尔阿什回答:"这是雅福斯的宝剑,他曾经用它与人和妖交战。这口宝剑是知名贤哲吉尔杜姆所制,剑背上刻着安拉的美名。这口剑名叫'宇宙锋',无坚不摧,削铁如泥,劈山山裂,天下无敌。"

埃里布听说那口宝剑神力无比,便说:"我想看看这口剑。"

"请吧!"穆尔阿什顺口答道。

埃里布伸手取下那口剑,拔剑出鞘,只见寒光闪烁,剑刃锋利无比。剑身长十二拃,宽三拃。埃里布想将"宇宙锋"带走,穆尔阿什说:"如果你能用它,就把它带走吧!"

埃里布果断回答道:"我能够使用这口宝剑。"

埃里布把剑拿在手中,如同耍一根棍棒,轻松自如,令在场者无不大惊。人们说:"壮士首领,你真了不起!"

穆尔阿什说:"你一剑在手,天下君主都会敬你三分。带上剑,上马吧!我们继续游览这座古城。"

讲到这里,眼见东方透出黎明的曙光,莎赫札德戛然止声。

妹妹杜娅札德说:"姐姐,你讲的故事真精彩,真动人,真美妙!"

莎赫札德说:"如蒙国王陛下厚恩,能再留我一夜,这与我来晚将要讲的故事相比,就算不上什么精彩、美妙、动人了。"

听莎赫札德这么一说,舍赫亚尔国王心想:"凭安拉起誓,我不能杀她,我要把故事听完……"想到这里,他说:"我要把故事听完,明晚接着讲吧!"

第六百五十四夜

夜幕垂空，莎赫札德接着讲故事：

幸福的国王陛下，穆尔阿什对埃里布说："你一剑在手，天下君主都会敬你三分。带上剑，上马吧！我们继续游览这座古城。"

埃里布、苏海姆·莱伊里和穆尔阿什相继纵身上马，人和魔将在左右伺候。他们行进在宫殿群和房舍之间，穿过大街小巷和道道金色大门，然后出了城门，来到花园林圃中。但见那里树木繁茂，果实累累，河渠纵横，百鸟飞鸣，风景如画，令人赏心悦目，快慰之情难以言表。

埃里布、苏海姆·莱伊里和穆尔阿什一直游览到夜幕垂空，方才返回雅福斯王宫。

回到宫中，丰盛的筵席已经摆好，大家吃饱喝足之后，埃里布对魔王穆尔阿什说："大王陛下，我想回族人和部下那里去。因为我离开他们时间已久，对他们的近况一无所知，心中十分惦念。"

穆尔阿什听埃里布这样一说，答话道："兄弟呀，凭安拉起誓，我真不愿意离开你，很想让你在这里住满一个月，让你好好看看这里的一切，然后再走。"

埃里布深感盛情难却，无法拒绝魔王的好意，便在雅福斯城中住了一个月。

一个月后的一天，吃罢饭，魔王穆尔阿什向埃里布国王赠送了大批礼物，其中有珍奇古玩、珍珠宝石、翡翠玛瑙、黄玉钻石、金砖银锭、绫罗绸缎，还有麝香、龙涎香等；此外，还为埃里布和苏海姆·莱伊里各做了一身金丝绣花锦袍，并给埃里布特制了一顶王冠，上面镶嵌着无数颗珍珠宝石，价值难以估算。

一切准备完毕，魔王唤来五百名妖魔，对他们说："你们立即做好远行准备，明天送埃里布国王和苏海姆·莱伊里回国。"

"遵命！"众妖魔转身回去，开始了紧张的准备工作。

一夜过去，东方透出黎明的曙光，起程的时间到了。

就在这时，忽听阵阵鼓声传来，又闻万马嘶鸣，顷刻间七万天兵海将铺天盖地而来……

原来那是妖王白尔甘率领的一支大军。那支大军远道而来，自有奇妙原因和一段有趣的故事。

妖王白尔甘是玛瑙城的主人，拥有一座金宫殿，管辖着五个山头，每个山头有五十万妖魔。他和他的臣民都崇拜火神，而不膜拜伟大安拉。

白尔甘是魔王穆尔阿什的堂弟。

穆尔阿什的臣民中，有一个妖魔表面上皈依了伊斯兰教，而实际上仍是多神教徒，潜藏在众伊斯兰教徒之中。

有一天，这个叛教者来到玛瑙城，走进妖王白尔甘的金宫，行过吻地礼，祝福妖王富贵长寿，然后把穆尔阿什皈依伊斯兰教的情景报告了妖王。白尔甘问："他怎么背叛自己的宗教呢？"

叛教者把事情的前因后果和经过向妖王说了一遍。

白尔甘听后，不禁吹胡子瞪眼，大骂日、月和火，然后说："凭我的宗教起誓，我一定要杀死我的这个堂兄和那个宣传伊斯兰教的人，要把他们的人杀个精光，一个不留！"

随后，妖王唤来众妖怪，从中挑选了七万名妖兵妖将，亲自率领，开到加布尔萨城。

大队人马绕城转了一圈，妖王白尔甘下令在城门外撑起帐篷，安营扎寨。

城中的魔王穆尔阿什叫来一个魔将，吩咐道："你到城外探个虚实，弄明他们的意图，马上回来禀报！"

魔将来到妖王白尔甘大军的营帐，妖将们立即上前阻拦，问道："你是谁？来此何事？"

魔将答："我是魔王穆尔阿什的使臣。"

他们把使臣带到妖王白尔甘的面前，使臣向妖王白尔甘问安叩拜，然后说："统帅大人，我们的魔王派我前来了解一下你们的情况。"

妖王听后，说："回去告诉你们的大王，我是他的堂弟白尔甘，是前来向他问安致意的。"

讲到这里，眼见东方透出黎明的曙光，莎赫札德戛然止声。

妹妹杜娅札德说："姐姐，你讲的故事真精彩，真动人，真美妙！"

莎赫札德说："如蒙国王陛下厚恩，能再留我一夜，这与我来晚将要讲的故事相比，就算不上什么精彩、美妙、动人了。"

听莎赫札德这么一说，舍赫亚尔国王心想："凭安拉起誓，我不能杀她，我要把故事听完……"想到这里，他说："我要把故事听完，明晚你就接着讲吧！"

第六百五十五夜

夜幕垂空，莎赫札德接着讲故事：

幸福的国王陛下,魔将来到妖王白尔甘大军的营帐,妖将们立即上前阻拦,问道:"你是谁?来此何事?"

魔将答:"我是魔王穆尔阿什的使臣。"

他们把使臣带到妖王白尔甘的面前,使臣向妖王白尔甘问安叩拜,然后说:"统帅大人,我们的魔王派我前来了解一下你们的情况。"

妖王听后,说:"回去告诉你们的大王,我是他的堂弟白尔甘,是前来向他问安致意的。"

魔将转身离去,把情况禀报了魔王。穆尔阿什对埃里布说:"你且坐着,我去看看我的堂弟,马上就回来。"

穆尔阿什跃上马背,向白尔甘的营帐走去。

原来白尔甘在玩弄计谋,为的是让穆尔阿什出来,好将他抓起来。

白尔甘唤来群妖,吩咐他们说:"你们看见我抱住他,就立即把他抓住,捆绑起来!"

"遵命!"群妖异口同声道。

魔王穆尔阿什到来,进了白尔甘的帅帐,白尔甘站起身来,走上去与穆尔阿什拥抱;与此同时,群妖蜂拥而上,将穆尔阿什绳捆索绑,然后给他加上了手铐脚镣。

穆尔阿什望着白尔甘,问道:"这是怎么回事?"

妖王白尔甘说:"你这个可恶的狗东西!莫非你真的抛弃了列祖列宗的宗教,加入了你完全不了解的一种新教?"

"堂弟啊,我发现安拉的至交易卜拉欣的宗教就是真理,而别的信仰全是虚假的。"

"谁告诉你的?"

"伊拉克国王埃里布……他在我的心目中占有崇高地位。"

"我凭火神、光明、阴影和热风起誓,我非把你们全都杀掉不可!"

随后,白尔甘将穆尔阿什囚禁起来。

穆尔阿什的随从眼见大王被囚,悄悄溜出帅帐,返回城中,向魔兵魔将们报告了情况。

魔兵魔将们得知魔王被扣留,齐声呐喊,纵身上马。

埃里布忙问:"发生什么事啦?"

他们把发生的事情从头到尾给埃里布讲了一遍。

埃里布听后,唤来苏海姆·莱伊里,吩咐道:"给我牵匹马来!"

苏海姆·莱伊里把魔王给的那两匹马送来一匹,随后问道:"哥哥,你要去斗妖兵妖将吗?"

埃里布答道:"是的。我要用雅福斯的这口宝剑去斩杀妖兵妖将,解救魔王穆尔阿什,但求安拉及其至交易卜拉欣默助,因为安拉是万物之主,一切都是安拉创造的。"

苏海姆·莱伊里牵来那匹枣红神马,但见那马壮如坚固堡垒。

埃里布带上武器,出门纵身上马,部将们身披铠甲,跃上马背。

白尔甘及部将们也跃马上阵,两军排好阵势,剑拔弩张,开始对战。

首先出战的是埃里布,只见他策马奔向战场,拔出雅福斯宝剑,寒光闪烁,锃亮耀眼,妖兵妖将们见之,禁不住胆战心惊,扭脸掩目。埃里布舞起宝剑,令妖兵妖将们魂飞魄散,一筹莫展。埃里布高声喊道:"安拉至大!安拉至大!我是伊拉克国王埃里布。世上只有安拉的至交易卜拉欣的宗教才是正教!"

白尔甘听后,说:"使我堂兄改变信仰的就是这个小子!凭我的宗教起誓,我不取下埃里布的首级,不把我的堂兄拉回原来的信仰上来,决不再坐我的宝椅。谁违抗我的意志,格杀勿论!"

说完,他骑上一头形如巨塔的白象,边吆喝边用钢矛刺大象的皮肉,只听大象一声吼叫,冲向战场。白尔甘接近埃里布时,开口怒骂道:"狗东西,你何故闯入我们的天地,毁坏我的堂兄及族人的信仰,让他们加入另一种宗教?你要知道,今天就是你的末日!"

埃里布听后,说道:"无耻妖王,闭住你的鸟嘴!"

白尔甘掏出飞镖,向埃里布投去;一镖没有打中,接着又是一镖。埃里布手疾眼快,一把抓住飞镖,摇了三摇,然后掷向白尔甘的大象,但见飞镖射穿了大象的腹部,大象当即倒在地上,白尔甘也像被连根拔起的椰枣树一样,直挺挺地跌下大象背。埃里布冲上前去,举起雅福斯宝剑,朝白尔甘的脖子刺去,白尔甘立即昏迷过去,不省人事了。魔兵魔将们立即围了上去,把白尔甘捆绑起来。

妖兵妖将们见妖王白尔甘被俘,一齐冲上来,想解救白尔甘。埃里布挥剑抵挡,穆斯林将士们随之奋力拼杀。埃里布深得安拉欢心,手起剑落,轻松顺手,中剑的多神教徒,无不一命呜呼,旋即被投入地狱之中。穆斯林将士向多神教徒发动猛攻,对方火箭对射,只见火焰弥漫,尘雾腾腾。

埃里布纵横驰骋,多神教徒军急忙躲闪,让出一条通道。

埃里布带着吉尔江和高尔江冲进白尔甘的帅帐,对二魔将说:"快为你们的魔王解开绳索吧!"

二魔将立即为穆尔阿什除去绳索。

讲到这里,眼见东方透出黎明的曙光,莎赫札德戛然止声。

妹妹杜娅札德说:"姐姐,你讲的故事真精彩,真动人,真美妙!"

莎赫札德说:"如蒙国王陛下厚恩,能再留我一夜,这与我来晚将要讲的故事相比,就算不上什么精彩、美妙、动人了。"

听莎赫札德这么一说,舍赫亚尔国王心想:"凭安拉起誓,我不能杀她,我要把故事听完……"想到这里,他说:"我要把故事听完,明晚接着讲吧!"

第六百五十六夜

夜幕垂空,莎赫札德接着讲故事:

幸福的国王陛下,妖兵妖将们见妖王白尔甘被俘,一齐冲锋,想解救白尔甘。埃里布挥剑抵挡,穆斯林将士们随之奋力拼杀。埃里布深得安拉欢心,手起剑落,轻松顺手,中剑的多神教徒,无不一命呜呼,旋即被投入地狱之中。穆斯林将士向多神教徒发动猛攻,双方火箭对射,只见火焰弥漫,尘雾腾腾。

埃里布纵横驰骋,多神教徒军急忙躲闪,让出一条通道。

埃里布带着吉尔江和高尔江二魔将冲进白尔甘的帅帐,对二魔将说:"快为你们的魔王解开绳索吧!"

魔将吉尔江和高尔江立即为穆尔阿什除去绳索。

魔王穆尔阿什对二魔将说:"快给我武器和飞马!"

魔王有两匹飞马,给了埃里布一匹,自己留下一匹。

魔王穆尔阿什拿起武器,与埃里布一同跨上飞马,旋即飞马腾空,魔兵魔将们在后面紧跟。穆尔阿什和埃里布同声高呼:"安拉至大！安拉至大！"只听大地、山岭、谷地和丘陵上回荡着"安拉至大"的喊声。

穆斯林大军杀死三万多名多神教徒之后，胜利返回雅福斯古城。

魔王穆尔阿什和埃里布国王及其文武大臣按位次坐好，打算会审妖王白尔甘，却发现白尔甘逃跑了……

原来埃里布和魔王俘获妖王白尔甘之后，因为忙于指挥作战，没有顾得上派兵看守他，不期一妖将跑来，偷偷地为白尔甘解开绳索，然后带着他走了。当妖将带着白尔甘经过妖兵妖将那里时，发现死的死，逃的逃，已经溃不成军。于是妖将带着白尔甘腾空而起，飞回玛瑙城，落到金宫中。

白尔甘坐上宝座，幸免于死的将士纷纷前来朝见妖王，祝福他平安脱险。白尔甘说："平安从何谈起呢？我的部将死伤无数，就连我本人也沦为他们的俘虏。他们使我在众兵将面前威风扫地。"

部将们说："大王陛下，胜败乃兵家常事，帝王也有荣辱浮沉变化之时，此等区区小事，不必记在心中。"

"我一定要报仇雪耻！如若不然，我就没有脸面在妖族中生存下去。"

说完，白尔甘立即修书给各个部族。各部族勇士接信后，立即集结在玛瑙城。白尔甘一点数，合计有三十二万妖兵妖将。他们问："大王陛下，有何吩咐？"

白尔甘说："我命令你们马上做好准备，三天之后出征作战！"
"遵命！"众妖兵妖将异口同声。

魔王穆尔阿什寻找妖王白尔甘，发现踪迹皆无，心中大感不快，说道："假若当初我们派一百名魔将看守他，他就跑不掉了。可是，他究竟逃到哪里去了呢？"

片刻过后，穆尔阿什又对埃里布说："兄弟，你有所不知，那白尔甘是个背信弃义之徒，他一定会进行报复的，不久即会纠集兵将，前来寻衅挑战。依我之见，我们应该抓住他败逃虚弱之机，前去追击。"

埃里布说："这个意见很好，办法可行！"

"兄弟，我派魔兵魔将把你送回国去，让我独自对付这些多神教徒，以减轻你的负担。"

"凭伟大安拉起誓，我不打败、消灭这些多神教徒，不求安拉把他们打入地狱，我是不能离开这个地方的。灾难是无情的，只有崇拜伟大安拉的信士才能幸免遭难。不过，我想把苏海姆·莱伊里送回阿曼城，期待他恢复健康。因为他现在身体病弱不堪。"

魔王穆尔阿什唤来魔兵魔将，吩咐道："你们立即动身，把苏海姆·莱伊里和这些钱财、礼品送到阿曼城。"

"遵命！"魔兵魔将答道。

魔兵魔将们护送苏海姆·莱伊里和礼品，向阿曼城进发了。

魔王穆尔阿什写信给各部族首领。首领们接到信后，立刻带兵赶到，总数达十万之众。大批人马经过一番准备，浩浩荡荡开往玛瑙城。

他们一天当中走了一年的路程，进入一道峡谷，驻足休息过夜。

次日清晨，魔王穆尔阿什正要率队伍起程时，忽见妖王白尔甘的先头部队已经来到，妖兵妖将们不住地高声叫阵。

两军山谷相遇，正是狭路相逢。厮杀开始，只见战马奔腾，矛飞剑舞，杀声惊天动地；烟尘四起，顿见天昏地暗；刀枪穿梭，鲜血四溅，足令寿命缩短。穆斯林将士越战越勇，顿显气壮山河之势；多神教徒一败涂地，饱尝屈辱卑贱之苦。

埃里布纵马驰骋,依靠伟大万能的安拉默助,手起剑落,只见多神教徒的首级纷纷落地。

夜幕垂空之时,多神教徒已有七万人马丧命,两军这才鸣金收兵,各自返回营帐。

讲到这里,眼见东方透出黎明的曙光,莎赫札德戛然止声。

妹妹杜娅札德说:"姐姐,你讲的故事真精彩,真动人,真美妙!"

莎赫札德说:"如蒙国王陛下厚恩,能再留我一夜,这与我来晚将要讲的故事相比,就算不上什么精彩、美妙、动人了。"

听莎赫札德这么一说,舍赫亚尔国王心想:"凭安拉起誓,我不能杀她,我要把故事听完……"想到这里,他说:"我要把故事听完,明天晚上接着讲吧!"

第六百五十七夜

夜幕垂空,莎赫札德接着讲故事:

幸福的国王陛下,两军山谷相遇,正是狭路相逢。厮杀开始,只见战马奔腾,矛飞剑舞,杀声惊天动地;烟尘四起,顿见天昏地暗;刀枪穿梭,鲜血四溅,足令寿命缩短。穆斯林将士越战越勇,顿显气壮山河之势;多神教徒一败涂地,饱尝屈辱卑贱之苦。

埃里布纵马驰骋,依靠伟大万能的安拉默助,手起剑落,只见多神教徒的首级纷纷落地。

夜幕垂降，多神教徒已有七万人马丧命，两军这才鸣金收兵，各自返回营帐。

魔王穆尔阿什和埃里布擦拭了一下武器，然后回到帐篷之中。二人吃过晚饭，相互祝贺平安，之后清点人数，方才得知损失一万多名兵将。

白尔甘回到帐篷，为失去那么多精兵良将而感到万分惋惜。他对部将们说："将士们，假若我们与这支部队大战三天，他们会把我们杀得一个不剩。"

众将士说："大王，我们该怎么办呢？"

"我们乘他们夜里熟睡之机，偷袭他们的营寨，一举杀他们个干干净净，连一个报信儿的也不剩。你们准备好，到时候向敌人发动猛攻，一举消灭他们！"

"遵命！"众将士异口同声答道。

随后，将士们开始做战斗准备。他们当中有个妖将，名叫金戴勒，心中向往伊斯兰教。金戴勒见多神教徒要夜袭伊斯兰大军，便偷偷溜走，来到穆尔阿什和埃里布的面前，把多神教徒的夜袭计划告诉了他俩。

听完消息后，穆尔阿什望着埃里布，问道："兄弟，你看如何是好呢？"

埃里布说："我们今夜就袭击多神教徒的大军，依靠伟大安拉默助，将他们驱赶到荒原旷野上去。"

埃里布把将领们叫来，命令他们说："你们要把武器准备好！天色暗下来之后，一百名将士为一队，离开帐篷，潜伏在山间。见敌人进入我们的营帐，你们立即出击，从四面八方包抄敌人。只要信心坚定，忠实依靠伟大安拉，你们就一定能够打败敌人。我同你们一道行动。"

夜幕垂空，多神教徒们开始对穆斯林营帐发动袭击，同时高喊着向火神和光神求援的口号。他们刚刚冲入穆斯林的营帐，穆斯林们便冲下山来，从四面八方包围攻击他们，同时高声喊着："大慈大悲的安拉啊，伟大的造物主……"

一场厮杀开始，喊声惊天动地，多神教徒被围，死伤十分惨重。

第二天早晨，只见尸横遍野，血流成河，多神教徒多数丧命，幸存者急忙逃生，跑到荒原旷野上去了。

穆尔阿什、埃里布及其将士们大获全胜，缴获多神教徒大批钱财和武器。他们安度一夜之后，大队人马直奔玛瑙城。

妖王白尔甘的多神教徒大军偷袭失败，夜色中大半将士丧命，白尔甘和残余将士连夜逃回了玛瑙城。

白尔甘进了金宫，召集部将，对他们说："爱将们，你们有什么好东西，就快带上，跟我投奔嘎夫山，找艾卜莱格宫主人去，求神王艾兹莱格替我们报仇雪恨吧！"

他们带着眷属和钱财，跟着妖王白尔甘直奔嘎夫山而去。

魔王穆尔阿什和埃里布赶到玛瑙城，发现城门大开，城内寂静无声。穆尔阿什带着埃里布游览玛瑙城和金宫，但见城墙全用绿宝石砌成，城门用红宝石雕成，门上全是银钉；房顶和宫殿顶皆用檀香木和沉香木支撑。众将士穿过大街小巷，来到金宫门前，步入宫门，走过一道又一道走廊，只见一座巍峨宫殿出现在眼前，全用大理石、绿宝石和黄玉砌成。

穆尔阿什和埃里布走进宫殿，见殿内装饰富丽堂皇无比，不禁惊异万分。他俩继续往前走，穿过七道长廊，方才来到内殿，那里有四个厅堂，形式各不相同。大殿当中有座赤金喷水池，水池周围有金狮数尊,水由狮子口中喷出,注入池中,水花四溅,令人遐思万千。当中的那座厅堂,地面上满铺彩色丝毯,厅中央摆放着两把镶嵌着珍珠和宝石的赤金宝椅。

穆尔阿什和埃里布坐在白尔甘的宝椅上,举行了盛大的庆功仪式。

讲到这里,眼见东方透出黎明的曙光,莎赫札德戛然止声。

妹妹杜娅札德说:"姐姐,你讲的故事真精彩,真动人,真美妙!"

莎赫札德说:"如蒙国王陛下厚恩,能再留我一夜,这与我来晚将要讲的故事相比,就算不上什么精彩、美妙、动人了。"

听莎赫札德这么一说,舍赫亚尔国王心想:"凭安拉起誓,我不能杀她,我要把故事听完……"想到这里,他说:"我要把故事听完,明晚接着讲下去!"

第六百五十八夜

夜幕垂空,莎赫札德接着讲故事:

幸福的国王陛下,穆尔阿什和埃里布走进宫殿,见殿内装饰富丽堂皇无比,不禁惊异万分。他俩继续往前走,穿过七道长廊,方才来到内殿,那里有四个厅堂,形式各不相同。大殿当中有座赤金喷水池,水池周围有金狮数尊,水由狮子口中喷出,注入池中,水花四溅,令人遐思万千。当中的那座厅堂,地面上铺满彩色丝毯,厅中央摆放着两把镶嵌着珍珠和宝石的赤金宝椅。

穆尔阿什和埃里布坐在白尔甘的宝椅上,举行了盛大的庆功仪式。

庆功仪式结束,埃里布问穆尔阿什:"下一步,大王陛下准备怎么办呢?"

穆尔阿什说:"兄弟,我已派出一百名骑士,要他们四下打听白尔甘的消息;探听到他的踪迹之后,我们立即前往追击。"

魔王穆尔阿什和埃里布国王在金宫中住了三天,百名骑士便回来了,报告说白尔甘去了嘎夫山,向神王艾兹莱格求援,而且艾兹莱格已经同意支援白尔甘。

穆尔阿什听后,问埃里布:"兄弟,你说该怎么办?"

埃里布说:"如果我们不进攻他们,他们必然来进攻我们。"

穆尔阿什和埃里布立即命令全军将士做好准备,三天之后,起程远征嘎夫山。

他们准备完毕,正要起程上路之时,护送苏海姆·莱伊里回国的魔兵魔将们回来了。他们来到埃里布国王面前,行过吻地礼,国王询问情况如何,他们说:"陛下的哥哥阿吉布战败之后,投奔叶阿里卜·本·葛哈唐国王,然后又去了印度。见了印度国王,讲了他同你之间的矛盾,要求支援,印度国王答应出兵,还立即写信给各地镇守将军,已经集结了一支大军,势如汹涌大海,人马不计其数,决计踏平伊拉克。"

埃里布听完,愤然说道:"该死的多神教徒!安拉力大无边,定将援助伊斯兰信士。我一定要让他们尝尝神剑的威力。"

穆尔阿什说:"兄弟,凭安拉的大名起誓,我一定要跟你前往,与你并肩打败你的敌人,让你大获全胜,如愿以偿。"

埃里布表示感谢。

他们一夜安歇,准备天明起程。

第二天清晨,朝阳升起,穆斯林大军起程上路,向嘎夫山进发了。

他们跋涉一整天,向艾卜莱格和雪石城前进。

雪石城全用雪花石建成,为神王巴尔格·本·法吉阿所建。他还建造了艾卜莱格宫,因为宫殿全用金砖和银砖砌成,世间独一无二,故得其名。

大军行至离雪石城还有半天的路程时,停下来休息。穆尔阿什即派探子前往打探消息。

时隔不久,探子打探回来,禀报说:"大王陛下,雪石城中有无数神兵神将,多如树叶、雨点。"

穆尔阿什听后,望着埃里布,问:"埃里布兄弟,你说该怎么办呢?"

埃里布回答道:"大王陛下,你可将兵马分为四路,包围雪石城,然后高呼:'安拉至大,万物非主,唯有安拉;易卜拉欣是安拉的至交!'大军高喊赞词之后,便可撤回来。但这要在夜半行动,然后再观察城内会出现什么情况。"

穆尔阿什唤来自己的魔兵魔将,按照埃里布的意见,将他们分为四路。

魔兵魔将们佩剑持矛,耐心等待到夜半时分,列队出发,将雪石城包围起来,齐声高呼道:"安拉至大!万物非主,唯有安拉;易卜拉欣是安拉的至交!"

多神教徒们闻声惊醒,恐慌不安,匆匆抄起武器,夜色漆黑,难辨敌我,自相残杀起来。一直混战到东方透出黎明的曙光,只见死伤无数,倒下的全是自家兵将,幸存者很少,方知中了敌人诡计。

就在这时,埃里布大声呼唤穆斯林兵将:"信士们,向残余的多神教徒发动猛烈攻击!我和你们在一起,安拉默助我们大获全胜!"

穆尔阿什带兵冲进城去,埃里布拔出雅福斯宝剑,手起剑落,多神教徒的首级纷纷落地。他抓住妖王白尔甘,一剑刺去,妖王顿时一命呜呼,倒在血泊之中。埃里布又冲向神王艾兹莱格,手起剑落,神王脑袋立刻搬家。天大亮了,多神教徒无一幸存,连一个报信儿的兵将也没剩下。

穆尔阿什和埃里布走进艾卜莱格宫,只见宫墙全用金砖银砖砌成,门槛是水晶石的,而门楣全用绿宝石雕琢而成。大厅中央有座喷水池,池边上有多尊禽兽金银塑像,口中各有水柱喷出,直泻水池中央。门窗上所挂幔帘,全用金丝绣花彩绸做成,雍容华贵,闪闪放光。地上满铺丝绒地毯,图案别致,五彩纷呈。他俩还发现那里堆放着无数金银财宝,珍珠宝石比比皆是。

他俩走进神王的后宫,只见那里嫔妃、宫女成群,个个貌美如花,人人婀娜多姿。埃里布望着她们,发现一个姑娘貌美超群,身上的任何一件装饰或衣物,都值一千第纳尔。那姑娘周围有一百名宫女,她们用金钩子拉着姑娘的长裙尾,恰如众星捧月。

埃里布一见那位姑娘,不禁神魂颠倒,一时不知如何是好。他问宫女:"这位姑娘是谁?"

"这是神王艾兹莱格的女儿晨星公主。"众宫女齐声回答。

讲到这里,眼见东方透出黎明的曙光,莎赫札德戛然止声。

妹妹杜娅札德说:"姐姐,你讲的故事真精彩,真动人,真美妙!"

莎赫札德说:"如蒙国王陛下厚恩,能再留我一夜,这与我来晚将要讲的故事相比，就算不上什么精彩、美妙、动人了。"

听莎赫札德这么一说，舍赫亚尔国王心想："凭安拉起誓，我不能杀她，我要把故事听完……"想到这里，他说："我要把故事听完，明天晚上你接着讲下去！"

第六百五十九夜

夜幕垂空，莎赫札德接着讲故事：

幸福的国王陛下，穆尔阿什和埃里布走进神王的后宫，只见那里嫔妃、宫女成群，个个貌美如花，人人婀娜多姿。埃里布望着她们，发现一个姑娘貌美超群，身上的任何一件装饰或衣物，都值一千第纳尔。那姑娘周围有一百名宫女，她们用金钩子拉着姑娘的长裙尾，恰如众星捧月。

埃里布一见那位姑娘，不禁神魂颠倒，一时不知如何是好。他问宫女："这位姑娘是谁？"

"这是神王艾兹莱格的女儿晨星公主。"众宫女齐声回答。

埃里布望着穆尔阿什，说："大王陛下，我想与这位姑娘结为百年之好，共枕鸳鸯。"

穆尔阿什说："整个宫殿和里面的一切，包括宫女、奴仆都是你的了！若不是你巧设计，我哪里能消灭白尔甘和神王艾兹莱格及其多神教徒大军；说不定，我们还会被他们杀光呢！这里的一切金银财宝、宫仆美人都听你的使唤和调用。"

埃里布感谢穆尔阿什的美意，随后朝那位美丽的公主走去。

埃里布定神仔细看那公主,只见她明眸皓齿,鼻子端庄,嘴唇丰满,身材高挑,体态婀娜,天生丽质,明艳动人,真可谓花容玉貌,沉鱼落雁,国色天香,倾国倾城,不禁一见钟情,把波斯国王的女儿法赫尔·塔吉及穆哈迪娅姑娘一下全都忘到了脑后。

晨星公主的母亲是中国皇帝的女儿,神王艾兹莱格从宫中把她抢了出来,强占了她;而她却因此爱上了那位神王,与他结为夫妻。她替神王生下一个女儿,因其生相完美,故起名为"晨星",谓之貌美且稀少罕见。晨星公主生下来刚四十天,母亲便与世长辞了,她一直由乳母、保姆抚养成人。晨星公主年方十七岁,不期国破家亡,父王丧命。

埃里布一见晨星公主,便深深爱上了她,当夜与公主成亲,洞房花烛,彼此恩爱非常。

晨星公主憎恶自己的父王,因此,父王被杀,她不但不悲伤,反倒感到高兴。

埃里布下令捣毁艾卜莱格宫,部将们立即执行命令,巍峨宫殿顷刻夷为平地。埃里布把拆下的金砖银瓦分给魔兵魔将,自己分得两万一千块,还分得无数金银财宝。

之后,穆尔阿什带着埃里布游览嘎夫山及山上的奇景,继而,他们向白尔甘的玛瑙城开去。

魔王穆尔阿什和埃里布到达妖王白尔甘的城堡,迅速将城捣毁,将城堡里的金银财宝全部分给将士。最后,他们回到穆尔阿什的都城,在那里住了五天,埃里布便要求起程回国。

听埃里布说要回国,魔王穆尔阿什说:"兄弟,我与你同行,一直把你送回祖国。"

埃里布说:"大王陛下,我就不劳你大驾了。凭安拉的至交易卜拉欣起誓,我决不能再让你忍受长途跋涉之苦。我只要求带上你的两员魔将同归,一个是吉尔江,另一个是高尔江。"

"兄弟,你不妨带走一万名魔兵魔将,一路好为你保驾、效劳。"

"我只带上那两员魔将就行了。"

穆尔阿什派一千名魔兵魔将为埃里布搬运战利品,又吩咐吉尔江和高尔江伴埃里布同行,听从埃里布的使唤。二魔将答道:"遵命!"

埃里布对仆从们说:"兄弟们,你们带上钱财和晨星公主,和我一道上路吧!"

埃里布想骑匹飞马,穆尔阿什说:"兄弟呀,这匹飞马只能生存在我们这块土地上;一旦到了人类生活的大地上,它就会死掉的。不过,我还有一匹善奔的神马,不论伊拉克大地,还是别的地方,都找不到那样的好马。"

穆尔阿什即令魔将牵来那匹马,埃里布见之,果然新奇无双。魔将为马配上辔头鞍鞯,吉尔江和高尔江又让马驮上能够驮得动的财物。

穆尔阿什与埃里布拥抱告别,不禁双双泪洒胸襟。他对埃里布说:"兄弟,如果日后遇上力不能及的难事,就请给我捎个信儿,我即率大军前往助战,消灭敌人。"

埃里布感谢魔王的好意。二魔将带着埃里布和那匹马仅走了两天一夜,便跨过了五十年的路程,来到阿曼城附近。

他们在阿曼城附近驻足休息时,埃里布望着吉尔江,说:"你去打探一下我的部将的情况吧!"

吉尔江离去,片刻后回来禀报说:"大王陛下,阿曼城周围有大批多神教徒,势如波涛汹涌的大海,你的部将们正在与他们厮杀搏斗。现在,战鼓已经擂响,贾马尔甘已经出阵与多神教徒交战了。"

埃里布听完，大喊道："安拉至大！"随后说："吉尔江，赶快给我鞴马，把武器拿来！只有在战场上、利刃下，才能显示出谁是英雄，谁是胆小鬼。"

吉尔江离去，按埃里布的吩咐一一备齐。

埃里布手握兵器，腰佩雅福斯宝剑，飞身跨上那匹神马，扬鞭就要出战。魔将吉尔江、高尔江忙说："大王陛下，何劳你御驾亲征？还是让我们收拾那帮多神教徒吧！我们一定把他们赶到荒山旷野上去，让他们房舍无存，连个吹火的人也不留，家园变成荒无人烟之地。"

埃里布说："凭安拉的至交易卜拉欣起誓，你们就不要上阵了，还是让我亲自跃马斩杀这帮多神教徒吧！"

讲到这里，眼见东方透出黎明的曙光，莎赫札德戛然止声。

⊷ 第六百六十夜 ⊷

夜幕垂空，莎赫札德接着讲故事：

幸福的国王陛下，埃里布手握兵器，腰佩雅福斯宝剑，飞身跨上那匹神马，扬鞭就要出战。魔将吉尔江、高尔江忙说："大王陛下，何劳你御驾亲征？还是让我们收拾那帮多神教徒吧！我们一定把他们赶到荒山旷野上去，让他们房舍无存，连个吹火的人也不留，家园变成荒无人烟之地。"

埃里布说:"凭安拉的至交易卜拉欣起誓,你们就不要上阵了,还是让我亲自跃马斩杀这帮多神教徒吧!"

原来那些多神教徒是阿吉布搬来的印度兵将。

阿吉布率领叶阿里卜·本·葛哈唐国王的大军,包围了穆斯林大军,贾马尔甘和赛阿丹·奥勒出战抵挡,吉尔江和高尔江二魔将前来助战,粉碎了多神教徒的进攻。阿吉布败退之后,对部将们说:"将士们,叶阿里卜·本·葛哈唐国王的军队损失惨重,倘若你们回去见他,他必定会说:'若不是你们这样行事,我的部将怎么会有如此悲惨的下场呢?'继之,他会把我们全部杀掉。依我之见,你们还是去印度国吧!我们见到印度国王泰尔克南,求他为我们报仇雪恨。"

部将们听后,说道:"我们就去向印度国王求援吧!大王陛下,火神为你祝福。"

阿吉布率残余人马行走数天数夜,到达印度京城,求见泰尔克南国王。

阿吉布获准进入王宫,向泰尔克南国王行吻地礼,然后说:"国王陛下,倘若你能助我一臂之力,光辉灿烂的火会报答你的恩情,漆黑的夜会保佑你平安无事。"

印度国王望了望阿吉布,问道:"你是何许人呀?你有什么要求?"

阿吉布回答道:"我是伊拉克国王阿吉布,我的弟弟皈依了伊斯兰教,控制了整个王国,跟从他的信徒不计其数,对我大加迫害,把我从一个地方赶到另一个地方。现在,我来到陛下面前,就是为了向你求援的,欲借助你的力量,为我报仇雪耻。"

印度国王听阿吉布这样一说,坐立不安,说道:"凭火神起誓,我一定为你报仇雪恨，让天下人人拜火！"

随后，印度国王喊来自己的儿子，对儿子说："孩子，立即着手准备，开往伊拉克，把那里夷为平地，把那些不拜火的人全部抓来，对他们进行残酷折磨，但不要杀他们，把他们带来，交给我，我要对他们动用各种酷刑，让他们饱尝屈辱之苦，以此警告那些效仿他们的人。"

随后，国王为儿子挑选了八万骑着马的精兵，八万骑着长颈鹿的精兵，另配一万头大象随行，每头象驮一个檀木鞍轿，轿柱和扶手全用黄金制成，轿外有甲衣，钉子非金即银；每顶象轿里都有一张镶嵌着绿宝石的金椅子。此外，国王还为他们配备了大批战车，每辆战车里可乘坐八名武士，他们可操各种武器参战。

印度大军在王子的率领下，浩浩荡荡向伊拉克进发了。

印度王子是当时的一员猛将，其勇无比。王子名叫莱阿德沙。

王子莱阿德沙经过十天紧张准备，然后率领大军起程上路了。

印度大军像乌云一样，跋涉两个月，到达阿曼城，将城包围起来。阿吉布感到非常高兴，以为自己必胜无疑。就在这时，贾马尔甘、赛阿丹·奥勒和所有穆斯林英雄奋力杀向战场，只听战鼓擂响了，战马嘶鸣不止。这时埃里布派吉尔江前来探听消息，旋即回去禀报说城周围有大批多神教徒……埃里布随即纵身上马，前往战场观战。但见赛阿丹·奥勒策马上前，印度军中一员大将跃出阵来。赛阿丹·奥勒从容应付。那多神教徒刚刚冲到面前，赛阿丹·奥勒挥起巨棒打去，那多神教徒当即皮开骨碎，应声倒在地上死去。第二个、第三个接连出战，顷刻丧命。

赛阿丹·奥勒纵横驰骋，巨棒飞舞，接连三十个多神教徒送命。这时，印度大军中杀出一位英雄，名叫白塔士·艾格拉尼。白塔士是位勇士，在战场上足以抵挡精兵五千，他是印度国王的叔父。

白塔士跃马出阵，对着赛阿丹·奥勒大喊道："阿拉伯强盗，难道你自感有力量与印度国王及其英雄交战？莫非你觉得能够俘获他们的骑士？你妄想！今天就是你的末日！"

赛阿丹·奥勒一听，两眼发红，拍马直取白塔士。赛阿丹·奥勒举棒朝白塔士打去，不期一棒打空，连人带棒跌于马下。未等赛阿丹·奥勒起来，白塔士的人马一齐拥来，将他绳捆索绑，拖到他们的帐篷中去了。

贾马尔甘见赛阿丹·奥勒沦为俘虏，大喊道："将士们，为安拉的至交易卜拉欣的宗教战斗吧！"话音未落，拍马直取白塔士。

二人激战一个时辰，白塔士冲向贾马尔甘，一把抓住他的袍袖，将他拉下马鞍。白塔士的将士蜂拥而上，将贾马尔甘用绳索绑住，拖到他们的帐篷之中。

白塔士越战越勇，连连战胜穆斯林军，共俘虏了二十四名穆斯林勇将。

穆斯林军眼见大将接连被俘，忧愁万分。

埃里布见此情景，从膝下抽出从妖王白尔甘手中夺来的重达一百二十磅的金环棒，向两军阵前纵马飞驰而去。

讲到这里，眼见东方透出黎明的曙光，莎赫札德戛然止声。

妹妹杜娅札德说："姐姐，你讲的故事真精彩，真动人，真美妙！"

莎赫札德说："如蒙国王陛下厚恩，能再留我一夜，这与我来晚要讲的故事相比,就算不上什么精彩、美妙、动人了。"

听莎赫札德这么一说,舍赫亚尔国王心想:"凭安拉起誓,我不能杀她,我要把故事听完……"想到这里,他说:"我一定要把故事听完,明晚接着讲下去!"

第六百六十一夜

夜幕垂空,莎赫札德接着讲故事:

幸福的国王陛下,贾马尔甘和白塔士激战一个时辰,白塔士冲向贾马尔甘,一把抓住他的袍袖,将他拉下马鞍。白塔士的将士们蜂拥而上,将贾马尔甘用绳索绑住,拖到他们的帐篷之中。

白塔士越战越勇,连连战胜穆斯林军,共俘虏了二十四名穆斯林勇将。

穆斯林军眼见大将接连被俘,忧愁万分。

埃里布见此情景,从膝下抽出从妖王白尔甘手中夺来的重达一百二十磅的金环棒,向两军阵前纵马飞驰而去。

埃里布策动神马,急驰如风,高声喊道:"安拉至大!安拉默助我战胜多神教徒!安拉的至交易卜拉欣的宗教是无敌的!"

埃里布挥舞金环棒,冲向白塔士,一棒将之击于马下。

埃里布望着穆斯林将士,又望望弟弟苏海姆·莱伊里,对苏海姆·莱伊里说:"把这个狗东西捆起来!"

苏海姆·莱伊里冲到白塔士跟前,把他紧紧捆绑起来,带走了。穆斯林英雄们十分敬佩这位骑士,多神教徒将士们纷纷议论说:"这骑士是谁?竟将我们的首领抓去了!"

埃里布继续叫阵,印度军中跃出一员将领,只见埃里布举棒一打,便将之击于马下。吉尔江和高尔江上前把他绑起来,随后交给苏海姆·莱伊里。

埃里布连声叫阵,俘虏了一个又一个多神教徒将领,直至五十二个多神教徒将领沦为俘虏。天色晚了,双方才鸣金收兵,各回营寨。

埃里布离开战场,向着穆斯林营寨走去。首先迎上来的是苏海姆·莱伊里。

苏海姆·莱伊里上前亲吻骑在马上的勇士的脚,说:"当代奇勇无比的壮士,请你留下姓名!"

这时,埃里布摘下头盔,苏海姆·莱伊里一见是埃里布,喜不自禁,高声对将士们说:"喂,将士们,这位壮士不是别人,而是你们的国王埃里布!他从魔王大地回来了!"

穆斯林们听说自己的国王回来了,纷纷离鞍下马,围拢上去,热情亲吻埃里布国王的双脚,向国王问好致意,为国王安全返回而欣喜异常。之后,他们簇拥着埃里布国王进入阿曼城。

埃里布坐在宝椅上,文武官员左右侍立,个个笑容满面,人人喜不胜收。

片刻后,端上饭菜。大家吃完饭,埃里布向他们讲述了自己在嘎夫山与妖兵妖将交战的情景,部将们听后,个个叫奇称怪,赞美安拉保佑国王平安归返。吉尔江和高尔江二魔将一直不离埃里布左右。埃里布要大家散去,大家方才各自回去安歇。当身边只有两位魔将时,埃里布对他们说:"你二位能送我到库法城,让我探望一下自己的家眷,天亮之前再送我回来吗?"

二魔将说:"国王陛下,这是再容易不过的事了。"

库法与阿曼两城之间,骑士马不停蹄地走,要走六十天时间。

吉尔江对高尔江说:"去程我背国王,回程由你来背。"

说完,吉尔江背起埃里布国王,腾空而起,高尔江一旁相随。仅仅飞行一个时辰,便到了库法城,落在王宫门外。

埃里布进宫见过叔父达米锷,问过安好之后,说:"晨星公主和穆哈迪娅都好吗?"

叔父回答道:"她俩都很好!"

宫仆进去禀报说埃里布国王回来了,宫中顿时发出一片欢笑声,随后晨星公主给了宫仆报喜赏钱。

埃里布进到宫中,晨星公主忙起身向他致意问安,夫妻久别重逢,分外亲热,手拉手坐下交谈。

叔父达米锷走来,埃里布向叔父讲述了与魔王交往的情况。叔父听后觉得十分新鲜。

埃里布与晨星公主共枕到黎明时分,便起床唤来二位魔将,随后同妻室和叔父告别;继而坐在高尔江的背上腾空而起,吉尔江一旁伴行,天明之前飞回了阿曼城。

回到阿曼城,埃里布命部将们拿起武器,跨上战马,打开城门。

刚出城门,忽见一位多神教徒军将领带着贾马尔甘、赛阿丹·奥勒和被俘的伊斯兰军将领们走来。原来是他解救了被俘的穆斯林将士,如今亲自把他们送来,交给埃里布国王。

穆斯林大军将士一个个欣喜不已。

旋即,穆斯林大军将士披挂上马,擂响战鼓,准备上阵,多神教徒军将士也摆好阵势,准备开始厮杀。

讲到这里，眼见东方透出黎明的曙光，莎赫札德戛然止声。

妹妹杜娅札德说："姐姐，你讲的故事真精彩，真动人，真美妙！"

莎赫札德说："如蒙国王陛下厚恩，能再留我一夜，这与我来晚将要讲的故事相比，就算不上什么精彩、美妙、动人了。"

听莎赫札德这么一说，舍赫亚尔国王心想："凭安拉起誓，我不能杀她，我要把故事听完……"想到这里，他说："我要把故事听完，明晚接着讲吧！"

第六百六十二夜

夜幕垂空，莎赫札德接着讲故事：

幸福的国王陛下，回到阿曼城，埃里布命部将们拿起武器，跨上战马，打开城门。

刚出城门，忽见一位多神教徒军将领带着贾马尔甘、赛阿丹·奥勒和被俘的伊斯兰军将领们走来。原来是他解救了被俘的穆斯林将士，如今亲自把他们送来，交给埃里布国王。

穆斯林大军将士一个个欣喜不已。

旋即，穆斯林大军将士披挂上马，擂响战鼓，准备上阵，多神教徒军将士也摆好阵势，准备开始厮杀。

首先冲出来的是埃里布国王，只见他拔出雅福斯宝剑，策马来到阵前，高声叫道："认识我的，都已吃够我的苦头，知道我的厉害。不认识我的，听我自我介绍：我就是伊拉克国王埃里布，我是阿吉布的弟弟埃里布。"

印度王子莱阿德沙听后，呼唤部将说："把阿吉布给我叫来！"

部将把阿吉布带到王子面前，王子说："喂，阿吉布，这场灾难是你一手造成的。面前这位骑士就是你的弟弟，你给我立即出击，把他生擒过来，让我把他倒挂在骆驼背上，带回印度。"

阿吉布说："王子殿下，我身体虚弱，请你还是派别人出战吧！"

王子一听，眼睛一瞪，厉声喝道："凭火、光、凉和热起誓，你若不出战，我立即把你的首级取下，让你一命归天！"

阿吉布只得鼓起勇气，策马上阵。他接近埃里布时，张口骂道："你这个狗东西，比打帐篷桩的奴隶还下贱的东西，怎敢与王侯对抗？还不下马受死！"

埃里布听后，问道："你是哪方王侯？"

"我是你的哥哥，今天就是你的末日。"

埃里布得知这就是他的哥哥阿吉布，大喊道："为我父母报仇雪恨的时辰到了！"

埃里布把雅福斯宝剑递给吉尔江，手握巨棒向阿吉布冲去，一棒打去，险些打断阿吉布的肋骨。埃里布手疾眼快，一把抓住阿吉布的衣领，用力一拽，将他拉下马背。阿吉布栽在地上，二魔将箭步赶到，把他绳捆索绑起来。阿吉布只得屈辱地跟着二魔将走去。

眼见劲敌被俘获，埃里布欣喜异常，吟诵起诗人的名句：

> 目的已实现，痛苦俱隐去。
> 呼声世之主，万赞全归你。
> 我生贫与贱，安拉赐福齐。
> 我占地城广，降服众奴隶。

倘若没有主,安有此奇迹?

印度王子莱阿德沙见阿吉布沦为俘虏,急忙抄起武器,纵身上马,策马来到阵前。当他接近埃里布时,大声喊道:"阿拉伯贱种,小小樵夫,你果真有力量俘获王侯和英雄?还不赶快下马,自我捆绑起来,亲吻我的双脚?还不赶紧放掉我的英雄,戴着镣铐前来见我,求我宽恕你的罪过?到了我这里,我会把你当作老者养活起来,给你一口干粮吃!"

埃里布一听,直笑得前仰后合,怒斥道:"你这个狼心狗肺的东西,你将看到今日倒霉的是谁!"

埃里布对苏海姆·莱伊里说:"把俘虏带上来!"

苏海姆·莱伊里把俘虏们带来,当着印度王子的面,埃里布手起剑落,一一砍下俘虏的首级。

印度王子见此情景,奋力向埃里布发动猛攻。二人交手数个回合,眼见夕阳西下,夜幕徐徐降临,双方才鸣金收兵,各自返回营帐。

讲到这里,眼见东方透出黎明的曙光,莎赫札德戛然止声。

妹妹杜娅札德说:"姐姐,你讲的故事真精彩,真动人,真美妙!"

莎赫札德说:"如蒙国王陛下厚恩,能再留我一夜,这与我来晚将要讲的故事相比,就算不上什么精彩、美妙、动人了。"

听莎赫札德这么一说,舍赫亚尔国王心想:"凭安拉起誓,我不能杀她,我要把故事听完……"想到这里,他说:"我要把故事听完,明晚接着讲吧!"

第六百六十三夜

夜幕垂空,莎赫札德接着讲故事:

幸福的国王陛下,埃里布对苏海姆·莱伊里说:"把俘虏带上来!"

苏海姆·莱伊里把俘虏们带来,当着印度王子的面,埃里布手起剑落,一一砍下俘虏的首级。

印度王子见此情景,奋力向埃里布发动猛攻。二人交手数个回合,眼见夕阳西下,夜幕徐徐降临,双方才鸣金收兵,各自返回营帐。

埃里布回到帅帐中,穆斯林将士纷纷祝贺他平安归返。将领们说:"国王陛下,你出战向来习惯于速战速决,今日何故大战这么多回合?"

埃里布说:"今天我是同英雄豪杰交手啊!我从未遇到过比这位骑士更英勇善战的英雄。我有心举起雅福斯宝剑令他皮开肉绽,结果他的性命,但想到若能将他生擒,或许对伊斯兰教大有好处。因此,才没有向他下毒手。"

印度王子莱阿德沙回到大帐,坐在宝座上,大将们问起对手的情况,王子说:"凭火神起誓,我压根儿没有见过这样的奇勇将军。明天,我一定要让他沦为俘虏,让他尝尝屈辱、卑贱之苦。"

一夜过去,晨光东现,战鼓擂响,两支大军披坚执锐,准备上阵厮杀。他们高声喊叫,飞身上马,冲出营寨,顿时大地上布满武士英雄。首先出阵挑战的是埃里布国王,只见他像一头雄狮,跃马冲上战场纵横驰骋,大声叫阵道:"有人敢于出阵同我决战吗?今天是决战之日,懒汉、懦夫不要上阵!"

话音刚落,莱阿德沙王子便冲了出来,只见他骑在一头大象上,那大象简直就像一座巨大的圆屋顶;大象背驮鞍座,用丝带绑得非常牢固。赶象人坐在象耳之间,手握驱赶象的钩子,不住地左右摇动。

大象走近埃里布的战马时,因马未曾见过这种庞然大物,不禁惊恐万状,原地打转,埃里布只得跳下马背,将马交给吉尔江,然后抽出雅福斯宝剑,向莱阿德沙王子奔去,旋即冲到大象跟前。

印度王子莱阿德沙与对手交战时,眼见自己战不过对手时,总是习惯于高坐在象鞍之上,手里拿着一件名叫"套索"的武器。套索形状像网,下口大,上口窄,下口可以松紧,有一条钢绳握在使用者手中,一旦撒出去,将对手连人带马一并套住,只要一拉那根钢绳,人与马便一起被大象拖拉走。莱阿德沙王子曾用这种套索征服过无数勇士骑手。

当埃里布走近大象时,莱阿德沙王子将套索一撒,正好把埃里布套在套索里,再用力一拉钢绳,便把埃里布拖上象背,随后急令赶象人掉转象头,准备返回营帐。

吉尔江和高尔江二魔将一直没有离开埃里布。他俩眼见埃里布落入套索,立即上前拉住大象;与此同时,埃里布在套索里奋力挣扎,终于挣破了套索。吉尔江和高尔江一起向莱阿德沙发动猛攻,将他拉下象背,捆绑起来,用绳子拉走。

两军相斗,似两海相搏,如二山相撞。烟尘腾起,弥漫天地,遮挡住了视线,两军将士奋力厮杀,血流成河,尸横遍野。激战一直进行到日落西山,夜幕垂降,双方才鸣金收兵,各返营地。

经过一天激战,穆斯林大军伤亡惨重,原因在于敌方有象队和长颈鹿队参战,使埃里布难以发动有力的攻势。

埃里布下令为伤员进行医治。他望着将领们,问道:"你们有何高见哪?"

将领们说:"国王陛下,为我们带来重大伤亡的是敌人的象队和长颈鹿队,假若我们能有办法抵挡大象和长颈鹿,我们就一定能够打败他们。"

吉尔江、高尔江说:"我俩舞剑上阵,可消灭大半敌军。"

一个阿曼人走上前来,原来他是吉兰德国王的一位谋臣。他说:"国王陛下,若肯依从我,我担保能够将敌人打败。"

埃里布听后,望着将领们,说:"将领们,无论这位先生说什么,你们都要依从他!"

"遵命!"将领们异口同声。

讲到这里,眼见东方透出黎明的曙光,莎赫札德戛然止声。

第六百六十四夜

夜幕垂空,莎赫札德接着讲故事:

幸福的国王陛下,埃里布听吉兰德国王的一位谋臣说有办法打败敌人,立即对部下说:"将领们,无论这位先生说什么,你们都要依从他!"

"遵命!"将领们异口同声道。

那位谋臣挑选了十位将领,随后问他们:"你们手下有多少勇士?"

他们回答:"有一万名。"

谋臣把他们带到武器库,发给他们五千支火枪,并教给他们使用方法。

天色微明时分,多神教徒大军开始行动。他们赶着大象和长颈鹿,将士们全副武装,迅速摆好阵势;与此同时,埃里布及其所率穆斯林大军亦列队来到战场。只听战鼓已经擂响,随后穆斯林勇士们跃马冲到阵前,敌人的象队和长颈鹿队横冲直撞向前推进。

就在这时,那位谋臣向穆斯林射手们一声大喊,顷刻之间箭离弓弦,火枪将弹丸送出枪膛,箭与弹射中大象和长颈鹿,它们的嘶吼声此起彼伏,壮士们纷纷被摔在地上,狂奔的大象踏着他们的身躯乱窜。

穆斯林大军趁机向多神教徒军发动猛攻,左右包抄,再加上大象踏踩,只见多神教徒军一片混乱,溃不成军,死的死,伤的伤,幸免者慌忙逃往荒野。穆斯林们挥舞宝剑,直取他们的首级,就连大象和长颈鹿存活下来的也很少。

埃里布国王及其部下胜利回营。

第二天早晨,穆斯林大军分发了战利品,随后一连休息五天。

休整期过去,埃里布端坐国王宝座,令部将把阿吉布带上来。埃里布说:"你这个狗东西!怎敢纠集诸国君王与我作对?多亏万能的安拉相助,使我将你打败,令你成了我的阶下囚。你若皈依伊斯兰教,就会平安无事,我也会放弃为父母报仇的想法,让你像过去一样,当我们的国王,我甘愿在你手下效力。"

阿吉布听后,说:"我不能抛弃我的宗教。"

埃里布见他如此顽固,下令给他加上镣铐,并派一百名精兵看守。

埃里布转过脸去，问印度王子莱阿德沙："你对伊斯兰教有何看法？"

王子说："主公陛下，我愿皈依你们的宗教。假若不是因为你们的宗教正确、光明，你们是无法战胜我们的。请伸出手来，接受我的请求。我证万物非主，唯有安拉；我证易卜拉欣是安拉的使者。"

印度王子加入伊斯兰教，埃里布感到非常高兴，随后问道："你尝到信仰的甜头了吗？"

"尝到啦！主公陛下！"

"莱阿德沙王子殿下，你想回国吗？"

"我已脱离了父王的宗教；我若回去，父亲会将我杀死的。"

"我陪你一道回去，凭伟大安拉默助，让你登上王位，要国人和奴隶全都服从你。"

莱阿德沙王子忙亲吻埃里布的手和脚。

随后，埃里布嘉奖那个出谋划策打败敌人的谋臣，赏给他许多钱财。

埃里布呼唤魔将吉尔江和高尔江："二位魔将！"

"有！"二魔将异口同声道。

"我有意请你俩送我去印度国！"

"遵命！"

埃里布让高尔江背着贾马尔甘和赛阿丹·奥勒，让吉尔江背着自己和印度王子莱阿德沙，二魔将腾空而起，向着印度飞去。

讲到这里，眼见东方透出黎明的曙光，莎赫札德戛然止声。

妹妹杜娅札德说："姐姐，你讲的故事真精彩，真动人，真美妙!"

莎赫札德说:"如蒙国王陛下厚恩,能再留我一夜,这与我来晚将要讲的故事相比,就算不上什么精彩、美妙、动人了。"

听莎赫札德这么一说,舍赫亚尔国王心想:"凭安拉起誓,我不能杀她,我要把故事听完……"想到这里,他说:"我要把故事听完,明晚接着讲吧!"

第六百六十五夜

夜幕垂空,莎赫札德接着讲故事:

幸福的国王陛下,埃里布呼唤魔将吉尔江和高尔江:"二位魔将!"

"有!"二魔将异口同声道。

"我有意请你俩送我去印度国!"

"遵命!"

埃里布让高尔江背着贾马尔甘和赛阿丹·奥勒,让吉尔江背着自己和印度王子莱阿德沙,二魔将腾空而起,向着印度飞去。

他们是在日落时分起飞的。夜色未尽,他们已经到达克什米尔,二魔将带着他们降落在一座宫殿的殿顶上,他们便沿着梯子下到宫中。

印度国王得知儿子失败的消息,夜不成寐,食不甘味,禁不住忧心忡忡,思绪万千。正在这个时候,忽见一伙人到来,其中有他的儿子,且有魔将相随,不禁大吃一惊,恐惧万分,拔腿想跑。

王子莱阿德沙说:"喂,拜火教徒,往哪儿跑?快不要拜火了,崇拜创造日夜的伟大安拉吧!"

父亲听儿子这样一说,抄起身边的铁棒子,向儿子砸去;王子一躲闪,铁棒子落在宫柱上,三块石片应声落地。国王大怒道:"狗东西!你损兵折将,全军覆没,还抛弃了自己的宗教,现在又劝我放弃我的信仰,岂有此理!"

埃里布一个箭步迎上去,一拳将国王击倒在地,吉尔江和高尔江上前将国王捆绑起来。

后妃们见此情景,纷纷逃离。

埃里布坐在国王的宝座上,对王子莱阿德沙说:"王子殿下,就请你处置你的父王吧!"

莱阿德沙望着父亲,说道:"迷途的老夫子,快皈依伊斯兰教吧!皈依了伊斯兰教,就能免受地狱折磨之苦,亦可逃避伟大安拉的惩罚!"

泰尔克南国王说:"我只能为我的宗教而死!"

这时,埃里布抽出雅福斯宝剑,手起剑落,一下将泰尔克南斩为两截,只见他倒在地上,一命呜呼,魂入地狱,罪有应得。埃里布下令将断尸挂在宫门上,一截挂在左侧,一截挂在右侧。

一夜安歇,旭日东升,晨光照亮大地。埃里布让莱阿德沙穿上王服,坐在已故国王的宝座上,当上了国王。埃里布坐在国王的右侧,吉尔江、高尔江和贾马尔甘、赛阿丹·奥勒分别站在国王的左侧。埃里布国王对他们说:"凡入宫的武将文官,全部抓起来,不要让任何人从你们的手中逃走!"

"遵命!"

文官武将前来上朝。首先来到宫门前的是一位大将军。大将军见泰尔克南国王的两截尸首挂在宫门上,不禁大吃一惊,一时不知如何是好，只觉得头晕目眩。

吉尔江冲了过来，抓住大将军的衣领，一下将之操倒在地，随后用绳索捆绑起来，拉进王宫去。就这样，一个个文官武将被抓进宫中，太阳没升多高，就有三百一十五人被带到埃里布面前。

埃里布对他们说："诸位大臣，你们看到你们的国王被斩成两截，现已悬挂在宫门外了吗？"

"这是谁干的？"文官武将们问。

埃里布说："承蒙伟大安拉默助，这是本人干的。谁不听我的，我便照此安排他的下场。"

"你打算让我们怎样办呢？"

"我是伊拉克国王埃里布，打败你们军队的正是本人。莱阿德沙已经皈依了伊斯兰教，如今成了统治你们的伟大国王。你们皈依伊斯兰教吧！皈依了伊斯兰教，就会平安无事；假若你们不听我的劝告，必将后悔莫及。"

众文官武将听埃里布这样一说，立即念"做证词"皈依了伊斯兰教。

埃里布说："你们尝到了信仰的甜头了吗？"

"尝到啦！"

埃里布下令为他们松绑，然后向他们赐赠锦袍，并且对他们说："你们可以回到族人那里去了！你们要向他们宣扬伊斯兰教！皈依伊斯兰教者，与他们结为兄弟；拒绝皈依伊斯兰教者，一律斩杀。"

讲到这里，眼见东方透出黎明的曙光，莎赫札德戛然止声。

妹妹杜娅札德说："姐姐，你讲的故事真精彩，真动人，真美妙！"

莎赫札德说:"如蒙国王陛下厚恩,能再留我一夜,这与我来晚将要讲的故事相比,就算不上什么精彩、美妙、动人了。"

听莎赫札德这么一说,舍赫亚尔国王心想:"凭安拉起誓,我不能杀她,我要把故事听完……"想到这里,他说:"我一定要把故事听完,明晚你接着讲吧!"

第六百六十六夜

夜幕垂空,莎赫札德接着讲故事:

幸福的国王陛下,众文官武将眼见自己的国王泰尔克南的尸首挂在宫门上,不禁大惊失色。之后,按照埃里布的指导,念了"做证词",皈依了伊斯兰教,接着,埃里布下令为他们松绑,向他们赐赠锦袍,并对他们说:"你们可以回到族人那里去了!你们要向他们宣扬伊斯兰教!皈依伊斯兰教者,与他们结为兄弟;拒绝皈依伊斯兰教者,一律斩杀。"

众文官武将回去,把手下人召集在一起,向他们宣传伊斯兰教,并把发生的事情告诉了他们,大家纷纷皈依伊斯兰教,只有少数人坚持原来的宗教,结果被杀。

他们回来向埃里布报告了情况,埃里布连声赞颂伟大安拉,说道:"赞美伟大安拉,使我们摆脱了一次流血战斗!"

埃里布在印度的克什米尔住了四十天时间,平定了乱事,捣毁了火神庙宇,在原来的庙址上建造了清真寺、礼拜堂。莱阿德沙国王预备了数不胜数的礼物和珍宝,送给埃里布。

埃里布与莱阿德沙国王告别之后，坐在吉尔江的背上，赛阿丹·奥勒、贾马尔甘坐在高尔江的背上，二魔将腾空而起，向阿曼城飞去。

天还没亮，埃里布一行已飞抵阿曼城，将士们热烈欢迎他们，向他们致意问安，为他们祝福祈祷。

之后，他们继续飞行，最后降落在库法城城门前。埃里布下令将其兄阿吉布带上来，苏海姆·莱伊里递来一只铁钩子，钩住阿吉布的筋腱，将他吊在城门上，随即令弓箭手向他射箭，仅过片刻，阿吉布周身是箭，变得像只刺猬。

埃里布进了库法城，走进王宫，坐在宝座上，开始发号施令，处理朝中事务。他日理万机，繁忙至极，不知不觉天色已晚。埃里布离开宝座，回到后宫。晨星公主站起身来，走上前去，迎接夫君，拥抱丈夫。宫女们祝贺埃里布国王平安归返。

当晚，埃里布与晨星公主同枕共眠。

第二天早晨，埃里布起床，做过大净，然后做晨礼，继之离开后宫上朝。他坐在宝座上，开始着手安排自己与穆哈迪娅的成亲大事。他吩咐宰三千只绵羊、两千只牛、一千只山羊、五百峰骆驼、四千只鸡和鹅、五百匹马，大宴宾客，举行最隆重的婚礼。当夜，埃里布与穆哈迪娅共享洞房花烛之欢。

埃里布在库法城停留了十天，然后嘱咐叔父达米锷要善待百姓，他则带着眷属和将士们动身起程。这时，恰巧印度国王莱阿德沙满载礼品和珍宝的船只抵达海港。埃里布将全部宝物分给将士，将士们分得了大批钱财。

埃里布率眷属和将士们继续上路前行，一直行至巴比伦城。埃里布赐赠给弟弟苏海姆·莱伊里锦袍一身，封他为巴比伦王。

讲到这里,眼见东方透出黎明的曙光,莎赫札德戛然止声。

第六百六十七夜

夜幕垂空,莎赫札德接着讲故事:

幸福的国王陛下,当晚,埃里布与晨星公主同枕共眠。

第二天早晨,埃里布起床,做过大净,然后做晨礼,继之离开后宫上朝,坐在宝座上,开始着手安排自己与穆哈迪娅的成亲大事。他吩咐宰三千只绵羊、两千只牛、一千只山羊、五百峰骆驼、四千只鸡和鹅、五百匹马,大宴宾客,举行最隆重的婚礼。当夜,埃里布与穆哈迪娅共享洞房花烛之欢。

埃里布在库法城停留了十天,然后嘱咐叔父达米锷要善待百姓,他则带着眷属和将士们动身起程。这时,恰巧印度国王莱阿德沙满载礼品和珍宝的船只抵达海港。埃里布将全部宝物分给将士,将士们分得了大批钱财。

埃里布率眷属和将士们继续上路前行,一直行至巴比伦城。埃里布赐赠给弟弟苏海姆·莱伊里锦袍一身,封他为巴比伦王。

埃里布在巴比伦城逗留了十天,然后起程上路。他们经过艰苦跋涉,到达赛阿丹·奥勒的山堡,在那里休息了五天。埃里布对吉尔江和高尔江说:"二位魔将,带我们到伊斯巴尼尔去吧!到了那里,你俩去科斯鲁宫殿一趟,打听一下法赫尔·塔吉公主的消息,最好把她的一位亲戚叫来,让他把情况告诉我。"

二魔将欣然答道:"遵命!"

二魔将腾空而起,飞向伊斯巴尼尔。正在飞行之时,忽见一支大军,其势如汹涌的大海。见此情景,吉尔江对高尔江说:"我们落下去,打探一下这支大军的情况吧!"

二魔将降落在地面上,走进那支大军中,发现他们都是波斯人。他俩问一名士兵:"这是谁的大军,要去哪儿?"

士兵说:"我们要去讨伐埃里布,要把他的人马统统杀尽。"

二魔将听后,悄悄溜进帅帐。波斯大军的统帅名叫鲁斯图姆。二魔将耐心等待,直至波斯军将士全都进入梦乡。

二魔将见统帅鲁斯图姆已在床上睡熟,便连人带床抬起,旋即腾空而起,飞往赛阿丹·奥勒的山堡,夜半时分,来到了埃里布的大帐前。二魔将说:"求见国王陛下……"

埃里布听后,坐起来,说道:"请进!"

二魔将连人带床抬进帐篷,放在埃里布面前。

"这是谁呀?"埃里布问。

"这是波斯大军的一位首领。这位首领率一支大军要来杀陛下及陛下的部将。因此,我们把他弄来,以便从他的口中打探你想知道的消息。"

"你们给我唤一百名武士来。"

片刻后,百名武士赶到。埃里布吩咐说:"你们拔出宝剑,架在这个波斯人的头上。"

武士们一个个利剑出鞘,顿见寒光闪烁。随后,他们将波斯统帅唤醒。

波斯统帅鲁斯图姆睁开双眼,见眼前利剑如林,寒光闪闪,当即闭上眼睛,自言自语道:"我是在做梦吧!"

吉尔江用剑刃扎了扎他,他才坐了起来,慌忙问道:"我现在在什么地方?"

吉尔江说:"你现在在波斯国王的驸马埃里布国王的面前,你叫什么名字?要到哪里去?"

鲁斯图姆听到埃里布的名字,思考片刻,心想:"我究竟在睡梦中,还是醒着呢?"

高尔江给了他一拳,怒斥道:"你为什么不答话?"

鲁斯图姆抬起头来,问道:"我本在我的军队之中,是谁把我拖出帐篷的?"

埃里布说:"是这两位魔将把你捉来的。"

鲁斯图姆看见吉尔江,顿时吓得魂不附体,下意识地提了提裤子。

二魔将抽出利剑,獠牙外露,厉声喝道:"还不赶快跪下向埃里布国王行吻地礼?"

鲁斯图姆周身颤抖,知道自己不是在做梦,忙跪下,向埃里布行吻地礼,并且说:"国王陛下,火神为你祝福延寿。"

埃里布说:"狗东西,你听着!火只能用来做饭,不是可崇拜之物,因为它是有害的!"

"那么,我们应该崇拜什么呢?"

"应该崇拜创造你、创造天和地的造物主。"

"我怎样行事,方能与你一道崇拜造物主,加入你们的宗教呢?"

"你要说:'我证万物非主,唯有安拉;我证易卜拉欣是安拉的至交。'"

鲁斯图姆当即念了"做证词",皈依了伊斯兰教。鲁斯图姆说:"陛下有所不知,你的岳父萨布尔想杀死你,故派我统帅十万人马,命令我把你们斩尽杀绝,一个不留。"

埃里布听鲁斯图姆这样一说,大怒道:"我救他女儿挣脱困境,免遭屈辱之苦,难道我就应该得到这样的回报?他用心如此险恶,安拉定会惩罚他的!将军,你叫什么名字?"

"我叫鲁斯图姆,是萨布尔国王的一个部将。"

"鲁斯图姆将军,法赫尔·塔吉公主近来情况如何?如今你也是我的将军,有话实说吧!"

"国王陛下,公主已不在人世了。"

"她是怎样死的?"

"国王陛下,听我慢慢说来。你到你兄弟那里去之后,一个宫女去见你的岳父萨布尔国王,对国王说:'陛下,是你让埃里布到公主闺房,与公主同眠共枕的吗?'国王说:'凭火神起誓,我没让他去公主那里啊!'随后,国王抽出宝剑,闯入法赫尔·塔吉公主的闺房,对女儿说:'喂,坏东西,你怎好让这个贝都因人和你睡在一起呢?要知道,他既没给你聘礼,你们也没有举行婚礼呀!'继而,萨布尔国王喊来保姆和宫女,命令她们:'把这个小娼妇给我捆起来,查一查她的下身!'她们执行命令,检查了她的下身,然后去报告国王:'国王陛下,公主已不是处女了!'萨布尔国王走到公主跟前,想一剑结果公主的性命,但王后出面阻拦,说道:'国王陛下,求你不要杀她!你杀了她,她会留下臭名,多丢人呀!你把她关起来,让她自己死掉就是了。'国王果然把公主关了起来,夜幕垂空时,国王叫来两个亲信,叮嘱说:'你们把公主领到远远的地方,把她抛到阿姆河里去吧!千万保密,不要告诉任何人!'两个亲信果然将公主抛入阿姆河里,自那之后,没有人再提起法赫尔·塔吉公主了。"

讲到这里,眼见东方透出黎明的曙光,莎赫札德戛然止声。

第六百六十八夜

夜幕垂空,莎赫札德接着讲故事:

幸福的国王陛下,埃里布问起法赫尔·塔吉公主的下落,鲁斯图姆将军告诉埃里布,她的父王派了两个亲信将公主抛入了阿姆河中。

埃里布听后,只觉得眼前一片黑暗,怒不可遏地说:"凭安拉的至交易卜拉欣起誓,我一定要找这老狗算账!我要杀死他,踏平他的宫殿!"

说完,埃里布写信给贾马尔甘及米法尔根和摩苏尔等地的总督。埃里布又问鲁斯图姆:"你带着多少军队?"

"十万波斯骑兵。"

"你立即带上一万将士,赶回军中,用武力征服他们。我随后赶到。"

"遵命!"鲁斯图姆欣然说道。

鲁斯图姆飞身上马,带着一万名穆斯林将士,起程上路,向波斯大军开去。他心想:"我一定要干一件漂亮事,在埃里布国王面前露露脸。"

鲁斯图姆率人马跋涉七整天,距离波斯大军仅有半天路程时,将人马分成四路,对他们说:"把波斯军包围起来,四面夹击,用宝剑将他们征服!"

"遵命!"将士们异口同声道。

他们纵马飞驰,从傍晚直到夜半,完成了对波斯军的包围。

鲁斯图姆被二魔将偷偷带走,波斯大军没有发觉,似乎一切平静如初。就在那天午夜,穆斯林将士们呼喊着"安拉至大"的口号,向波斯大军发起猛攻。

波斯军从睡梦中醒来,见刀剑飞舞,不禁惊恐万状,魂飞魄散。鲁斯图姆率军奋力厮杀,恰似烈火遇到干柴。夜未过去,天还没亮,但见波斯大军乱作一团,死的死,伤的伤,逃的逃,散的散。穆斯林大军缴获了大批武器、帐篷、钱财、马匹和骆驼。

厮杀过后,穆斯林将士们在波斯大军丢下的帐篷里歇息。

埃里布国王赶到,见鲁斯图姆巧设计谋,将波斯十万大军一举击败,欣悦不已,立即向鲁斯图姆赐赠礼袍,并且说:"喂,鲁斯图姆,你设巧计打败了波斯大军,所有战利品归你所有。"

鲁斯图姆亲吻埃里布的手,表示衷心感谢。

他们休息一天,然后上路向波斯国王的京城进发。

波斯溃军逃回京城,见到萨布尔国王,向国王禀报了波斯大军惨败的情况,国王说:"你们中了什么计?谁把你们打得这么惨呢?"

他们把穆斯林军队如何趁夜色偷袭他们的情况向萨布尔国王详细述说了一遍。

萨布尔国王说:"是谁率兵夜袭你们的?"

"率兵袭击我们的不是别人,而是陛下的大将军鲁斯图姆,因为他已经皈依伊斯兰教。穆斯林国王埃里布没有出马。"

萨布尔国王一听,把王冠摔到地上,愤怒地说:"我们还有什么地位呢?"

国王望着儿子沃尔德沙,说:"孩子,看来只有你才能收拾这个局面。"

沃尔德沙王子说："父王,凭你的生命起誓,我一定要把埃里布及其部下将领擒来,全部杀尽斩光。"

王子立即调兵遣将,共结集了二十二万大军,准备明日起程出征。

第二天早晨,正当王子率部准备登程时,忽见城外烟尘腾空而起,顷刻铺天盖地,遮天蔽日。

萨布尔国王正骑着马准备送别王子,见烟尘弥漫,急忙喊来探马,吩咐道:"立即去打探一下,弄明烟尘的来历!"

探马离去,片刻回返,禀报说:"国王陛下,埃里布率大军来到了!"

听此消息,王子令大军卸下重载,立即摆好阵势,准备迎战埃里布。

埃里布率大军来到伊斯巴尼尔城郊,见波斯大军已经摆好决战的阵势,随即命令大军做好战斗准备。

王子沃尔德沙对波斯军喊道:"冲啊!火神为你们助战、祝福!"

只见旌旗招展,又闻杀声四起,阿拉伯人和波斯人开始对战:兵对兵,将对将,剑飞矛舞,刀枪相撞,你来我往,激烈非常;片刻过后,烟尘弥漫,鲜血流淌,尸横遍野,喊声悲壮;英雄冲锋在前,懦夫掉头逃亡,激战一直持续到日落西山,夜幕垂空,双方这才鸣金收兵,各自退出战场。

萨布尔国王令大军在城门外撑起帐篷。埃里布国王在波斯军的对面搭起营帐。双方大军各自回营安歇。

讲到这里,眼见东方透出黎明的曙光,莎赫札德戛然止声。

第六百六十九夜

夜幕垂空，莎赫札德接着讲故事：

幸福的国王陛下，王子沃尔德沙对波斯军喊道："冲啊！火神为你们助战、祝福！"

只见旌旗招展，又闻杀声四起，阿拉伯人和波斯人开始对战：兵对兵，将对将，剑飞矛舞，刀枪相撞，你来我往，激烈非常；片刻过后，烟尘弥漫，鲜血流淌，尸横遍野，喊声悲壮；英雄冲锋在前，懦夫掉头逃亡，激战一直持续到日落西山，夜幕垂空，双方这才鸣金收兵，各自退出战场。

萨布尔国王令大军在城门外撑起帐篷。埃里布国王在波斯军的对面搭起营帐。双方大军各自回营安歇。

第二天清晨，两军将士身披甲衣，手握利剑长矛，纵身跨上战马，发出阵阵呼号，人人似雄狮，个个如猛虎。

首先出战的是鲁斯图姆，只见他纵马驰往战场，高喊着："安拉至大！我是阿拉伯、波斯军将领鲁斯图姆。谁敢出战来同我交战？但期今天懒汉和懦夫不要来白白送死！"

波斯军出战的是托曼。只见他奋勇朝鲁斯图姆冲去，两员猛将厮杀起来。鲁斯图姆扑向对手，用重达七十磅的大棒朝托曼砸去，一下将托曼的脑袋砸进了胸腔，托曼翻身落马，倒在血泊之中。

萨布尔国王见此情景，命令大军一齐向穆斯林军队进攻。波斯大军求助于光辉灿烂的太阳，而穆斯林大军则求助于伟大安拉。波斯大军人多势众，使穆斯林军尝尽苦头。

这时，埃里布一声大喊，奋力冲向前去，他抽出雅福斯宝剑，直取波斯人的首级。魔将吉尔江和高尔江紧紧相随。埃里布挥舞神剑冲到波斯帅旗旗手跟前，手起剑落，击中旗手的头，那旗手顿时倒在地上，不省人事。二魔将上前抓住那旗手，将之拖到穆斯林军的帐篷里。

波斯人见帅旗倒下，纷纷向城门逃去。城门前拥挤不堪，波斯人相互践踏，结果死了许多人，致使城门无法关上。

鲁斯图姆、贾马尔甘、赛阿丹·奥勒、苏海姆·莱伊里、达米锷、吉尔江、高尔江和其他穆斯林英雄以及信奉安拉的骑士们向逃往城门的波斯溃军发动猛攻，多神教徒的鲜血像洪水一样流淌。这时，多神教徒们放下武器，高声求饶，穆斯林军收起他们的宝剑，数了数多神教徒的人数，然后像赶羊那样，把多神教徒赶往穆斯林的营寨。

埃里布国王回到帐篷，放下宝剑，洗掉手上沾的多神教徒的血，然后换上朝服，坐在宝座上，吩咐把波斯国王带上来。

手下人把波斯国王萨布尔带到埃里布的面前。埃里布厉声问道："波斯狗东西，你那样处置你的女儿，莫非你认为我不配娶她为妻？"

波斯国王说："国王陛下，请不要责备我的所作所为，我已经感到后悔。我之所以同你打仗，是因为我害怕你。"

埃里布听波斯国王这样一说，下令将波斯国王按倒在地，痛打一顿。手下人立即执行命令，直打得波斯国王呻吟声中断，然后把他投入监牢。

埃里布又来到波斯人面前，向他们宣传伊斯兰教，结果有十二万人皈依了伊斯兰教，其余的人因拒绝而被斩杀。城中波斯人全都加入了伊斯兰教。

埃里布纵身上马,率领庞大的队伍,进了伊斯巴尼尔城。埃里布走进王宫,坐在萨布尔国王的宝座上,开始赐赠礼品,并分发战利品和黄金给波斯人。因此,波斯人都热爱埃里布,齐声祝贺他荣华富贵、长命百岁。

宫中突然响起一片哭声,埃里布发现波斯王后在那里失声痛哭,便问道:"你为什么哭泣呢?"

法赫尔·塔吉公主的母亲走上前,回答说:"主公陛下,你的到来使我想起了我的女儿法赫尔·塔吉;假若她好好的,一定会为你的到来感到高兴。"

埃里布一听,禁不住难过得哭了起来。

埃里布坐在宝座上,说道:"把萨布尔给我带上来!"

波斯国王萨布尔戴着手铐脚镣来到埃里布国王面前。埃里布问:"你这条波斯老狗!你把你的女儿法赫尔·塔吉公主弄到哪里去啦?"

萨布尔回答说:"我把她交给了我手下的两个人。我对他俩说:'把公主沉到阿姆河里去吧!'"

埃里布把那两个人叫到面前,问:"萨布尔说的是实话吗?"

"千真万确。"二人回答,"不过,大王陛下,我们很同情公主,没有把她抛入河里,而是把她丢在了阿姆河畔,并对公主说:'你赶快逃命吧!千万不要再回京城;如若不然,国王会把你杀死,我们也活不了命。'情况就是这样。"

讲到这里,眼见东方透出黎明的曙光,莎赫札德戛然止声。

第六百七十夜

夜幕垂空,莎赫札德接着讲故事:

幸福的国王陛下,埃里布把那两个人叫到面前,问:"萨布尔说的是实话吗?"

"千真万确。"二人回答,"不过,大王陛下,我们很同情公主,没有把她抛入河里,而是把她丢在了阿姆河畔,并对公主说:'你赶快逃命吧!千万不要再回京城;如若不然,国王会把你杀死,我们也活不了命。'"

埃里布听后,叫来占卜师,吩咐道:"占卜师,给我沙卜①一卦吧!看看法赫尔·塔吉公主还在不在人世。"

占卜师将沙子撒在地上,留意观察片刻之后,对埃里布说:"大王陛下,沙卜向我们显示,公主仍活在世上,并且生了一个男孩儿,母子俩现在在一伙精灵那里生活。不过,国王陛下,你们要分别二十年后才能团圆。请算一算,你们从分别到现在过去多少年啦?"

埃里布屈指一算,方知才过去八年时间,于是说:"无能为力,只有依靠伟大安拉了。"

随后,埃里布派差使到萨布尔国王统治下的城堡和山寨去寻找法赫尔·塔吉公主,那里的守将们虽然都表示臣服,但谁也不知公

---

① 沙卜,阿拉伯人的一种占卜法。把沙子撒在地上,按其所成形象,判断吉凶福祸。

主的消息。

这一天,埃里布正坐在宫中,忽见城外烟尘腾空而起,铺天盖地,霎时间天昏地暗。埃里布喊来吉尔江和高尔江,吩咐道:"二位魔将,你俩去城外探听一下烟尘是怎么回事!"

二魔将转身离去,钻入烟尘中,抓到一名骑士,然后把他带到埃里布面前,禀报说:"大王陛下,请审问这个骑士吧!"

埃里布问骑士:"城外是谁的大军?"

骑士答道:"报告大王,这是设拉子国王乌尔迪沙的大军,开到此地来,为了同你交战。"

何故半路杀出来一个乌尔迪沙国王呢?

原来正当萨布尔国王同埃里布所率的穆斯林大军交战时,波斯王子沃尔德沙带领一彪人马逃向设拉子城。王子见到设拉子国王,面挂泪珠,向国王行吻地礼。乌尔迪沙国王问:"孩子,抬起头来,你为什么泪流满面呢?"

沃尔德沙王子说:"国王陛下,有一个阿拉伯国王,名叫埃里布,突然杀到我们的京城,抓走了我的父王,波斯人不是惨遭杀害,就是受到残酷折磨。"

王子把事情的经过从头到尾讲述了一遍。

乌尔迪沙国王听后,迫不及待地问:"我的未婚妻法赫尔·塔吉公主怎么样了?"

"她被埃里布抢走了。"

乌尔迪沙国王勃然大怒道:"凭我的脑袋起誓,我要把世上的贝都因人和穆斯林全部杀光,一个不留!"

国王随即写信给各地总督,要他们立即集结大军至京城。没过几天,八万五千人的大军赶到,国王随即打开武器库,将铠甲、武器分发给将士们,然后亲自率大军开至伊斯巴尼尔,在城门对面安营扎寨。

魔将吉尔江、高尔江得知此消息，走上前去，亲吻阿拉伯国王的膝盖，然后说："国王陛下，就让我们收拾这支大军吧！我们一定把它消灭掉，让它成为我们大军的一部分。"

埃里布说："好，祝你俩成功！"

二魔将转身腾空而去，片刻后落在乌尔迪沙国王的帅帐前。进去一看，见乌尔迪沙坐在自己的宝座上，萨布尔国王的儿子沃尔德沙坐在乌尔迪沙的右侧，将领们两旁站立，正在商议对付穆斯林大军的办法。

吉尔江走上前去，抓住王子沃尔德沙，高尔江上前抓住设拉子国王乌尔迪沙，旋即腾空而去，将二人带到了埃里布国王面前。

埃里布下令严刑拷打，直把二人打得昏迷过去。

之后，魔将吉尔江和高尔江各带一把常人拿不动的宝剑冲向多神教徒的营帐，只见利剑翻飞，寒光闪烁，就像割庄稼那样，多神教徒的首级纷纷落地，安拉将他们相继送入地狱之中。幸存的多神教徒急忙窜出帐篷，骑马逃离而去。二魔将腾云驾雾，穷追不舍，死在利剑之下的多神教徒不计其数。

二魔将回到大本营，亲吻埃里布国王的手。埃里布感谢二魔将的超凡作为，并且说："二位缴获的战利品，全归你们所有，谁也不能与你俩分享。"

二魔将为埃里布国王祝福、祈祷，然后收起战利品，返回自己的营帐。

讲到这里，眼见东方透出黎明的曙光，莎赫札德戛然止声。

第六百七十一夜

夜幕垂空，莎赫札德接着讲故事：

幸福的国王陛下，魔将吉尔江和高尔江各带一把常人拿不动的宝剑冲向多神教徒的营帐，只见利剑翻飞，寒光闪烁，就像割庄稼那样，多神教徒的首级纷纷落地，安拉将他们相继送入地狱之中。幸存的多神教徒急忙窜出帐篷，骑马逃离而去。二魔将腾云驾雾，穷追不舍，死在利剑之下的多神教徒不计其数。

二魔将回到大本营，亲吻埃里布国王的手。埃里布感谢二魔将的超凡作为，并且说："二位缴获的战利品，全归你们所有，谁也不能与你俩分享。"

二魔将为埃里布国王祝福、祈祷，然后收起战利品，返回自己的营帐。

多神教徒们节节败退，溃军们终于退到了设拉子城。

乌尔迪沙国王有个弟弟，名叫赛伊朗，是位魔法师。论魔法，在当时没有比他更高明的人了。

魔法师赛伊朗独自居住在一个城堡里，那里树木繁茂，河渠纵横，阡陌交通，百花争艳，百鸟鸣唱，实乃一片美好天地。那座城堡距设拉子城仅有半天路程。

溃军们向赛伊朗的城堡逃去。他们见到国王的这位弟弟，又哭又叫。赛伊朗问："将士们，你们哭什么呢？"

他们把魔将抢走乌尔迪沙国王和波斯王子沃尔德沙的情况，从头到尾向赛伊朗讲了一遍。

赛伊朗一听,脸上的光泽顿时消失,大怒道:"凭我的信仰起誓,我非杀死埃里布不可!我要把他的人马全部杀光,一个不剩,还要捣毁他的房舍宫殿,连个报信儿的人也不留!"

赛伊朗念了几句咒语,然后叫来艾哈迈尔,吩咐道:"你立即率大军赶至伊斯巴尼尔,向埃里布发动猛攻,捣毁他的宝座!"

"遵命!"

艾哈迈尔率大军赶至伊斯巴尼尔城下。埃里布率军迎战,他跃马出阵,抽出雅福斯宝剑,直取艾哈迈尔。吉尔江和高尔江随埃里布奋力冲杀。他们冲至艾哈迈尔的营帐,杀死五百三十人,艾哈迈尔受了重伤,急忙逃窜,部将们亦随之逃走。

艾哈迈尔率溃军逃至魔法师赛伊朗居住的城堡,惊魂未定,向赛伊朗报告说:"高明的魔法大师,埃里布手持雅福斯神剑,威力无比,所向披靡。他还有两位魔将,是从嘎夫山请来的。那二魔将就是杀死白尔甘和艾兹莱格神王的魔王穆尔阿什派给他的。穆尔阿什魔王神通广大,武艺超群,杀死了无数妖兵妖将。"

魔法师赛伊朗听后,对艾哈迈尔说:"你回去吧!"

艾哈迈尔告辞转身离去。

魔法师赛伊朗思考片刻,叫来一个妖怪,名叫泽阿齐阿,给了他一些蒙汗药,并嘱咐说:"你到伊斯巴尼尔城去一趟,变成一只鸟儿,飞入埃里布的宫中,等他睡熟时,将这蒙汗药吹入他的鼻子里,然后将他给我带来。"

"遵命!"

妖怪接过蒙汗药,按照赛伊朗的叮嘱,直奔伊斯巴尼尔城而去。

妖怪泽阿齐阿到达伊斯巴尼尔城,化作一只小鸟飞入埃里布的宫中，落在一扇窗子上，夜幕垂空，宫中人先后就寝，埃里布亦在自己的宝榻上躺下。妖怪耐心等到埃里布睡熟，然后下到宝榻前，掏出蒙汗药，吹入埃里布的鼻孔里，顷刻，埃里布被麻醉了。妖怪用床单将埃里布裹起来，扛在肩上，像一股清风一样，飞出宫殿，不到半夜时分，便飞到了赛伊朗的花果城堡。

妖怪带着埃里布进了城堡，魔法师赛伊朗见了，对妖怪的出色表现表示衷心感谢。

赛伊朗想乘埃里布处于昏迷状态中将他杀死，本族中一个男子上前阻拦，并说："魔法师阁下，你若把他杀掉，魔怪们就会捣毁我们的家园。因为魔王穆尔阿什是他的好友，他会调动一切魔怪来进攻我们的。"

"那么，我们该怎么办呢？"赛伊朗问。

"把他抛入阿姆河去吧！因为他现在不省人事，不会知道是谁把他抛入河中的，也不会有人知道他的去向。"

赛伊朗吩咐那个妖怪背走埃里布，将他抛入阿姆河……

讲到这里，眼见东方透出黎明的曙光，莎赫札德戛然止声。

第六百七十二夜

夜幕垂空，莎赫札德接着讲故事：

幸福的国王陛下，赛伊朗想乘埃里布处于昏迷状态中将他杀死，本族中一个男子上前阻拦，并说："魔法师阁下，你若把他杀掉,魔怪们就会捣毁我们的家园。因为魔王穆尔阿什是他的好友,他会调动一切魔怪来进攻我们的。"

"那么,我们该怎么办呢?"赛伊朗问。

"把他抛入阿姆河去吧!因为他现在不省人事,不会知道是谁把他抛入河中的,也不会有人知道他的去向。"

赛伊朗吩咐那个妖怪背走埃里布,将他抛入阿姆河。妖怪背着埃里布来到阿姆河畔,想将埃里布抛入河中,但又不忍心,于是做了个木筏子,用绳子将昏迷状态中的埃里布绑在筏子上,然后将木筏子推入河里,转身离去。

第二天早晨,文官武将们前来上朝,却不见埃里布国王,只见他的念珠放在宝座上。他们等了一会儿,见国王仍未出来,便喊来侍卫,对他说:"你到后宫看看国王去吧!因为埃里布国王向来没有晚到这时还不上朝的习惯。"

侍卫走去,问后宫里的人,他们说:"从昨晚至现在,我们一直没有看见国王。"

侍卫回来,把情况告诉了文官武将,大家一时不知如何是好。有的说:"我们等等看吧!"有的说:"也许国王到花园里散心去了。"他们立即去问园丁:"国王到花园里来过吗?"

"我们没有看见国王来这里。"

他们惆怅不堪,找遍花园所有的角落,连国王的踪迹都没有发现,回来时天色已晚,一个个泪流满面。

吉尔江和高尔江转遍城中各个地方,没有打听到国王的任何消息,三天后方才回来。

人们失望了,无奈只得穿起丧服示哀,向伟大安拉叙说心底的苦楚。

与此同时,埃里布躺在木筏子上,一直在河中漂流了五天,然

A.B.霍顿 绘

后被水流冲入咸海中。大海波浪翻滚,木筏颠簸,埃里布喷嚏不断,蒙汗药被喷了出来,方才慢慢苏醒过来。他睁开双眼一看,发现自己被绑在木筏子上,颠簸在大海之中,惊惧不已,忙说:"无可奈何,只有依靠伟大安拉了,究竟是谁把我弄到这里来的呢?"

正当他不知如何是好的时候,忽见一条船出现在前方,船上的乘客看见埃里布在摆动衣袖,迅速赶来,将他救起。乘客们问:"你是何人?你是从何处来的?"

埃里布说:"请你们给我点儿东西吃,再给我点儿水喝,等我有了精神,再细细给你们讲来。"

船上人给他拿来水和干粮,埃里布吃饱喝足,体力得到恢复,精神大有好转。他问乘客们:"你们是哪国人?你们信奉什么宗教?"

乘客们答道:"我们是格鲁吉亚人,我们崇拜一种偶像,名叫'明卡什'。"

"你们和你们所崇拜的东西都该死!世间唯一值得崇拜的是创造万物的安拉。"

乘客们听埃里布这样一说,不禁勃然大怒,很想把他捆起来。人们见他赤手空拳,纷纷冲上去用巴掌抽打他。埃里布从容应付,连续打倒四十条壮汉。这时,人们又蜂拥而上,把埃里布绳捆索绑。他们说:"我们把他带到我们的国土上,让我们的国王处死他吧!"

他们带着埃里布回到了格鲁吉亚城。

讲到这里,眼见东方透出黎明的曙光,莎赫札德戛然止声。

第六百七十三夜

夜幕垂空,莎赫札德接着讲故事:

幸福的国王陛下,埃里布听乘客们说他们崇拜一种偶像,名叫"明卡什",便说道:"你们和你们所崇拜的东西都该死!世间唯一值得崇拜的是创造万物的安拉。"

乘客们听埃里布这样一说,不禁勃然大怒,很想把他捆起来。人们见他赤手空拳,纷纷冲上去用巴掌抽打他。埃里布从容应付,连续打倒四十条壮汉。这时,人们蜂拥而上,把埃里布绳捆索绑。他们说:"我们把他带到我们的国土上,让我们的国王处死他吧!"

他们带着埃里布回到了格鲁吉亚城。

格鲁吉亚城是一个巨人建造的。那位建城巨人在每座城门前都树立了一尊铜人,有异乡人进城,那铜人便吹起喇叭,城中人听到喇叭声,就跑去将异乡人抓住;倘若异乡人不加入他们的宗教,必定死于他们的刀下。

埃里布一到格鲁吉亚城,那铜人便吹起喇叭,声音极响。国王听后大惊,慌忙走到神像面前,占卜吉凶,却见神像的口、鼻、眼里往外喷火冒烟。原来一个魔怪已经钻进神像腹中,只听那魔怪说:"大王陛下,有个异乡人进入你的京城,他是伊拉克国王,名叫埃里布。埃里布要人们抛弃自己的宗教,信奉他所崇拜的万能之主。臣民们将他带来之后,你千万不要留下他。"

国王听魔怪这样一说,转身走向大殿,坐在宝椅上。

国王刚刚坐下，便见臣民们把埃里布带到了他的面前。臣民们说："国王陛下，这小子竟然亵渎我们所崇拜的神灵，我们见他落水……"

他们把救起埃里布的经过，从头到尾讲了一遍。国王说："你们把他带到大神殿去，在那尊大神像前将他杀掉，以换取大神对我们的欢欣。"

宰相走来说："国王陛下，杀掉他，让他立即死去，未免太便宜他了。"

"你说怎样处置他？"国王问宰相。

"依臣之见，我们先把他关押起来，然后收集大批干柴，点着火，把他投入火中烧死。"

国王立即下令收集干柴，堆放在一起，点着火，大火熊熊燃烧，通宵达旦。

天亮之后，国王走出王宫，臣民们也都走出家门看热闹。国王下令带埃里布，宫役走到神殿中一看，却不见埃里布的踪影，立即回来禀报说埃里布逃走了。国王问："他是怎样逃走的？"

宫役们说："我们发现手铐脚镣在那里扔着，大门紧锁着。"

国王觉得奇怪，问道："他能飞上天空，还是能钻入地下？"

"我们说不清。"

"我去问问我的神灵，定能对我说出他的去向。"

国王进了神殿，直奔神龛。正要叩拜，却发现神像不见了。国王揉了揉眼睛，说道："我是醒着，还是在睡梦中呢？"

他回头望着宰相，说："我的相爷，我的神像哪里去了？我的俘虏哪里去了？狗宰相，若不是你胡出主意，我早就把埃里布宰掉了，他哪能逃跑呢？偷走我的神像的一定是他！凭我的宗教起誓，我一定要找他报仇雪恨！"

国王怒不可遏,抽出宝剑,手起剑落,砍下了宰相的首级。

埃里布和神像何故不翼而飞呢?这里有一段奇妙的故事。埃里布被关押在神殿里,他坐在神龛的旁边,赞颂起伟大安拉,祈祷安拉搭救。钻到神像腹中的那个魔怪听到埃里布的赞颂声,心为之一动,说道:"在那位能看见我,而我却看不见他的伟大神灵面前,我该是多么羞怯啊!"

那魔怪从神像腹中钻出来,行至埃里布的面前,伏身亲吻埃里布的脚,然后说道:"主公大人,我怎样办,才能加入你的宗教呢?"

埃里布回答:"你只需说:'我证万物非主,唯有安拉;我证易卜拉欣是安拉的至交。'"

魔怪随埃里布念了一遍"做证词",便成了穆斯林。

那魔怪名叫齐尔扎勒,他的父亲穆泽尔齐勒是一位火魔王。

魔怪齐尔扎勒为埃里布除掉手铐脚镣,然后背起埃里布和神像,腾空而起,飞上了云天。

讲到这里,眼见东方透出黎明的曙光,莎赫札德戛然止声。

第六百七十四夜

夜幕垂空,莎赫札德接着讲故事:

幸福的国王陛下,魔怪问埃里布:"主公大人,我怎样办,才能加入你的宗教呢？"

埃里布回答："你只需说：'我证万物非主，唯有安拉；我证易卜拉欣是安拉的至交。'"

魔怪随埃里布念了一遍"做证词"，便成了穆斯林。

那魔怪名叫齐尔扎勒，他的父亲穆泽尔齐勒是一位火魔王。

魔怪齐尔扎勒为埃里布除掉手铐脚镣，然后背起埃里布和神像，腾空而起，飞上了云天。

国王进来问神像、埃里布何在，得到的回答却是逃走了，一气之下，抽出宝剑，手起剑落，斩下了宰相的首级。

国王的卫士们见国王杀掉了宰相，有些人憎恨国王的暴行，纷纷放弃偶像崇拜，随后拔出了宝剑，斩杀了国王。之后，意见不同的将士们厮杀起来，持续了整整三天时间，结果城中的成年男子只剩下两个人。虽然如此，厮杀并未停止，两个人中的强者杀死了弱者，随后少年们一哄而上，将那位强者也杀死了。接着，少年们厮杀了起来，直杀到城中无一个男子，妇女和姑娘们纷纷逃出城去，城里空无一人，成了猫头鹰的天下。

魔怪齐尔扎勒背着埃里布飞回自己的故乡。

魔怪的故乡是卡夫尔岛，那里有水晶宫和着了魔的牛犊。穆泽尔齐勒国王供奉着一头花牛犊。国王给牛犊穿着金绒织锦服装，将其作为神灵崇拜。

一天，穆泽尔齐勒国王和他的臣民来看花牛犊，发现牛犊惶恐不安，国王惊问："神灵啊，你何故惶恐不安呢？"

这时，藏在牛犊腹中的妖魔大声说："国王陛下，你的儿子齐尔扎勒通过伊拉克国王埃里布的引导，加入了易卜拉欣的宗教。"

随后，妖魔把事情的经过从头到尾讲了一遍。

穆泽尔齐勒国王听牛犊这样一说，一时不知如何是好。他回到水晶宫，坐在宝椅上，把文武百官召来，对他们传达了花牛犊说的那句话。大家听后大惊，官员们问："国王陛下，我们该怎么办呢？"

国王说："等我儿子回来，你们趁我与他拥抱之机，将他抓住！"

"遵命！"

两天过后，齐尔扎勒带着埃里布和格鲁吉亚国王的神像来见他的父王。他一进宫门，武将们便一拥而上，将齐尔扎勒和埃里布抓住，带至穆泽尔齐勒国王面前。

穆泽尔齐勒国王用愤怒的目光望着儿子，怒气冲冲地说："狗东西，你真的抛弃了你父王和祖宗的宗教？"

齐尔扎勒回答道："我加入了正教。你若能皈依伊斯兰教，将免遭伟大安拉的惩处。伟大安拉是万物之主，他创造了白昼和黑夜。"

穆泽尔齐勒勃然大怒道："小浑蛋，你敢用这样的口气对你的父王说话？"

随后，国王下令将儿子关押起来。

国王望着埃里布，问道："害人精，你怎好戏弄我的儿子，使他脱离自己的宗教？"

埃里布回答："我把你的儿子从迷途引上正道，使他脱离地狱，进入了天堂；教他抛弃异端，信奉了正教。"

国王叫来一个名叫萨亚尔的魔怪，吩咐道："萨亚尔，把这条狗带走，抛到火焰谷去，让他自消自灭！"

火焰谷因烈焰不熄而得名。只要进入火焰谷，便无生还希望，连一个时辰也活不到。火焰谷四周被光秃秃的高山环抱，没有一个出口。

魔怪萨亚尔背着埃里布向火焰谷飞去,当飞至距火焰谷仅有一个时辰的路程时,萨亚尔感到疲惫,便降落在一个谷地里,那里树木繁茂,野果累累,河水流淌,百花竞开。魔怪把戴着镣铐的埃里布放下,便睡着了,发出了鼾声。

　　埃里布取下镣铐,搬起一块大石头,把魔怪的脑袋砸了个粉碎,魔怪一命呜呼。

　　埃里布走在谷地里,慢慢才发现自己是站在一座海岛上……

　　讲到这里,眼见东方透出黎明的曙光,莎赫札德戛然止声。

✦→第六百七十五夜→✦—

　　夜幕垂空,莎赫札德接着讲故事:

　　幸福的国王陛下,魔怪萨亚尔背着埃里布向火焰谷飞去,当飞至距火焰谷仅有一个时辰的路程时,萨亚尔感到疲惫,便降落在一个谷地里,那里树木繁茂,野果累累,河水流淌,百花竞开。魔怪把戴着镣铐的埃里布放下,便睡着了,发出了鼾声。

　　埃里布取下镣铐,搬起一块大石头,把魔怪的脑袋砸了个粉碎,魔怪一命呜呼。

　　埃里布在谷地走着走着,发现自己是站在一座海岛上。那座岛很大,香甜可口的水果应有尽有。埃里布食野果,喝河水,捕鱼吃,独自生活在那里,不知不觉七年过去了。

　　一天,埃里布正在地上坐着,忽见两个妖魔自高空而降,他们各自夹带着一个男子。

妖魔看见埃里布,问道:"你是谁?属于哪个部落?"

因为头发长,他们认为埃里布是什么神灵。埃里布对他们说:"我不是神,也不是妖,而是人。"

接着,埃里布把自己的经历从头到尾讲了一遍。他们听后,深为埃里布感到难过。一妖魔说:"你先站在这里,不要动!我们把这两只羊送到我们的国王那里去,让国王中午吃一只,晚上吃一只,然后就回来见你,把你送回国去。"

埃里布对他俩表示感谢,然后问:"那两只羊在哪儿呢?"

二妖魔说:"就是这两个人呀!"

埃里布说:"但求伟大安拉保佑!安拉是万物之主,安拉是万能的。"

二妖魔转身腾空而去。

埃里布等了两天,一个妖魔果然飞了回来,带着衣服,让埃里布穿上,然后背着埃里布飞上了天空。

在天空飞行时,埃里布听到天使赞颂伟大安拉;与此同时,见天使射出一支火箭,直向妖魔飞来。妖魔见火箭朝自己射来,急忙躲闪,急速向地面降落。等妖魔降至离地面尚有一箭之遥时,火箭已离妖魔身子不远。埃里布见此情景,迅速从妖魔的肩上跳下去。就在这个时候,火箭击中了妖魔,妖魔顿时化为灰烬。埃里布一下掉在海里,落入海水中有两人深的地方,然后浮起。他在水中漂游了一天一夜,直至精疲力竭,自认必死无疑。

第三天,正当埃里布自感生无希望之时,忽见前面出现一座高山,于是向那座高山游去。

埃里布挣扎着爬上山去,采地上的野菜充饥。他休息了一天一夜,然后翻过山去,又行走了两天,终于到达了一座城市,只见那里树木繁茂，河水清澈，塔堡林立。

埃里布行至城门前，守城卫兵走来，将他抓住，带至女王面前。

女王名叫姜莎。姜莎女王已有五百岁。每一个进城的男子，都要被守城卫兵抓去献给这位女王。女王得到那男子，就让其与自己同枕共眠，尽欢之后，立即将之杀掉。因此，有数不清的男子死于这位女王的刀下。

卫兵把埃里布送到女王面前，女王见之，非常喜欢。女王问："你叫什么名字？你信奉什么宗教？从哪个国家来呀？"

埃里布答道："我是伊拉克国王埃里布，信仰伊斯兰教。"

"抛弃你的宗教，改信我的宗教吧！我要同你结婚，让你当国王。"

埃里布用愤怒的目光望着女王，说道："让你和你的宗教见鬼去吧！"

女王大怒："我的神像用红玉雕成，上面镶嵌着无数珠宝，你敢咒骂我的神灵？"

女王随后大喊道："来人哪！把他关到神殿去！也许在神灵的感化下，他能回心转意。"

讲到这里，眼见东方透出黎明的曙光，莎赫札德戛然止声。

第六百七十六夜

夜幕垂空，莎赫札德接着讲故事：

幸福的国王陛下,女王对埃里布说:"抛弃你的宗教,改信我的宗教吧!我要同你结婚,让你当国王。"

埃里布用愤怒的目光望着女王,说道:"让你和你的宗教见鬼去吧!"

女王大怒:"我的神像用红玉雕成,上面镶嵌着无数珠宝,你敢咒骂我的神灵?"

女王随后大喊道:"来人哪!把他关到神殿去!也许在神灵的感化下,他能回心转意。"

卫兵们立即执行命令,把埃里布关进了神殿,锁上了殿门,然后离去。

埃里布望着神龛上那尊红玉神像,发现神灵的脖子上挂着珠宝项链。埃里布爬上神龛,搬下神像,将神像掷在地上摔得粉碎,随后他一觉睡到大天亮。

次日清晨,女王姜莎端坐在宝座上,呼喊道:"来人哪!把那个俘虏给我带来!"

宫役们跑去,打开神殿门,进去一看,发现神像已被摔得粉碎。见此情景,宫役们连连扑打自己的面颊,直打得嘴角淌血。他们走上前去,抓住埃里布,只见埃里布一拳把一个宫役打倒在地,那宫役顷刻一命呜呼。第二个宫役冲上来,又被埃里布打死。埃里布一连打死二十个宫役,其余的慌忙逃出了神殿。

逃回去的宫役喊叫着去见女王姜莎。女王问:"情况如何?"

宫役们说:"那个俘虏把神像砸碎了,还杀死了我们许多人。"

接着,宫役们把情况详细讲了一遍。女王听后,把王冠扔在地上,大怒道:"从此神像没有价值了!"

说完,女王带着一千名勇士,奔向神殿。来到神殿前,见埃里布已经冲出了神殿大门,手握宝剑,横冲直撞,宫役们招架不住,一个个相继丧命。

女王姜莎见埃里布英勇过人,深深爱在心中,说道:"我不需要神像,只想要这个埃里布,让他躺在我的怀中,陪伴我的余生。"

女王又对她的手下人说:"你们离开他吧!"

女王走过去,念了一阵咒语,但见埃里布的胳膊停止舞动,随后手腕瘫软下来,宝剑脱手落在地上。于是,宫役们冲过去,把埃里布抓住,绳捆索绑。埃里布变成了低贱的俘虏,一时无可奈何,狼狈不堪。

女王姜莎回到宫中,端坐宝座,让文武百官散去,独自与埃里布交谈。女王说:"你这个家伙!怎敢砸碎我的神像,杀死我的宫仆?"

埃里布说:"可恶的老娘儿们!假若你的神像是真神,它定会保护自己,摔也摔不碎!"

"不谈这个了,和我一起上床吧!我让你随心如愿。"

"我是不干那种事的!"

"凭我的信仰起誓,我一定要残酷折磨你!"

女王取来魔水,念过咒语,洒在埃里布的身上,只见埃里布立即变成了一只猴子。女王给猴子吃的喝的,然后将猴子关在一间小房子里,叮嘱宫役要严加看管。

不知不觉两年时间过去了。一天,女王把猴子拉到自己面前,问道:"你肯听我的话吗?"

猴子点头表示愿意听,女王感到高兴,立即解除魔法,埃里布的本来面目方才得以恢复。

女王吩咐宫仆给埃里布拿来饭菜,并陪着他吃喝,和他一起玩耍,不时亲吻他,甚感开心如意。

夜幕垂空，女王说："喂，埃里布，与我同枕共眠吧！"

埃里布欣然答道："遵命！"

埃里布果然宽衣走过去，骑在女王的胸脯上，然后掐住她的脖子，使尽周身力气，仅过片刻，便见女王翻了白眼，一命呜呼。

埃里布见武器库大门开着，便去取了一柄镶嵌着宝石的利剑和一个中国铁质盾牌。他披上甲胄，耐心等到天明，然后走出王宫，站在宫门外。

文武大臣们到来，想进宫朝见女王，不料发现埃里布全副武装站在宫门外，一时不知道发生了什么事情。埃里布对他们说："百官们，你们赶快抛弃偶像崇拜，信奉创造日夜和一切的万能之主安拉吧！"

文武百官们听后大怒，不约而同地向埃里布发动进攻。

埃里布面对百官，毫无惧色，就像一头雄狮，向他们猛扑过去，利剑飞舞，只见许多人倒在血泊之中。

讲到这里，眼见东方透出黎明的曙光，莎赫札德戛然止声。

第六百七十七夜

夜幕垂空，莎赫札德接着讲故事：

幸福的国王陛下，文武大臣们到来，想进宫朝见女王，不料发现埃里布全副武装站在宫门外，一时不知道发生了什么事情。埃里布对他们说："百官们，你们赶快抛弃偶像崇拜，信奉创造日夜和一切的万能之主安拉吧!"

文武百官们听后大怒,不约而同地向埃里布发动进攻。

埃里布面对百官,毫无惧色,就像一头雄狮,向他们猛扑过去,利剑飞舞,只见许多人倒在血泊之中。

厮杀从清晨一直持续到天黑。多神教徒们的人数不断增多,他们跃跃欲试,想把埃里布抓住。就在这时,只见一千名魔兵魔将自天而降,向多神教徒发动进攻,一千柄宝剑在多神教徒的头上飞舞,寒光闪烁,多神教徒纷纷倒下;因为他们顽固坚持崇拜偶像,安拉只能送他们下地狱,等待烈火烧身。多神教徒终于被杀光。

原来魔兵魔将的头领是齐尔扎勒。齐尔扎勒的部将们高声喊道:"请宽恕我们吧!从此我们全都改邪归正。"

随后,他们全都信奉了创造一切、主宰今世和来世的主——伟大的安拉。

齐尔扎勒向埃里布致意问安,祝贺他安然无恙。埃里布问:"我的处境是谁告诉你的呢?"

齐尔扎勒回答:"主公陛下,父王将我关押起来,将你放逐火焰谷。他把我整整关押了两年,才放了我。又过了一年时间,我才恢复了健康。

"之后,我杀掉了我的父亲,军队一致拥戴我,我当上了统帅,但是,我一直在思念着你,你常常进入我的梦乡。昨夜我做了个梦,梦见你正与姜莎女王的部将厮杀,便带上一千名魔兵魔将前来助战。"

埃里布一听,觉得巧合得出奇。

之后,埃里布收拾起姜莎女王的钱财和自己获得的战利品,并且为那座城市安排了新王,然后命齐尔扎勒和魔兵魔将带着钱财,背上自己。仅仅一夜工夫便飞到了齐尔扎勒的京城。

埃里布在齐尔扎勒那里住了六个月时间，便想回国了。齐尔扎勒备好大批礼品，派三千魔兵魔将去格鲁吉亚城取来钱财，然后命令他们带着礼物和钱财，自己背着埃里布，飞向伊斯巴尼尔。

夜半时分未到，他们已经飞临城堡上空。埃里布俯视城郭，但见城池被一支大军包围，人马众多，如同潮涌。埃里布对齐尔扎勒说："兄弟，这城何故被围？这是哪儿来的大军啊？"

埃里布落在宫殿顶上，忙喊道："晨星公主，穆哈迪娅！"

二位王妃从睡梦中惊醒，相互问道："这么晚了，谁在呼唤我们呀？"

"我是埃里布，创造奇迹的人哪！"

二位王妃一听是丈夫的声音，喜不自禁。宫女和宫仆们也非常高兴。

埃里布走下宫殿顶，宫女们发出一片欢呼声，整个宫殿为之颤动。侍卫们相继醒来，忙问："有什么喜事呀？"

他们又问太监："是王妃生了吗？"

太监们说："好消息，大喜事！埃里布国王回来了！国王回宫了！"

侍卫们听后，兴高采烈，欣喜不已。

埃里布向嫔妃们问安致意。之后，埃里布去会见侍卫们，侍卫纷纷走来，亲吻埃里布的手和脚，连声赞颂伟大安拉。

埃里布坐在宝座上，把文武大臣们叫到面前，问他们："城外的那支大军从何方而来呀？"

大臣们说："国王陛下，他们已在城外安营扎寨三天了。他们当中有人，也有魔怪。我们不知道他们来此有何目的，而且我们与他们既未交战，也没有对话。"

"明天，我将给他们写封信，问问他们究竟想干什么。"

"他们的首领叫穆拉德沙,他手下有十万骑兵,三千步兵,两百名妖兵魔将。"

原来围城的大军是有来头的……

讲到这里,眼见东方透出黎明的曙光,莎赫札德戛然止声。

第六百七十八夜

夜幕垂空,莎赫札德接着讲故事:

幸福的国王陛下,大臣们对国王说:"国王陛下,他们已在城外安营扎寨三天了。他们当中有人,也有魔怪。我们不知道他们来此有何目的,而且我们与他们既未交战,也没有对话。"

"明天,我将给他们写封信,问问他们究竟想干什么。"

"他们的首领叫穆拉德沙,他手下有十万骑兵,三千步兵,两百名妖兵魔将。"

那支大军来到伊斯巴尼尔城下是有由头的。前面讲过,波斯国王萨布尔派两名亲信把法赫尔·塔吉公主带出去,令二人将她抛入阿姆河。二人把公主带到阿姆河畔,深深同情公主,对公主说:"公主呀,你赶紧逃命吧!千万不要再回京城;如若不然,国王会把你杀死,我们也活不了命。"

法赫尔·塔吉公主难过极了,一时不知道该投奔何方。她对天高喊道:"埃里布,你今在何方呀?你能知道我现在哪里,情况又如何吗？"

公主走过一片土地，翻过一道山谷又一道山谷，终于来到了一个树木繁茂、清水流淌的山谷。那山谷中有一座高大山堡，看上去像神仙居住的花园。

法赫尔·塔吉公主进入山堡，发现那里陈设豪华，地上满铺绿毯，器皿非金即银，珍宝琳琅满目，山堡中有一百名女仆，个个如花似玉，人人貌美绝伦。女仆们看见法赫尔·塔吉公主，纷纷站起上前迎接问候；她们见公主容颜俊秀，明艳动人，以为是天上下凡的仙女。

她们问她："你是谁呀？"

法赫尔·塔吉公主说："我是波斯国王的女儿……"

接着，公主将自己的经历向女仆们讲述了一遍。女仆们听后，无不同情她的遭遇，对她说："公主，你只管安心在这里住下就是！这里有吃有喝有穿，我们都会为你效力。"

公主为她们祈祷祝福，女仆们给公主端来饭菜。公主吃完，问她们："这座宫殿的主人是谁？"

她们说："我们的主人名叫赛尔萨勒·本·达勒。他每个月到这里住一夜，次日天明便走，回到他所管辖的精灵部落去。"

法赫尔·塔吉公主在她们那里住下的第五天，生下一个男婴，貌美如同皓月。女仆们为婴儿剪断脐带，点上眼药，由母亲为他哺乳，并取名穆拉德沙。

时隔不久，赛尔萨勒国王回来了，只见他骑着一头高塔式的白象，在众妖魔的簇拥下进了宫殿。百名女仆上前迎接，向国王行吻地礼，法赫尔·塔吉公主亦在她们的行列之中。

赛尔萨勒国王看见公主，问女仆："这位女子是谁？"

她们说:"她是波斯公主,萨布尔国王的女儿。"

"谁把她带到这里来的?"

她们把事情的经过向国王述说了一遍,赛尔萨勒十分同情公主。他对公主说:"公主,不要难过!等你儿子长大,我把你送回波斯去。到了那里,我一定要斩杀你的父王,让你的儿子成为统辖波斯、土耳其和戴勒姆的国王。"

法赫尔·塔吉公主站起来,走过去亲吻国王的手,为他祝福祈祷。

法赫尔·塔吉公主抚育儿子穆拉德沙,让他与国王的儿子们一起成长。稍大后,他便开始学骑马、打猎,学会了如何猎取狮豹。穆拉德沙吃野兽肉,心终于变得比石头还冷酷。

穆拉德沙十五岁那年,已是个性情刚毅、武艺超群的男子汉。一天,他问母亲:"妈妈,我的父亲是谁?"

母亲说:"孩子,你的父亲是伊拉克国王埃里布。我是波斯国王的女儿。"

母亲把自己的身世与经历详详细细向儿子述说了一遍。

穆拉德沙听后,问:"我的外祖父果真下令杀死你和我的父亲?"

"正是。"

"凭母亲对我的养育之恩,我一定要杀进外祖父的京城,取下他的首级再回来见母亲。"

法赫尔·塔吉公主听后,感到十分欣慰。

讲到这里,眼见东方透出黎明的曙光,莎赫札德戛然止声。

第六百七十九夜

夜幕垂空,莎赫札德接着讲故事:

幸福的国王陛下,母亲把自己的身世与经历详详细细向儿子述说了一遍。

穆拉德沙听后,问:"我的外祖父果真下令杀死你和我的父亲?"

"正是。"

"凭母亲对我的养育之恩,我一定要杀进外祖父的京城,取下他的首级再回来见母亲。"

法赫尔·塔吉公主听儿子说要为自己报仇雪恨,欣慰不已。

穆拉德沙带着二百名妖兵魔将,骑马登程,一路上不时地发动奇袭,拦路抢劫,终于临近设拉子城。他们攻进城去,向王宫发动进攻,把国王斩于宝座之上,并且杀死了许多士兵,幸存者急忙高声求救,大喊"饶命",旋即亲吻穆拉德沙的膝盖,共有一万骑兵向他们投降,表示愿意为他们效劳。

穆拉德沙率领那一万骑兵开至白勒赫城,杀死国王及其禁军,又俘虏了若干居民,然后向弩林城进发,此时此刻,穆拉德沙已是三万兵马的统帅。

穆拉德沙攻至弩林城下,城主不战而降,献出大量钱财和珍宝。

继而,穆拉德沙率三万兵马向撒马尔罕城进军。时隔不久,顺利拿下该城。此后,他们每抵一处,攻城必克,穆拉德沙的队伍不断壮大。

穆拉德沙把缴获的战利品分发给将士们,因其勇敢又慷慨,深得部将拥戴。大军开至伊斯巴尼尔,穆拉德沙对部下说:"请你们耐心等待一下!等其余部队全部赶到,我们一齐攻进城去,抓住我的外祖父,将他带到我母亲的面前,取下他的首级,以解我的心头之恨。"

之后,穆拉德沙派人去接他的母亲,故三天没有开战。

就在这时,埃里布和齐尔扎勒率领四万魔兵魔将,并且带着大批钱财和礼品赶到了。埃里布问起那支大军,部将们异口同声说:"我们不知道他们从哪里来。他们到达这里,已有三天时间,他们既没有进攻我们,我们也未曾出战。"

法赫尔·塔吉公主到了,儿子穆拉德沙上前拥抱母亲,然后说:"母亲,请进帐篷休息吧!过一会儿,我就把我的外祖父带来斩首。"

母亲祝福儿子大获全胜,祈祷天地、世人之主默助儿子如愿以偿。

穆拉德沙纵身上马,二百名妖兵魔将和大队人马在左右列队摆好阵势,随后下令擂响战鼓,并且开始高声叫阵。

埃里布听到战鼓声,即拍马率部出战,右有魔兵魔将,左有人马若干。

穆拉德沙全副武装,纵马驰骋,然后高声呼喊道:"喂,波斯人,叫你们的国王来同我决战吧!他若能战胜我,他就是我军的统帅。他若败给我,我就杀死他。"

埃里布听罢,立即呼喊道:"喂,狗崽子,你住口吧!"

话音未落,埃里布纵马上阵,双方持矛对战,直打得矛柄断裂，方才换上宝剑厮杀。二人此攻彼守，你进我退，两剑对击，火星四溅，直杀得日挂中天，马失前蹄，双双落马，相互扭打在一起。

穆拉德沙抓住埃里布，想把他摔倒在地；与此同时，埃里布揪住穆拉德沙的耳朵，用劲拉扯，穆拉德沙只觉得天旋地转，大声求饶道："大英雄，饶命啊！"

埃里布用绳索把穆拉德沙捆了起来。

讲到这里，眼见东方透出黎明的曙光，莎赫札德戛然止声。

第六百八十夜

夜幕垂空，莎赫札德接着讲故事：

幸福的国王陛下，埃里布听罢，立即呼喊道："喂，狗崽子，你住口吧！"

话音未落，埃里布纵马上阵，双方持矛对战，直打得矛柄断裂，方才换上宝剑厮杀。二人此攻彼守，你进我退，两剑对击，火星四溅，直杀得日挂中天，马失前蹄，双双落马，相互扭打在一起。

穆拉德沙抓住埃里布，想把他摔倒在地；与此同时，埃里布揪住穆拉德沙的耳朵，用劲拉扯，穆拉德沙只觉得天旋地转，大声求饶道："大英雄，饶命啊！"

埃里布用绳索把穆拉德沙捆了起来。穆拉德沙的妖兵魔将想救主帅，只见埃里布的魔将们冲杀过来，那些妖兵只得大声求救："饶命吧！饶命吧！"随后，纷纷丢下武器，乖乖投降。

埃里布得胜回到帅帐中。那帅帐用绿绸做成，金线绣花，缀有珍珠宝石。

埃里布下令带上穆拉德沙，片刻后，穆拉德沙戴着镣铐被带到帅帐中。

穆拉德沙看见埃里布端坐宝椅，羞涩地低下了头。埃里布说："小狗崽子，你敢与帝王对抗，莫非你吃了豹子胆啦？"

穆拉德沙说："主公大人，请勿见怪！我是情有可原的。"

"你有何情可原？"

"主公大人，你有所不知，我是出来为我的父亲和母亲找波斯国王萨布尔报仇的。因为萨布尔想杀死我的父母双亲。不过，我的母亲已幸免一死，只是不知道我的父亲情况如何。"

埃里布一听，立即说："凭安拉起誓，你的确是情有可原的。你的父亲是谁？你的母亲又是谁呀？你的父母叫什么名字？"

"我的父亲名叫埃里布，他是伊拉克国王。我的母亲名叫法赫尔·塔吉，她是波斯公主，萨布尔国王的女儿……"

话音未落，埃里布一声大喊，昏迷了过去。

手下人立即拿来玫瑰水，洒在埃里布的脸上。

埃里布慢慢苏醒过来，问穆拉德沙："莫非你是埃里布和法赫尔·塔吉的儿子？"

"是的。"

"你是百里挑一的英雄豪杰呀！赶快给我的儿子取下镣铐！"

苏海姆·莱伊里、吉尔江走上前去，为穆拉德沙取下镣铐；埃里布走上前去，拥抱自己的儿子，随后让他坐在自己的身边。

埃里布问："你母亲现在哪里？"

穆拉德沙答道:"我母亲就在我的帐篷里。"

"快去把你母亲接来!"

穆拉德沙转身上马,直奔自己的大帐而去。部将们热情迎接他,为他平安返回而高兴。大家问他情况如何,穆拉德沙说:"现在不是多问的时候。"

穆拉德沙去见母亲,向母亲讲述了发生的事情。母亲听后,高兴不已。

穆拉德沙把母亲带入父亲的大帐中,这对久别的夫妻重逢,紧紧拥抱在一起,兴奋之情难以描述。

法赫尔·塔吉和穆拉德沙皈依了伊斯兰教,穆拉德沙向部将们宣传伊斯兰教,部将们全都皈依了伊斯兰教。

埃里布为他们皈依伊斯兰教感到高兴。

旋即,萨布尔国王父子被带到埃里布的大帐中,埃里布及儿子穆拉德沙愤怒谴责他俩的丑行,并向他俩宣传伊斯兰教。萨布尔父子拒绝皈依伊斯兰教,最终被钉死在城门之上。

继之,埃里布诏令臣民们装点城郭,大街小巷张灯结彩,给穆拉德沙加冕,使其登上波斯、土耳其和戴勒姆大地国王的宝座。埃里布委任其叔父达米锷为伊拉克国王。从此,阿拉伯和波斯境内的各王国均臣服于埃里布国王。

埃里布国王稳坐朝廷,爱民如命,因此深得百姓爱戴。从此,他和家人过着幸福安乐的生活,直至天年竭尽,终聚天国。

赞美永世长存的安拉。这就是埃里布和阿吉布的故事。

讲到这里,莎赫札德戛然止声。

妹妹杜娅札德说:"姐姐,你讲的故事真精彩,真美妙,真动人!"

莎赫札德说:"如蒙国王陛下厚恩,能再留我一夜,这与我接下来将要讲的故事相比,就算不上什么精彩、美妙、动人了。"舍赫亚尔国王听莎赫札德这样一说,心想:"凭安拉起誓,我不能杀她,我要听她把故事讲完。"想到这里,他对莎赫札德说:"天色尚早,你接着讲吧!"

莎赫札德开始讲《情侣树》的故事:

相传,阿卜杜拉·本·穆阿迈尔·盖伊斯这样讲述他所经历的一件事:

有一年,我去圣城天房朝觐。朝觐仪式结束,我返回麦地那拜谒先知穆罕默德的陵墓。一天夜里,我坐在圣陵与先知寺①之间的花园里,忽听柔美的吟诵声传来。我侧耳聆听,只听有人吟诵道:

　　斑鸠鸣枝头,声使你多愁?
　　夜莺歌悦耳,会让你欢乐?
　　想起一靓女,令你费思索?
　　沉疴者夜长,诉爱耐心缺。
　　情深夜难眠,海天燃炭火。
　　皓月能做证,深情在于我。
　　自感情非厚,却已受折磨。

吟诵声断了,我不知道声音是从何处传来。正当我迷惑发愣、不知如何是好之时,那吟诵诗歌的声音又从空中飘来传入我的

---

① 先知寺,伊斯兰教第二大圣寺,又称麦地那清真寺,位于麦地那城的白尼·纳加尔区。

耳际：

> 夜色黑沉沉，对面不见人。莱娅影来访，使你觉伤心？
> 爱常伴无眠，幻影扰你神？高声呼唤夜，似海波涛滚。
> 情人觉夜长，解困唯熹晨。莫嫌夜时长，爱情怡神心。

听到吟诵声，我满怀好奇心，站起身来，向声音传来的方向走去。

那个人诵罢"莫嫌夜时长，爱情怡神心"两句，我已站在了那个人的身边。我透过夜色仔细看去，但见那是一位十分标致的小伙子，连胡子都还没长，两颊上挂着泪痕……

讲到这里，眼见东方透出黎明的曙光，莎赫札德戛然止声。

第六百八十一夜

夜幕垂空，莎赫札德接着讲故事：

幸福的国王陛下，阿卜杜拉·本·穆阿迈尔·盖伊斯接着讲自己经历的一件事：

听到吟诵声，我满怀好奇心，站起身来，向声音传来的方向走去。

那个人诵罢"莫嫌夜时长，爱情怡神心"两句，我已站在了那个人的身边。我透过夜色仔细看去,但见那是一位十分标致的小伙子,连胡子都还没长,两颊上挂着泪痕。

我向小伙子打招呼说:"你好啊,小伙子!"

那小伙子说:"你是谁?"

"我是阿卜杜拉·本·穆阿迈尔·盖伊斯。"

"有什么事吗?"

我回答说:"我在花园里坐着,你的声音把我吸引到了这里。你有什么难事需要我帮助,我会全力帮忙,纵使为你赎身,也在所不辞。"

"请坐下,容我慢慢对你说来。"

我坐下,小伙子对我说:"我叫阿特拜·伊本·贾巴尼·本·门齐尔·本·贾姆哈·安萨里。我早晨去阿哈扎布清真寺,跪拜过之后,独自坐在一处默默祈祷。就在这个时候,忽见一群姑娘姗姗走来,人人如花,个个似月,其中有位姑娘长得格外漂亮,身材苗条,秀目含娇,文静有礼,娇艳妩媚,风度翩翩,楚楚动人,笑容可掬,可爱可亲。她走到我的面前,对我说:'喂,阿特拜,你如何对待向你求爱的人呢?'说完,离开我走了。此后,我既听不到她的消息,也打听不到她的下落,只觉得六神无主,从此四处游荡,不知如何是好……"

话音未落,阿特拜一声大喊,倒在地上,昏迷过去,不省人事了。

片刻后,阿特拜从昏迷中苏醒过来,两颊仿佛染上了一层姜黄。他吟诵道:

相隔千里远,望你用心眼。你用心看我,路遥可得见?
我的心与神,常将你挂牵。我魂寄你身,你居我心间。

不见君倩影,饭菜不香甜;纵使在天堂,或住永乐园。

我听阿特拜吟完,对他说:"喂,阿特拜,我的贤侄,你的情况很不好,快向安拉忏悔,求安拉宽恕吧!"

阿特拜说:"不能啊,我不达目的,心情难以舒畅。"

我与他一直谈到东方透出黎明的曙光。我对他说:"喂,阿特拜,我们去清真寺吧!"

我们坐在清真寺里,直至做完晌礼。那群姑娘姗姗走来,但不见那位绝美的姑娘。她们当中有人问:"阿特拜,你看向你求爱的那个姑娘好吗?"

阿特拜说:"她在哪儿?"

"她的父亲把她带到萨玛沃去啦!"

我问她们:"那个姑娘叫什么名字?"

她们答:"她叫莱娅,是埃特里夫·赛里米的女儿。"

阿特拜听后,抬起头来,吟诵道:

莱娅情中友,清晨别城郭。驼队登路程,驶往萨玛沃。
好友可知我,因哭昏厥过?谁人有泪水,慷慨借与我?

我对阿特拜说:"阿特拜,我带来了很多钱,打算济助世上仗义行善的人。凭安拉起誓,我一定要帮助你,让你实现自己的理想,直至使你感到大喜过望。走吧,我们到辅士①会去吧!"

我和阿特拜走去,见到辅士们的头面人物,向他们问好致安,

---

① 辅士,阿拉伯文原意为"辅助者"。穆罕默德迁居麦地那后对当地穆斯林的专称,因这些人曾大力协助他和迁士,故名。迁士,指六二二年从麦加迁往麦地那的穆斯林,包括穆罕默德进占麦加前,各地投奔麦地那的穆斯林。辅士和迁士都是伊斯兰教中的荣誉称号。

他们亲切还礼。我对他们说:"首领们,你们了解阿特拜和他的父亲吗?"

辅士们的首领说:"阿特拜的父亲是一位阿拉伯头领。"

"诸位有所不知,这位小伙子已经坠入了情网。因此,我求诸位帮忙,把他送到萨玛沃去。"

辅士们的首领说:"我们一定尽力!"

我们一道骑上骆驼,踏上征程,来到赛里姆部族居住的地方。

埃特里夫·赛里米得知我们到来的消息,忙出来迎接我们。他说:"贵客们,欢迎你们!"

我们回答说:"我们向你致意!我们做客来了。"

"欢迎贵客光临!贵客给我们带来了吉祥如意!"

埃特里夫·赛里米随后对奴仆们说:"奴婢们,快为贵客收拾房间!"

奴婢们走来,铺地毯,摆靠枕,杀牛宰羊,一片忙碌景象。我们说:"埃特里夫先生,你不满足我们的要求,我们是不吃你的饭的。"

"你们有何要求?"

"我们要代阿特拜·伊本·贾巴尼向你的千金求婚,阿特拜门第显赫,人品高尚。"

"兄弟们,小女的婚姻大事要由她自己做主。我这就去告诉她。"

埃特里夫站起来,满脸怒容走了出去。

莱娅见父亲满脸怒气,问道:"父亲,你为什么怒容满面呢?"

埃特里夫说:"几位辅士登门找我向你求婚……"

莱娅说:"辅士们都是尊贵的头面人物,先知穆罕默德尚且为他们祈祷祝福。他们替谁求婚呢?"

"他们为一个名叫阿特拜·伊本·贾巴尼的小伙子求婚。"

"我知道这个小伙子。他忠于诺言,定能如愿以偿。"

"我发誓不能让你同他结婚。因为你同他谈的一些话已传到了我的耳里。"

"有过那样的事。不过,对待辅士们不能粗暴无礼,要婉言谢绝他们的好意才是。"

"怎样谢绝呢?"

"多要聘礼,他们也只有打退堂鼓了。"

埃特里夫说:"好主意,好主意!"

埃特里夫回到辅士们面前说:"小女已经答应,但她有一个条件,那就是必须如数送聘礼。"

我问:"要什么聘礼呢?"

埃特里夫说:"一千只赤金镯,五千金币,一百件锦袍,五袋龙涎香。"

我立即回答:"一言为定,我们如数奉送。你答应了吗?"

埃特里夫说:"我答应。"

随后,我请来若干位辅士,他们从麦地那带来了我答应了的所有聘礼,然后杀牛宰羊,大宴宾客,整整热闹了四十天。

之后,埃特里夫对我们说:"你们把姑娘带走吧!"

我们把莱娅接上驼轿,另外三十峰骆驼满驮珍珠、宝石,向埃特里夫告别,然后起程上路。

我们行至距麦地那仅有一天路程的地方,忽然一彪人马向我们发动袭击。我满以为他们是赛里姆部族人,其实是一帮土匪。阿特拜奋力抵抗,杀死了数名劫匪,不期被劫匪扎了一刀,顷刻翻身落马。幸得当地居民相助,赶跑了那帮劫匪,但阿特拜终因伤势过重,一命归真了。我们呼唤着阿特拜的名字,呼喊着:"多么不幸啊……"

莱娅听到我们的号丧声,跳下驼轿,扑在阿特拜的身上,大哭不止,边哭边吟诵道:

> 并非我能忍,不忍成何益?
> 但期我魂灵,及早赶上你。
> 倘我魂公正,提前迎归期。
> 你乃挚男子,世间真难觅。
> 安得心相印,自此成哑谜。

莱娅吟完诗,一声大哭,倒在地上,一命归真。

我们立即为这对新人挖了一个坟坑,将二人埋葬在一起。之后,我回到族人当中。

我在家乡生活了七年,之后重返希贾兹,再访麦地那城。我心想:"我一定要去阿特拜的坟上看一看。"我来到阿特拜的坟墓旁边,但见坟上长着一棵高大的树,树上系着许多布条,有红色的,有黄色的,有绿色的。我问当地人:"这是一棵什么树?"

人们告诉我:"这是情侣树。"

我在墓旁待了一天一夜,然后才离去。

这就是我所知道的关于阿特拜的最后情况。愿安拉怜悯阿特拜。

莎赫札德接着讲《杏德戏耍哈加吉》的故事:

相传,努阿曼的女儿杏德天生丽质,花容玉貌,风姿绰约,是当时的天下第一美女。

哈加吉听说杏德姑娘貌美绝伦，便向她求婚，花了大量钱财，除了聘礼，另付了二十万迪尔汗作为私房钱，方才把杏德娶到手。

婚后相处一段时间，二人感情还算不错。一天，哈加吉进到房中，发现杏德边照镜子边吟诵道：

　　杏德本姑娘，天方好骡马；纯正良种根，却配骡世家。
　　若生马驹子，万赞归安拉。生下骡驹子，门庭重规划。

哈加吉听罢，转身离去，好久没有去见妻子，而杏德却不知原因何在。

哈加吉想休掉妻子，于是派阿卜杜拉·伊本·塔希尔代他办理离婚手续。

阿卜杜拉·伊本·塔希尔来见杏德，对她说："哈加吉·艾卜·穆罕默德对你说，他答应付给你的二十万迪尔汗私房钱尚未给够，欠缺的部分，我带来了，全部付给你。他委托我为你们办理离婚手续。"

杏德说："伊本·塔希尔，你有所不知，凭安拉起誓，我和他在一起，没有过上一天快乐日子。凭安拉起誓，和他分手，我一点儿也不后悔。你能让我摆脱这条恶狗，这二十万迪尔汗就送给你了。"

哈加吉果然休掉了杏德。

信士们的长官阿卜杜·迈里克·本·迈尔旺听说杏德模样姣好，身材苗条，体态婀娜，妩媚动人，美目流盼，便派人前去代他求婚。

讲到这里，眼见东方透出黎明的曙光，莎赫札德戛然止声。

第六百八十二夜

夜幕垂空,莎赫札德接着讲故事:

幸福的国王陛下,杏德对伊本·塔希尔说:"伊本·塔希尔,你有所不知,凭安拉起誓,我和他在一起,没有过上一天快乐日子。凭安拉起誓,和他分手,我一点儿也不后悔。你能让我摆脱这条恶狗,这二十万迪尔汗就送给你了。"

哈加吉果然休掉了杏德。

信士们的长官阿卜杜·迈里克·本·迈尔旺听说杏德模样姣好,身材苗条,体态婀娜,妩媚动人,美目流盼,便派人前去代他求婚。

杏德给阿卜杜·迈里克哈里发写了封信。信中说:

……
万赞归于伟大安拉,为安拉的使者穆罕默德祈祷祝福。
狗已舔过花瓶,特告信士们的长官。

阿卜杜·迈里克读过信,不禁一笑,随后回信一封。信中说:

……
若花瓶被狗舔过,就请把花瓶清洗七次,一次用土洗,六次用水洗,务必把脏东西从被舔的地方洗掉。

杏德读过信士们的长官的来信，自觉不便违抗，于是复信一封。信中说：

赞美伟大安拉。

信士们的长官,你得答应我一个条件,我才同意订婚约:如问是什么条件,那就是:让哈加吉穿着他现在穿的衣服,赤着脚,把我的驼轿护送至你的王官!

信士们的长官阿卜杜·迈里克读过杏德的信，朗声笑了起来，随后修书一封给哈加吉，令他护送杏德的驼轿。

哈加吉读过信士们的长官的信，一口答应执行命令，不敢违抗。之后派人通知杏德做好起程准备。

杏德准备完毕，哈加吉带领送亲队伍来到杏德家门前。杏德在众奴婢簇拥下登上驼轿。哈加吉光着脚，拉着驼缰，牵着骆驼，踏上了送杏德出嫁的征程。

一路上，杏德和侍女、丫鬟们不住地嘲笑、戏弄哈加吉。

杏德对侍女说："把轿帘撩开！"

侍女从命，将轿帘撩开，杏德与哈加吉面对着面，讥笑、嘲弄他。哈加吉无可奈何，只有吟诗回击道：

唤声杏德女,得笑你且笑。终会有一夜,让你空号啕。

杏德一听，回敬道：

身心得安康,钱财何足惜？人免病与灾,名利来有期。

杏德依然不住地嘲弄哈加吉,直至送亲队伍临近哈里发阿卜杜·迈里克的京城。

当送亲队伍抵达京城时,杏德信手将一枚金币丢在地上,然后说:"喂,驼夫,我的一枚银币掉在地上了,给我拾起来吧!"

哈加吉朝地上望去,只见那是一枚金币,顺口说:"这是一枚金币。"

"不!我掉的是枚银币。"

"这明明是枚金币嘛!"

"赞美安拉,使我失去了一枚银币,却得到了一枚金币。那就拾给我吧!"

哈加吉羞得无地自容。他把杏德送入信士们的长官阿卜杜·迈里克的宫中,杏德自此成了哈里发的爱妃。

讲到这里,眼见东方透出黎明的曙光,莎赫札德戛然止声。

❖❖❖ 第六百八十三夜 ❖❖❖

夜幕垂空,莎赫札德接着讲故事:

幸福的国王陛下,今夜我讲个《罕见义举》的故事:

相传,在信士们的长官苏莱曼·本·阿卜杜·迈里克执政的时期,有一个富人,名叫胡泽迈·本·白什尔,是阿萨德部族人。胡泽迈慷慨大方,豪爽仗义,广济博施,厚待亲朋。

胡泽迈不时地济助亲友，终于耗尽了自己的全部家财，饥馑日子来临，需要曾受他济助过的那些亲友帮忙了。可是，那些亲友时而同情、安慰他，时而厌恶、疏远他，显然那些亲友已忘记了他昔日的恩情。

这一天，胡泽迈回到家中。他的妻子本是他的堂妹。他对妻子说："喂，堂妹，我发现我的兄弟们都背弃了我。我决计闭门不出，坐等死神临门。"

说完，胡泽迈关起大门，坐吃家中仅剩的食物，直至把家中的东西吃光喝净，一时不知如何是好。

吉齐拉省的省督阿克里迈·法亚杜·鲁卜伊认识胡泽迈。

一天，阿克里迈坐在官府，想起胡泽迈，便问左右："胡泽迈的情况如何？"

手下人回答说："情况不好，一言难尽。胡泽迈紧闭大门，整日坐守家中。"

阿克里迈说："胡泽迈之所以落到如此地步，因为他过分慷慨。他怎么就没有遇到同情、济助他的人呢？"

"他没得到过任何回报。"手下人异口同声道。

夜幕垂空，阿克里迈把四千第纳尔装在一个钱袋里，吩咐童仆鞴马。之后，阿克里迈带着童仆，由童仆拿着钱袋，纵身上马，悄悄离家走去。

行至胡泽迈家门口，阿克里迈翻身下马，从童仆手里接过钱袋，随后让童仆远远站在一边，自己上前叩门。

胡泽迈开了门，阿克里迈把钱袋递给胡泽迈，并且说："拿去安排你的生活吧！"

胡泽迈接过钱袋觉得很重，于是一把抓住马缰，问道："请告诉我，你是何人？来日我将以生命报答你的恩情。"

阿克里迈说:"我之所以这个时候来,就是为了不让你知道我是谁。"

"你不告诉我你是谁,我是不能放你走的。"

"我是为慷慨者解困的人。"

"你再说明白些!"

"不用了!"

话音未落,阿克里迈转身上马离去。

胡泽迈拿着重重的一袋子钱去见妻子,高兴地说:"堂妹,你该高兴了!安拉已给我们送来了宽裕和福利。如果这袋子里全是钱,那是很多的。快起来,点着灯吧!"

妻子说:"油都没有了,没法点灯啦!"

胡泽迈在黑灯瞎火中摸摸钱袋,金币的棱边显而可触,他简直不敢相信袋子里装的全是金币。

阿克里迈回到家中,发现妻子正在找他。妻子从家仆口中得知老爷骑着马外出了,顿生疑心。她见丈夫回来了,立即对他说:"堂堂吉齐拉省省督,夜里独自外出,连仆人也不带,瞒着家人,秘密行动不是找情人,就是投奸妇。"

阿克里迈说:"安拉知道我既不是找情人,也不是投奸妇。"

"你说,你到底哪儿去啦?"

"我这个时候外出,就是为了不让任何人知道。"

"你一定要对我说个明白。"

"如果我把真实情况告诉你,你能为我保密吗?"

"能保密!"

接着,阿克里迈把真情实况告诉了妻子。之后,他对妻子说:"你也想让我给你立誓吗?"

"不用!我已放心了,相信你说的全是真话。"

第二天早晨，胡泽迈偿还了欠债，改善了生活。之后，他动身去访问哈里发苏莱曼·本·阿卜杜·迈里克。

当时，哈里发苏莱曼正在巴勒斯坦巡视。胡泽迈来到哈里发苏莱曼下榻的宅邸门前，请求觐见哈里发。侍卫进去禀报，哈里发欣然允许胡泽迈觐见。因为胡泽迈以慷慨而闻名，哈里发苏莱曼早就认识他。

胡泽迈见到哈里发，问安致意之后，苏莱曼说："喂，胡泽迈，你怎么好久不来啦？"

胡泽迈回答："情况不好啊！"

"何事妨碍你来呀？"

"信士们的长官，我的手头很紧啊！"

"你的情况是怎样改善的呢？"

"信士们的长官，昨天夜里，我正在家中坐着时，忽听有人敲门……"

胡泽迈把事情的经过从头到尾讲了一遍。

哈里发问："你认识那个人吗？"

"不认识呀！信士们的长官。因为那个人很傲慢，我只听他说：'我是为慷慨者解困的人！'然后他转身离去。"

哈里发听后，很想知道那位"为慷慨者解困的人"究竟是谁。他说："假若我知道那位行善者是谁，我一定要重赏他的慷慨善举。"

随后，哈里发苏莱曼任命胡泽迈为吉齐拉省省督，取代阿克里迈。

胡泽迈走马上任，直奔吉齐拉省。当他接近省城时，阿克里迈出城相迎。居民们亦热烈欢迎新省督上任。胡泽迈与阿克里迈相互问好致意，然后一同进城。胡泽迈一到省督府，即下令清查阿克里迈的账目，发现他欠下许多钱，当胡泽迈要阿克里迈偿还那些欠款时，阿克里迈说："我没有办法还。"

"你一定要还！"新省督胡泽迈口气严厉。

"我一无所有，你要怎样就怎样吧！"

胡泽迈下令将阿克里迈关押起来。

讲到这里，眼见东方透出黎明的曙光，莎赫札德戛然止声。

第六百八十四夜

夜幕垂空，莎赫札德接着讲故事：

幸福的国王陛下，新省督胡泽迈走马上任，直奔吉齐拉省。当他接近省城时，阿克里迈出城相迎。居民们亦热烈欢迎新省督上任。胡泽迈与阿克里迈相互问好致意，然后一同进城。胡泽迈一到省督府，即下令清查阿克里迈的账目，发现他欠下许多钱，当胡泽迈要阿克里迈偿还那些欠款时，阿克里迈说："我没有办法还。"

"你一定要还！"新省督胡泽迈口气严厉。

"我一无所有，你要怎样就怎样吧！"

胡泽迈下令将阿克里迈关押起来。

阿克里迈戴着手铐脚镣，在监牢里度过了一个多月的时间，致使他体弱不堪。

消息传到阿克里迈的妻子耳里，这位夫人惆怅难言。她叫来一个聪明伶俐的女仆，对她说："你马上到省督胡泽迈的宅邸去一趟！

就说有忠言相劝,如果有人问你有何言相劝,你就说只有见到省督之后才能讲。你进去见到省督之后,就要求单独和他谈话。你若能单独与省督交谈,就对他说:'难道你就这样对待那位为慷慨者解困的人?你就这样把他送入监牢之中,让他戴着手铐脚镣?'"

女仆心领神会,把那番话记在心中,见到胡泽迈之后,把夫人的话向这位新省督说了一遍。

胡泽迈听后,高声叫道:"我办了件大错事!那个'为慷慨者解困的人'不是别人,就是他呀!"

女仆说:"就是阿克里迈老爷,千真万确!"

胡泽迈当即转身骑马离去,邀请当地名流绅士,带着他们来到监牢门前,打开牢门,走了进去,只见阿克里迈坐在那里,面色憔悴,已被折磨得瘦骨嶙峋。

阿克里迈的目光落在胡泽迈的身上,胡泽迈当即羞愧得低下了头,然后急忙扑上前去,俯下身,亲吻阿克里迈的头。

阿克里迈抬起头来,问道:"这是怎么回事呢?"

胡泽迈说:"你的行为高尚,受到了亏待。"

"愿安拉宽恕我和你。"

胡泽迈即令狱卒为阿克里迈取下镣铐,然后让狱卒为自己戴上。

阿克里迈说:"你这是干什么?"

"我想尝尝你受过的罪。"

"我凭安拉起誓,你千万不要这样!"

二人手拉着手走到胡泽迈宅邸门口,阿克里迈同他告别,打算离去,但胡泽迈不让他走。阿克里迈说:"还有什么事吗?"

胡泽迈说:"我想改善一下你的境况!因为我在你的夫人面前,比在你的面前还感到羞愧。"

说完,胡泽迈吩咐仆人收拾好浴室,然后陪同阿克里迈进去,亲自为他搓澡、更衣。洗浴罢,二人一同走出浴室。胡泽迈向阿克里迈赠送锦袍一身,然后扶他上马,让他带上大量钱财,并陪同他回去,一直送到他家,当面向他的夫人赔礼道歉。

胡泽迈要阿克里迈跟他一起去见哈里发苏莱曼。当时,哈里发正在拉姆莱城巡视。阿克里迈同意同往。

二人求见哈里发,侍卫进去禀报,哈里发一惊,问道:"是吉齐拉省省督吗?他未得命令而来,定有大事相报,让他进来!"

胡泽迈进到大厅,哈里发未等他问候施礼,便问:"喂,胡泽迈,有什么重要事情?"

"我找到了那个'为慷慨者解困的人',想带来让你看看。因为我知道你很想知道那个人是谁。"

"他究竟是谁?"

"他就是阿克里迈·法亚杜。"

阿克里迈获准走到哈里发面前,向哈里发问好致安。哈里发让他坐在自己的身边,并且说:"喂,阿克里迈,你为他做了好事,却招来了灾祸。"

之后,哈里发对他说:"阿克里迈,你需要什么东西,就只管写下来吧!"

阿克里迈立即从命,随后哈里发下令如数给他,还送给他一万第纳尔和二十箱衣物。之后,哈里发任命阿克里迈为吉齐拉、亚美尼亚和阿塞拜疆的总督,并且说:"有关胡泽迈的去留,就交由你处理了,你想留他,你就留他;你想罢他官,就罢免他。"

阿克里迈说:"信士们的长官,就请胡泽迈去原来的地方任职吧!"

阿克里迈和胡泽迈一同告别哈里发,相携离去。在苏莱曼·

本·阿卜杜·迈里克担任哈里发期间,他俩一直任总督和省督。

莎赫札德接着讲《信守诺言的王太子》的故事:

相传,哈里发希拉姆·本·阿卜杜·迈里克在位期间,有一个很有名的人,名叫尤努斯·卡蒂卜。

一次,尤努斯带着一个女奴到沙姆去。那姑娘身材苗条,模样姣好,娇艳妩媚,俏丽迷人。在她的身上,寄托着尤努斯的全部希望。当时,姑娘的身价是十万第纳尔。

当尤努斯行至距大马士革城不远时,见一驼队在一条溪水边休息打尖,于是他也停下脚步,找了一个地方坐下歇脚。

尤努斯拿出自带的干粮和皮袋装的葡萄酒,正要进餐时,忽见一个相貌英俊端庄的小伙子,骑着一匹枣红马,带着两个仆人走来。那小伙子向尤努斯问过安好,然后说:"你愿意接待一位客人吗?"

尤努斯回答说:"欢迎你!"

"让我们喝杯酒吧!"

尤努斯递过酒杯,说:"请喝!"

小伙子饮过酒,说道:"朋友,你能为我们唱一支歌吗?"

尤努斯开口唱道:

世上有美女,容颜绝人间。爱慕入我心,无眠泪亦甜。

小伙子听后,兴高采烈,欣喜不已。尤努斯连连递酒给他,小伙子终于有了几分醉意。他对尤努斯说:"先生,请你对你的女奴说,让她给我唱支歌,好吗?"

那姑娘欣然唱道：

天仙姿娇媚，动我魂与魄。嫩枝不堪比，日月让三分。

小伙子听罢女奴的歌唱，兴奋难抑。

尤努斯连连递酒给小伙子，小伙子一直在尤努斯那里待到二人做完宵礼。

小伙子问尤努斯："你何故到这个地方来呢？"

尤努斯回答："我到这里，想偿还债款，也好改善一下处境。"

"我愿付三万第纳尔，你能把这位姑娘卖给我吗？"

"但求安拉施舍，我需要更多一些的钱。"

"我给你四万第纳尔，能使你满意吗？"

"还了债，我仍然两手空空。"

"我给你五万第纳尔，另外送给你衣服和路费；除此之外，只要我活着，就让你享受我所享受的一切。"

"好吧！我把她卖给你了。"

"我现在就把姑娘带走，明天再给你送钱来，你信得过我吗？或者让她先在你这里，我明天再带着钱来领她，行吗？"

尤努斯已有几分醉意，碍于情面，于是说："我相信你，你领她走吧！安拉为你和她祝福！"

小伙子对一个随从说："把姑娘扶上你的马，你坐在她的身后，带她走吧！"

随后，小伙子纵身上马，告别尤努斯，扬鞭离去。

小伙子骑马离去刚刚一个时辰，尤努斯仔细一想，认为自己错卖了女奴，心想："我怎么把女奴交给一个素不相识的人呢？我根本就不知道他是何许人啊！即使我知道他是谁，我又到哪儿去找他呢?"

尤努斯坐下沉思,直到东方透亮,开始做晨礼。商队去了大马士革城,而尤努斯依旧坐在那里,不知如何是好,直到火辣辣的太阳光照在他的身上,如同火烧一般,他方才站了起来想进城去了。他心想:"假若我离开这里,进到城中,那小伙子派来的人找不到我,岂不是一错再错吗?"想到这里,他找了一堵墙,在阴凉处坐了下来。

夕阳西下时分,忽见买女奴的那个小伙子的两个奴仆中的一个朝尤努斯走了过来。

尤努斯一见那奴仆走来,心里不知有多么高兴,心想:"在这样的时候,对我来说,没有比看见那个奴仆更高兴的事了!"

奴仆气喘吁吁地跑来,对尤努斯说:"先生,对不起,我来晚了!"

尤努斯没来得及向那奴仆述说自己的郁闷心情,那奴仆又说:"先生,你知道那个买走女奴的小伙子是谁吗?"

"不知道啊!"

"那是王太子沃里德·本·赛赫勒!"

听奴仆这样一说,尤努斯没有作声。

奴仆说:"快上马吧!"

奴仆把尤努斯扶上他带的一匹马,二人一前一后行至太子府。

二人进了太子府,女奴见是尤努斯,立刻迎了上来,向他问安。尤努斯说:"买你的主人对你怎样?"

女奴答:"主人把我安排在这个房间里,给了我所需要的所有东西。"

尤努斯在女奴那里坐了一个时辰,女仆走来说:"先生,去见我们的主人吧!"

女仆带着尤努斯走去。来到主人跟前一看,发现正是昨天见的那位小伙子,只见他正襟危坐,开口问道:"你是何人?"

"我是尤努斯·卡蒂卜。"

"欢迎你,欢迎你!凭安拉起誓,我很想见见你!你的情况我听说过,昨天夜里是怎样度过的呀?"

"还好!安拉为你祝福。"

"也许你对自己昨天的行为感到后悔吧?你会想:'我怎好把女奴交给一个素不相识、不知姓名、不知来自何方的陌生人呢?'是吗?"

"王太子殿下,但期安拉不让我这样去想。纵使把姑娘送给殿下,礼也嫌太薄了;对于你的尊位来说,一个小小女奴,又算得了什么呢?"

讲到这里,眼见东方透出黎明的曙光,莎赫札德戛然止声。

第六百八十五夜

夜幕垂空,莎赫札德接着讲故事:

幸福的国王陛下,女仆带着尤努斯走去。来到主人跟前一看,发现正是昨天见的那位小伙子。王太子对尤努斯说:"欢迎你,欢迎你!凭安拉起誓,我很想见见你!你的情况我听说过,昨天夜里是怎样度过的呀?"

"还好!安拉为你祝福。"

"也许你对自己昨天的行为感到后悔吧?你会想:'我怎好把女奴交给一个素不相识、不知姓名、不知来自何方的陌生人呢?'是吗?"

"王太子殿下,但期安拉不让我这样去想。纵使把姑娘送给殿下,礼也嫌太薄了;对于你的尊位来说,一个小小女奴,又算得了什么呢?"

"凭安拉起誓,我倒有些后悔。我心想:'这是个外乡人,根本不认识我。我怎么急于把女奴带走,岂不是坑害人家吗?'你还想得起我们是怎样商妥的吗?"

"想得起的。"

"你是以五万第纳尔把姑娘卖给我的吧?"

"正是!"

"家仆,拿钱来!"

家仆随后将五万第纳尔放在尤努斯的面前。

王太子又说:"家仆,再取一千五百第纳尔来!"

家仆从命取来。王太子对尤努斯说:"这是女奴的身价,另外再给你添上一千第纳尔,作为你给我留下好印象的赏金;其余的五百第纳尔,就当作你的旅费,为你的家人买些东西吧!你满意吗?"

"我很满意。"

说完,尤努斯吻了吻王太子的手,然后又说:"凭安拉起誓,王太子慷慨好施,令我心满意足。"

王太子沃里德说:"凭安拉起誓,我还不曾与姑娘单独在一起待过。她的歌声真美妙,赶快把她领来!"

奴仆走去,将女奴带来,王太子让她坐下。女奴坐下后,王太子说:"姑娘,为我们唱一支歌,让我们欣赏一下吧!"

女奴欣然唱道:

包容天下美,德行甜如蜜。
美在阿拉伯,美在土耳其;
唤声小羚羊,无人比上你。
且怜钟情者,幻影亦欢喜。
恋你忍低贱,无眠寓慰藉。
天下迷你者,我本非第一;
曾有多少男,命丧你裙底?
爱你我有幸,庆获此运气;
你比我魂贵,金钱难量你。

王太子听后,欣悦不已,连声感谢尤努斯对女奴的高明调教。

王太子随后吩咐家仆:"给先生鞴马,另牵一头骡子为先生驮上金钱什物。"

他对尤努斯说:"喂,尤努斯,你听到我登上王位之时,一定来找我。凭安拉起誓,到那时候,我一定让你享受荣华富贵,提高你的地位;只要我活着,就一定让你乐而无忧!"

尤努斯带着金钱物品,跨马离去。

后来,尤努斯对人们说:"王太子沃里德就任哈里发之后,我便投奔他去了。沃里德信守诺言,将我待若上宾,我和他一起共享富贵,我的地位提高了,钱也多了,且有了房产,家财无数,足够我享用到天年竭尽之时,就连我的后代也不愁柴米了。我与哈里发沃里德一直在一起共事,直至他遇刺身亡。愿安拉怜悯他的在天之灵。"

莎赫札德接着讲《哈里发笑纳才女》的故事:

相传,有一天,哈里发哈伦·拉希德带着宰相贾法尔·巴尔马克外出,忽见一群姑娘正在汲水,便朝她们拐去,想要点儿水喝。一个姑娘望着哈里发,吟诵道:

> 一事相求你,对你幻象讲:当我睡觉时,远离我的床。
> 让我得休息,令骨火消亡。世有病危者,反侧箭毯上。
> 至于我的事,正如你估量;与你相联系,能否成经常?

哈里发听罢姑娘的吟诵,对姑娘的俊俏容貌和伶俐口齿深表赞赏。

讲到这里,眼见东方透出黎明的曙光,莎赫札德戛然止声。

第六百八十六夜

夜幕垂空,莎赫札德接着讲故事:

幸福的国王陛下,哈里发听罢姑娘的吟诵,对姑娘的俊俏容貌和伶俐口齿深表赞赏。

哈伦·拉希德说:"聪明的姑娘,这首诗是你作的,还是背诵别人的诗句呢?"

姑娘随口回答:"这是拙作呀!"

"如果这诗果然是你所作,那就请变变韵,再作同样意思的一首诗吧!"

姑娘随后吟诵道：

> 一事相求你,当我打盹时；对你幻象说,远离我枕席。
> 让我得休息,令体火熄之。世有病危者,身下愁毯刺。
> 至于我的事,正如你所知；与你相联系,可会有价值?

哈伦·拉希德听后,说:"这一首嘛,也是抄来的哟!"
"这诗出自我的心中!"姑娘说。
"如果真如你所说,那就变变韵,再作同样意思的一首诗吧!"
姑娘出口成章：

> 一事相求你,当我床上倒；对你幻象说,远离我被罩。
> 让我得休息,令心火一消。世有病危者,失眠毯上摇。
> 至于我的事,正如你知晓；与你相联系,可算步正道?

姑娘刚刚吟完,哈伦·拉希德:"姑娘啊,这也是抄袭的诗呀!"
"不是的! 这完全是本姑娘随口吟诵出来的。"
"若你的话是真的,那就请变变韵,作一首同样意思的诗吧!"
姑娘立即吟诵道：

> 一事相求你,当我身安歇；对你幻象说,离我床远些。
> 让我得休息,令肋火熄灭。世有病危者,泪水毯上跌。
> 至于我的事,正如你了解；与你相联系,可会遭拒绝?

姑娘吟罢，哈里发哈伦·拉希德问："姑娘，你住在哪里？"

姑娘答："村当中柱子最高的那座房子便是我的家。"

哈里发一听便知，她是族长的女儿。姑娘问他："你是哪位牧马人哪？"

哈里发说："树最高大、果实最红的那座房子便是我的住宅。"

姑娘立即向哈里发行吻地礼，并且说："信士们的长官，安拉为你祝福！"

姑娘为哈里发祈祷之后，和姑娘们一道离去。

哈伦·拉希德对宰相贾法尔说："喂，相爷阁下，我一定要纳这位姑娘为妃！"

贾法尔立刻去见姑娘的父亲，对他说："老人家，信士们的长官想纳你的女儿为妃。"

老人说："好哇！我把女儿送给信士们的长官当使女就是了。"

说完，老人家立即为女儿准备嫁妆，由贾法尔带回京城，哈里发当夜与之共享洞房花烛之乐，姑娘成了哈里发最宠爱的嫔妃之一。

随后，哈里发赏给姑娘的父亲、自己的岳丈大批钱财，使之成了阿拉伯人当中的富贵人家。

此后不久，老人家一命归真。

国丈仙逝的消息传到哈里发耳里，哈里发满脸忧愁来见爱妃。

爱妃见哈里发闷闷不乐，满脸愁云，便立即站起来，回到自己的房间，脱下身上的华丽衣饰，换上了孝服，开始为亡父哀悼服丧。有人问她："这是为什么呢？"

她说："我的父亲归真了。"

人们将此事立即报告哈里发。

哈里发哈伦·拉希德快步来到爱妃房中，问道："谁把这个噩耗告诉你的?"

"是你的脸色呀,信士们的长官。"

"怎么会呢?"

"自打我进宫以来,我还是第一次看见你面浮愁云。因为家父年迈,我断定是他老人家归真了。信士们的长官,愿你多多保重。"

哈伦·拉希德两眼热泪滚滚,劝爱妃节哀。

爱妃为其父亲守丧多时。

愿安拉怜悯他们的在天之灵!

莎赫札德接着讲《三姐妹赛诗》的故事:

相传,一天夜里,哈里发哈伦·拉希德严重失眠,在床上辗转反侧,怎么也睡不着觉,于是起床,离开房间,穿过一座宫又一座宫,走过一个殿又一个殿,结果心中烦乱有增无减。

天亮了。哈伦·拉希德对太监们说:"快把艾斯迈伊给我叫来!"

太监去见门卫,说:"喂,信士们的长官要你们去请艾斯迈伊!"

过不多时,艾斯迈伊来了,哈里发让他坐在自己的身旁,对他表示欢迎。哈里发说:"喂,艾斯迈伊,我想请你给我讲一讲你所听到的关于女性的故事及她们的诗歌。"

艾斯迈伊说:"遵命,信士们的长官!"

接着,艾斯迈伊就谈起自己的见闻来:

信士们的长官,这方面的故事,我听到了许多许多。不过,最使我喜欢的，要数三个姑娘吟诵的三首诗。

讲到这里，眼见东方透出黎明的曙光，莎赫札德戛然止声。

第六百八十七夜

夜幕垂空，莎赫札德接着讲故事：

幸福的国王陛下，哈里发对艾斯迈伊说："喂，艾斯迈伊，我想请你给我讲一讲你所听到的关于女性的故事及她们的诗歌。"

艾斯迈伊说："遵命，信士们的长官！"

接着，艾斯迈伊就谈起自己的见闻：

信士们的长官，这方面的故事，我听到了许多许多。不过，最使我喜欢的，要数三个姑娘吟诵的三首诗。

有一年，我住在巴士拉城。一天，天气十分炎热，我想找个阴凉的地方睡个午觉，但却没有找到。我正在左右观望时，忽然看见一条走廊，打扫得干干净净，还洒过水；那里摆着一条长椅，长椅上方有个窗户，窗子开着，从里面散发出芬芳无比的麝香气味。

我进了走廊，坐在长椅上，想睡上一觉，忽听一位姑娘的甜美声音传来。那姑娘说："姐妹们，我们今天坐在一起开开心吧！来呀！我们拿出三百第纳尔，每人作一首诗，谁的诗好，这三百第纳尔就赏给谁。"

姐妹们说："好极啦！"

大姐吟诵道:

说来他真怪,访我在睡中;醒时来看我,岂不欣添幸!

二姐吟诵道:

睡时访问我,只有他幻影;我忙对他说:欢迎复欢迎!

小妹吟诵道:

誓对神与亲,每夜遇梦境;他身溢芳菲,麝香拜下风!

我听完姐妹三人的吟诵,心想:"这赛诗之事确乎美在其中。不过,事情已经结束了。"于是,我离开长椅,打算走了。就在这个时候,忽见门打开,从中走出一位姑娘,对我说:"老人家,请坐呀!"

我再次坐在长椅上,姑娘也坐了下来。随后,姑娘递给我一张纸。上面写着几行字,书法工整漂亮,艾立夫①笔直,哈乌②中空,法乌③圆润。文中写道:

我们荣幸地告诉长者——愿安拉为你延寿——我们姐妹三人为了开心取乐,拿出三百第纳尔,商定各赋诗一首,谁的诗最好,这三百第纳尔便赏给谁。我们决定请你做评

---

① 艾立夫,阿拉伯文的第一个字母。
② 哈乌,阿拉伯文的第二十六个字母。
③ 法乌,阿拉伯文的第二十七个字母。

判,敬请赏光。

我看完这几行文字,对那位姑娘说:"给我拿纸、墨和笔来!"姑娘离去不久,取来银笔和金墨。我立即提笔写道:

偶遇闺房女,聚而斗雅风。
三位美娘子,情思各藏胸。
海棠卧绣房,谁解其美梦?
少女心怀春,赋诗抒衷情。
窈窕女中姐,语甜绽笑容:

说来他真怪,访我在睡中;
醒时来看我,岂不欣添幸!

一阵欢笑过,二姐道心声:

睡时访问我,只有他幻影;
我忙对他说:欢迎复欢迎!

小妹才卓然,语妙通神灵:

誓对神与亲,每夜遇梦境;
他身溢芳菲,麝香拜下风!

我审三首诗,评判至公正:
小妹诗称冠,妙语动真情。

我写完，放下笔，把诗递给姑娘。姑娘接过诗，回房中去了。旋即，房里传出舞步的跳动声、鼓掌声和欢笑声。我心想："我已没有必要在此逗留。"于是站起来，抬脚就想离去。

我刚一抬脚，一位姑娘喊道："喂，艾斯迈伊先生，请坐呀！"

我问她："谁告诉你我是艾斯迈伊呢？"

"老人家，你可以瞒住你的名字，却掩藏不住你的诗风。"

我坐下来，但见房门开启了，从中走出一位姑娘，手里端着一盘子糖和水果。

我吃过水果和糖果，谢过姑娘，抬脚想走，却见又一位姑娘走来，呼唤道："艾斯迈伊先生，请坐一会儿！"

我抬眼一看，只见金黄袖中伸出一只红酥手，容颜俏丽若乌云中闪现出来的一轮圆月，她把一只装有三百第纳尔的钱袋递给我，同时说："这是我们送给你的礼物，作为你为我们评判的报酬。"

艾斯迈伊讲到这里，信士们的长官哈伦·拉希德问："你为什么判定小妹的诗称冠呢？"

艾斯迈伊回答："信士们的长官，安拉为你添寿延年。大姐的诗曰：'说来他真怪，访我在睡中；醒时来看我，岂不欣添幸！'这里讲到了一个条件，可能发生，也可能根本不存在；二姐诗曰：'睡时访问我，只有他幻影；我忙对他说：欢迎复欢迎！'说的是仅仅在梦中看到幻影，她向他的幻影问好；小妹诗曰：'誓对神与亲，每夜遇梦境；他身溢芳菲，麝香拜下风！'讲的是她与情人同枕共眠，而且闻到情人的身上散发着比麝香味更加芳香的气息，其情真动人无比。因此，我判小妹的诗为冠。"

"艾斯迈伊，你评判得高明！"

随后,哈伦·拉希德又赏给艾斯迈伊三百第纳尔,作为他讲故事的报酬。

讲到这里,莎赫札德紧接着讲《乐师遇仙翁》的故事:

相传,宫廷乐师艾卜·伊斯哈格·穆苏里曾讲述过自己经历的这样一件事:

一天,我向哈里发哈伦·拉希德请假,求他给我一天时间,让我回家看看家人和朋伴。他准了假,我便于礼拜六回到了家中,开始准备吃的、喝的和各种需要的东西,并吩咐看门人将大门关上,不许任何人进来。

我正和家里人坐在一起痛痛快快吃喝时,忽见一位老翁走来,但见他表情严肃,容貌端庄,身穿白袍,衬衫考究,头缠方巾,手拄银柄拐杖,身上散发着芳香,香气充满厅堂和长廊。

我见了这个不速之客,不禁怒气满腔,真想把看门人全部赶走。

就在这时,老翁恭恭敬敬向我致意问安。我回过礼,让老翁坐下。

老翁坐下之后,开始给我讲起阿拉伯人的故事及他们的诗文,说着说着,竟把我的怒气赶走了,致使我以为家仆是有意让老翁进门,来与我谈文论诗,使我高兴。

我问老翁:"你想吃点儿什么吗?"

他说:"我不想吃东西。"

"你想喝点儿什么吗?"

"由你安排吧!"

我喝了一杯酒,然后给他倒了一杯。老翁说:"艾卜·伊斯哈格,你能为我们唱一首歌,让我们欣赏一下你超众的歌喉吗?"

他的话使我感到生气,但我强压怒火,竭力克制着自己的情感,抱起四弦琴,弹奏起来,唱了一支歌。

我唱完,他说:"艾卜·伊斯哈格,你唱得好!"

我听他这样一说,更加生气了。我心想:"他不经过我的允许便闯进门来,还直呼我的姓名,贸然开口让我为他弹唱,还不满足……"

片刻后,老翁说:"你再唱一支歌行吗?我会给你报偿的。"

我强忍着怒气,抱起四弦琴,唱了起来。我唱得很认真,因为他说要给我报偿。

讲到这里,眼见东方透出黎明的曙光,莎赫札德戛然止声。

第六百八十八夜

夜幕垂空,莎赫札德接着讲故事:

幸福的国王陛下,乐师艾卜·伊斯哈格·穆苏里继续讲述自己经历的事:

我唱完,他说:"艾卜·伊斯哈格,你唱得好!"

我听他这样一说,更加生气了。我心想:"他不经过我的允许便闯进门来,还直呼我的姓名,贸然开口让我为他弹唱,还不满足……"

片刻后，老翁说："你再唱一支歌行吗？我会给你报偿的。"

我强忍着怒气，抱起四弦琴，唱了起来。我唱得很认真，因为他说要给我报偿。

我的歌声刚结束，老翁便高兴地说："先生，你唱得好啊！"

过了一会儿，老翁说："能允许我唱上一首吗？"

我顺口回答："请便！"

我以为他听了我的歌唱之后，就没有胆量在我的面前班门弄斧了。可是，他却欣然抱起四弦琴，刚一调弦，便已使我感到惊异，因为在他的手下，那弦音就像标准、流畅的阿拉伯语那样美妙动听。老翁用圆润、悦耳的歌喉唱道：

　　我有带伤肝，谁肯以肝换？
　　但求肝换肝，换得无伤残。
　　人们拒绝我，谁以全易残？
　　我心存思念，长吁复短叹。
　　如同伤于酒，烦恼漫胸间。

凭安拉起誓，当时我以为门窗、墙壁和屋中的一切都在和着老翁的美妙声音在歌唱，甚至我听着自己的身体的各个部位，连同自己的衣服，都在和着老翁的歌喉歌唱。我吃惊地站在那里，一句话都说不出来，一动不动，我的心都融入到了他的歌声当中。

老翁又唱道：

　　谷中群斑鸠，已经飞转来；听到啼鸣声，我感悲满怀。
　　斑鸠落丛林，险断我命脉。我的心中秘，几乎被揭开。

咕咕啼不住,如醉着疯灾。虽哭仍无泪,实乃鲜罕怪。

老翁再唱道:

纳季德①微风,何时起地头? 行足过此处,令我愁更愁。
熹微晨曦中,四处唱斑鸠;或鸣月桂枝,或歌杨与柳。
如同婴啼哭,恩情浓罕有。世人有说道,情侣间难酬;
相聚互生厌,远离恩情稠。天下药用尽,疾病根仍留。
房舍近实好,总胜远一筹。情谊若不存,舍近何益有?

老翁唱完,对我说:"喂,艾卜·伊斯哈格,你来唱一唱你刚听过的这支歌,模仿着唱上一遍,然后教给你的歌女们吧!"

我说:"请你为我再唱一遍吧!"

"你是不需要重复的,因为你已经完全会唱了。"

说完,老翁忽然隐去,使我感到惊奇不已。我立即站起来,抄起宝剑,然后奔向妻子的房间,发现房门紧锁。我问女仆:"你们听到什么啦?"

女仆们说:"我们听到了最美妙动听的歌声。"

我急忙行至大门,发现大门也紧紧关着。我问看门人:"你们看见那个老头儿没有?"

他们反问:"什么老头儿? 凭安拉起誓,今天没有一个人来找老爷。"

我回来仔细寻觅老翁的踪迹,忽听老翁在家中的一个角落里,

---

① 纳季德,地名,在沙特阿拉伯境内。

大声喊道:"喂,伊斯哈格,没什么!我是艾卜·穆莱①,我今天是你的朋友,你不要害怕!"

我立即骑马去见哈里发哈伦·拉希德,把事情的经过向他讲了一遍。哈里发说:"你把从他那里学到的那些歌唱一遍吧!"

我立即抱起四弦琴,原原本本地给哈里发唱了一遍。

哈里发听后,欣喜不已,边畅饮边说:"但期有一天,那老翁让我们亲耳欣赏他的歌喉!"

哈里发随即令宫仆给我取来赏银。我拿了赏银,谢过哈里发,转身步出宫门。

莎赫札德接着讲《一对殉情男女》的故事:

相传,一天夜里,哈里发哈伦·拉希德严重失眠,躺在床上,辗转反侧,怎么也睡不着觉,于是坐起来,把掌刑官迈斯鲁尔叫到跟前,对他说:"喂,迈斯鲁尔,哪位诗人在门外呀?"

迈斯鲁尔转身行至长廊,发现贾米勒·本·穆阿迈尔·欧兹里站在那里。

迈斯鲁尔说:"喂,大诗人,哈里发有请!"

"遵命!"贾米勒应声答道。

贾米勒随着迈斯鲁尔来到哈里发哈伦·拉希德面前,向哈里发问安致意。哈里发回过礼,让贾米勒坐下。

哈里发哈伦·拉希德说:"喂,贾米勒,你有什么新奇的故事,能讲给我听听吗?"

贾米勒说:"有啊,信士们的长官!你愿意听我亲眼目睹过的,

---

① 艾卜·穆莱,意为"苦味之父",乃魔鬼的称号。

还是想听我从别人那里听来的故事呢?"

"就请讲你亲眼目睹过的吧!"

"好吧!就请信士们的长官耐心听我讲一件亲眼见过的事吧!"

哈里发拿过一只填着鸵鸟羽绒的红缎金丝绣花靠枕,垫在大腿下,又取来两只靠枕当扶手,然后对诗人说:"喂,大诗人,请讲吧!"

贾米勒开始讲《一对殉情男女》的故事:

信士们的长官,不瞒你说,我曾经爱着一位姑娘,恋情之深,如疯似狂。因此,她对我的吸引力超过了世上的一切,我常常去看她。

讲到这里,眼见东方透出黎明的曙光,莎赫札德戛然止声。

第六百八十九夜

夜幕垂空,莎赫札德接着讲故事:

幸福的国王陛下,贾米勒接着讲《一对殉情男女》的故事:

信士们的长官,不瞒你说,我曾经爱着一位姑娘,恋情之深,如疯似狂。因此,她对我的吸引力超过了世上的一切,我常常去看她。后来,因为水草不足,她的家人带着她迁移到另一个地方,故有相当一段时间我没有看见她。思念之情使我整日忐忑不安,如坐针毡,很想去找她,和她见一面。

一天夜里,我难抑相思之情,于是起来鞴好坐驼,缠上头巾,穿起破烂衣衫，佩带上宝剑，拿着长矛，骑上骆驼，踏上寻访姑娘的路程。

我奋力策驼，快速前进。那天夜里，夜色极黑，伸手不见五指；虽然如此，我仍然疾速行进，时而下谷地，时而登高山，只听狮吼、狼嚎和各种野兽的嚎叫声不断从四面八方传来，吓得我魂飞魄散，心惊胆战。我口中不住地赞颂着伟大安拉。

我走着走着，突然困意来临，不知不觉进入了梦乡，而坐驼却不停地走着，终于驮着我离开了正路，走偏了方向。突然，有个什么东西打在我的头上，我猛地醒了过来。我睁开眼望去，只见那里树木繁茂，河水流淌，百鸟鸣唱枝头，歌喉悦耳嘹亮。我再仔细望去，但见那里的树枝相互交叉在一起，坐在驼上难以通行，我只好离开驼背，牵着骆驼往前走，这才得以通过那片密林，来到一片平地。我正了正驼鞍，然后坐上驼背，但一时不知该向何处走，更不晓得命运会把我带往何方。

我放眼朝那片旷野望去，见远处有火光。我立即驱驼向那里走去。

我走近那堆火，发现附近有一顶帐篷，帐篷旁边插着长矛，拴着马匹和骆驼。见此情景，我心想："说不定这是一顶非同寻常的帐篷，不然，为什么这里仅有一顶帐篷呢？"

我来到帐篷跟前，高声说："帐篷的主人，你们好啊！愿安拉为你们添福增寿！"

这时，从帐篷里走出一个小伙子，看上去十八九岁，相貌英俊，就像天空中的一轮圆月，眉宇间透出一股英雄气概。他回礼说："你好啊，阿拉伯兄弟！我看你恐怕是迷路了吧？"

"正是！"我回答，"我该往哪里走呢？给我指指路吧！"

"这个地方是野兽出没的地方，加之天这么黑，而且冷，你现在上路,我实在放心不下,担心你会落入猛兽之口。依我之见,你先在我这里歇息一夜,天明之后,我再给你指路吧!"

我离开驼鞍,把骆驼拴好,脱下外衣,坐了下来。

片刻后,那位小伙子宰了一只羊,随后往火上加了干柴,火顿时熊熊燃烧起来。之后,小伙子走进帐篷,拿出香料和盐,又将羊肉切成块,放在火上烤好,递给我让我吃。

小伙子时而叹息,时而哭泣,忽然一声大喊,号啕大哭起来。他边哭边吟诵道:

> 奄奄一息存,二目无神色。周身关节中,无处不疾疴。
> 泪水淌不住,肠燃无声火。敌人为之哭,可恶乐祸者。

信士们的长官,原来那个小伙子是位热恋中的情郎哥。有道是只有尝过爱情滋味的人才懂得爱情。我心想:"我开口问问他吧!"这一念头刚刚产生,又立即改变了主意。我想:"我是客人,怎好主动开口问话呢?"我果断打消了发问的想法,吃起烤羊肉来。

我们吃饱之后,那位小伙子站起身来,走进帐篷,取来一个干净水壶、一块四边有金丝绣花的丝罗帕和一个满装玫瑰麝香水的香水瓶。眼见如此精美的用具,我惊羡不已,真想不到在这荒野上,竟能见到如此漂亮的东西,心想:"这是我从未见过的!"

我们洗过手,谈了一个时辰,小伙子站起身,走进帐篷,拿出一块红锦缎子,将帐篷隔为两间,然后对我说:"喂,阿拉伯头人①,请进帐安歇吧!你一路辛苦跋涉,太累了!"

---

① 阿拉伯头人,古代阿拉伯人对有头有脸的人物的尊称,依尊敬程度由上而下称为:酋长、头领、头人等。

我走进帐篷，但见为我准备的是一床绿锦缎被褥。我脱下衣服，躺了下去。我平生第一次这样过夜。

讲到这里，眼见东方透出黎明的曙光，莎赫札德戛然止声。

第六百九十夜

夜幕垂空，莎赫札德接着讲故事：

幸福的国王陛下，贾米勒接着讲《一对殉情男女》的故事：

我们洗过手，谈了一个时辰，小伙子站起身，走进帐篷，拿出一块红锦缎子，将帐篷隔为两间，然后对我说："喂，阿拉伯头人，请进帐安歇吧！你一路辛苦跋涉，太累了！"

我走进帐篷，但见为我准备的是一床绿锦缎被褥。我脱下衣服，躺了下去；我平生第一次这样过夜。

我躺下去，但睡不着，不停地思考这位小伙子的经历和身世，直至夜阑更深。

就在这时，忽有低声细语传入我的耳际，无比甜蜜，无比轻柔，无比悦耳。我撩开红锦缎隔帘，只见一位姑娘坐在那位青年的身旁，但见那姑娘秀目含娇，樱桃小口，娇艳妩媚，风姿绰约，美丽动人，真可谓国色天香，闭月羞花，沉鱼落雁。那对青年男女正边哭边倾诉爱情的苦涩难耐，以及二人的相思离愁。

见此情景，我心想："凭安拉起誓，真怪呀，我进帐篷时，仅仅看见这里有个小伙子,没见别人啊,怎么……"我又想:"毫无疑问,这位姑娘是个仙女,爱上了这个小伙子,而此处就是二人相会的地方。"

我仔细打量那个姑娘,却发现她是一位阿拉伯女子。她撩开面纱,容光足以使光辉的太阳害羞,整个帐篷顿时被她的容光照亮。

当我确信那姑娘是小伙子的心上人时,我立即起了嫉妒之情,马上放下隔帘,蒙起脸睡了。

第二天天亮,我穿好衣服,做过小净,对小伙子说:"阿拉伯兄弟,请给我指指路吧!蒙你厚待,感激不尽。"

小伙子望着我,说道:"喂,阿拉伯头人,莫急呀!款待要三天时间,不过三天,我是不让你走的。"

我在他那里住了三天。第四天,我和他聊天时,问起他的姓名、身世、门第,他说:"我是欧兹莱部族人……"

接着,小伙子把自己的姓名、家族及叔伯旁系讲了个一清二楚。

信士们的长官,那位小伙子讲完自己的身世之后,我才知道他是我的堂兄弟,出身欧兹莱部落中最高贵的家族之一。

我对他说:"堂弟,你何故抛下父辈的荣华,离开男仆女婢,独自住在这旷野之上呢?"

信士们的长官,听我这样一问,只见他立即眼泪汪汪,哭了起来。他对我说:"堂兄啊,我爱上了我的堂妹,且深深迷上了她,甚至爱她爱得发疯,简直难以分开了,于是去找我叔父向堂妹求婚,结果遭到叔父的拒绝,他将堂妹许配给欧兹莱部落的另外一个男子。那个男子与我堂妹结婚后,当年就把我的堂妹带到了他的家园。堂妹远离了我,我看不见她了,心中十分想念。因为思恋堂妹,我便离开亲人,告别部族里的朋友,丢下所有荣华富贵,独自来到这片旷野上,离群索居。"

我问他:"他们住在什么地方?"

他回答:"很近,就在这座山顶上。每天夜深人静时,我的堂妹就悄悄离开家,不让任何人知道,来到这里,和我谈上一个时辰,寻求一时的欢悦和慰藉。我只有等待安拉做出判决,或者与情敌斗个你死我活,或者安拉做出有利于我的判决,因为安拉是最佳裁决者。"

信士们的长官,小伙子的事情使我感到惆怅,令我一时不知如何是好,因为我也深深陷于和他同病相怜的恋情中。我对他说:"堂弟,你允许我给你出个主意吗?若能听我的,情况就会好转,你会走上成功之路,安拉会消除你心中的忧愁和顾虑。"

小伙子对我说:"堂兄,请说吧!"

我对他说:"夜晚降临,你堂妹来到你这里时,就让她骑在我的坐驼上,因为我的坐驼奔跑如飞。你呢,就骑上你那匹好马,我挑一峰骆驼骑上,今夜就带着你俩离开这里。我们奔走上一夜,明早就能越过旷野、荒原,或许那时候,你就达到了目的,得到了你的心上之人。要知道,安拉的天地广袤无边。凭安拉起誓,只要我活在世上,我就用我的生命、钱财、宝剑和一切帮助你。"

讲到这里,眼见东方透出黎明的曙光,莎赫札德戛然止声。

第六百九十一夜

夜幕垂空,莎赫札德接着讲故事:

幸福的国王陛下,贾米勒接着讲《一对殉情男女》的故事:

我对那小伙子说:"夜晚降临,你堂妹来到你这里时,就让她骑在我的坐驼上,因为我的坐驼奔跑如飞。你呢,就骑上你那匹好马,我挑一峰骆驼骑上,今夜就带着你俩离开这里。我们奔走上一夜,明早就能越过旷野、荒原,或许那时候,你就达到了目的,得到了你的心上之人。要知道,安拉的天地广袤无边。凭安拉起誓,只要我活在世上,我就用我的生命、钱财、宝剑和一切帮助你。"

他听我这样一说,立即答道:"堂兄,容我和堂妹商量一下。我的堂妹聪明伶俐,颇有见识,眼光远大,明白事理。"

夜幕垂空,小伙子的堂妹该来了。小伙子坐立不安地等着,她却没有按时来。我看见小伙子走出帐篷门,张开口,呼吸着从心上人来的那个方向吹来的风,吟诵道:

微风吹来地,有我心上人;倩影夹风中,人儿何时临?

小伙子吟罢,走进帐篷,坐着哭了一个时辰。他对我说:"堂兄啊,我的堂妹今夜到现在还不来,兴许发生了什么意外,或者受到了阻拦……"

他沉默片刻,又对我说:"你守在这里,不要动!我去探听一下消息,马上就回来。"

说完,他拿起宝剑和盾牌,走出帐篷。

一个时辰过后,小伙子回来了,双手抱着一件什么东西。他喊我,我立即走过去。他对我说:"堂兄,你晓得出了什么事吗?"

"凭安拉起誓,不知道。"我回答。

"我堂妹今夜出事啦!她来这里时,路上遇到一只猛狮,她被狮子吃了,就剩下你看到的这些……"

他把手中的东西放在地上,我仔细一看,发现那姑娘的面纱和残留的尸骨。

小伙子泣不成声,随后丢下盾牌,拿起口袋,对我说:"你不要离开这里,等我回来!"

小伙子离去,一个时辰后,手提着狮子头回来了。他把狮子头扔在地上,让我给他拿水来,他用水洗了洗狮子嘴,然后边吻狮子嘴,边哭泣落泪,痛苦不堪,吟诵道:

可怜雄狮哟,自投送命网。害我意中人,知我多悲伤!
本系两相好,如今各一方。你使土化坟,情人地府葬。
时运不济我,远离她身旁。但期你让她,不再有情郎。

他吟完,对我说:"堂兄啊,看在安拉和血亲的情分上,我求你执行我的遗嘱。你将看见我死在你的面前,到那时,请你为我洗尸,然后把我的尸首和我堂妹的遗骨一起包在这殓衣里,同埋在一个墓穴之中,在墓碑上刻上这样的诗句……"

他吟诵道:

本在沃土上,生活多安康!家园同部族,团结心舒畅。
可叹运不济,情侣各一方。只得共殓衣,同穴地府葬。

吟罢,小伙子又大哭起来。

片刻后,他走进帐篷,在帐篷里待了一个时辰,方才出来。他时而叹息,时而呼喊,然后一声惨叫,顷刻一命呜呼。

见此情景，我难过万分，痛不欲生，险些随他而去。

我走到他的尸体旁，将他的身体放平，然后根据他的遗嘱，为他洗尸，又用殓衣将他的尸首和他堂妹的遗骨合裹在一起，埋葬在同一个墓穴中。我在墓旁守了三天，然后离去。自那之后，我每隔两年为他们扫一次墓。

信士们的长官，这就是一对殉情恋人故事的始末。

哈里发哈伦·拉希德听后，感到惊奇，夸赞贾米勒·本·穆阿迈尔·欧兹里讲得好，随后赐赠锦袍一身，另赐赏银一份。

莎赫札德紧接着讲《哈里发断离婚案》的故事：

相传有一天，哈里发穆阿维叶坐在大马士革王宫的议事厅里。哈里发的议事厅四面开窗，微风可以从各个方向吹进来。那天，时值正午，骄阳似火，天气很热，一丝风都没有。哈里发穆阿维叶朝窗外望去，只见一个贝都因人正赤着脚，步行在火辣辣的路面上，向王宫走来。哈里发仔细观看，然后对在座的人说："世上还有比这个人更辛苦的吗？你们看，在如此酷热的中午，还要光着脚在这样热乎乎的地上奔走。"

一个亲信说："也许那个人要来找信士们的长官……"

哈里发穆阿维叶说："如果他因受到不公正的待遇而来找我，凭安拉起誓，我们一定要帮助他。喂，宫仆，假若这位阿拉伯兄弟来见我，你就让他进来，不要阻拦他！"

宫仆走去，果然见那个贝都因人朝哈里发的议事厅走来。宫仆问："喂，你有什么事吗？"

那个贝都因人说："我想见信士们的长官。"

"请进吧!"

那个人进了门,向哈里发穆阿维叶问安。

讲到这里,眼见东方透出黎明的曙光,莎赫札德戛然止声。

第六百九十二夜

夜幕垂空,莎赫札德接着讲故事:

幸福的国王陛下,宫仆走去,果然见那个贝都因人朝哈里发的议事厅走来。宫仆问:"喂,你有什么事吗?"

那个贝都因人说:"我想见信士们的长官。"

宫仆听说那个贝都因人想见信士们的长官,便说:"请进吧!"

那个人进了门,向哈里发穆阿维叶问安致意。

哈里发问:"你是哪个部族的人?"

"我是泰米姆部族人。"

"这么热的天气,你到这里来为什么呢?"

"我来找哈里发陛下申冤求援。"

"你要告谁?"

"我要告迈尔旺·本·哈克姆,他可是陛下委派的总督大人呀!"

说完,他吟诵道:

穆阿维叶啊,功德无量人;令行禁又止,见多识广君。

我感天地窄,跑来求助您;莫让我失望,但期喜雨淋。
有人仗权势,肆意害我们。我求哈里发,讨还公道真。
占我苏阿黛,使我亲四分。他存心杀我,但我寿未尽。

哈里发穆阿维叶听罢来客吟诵,不禁怒火中烧,随口说道:"阿拉伯兄弟,欢迎你,欢迎你呀!把你的情况详细给我讲一讲吧!"

来客说:"信士们的长官,我有位妻子,我非常爱她。她的一切都使我感到满意,我们过着和睦、宁静、愉快的生活。我家养着一群骆驼,因此不愁吃穿。可是,有一年,灾疫蔓延,我的骆驼和马匹全死掉了,我变成了一个一无所有的人。我经济拮据,原来交情很深的亲戚朋友不再来看我,他们讨厌起我来,就连我的岳父得知我的狼狈处境后,也对我不客气起来,领走了他的女儿,将我赶出他的家门。我万般无奈,只得去找哈里发陛下派驻的总督迈尔旺·本·哈克姆,期望得到他的帮助。"

"找到总督后,情况如何?"哈里发问。

"总督把我的岳父传唤来,向他问起我的情况,我岳父说:'我根本不认识他是何人!'我建议总督派人把我的妻子传唤来,让她做证,总督果然派人叫来了我的妻子。我妻子被叫到总督面前,总督见我妻子姿色非凡,爱在心中,顷刻间变成了我的冤家对头,对我大发雷霆,将我投入监牢之中;这灾难就像晴天霹雳,轰得我晕头转向,只觉大祸临头,又似一阵狂风,将我卷到了一个很远很远的地方。"

"后来情况如何?"哈里发问。

"总督对我的岳父说:'我愿出一千金币、一万银币作为聘礼,你愿意把你的女儿嫁给我吗?你若同意,我保证让你的女儿摆脱这个贝都因人!'我的岳父竟然一口答应。片刻后,总督下令把我带到他的面前,像头愤怒的雄狮那样瞪着我,厉声说道:'喂,贝都因人,把苏阿黛休掉吧!'我断然说:'我决不休妻!'总督即令一群府役对我动刑,顿时鞭子像雨点儿一样落到我的身上,继之他们用各种刑法折磨我。我毫无办法,只有被迫同意休妻。之后,总督又把我投入监牢之中。我在监牢中待到限期届满,总督和我被迫休掉的妻子结了婚,方才把我放出来。哈里发陛下,我特地赶来找你求援,希望陛下主持公道,为我申冤报仇。"

说完,贝都因人吟诵道:

> 我心燃烈火,火中含耻辱。
> 我身疾病生,病前医手束。
> 我心有炭火,炭上火星出。
> 眼睛淌泪水,泪水如雨注。
> 有难找陛下,必得安拉助。

贝都因人吟诵罢,周身打战,上下牙相互磕碰不止。继之昏迷过去,不省人事,像条被打死的蛇一样蜷缩着。

哈里发穆阿维叶听过贝都因人的控诉和吟诵,说道:"迈尔旺·本·哈克姆违背教律,处事不公,蛮横霸道,为非作歹,贪占穆斯林之妻。"

讲到这里,眼见东方透出黎明的曙光,莎赫札德戛然止声。

第六百九十三夜

夜幕垂空，莎赫札德接着讲故事：

幸福的国王陛下，贝都因人吟诵罢，周身打战，上下牙相互磕碰不止。继之昏迷过去，不省人事，像条被打死的蛇一样蜷缩在一起。

哈里发穆阿维叶听过贝都因人的控诉和吟诵，说道："迈尔旺·本·哈克姆违背教律，处事不公，蛮横霸道，为非作歹，贪占穆斯林之妻。"

稍过片刻，穆阿维叶又说："喂，贝都因人，你讲的这种情况，是我从来没有听说过的。"

穆阿维叶令宫仆拿来笔、墨和纸，给迈尔旺·本·哈克姆写了一封信，信中说：

信士们的长官穆阿维叶致信迈尔旺总督：
　　惊悉你对待臣民超越教法界限，强占良民之妻。身为总督者，理应克制情欲，勿思非分之事……

穆阿维叶还写了一段很长的话，可以概括为这样一首诗：

　　活该你吃苦，一事悔莫及。
　　大错已铸成，求主宽谅你。

可怜一青年，见我泪悲泣。
凭主立誓言，不容背法纪。
若违书中令，肉必化鹫食。
快休苏阿黛，送之入京畿。
随同库米特，跟着齐巴尼。

哈里发写完，盖印加封，随后唤来库米特和奈斯尔·本·齐巴尼。因为哈里发信任他俩，故总把重要使命交给他二人。

库米特和奈斯尔·本·齐巴尼接过书信，上路登程，一路快马加鞭，顺利抵达迈尔旺总督所在之城。

二人见过迈尔旺总督，问过安好，递上哈里发的信。

迈尔旺打开信一看，不禁哭了起来。片刻过后，去见苏阿黛，把情况告诉了她。

迈尔旺不敢违抗哈里发的命令，当着库米特和齐巴尼的面，宣布把苏阿黛休掉，然后打发苏阿黛随同二位钦差起程去京城。迈尔旺还给哈里发穆阿维叶写了一封信。信中诗云：

尊敬哈里发，千万莫着急！
我定遵忠告，执行不迟疑。
爱之本非罪，何以称叛逆？
无双瞳瞳日，定将奉还你；
不论人与神，与之不能让。

迈尔旺写毕，盖印加封，然后将信交给二位钦差。

库米特和齐巴尼带着苏阿黛回到京城，二人来到哈里发穆阿维叶面前，递上迈尔旺的信。

穆阿维叶看过信,说道:"迈尔旺忠实服从命令,很好,但他把女子描绘成'无双瞳瞳日',言过其实了。"

穆阿维叶下令把苏阿黛带来,宫仆从命。苏阿黛来了,哈里发仔细打量,果见她身材苗条,秀目含娇,风姿妩媚,俏丽动人。哈里发和她进行交谈,只见她口齿伶俐,谈吐潇洒。

哈里发穆阿维叶吩咐手下人:"把那个贝都因人带来!"

宫仆走去,片刻后把那个人带来了。因处境艰难,贝都因人显得容颜憔悴,无精打采。

穆阿维叶说:"喂,贝都因兄弟,我给你几个宫女,个个窈窕美丽,如花似月,娇柔妩媚,人人身价一千金币以上,你愿意把苏阿黛换给我,并把苏阿黛忘掉吗?"

贝都因人听哈里发穆阿维叶这样一说,顿时一声大叫,昏迷过去,不省人事了,致使穆阿维叶认为他已经一命呜呼。

片刻后,贝都因人慢慢从昏迷中苏醒过来。哈里发惊问:"贝都因兄弟,你怎么啦?"

"情况不好,处境险恶呀!迈尔旺总督对我不公,我可以向陛下请求主持公道;假若陛下这样对待我,我又到哪里去诉苦,向何人求援呢?"

说完,贝都因人凄然吟诵道:

求主广开恩,莫要牺牲我。为抗天炎热,岂可借助火?
请把苏阿黛,慷慨还与我;因我惦念她,日夜愁思多。
祈求放过我,千万莫吝啬!君若如我愿,必当记恩者。

贝都因人吟罢,又说:"信士们的长官,凭安拉起誓,假若不把苏阿黛还给我,你就是把哈里发的宝座奉送给我,我也是不会要的。"

贝都因人接着吟诵道:

纯洁心一颗,只爱苏阿黛;情化食与水,笑颜长久在。

哈里发穆阿维叶听后,说道:"喂,贝都因兄弟,你承认自己休掉了苏阿黛,而迈尔旺也承认休掉了她;既然如此,我们现在就让她自己选择吧!假若她选定了你之外的人,我们就让与她所选择的人结为夫妻;如果她选的是你,我们就让她与你复婚。"

"就这样吧!"贝都因人同意了哈里发的办法。

哈里发对苏阿黛说:"喂,苏阿黛,你喜欢谁呢?信士们的长官尽享荣华富贵,有权有势,钱财无数,宫殿万间;迈尔旺总督专横暴虐,为所欲为;这位贝都因人一无所有,终日处于饥饿贫困之中。苏阿黛,你究竟喜欢谁,又愿意嫁给谁呢?"

苏阿黛吟诵道:

贫困贝都因,我心系他身;在我心目中,他胜众芳邻。
不论王冠主,或有金与银;均不堪与他,相提或并论。

苏阿黛吟罢,说:"信士们的长官,凭安拉起誓,虽然时运不济,天灾险恶,可是我不曾一日忘记过他。我们之间有着不可忘怀、不可磨灭的深情爱意。我理当与他同甘苦、共患难,白头偕老。"

哈里发穆阿维叶听后,由衷叹服苏阿黛的诚挚、厚道和安贫、守信的品德,随后赐赠给苏阿黛一万金币,并将她重新许配给那个贝都因人。

之后，贝都因人领着妻子苏阿黛高高兴兴离去。

莎赫札德接着讲《巴士拉的一对情侣》的故事：

相传，一天夜里，哈里发哈伦·拉希德躺在床上，翻过来，调过去，睡不着觉，干脆起来，派人去叫艾斯迈伊和侯赛因·海里阿。

艾斯迈伊、侯赛因·海里阿来到哈里发面前，哈里发说："你们俩给我讲个故事，让我听听吧！喂，侯赛因，你先讲！"

侯赛因·海里阿开始给哈里发讲《巴士拉的一对情侣》的故事：

信士们的长官，有一年我到巴士拉城去，带了一首赞美穆罕默德·本·苏莱曼·鲁巴伊的诗送给他本人，他欣然笑纳，随后留我住下。

有一天，我去穆里德，取道穆哈利亚。那天，天气很热，我口渴得厉害，于是走近一座大门，想要点儿水喝。我刚一走近大门口，忽见门内的走廊里走来一位姑娘。那姑娘体态苗条，腰肢纤细如杨柳枝条，行走起来似随风摇曳；明眸大眼，双眉弯弯，脸呈鹅蛋形；身穿吉纳尔衬衣，外披萨那斗篷；肤色白里透红；双乳高耸，就像两颗大石榴；脖子上挂着一条赤金串珠，垂至两个乳峰之间。信士们的长官，那姑娘漆黑的刘海儿盖在前额上，细观其眉毛、双眼、面颊、鼻梁，堪称完美无瑕，真可谓朱口含玉，模样姣好，亭亭玉立，娇艳妩媚，天生丽质，明艳动人，简直就是一位下凡的仙女。

信士们的长官，我发现那位姑娘神情不安，似六神无主，在走廊里踱来踱去，像是在思念自己的心上人，她脚步很轻，就连脚镯子的响声也听不见。正如诗人所云：

> 周身处处美，皆宜作范例。

信士们的长官，我看见那位漂亮的姑娘，心中有几分胆怯。之后，我走近她，向她致意问安。我突然觉得门里和走廊上麝香四溢，沁人肺腑。

姑娘回过礼，语调中透出一种悲凉感，似乎心中燃烧着情火。我对她说："喂，小姐，我是个异乡人，口渴得厉害，能给我一口水喝吗？"

"喂，老头儿，走你的吧！我可顾不上什么水和干粮的！"姑娘不耐烦地说。

讲到这里，眼见东方透出黎明的曙光，莎赫札德戛然止声。

第六百九十四夜

夜幕垂空，莎赫札德接着讲故事：

幸福的国王陛下，侯赛因·海里阿继续讲《巴士拉的一对情侣》的故事：

信士们的长官，我看见那位漂亮的姑娘，心中有几分胆怯。之后，我走近她，向她致意问安。我突然觉得门里和走廊上麝香四溢,沁人肺腑。

姑娘回过礼,语调中透出一种悲凉感,似乎心中燃烧着情火。我对她说:"喂,小姐,我是个异乡人,口渴得厉害,能给我一口水喝吗?"

"喂,老头儿,走你的吧!我可顾不上什么水和干粮的!"姑娘不耐烦地说。

"小姐,为什么呢?有什么不愉快的事吗?"

"因为我爱上了一个不能公平对待我的人;我爱他,他却不爱我。虽然如此,我仍在期盼着,因而正在经历着磨难的考验。"

"小姐,世上真有那样的人:你爱他,而他却不爱你?"

"有啊!因为他生来英俊,人品高尚,风度潇洒。"

"你为什么站在这走廊上,来回徘徊呢?"

"这里是他的必经之路;每到这个时候,他总要从这里走过。"

"小姐,莫非你曾经和他见过面,谈过话,致使你对他产生了如此的深情厚爱?"

姑娘深深地叹了口气,继之泪珠脱眶而出,滚滚落下,淌在面颊上,就像落在玫瑰花瓣上的朝露,晶莹闪亮。姑娘吟诵道:

本生花园中,一柳两枝条;共享生活美,情同乐陶陶。
一日两分离,心事向谁告?此思彼情深,相距何遥遥!

听罢姑娘的吟诵,我惊叹道:"小姐,你是这样爱那个小伙子!"

小姐说:"每当我看见太阳照在他家的屋顶上,我便认为那太阳就是他,心想他会突然出现在我的面前,使我惊喜不已,令我灵魂出壳,热血喷涌,或许一两周里神魂颠倒,不知如何才能平静下来。"

"小姐,恕我冒昧直言,我当年像你现在这个年龄,也曾沉浸在爱河之中,弄得我形体消瘦,周身乏力。如今,我看你容颜憔悴,面无血色,足以证明你已深深陷在了爱情的烦恼之中。可是,你又怎能摆脱爱情的纠缠呢?"

"凭安拉起誓,在我爱上这个小伙子之前,巴士拉的许多公子王孙都曾苦苦追求过我;可是,我呢?却被这个小伙子迷住了。"

"小姐,又是什么原因把你俩分开的呢?"

"是一场灾难呀!说来话长,也离奇得很哪!那是在三年前的元旦,我邀请了许多位巴士拉姑娘到我家来玩儿,其中有位锡兰姑娘,是我钟爱的那个小伙子从阿曼买来的,花了八万第纳尔。我非常喜欢那个姑娘,她也很喜欢我。那姑娘到来之后,我一下投入她的怀抱之中;而她也紧紧地搂着我,用力之大,几乎把我的乳房挤成薄片。片刻后,我俩单独对饮,继之进餐。我俩高兴得戏耍起来,时而我趴在她的身上,时而她骑在我的身上。当我们玩儿得如痴如醉之时,她解开了我的裤带,脱下我的裤子,尽情嬉戏起来……就在这难解难分之时,他突然闯了进来,眼见此情此景,不禁勃然大怒,随后像听到笼头的叮当响声就立即行动的阿拉伯纯种良马一样,愤然转身离去……"

讲到这里,眼见东方透出黎明的曙光,莎赫札德戛然止声。

第六百九十五夜

夜幕垂空,莎赫札德接着讲故事:

幸福的国王陛下,侯赛因·海里阿接着讲《巴士拉的一对情侣》的故事:

那姑娘说:"当我们玩儿得如痴如醉之时,她解开了我的裤带,脱下我的裤子,尽情嬉戏起来……就在这难解难分之时,他突然闯了进来,眼见此情此景,不禁勃然大怒,随后像听到笼头的叮当声就立即行动的阿拉伯纯种良马一样,愤然转身离去。"

姑娘稍停片刻,接着说:"老人家,和我玩儿的那些人都是姑娘呀!三年来,我一直不断地向他表示歉意,求他原谅,请他宽恕,而他却从不看我一眼,不给我写片纸只字,不派人来转达一句话,甚至不打听我的任何消息。"

"小姐,他是阿拉伯人吗?"

"他是巴士拉的一位王公。"

"他是一位老翁,还是一个青年?"

姑娘怒视着我,说道:"你真是个傻瓜!他是个英姿勃勃的美少年,还没有生胡须,就像天空中的一轮圆月。他只是离我而去,此外没有任何缺点。"

"他叫什么名字?"

"你问他的名字有何用?"

"我想方设法让你俩团聚。"

"你只要带给他一封信,我也就心满意足了。"

"我愿意效劳!"

"他叫戴姆莱·本·穆伊莱,别号艾卜·赛哈。他的公馆在穆里德。"

说完,她喊家仆拿来笔、墨和纸,卷起袖子,露出白嫩的双腕。她提笔写道:

先生：

　　信首不写祈祷、祝愿之类的话语，目的在于简略。你要知道，假若我的祈求得以答应，那么，你也就不会离开我了。因为我已祈祷过多次，希望你不要离开我，但你却离开了我。只因我的努力已经远远超出了这种简略的界限，我才提笔给你写这封信，在失望之中，向这笔下一纸求援，仅此而已。因为我明明知道你是不会回信的。我的全部希望和最终目的，在于你路经这条大街，穿行这条走廊时，看你一眼，以求复活我那死去的灵魂。因此，我期望你挥动安拉为你张开的那双尊手，给我写封回信，以它替代、弥补我俩静夜之中的那种甜蜜幽会。

　　先生，我不是一直在迷恋着你吗？假若你答应了我的要求，我必将对你感激不尽。

　　万赞归于安拉。

迷恋你的人

我接过信，转身离开姑娘。

第二天，我应邀去穆罕默德·本·苏莱曼府上赴宴，见那里高朋满座，全是达官显贵，其中有位青年，长相英俊，容光焕发，光彩照人，不似王子，胜过王子。我问周围的人，方才知道他就是戴姆莱·本·穆伊莱。我心想："怪不得那个可怜的姑娘如此迷恋这位小伙子！"

宴会结束后，我离开那里，直奔穆里德，行至戴姆莱家的大门前。这时，我见他已在众随从的簇拥下回到家中。我走上前去，一番颂扬之后，递上书信。

戴姆莱阅完信，对我说："老人家，我已让人替代她了，你想看看替代她的女子吗？"

我回答："想呀！"

戴姆莱喊来一位女子，但见那女子明眸皓齿，体态婀娜，行止妩媚，酥胸高耸，真有闭月羞花之貌，沉鱼落雁之容。她不急不忙来到戴姆莱面前，戴姆莱把信递给她，并且说："你来回她一封信吧！"

女子读完信，面色变得蜡黄，对我说："老人家，但求安拉宽恕你的此行！"

信士们的长官，我离开那里，拖着沉重的脚步，回到那位姑娘那里。姑娘问我："情况如何？"

我只得回答道："情况不妙，令人失望。"

"没关系，不必介意！还有安拉的超能力相助呢！"

随后，她赏给我五百第纳尔，我告辞离去。

几天之后，我又经过那个地方，发现那里人山人海，马匹成群。我走近一看，知道他们全都是戴姆莱的人马，他们请姑娘去戴姆莱那里，姑娘说："我不去！凭安拉起誓，我不去和他见面！"

信士们的长官，其实姑娘为小伙子的屈服而内心高兴，万般感赞安拉；她存心要看戴姆莱的笑话。

我走近姑娘，她递给我一封信。我打开信一看，只见信上写道：

小姐：

若不是为你——愿安拉为你添寿——着想，我一定要把我受的不公正待遇及你对不起我的地方，全都讲给你听。因为你背弃约言，做出了对不起你、同时也对不起我的丑事,影响了你我之间的友谊,毁灭了我的爱情。但求安拉帮你纠正错误。

你忠诚的朋友

姑娘随后让我看戴姆莱送来的珠宝、礼品,总价值达三万第纳尔。

此后不久,当我再去看她时,发现她已成了戴姆莱的新娘子。

侯赛因·海里阿讲完,哈里发哈伦·拉希德说:"若不是戴姆莱与姑娘结为夫妻,我定与她有洞房花烛之喜。"

莎赫札德紧接着讲《乐师遇妖魔》的故事:

相传,伊斯哈格·本·易卜拉欣·穆苏里这样讲述他的一次经历:

有一天夜里,我坐在家里。时值冬令,天空乌云密布,大雨像皮袋子的口开了一样,倾泻而下。因雨水积聚,道路泥泞,过往行人行路艰难,故没有人来看我,我也无法到朋友那里去,心中一时闷闷不乐。我对我的童仆说:"拿点儿东西来,让我消消愁,解解闷儿吧!"

童仆给我端来饭菜和酒。因为没有人陪我,我吃不下饭,直至夜幕垂空。我忽然想起迈赫迪的一个儿子的歌女,我很喜欢她,因为她能弹会唱。我心想:"假若今夜那歌女能在这里,那该多好!如果她能给我唱上几曲,岂不让我欢乐开怀,忧烦一消,使长夜也变短了吗?"

就在这时,忽听有人敲门,并且传来话音:"有位亲爱者在门外,能允许她进门吗?"

我听后,心想:"也许我栽种的希望树苗已经开花结果啦!"随即站起身来走去开门。

开门一看,果见叫门的是我喜欢的那个歌女。她身披绿斗篷,头顶锦缎防雨盖头,双脚沾满泥水直至湿到膝盖,身上的衣服全淋湿了,形容狼狈不堪。我对她说:"喂,小姐,什么风在这样的天气中把你吹到这儿来啦?"

她说:"你差的人到了我那里,说你思念心切,我只有从命快速赶到贵府中来。"

我听后,觉得非常奇怪,但却不想对她说我根本就没有差人去请她。

讲到这里,眼见东方透出黎明的曙光,莎赫札德戛然止声。

第六百九十六夜

夜幕垂空,莎赫札德接着讲故事:

幸福的国王陛下,宫廷乐师伊斯哈格接着讲自己的亲身经历:
我见歌女周身湿漉漉的,形容狼狈不堪,便对她说:"喂,小姐,什么风在这样的天气中把你吹到这儿来啦?"

她说:"你差的人到了我那里,说你思念心切,我只有从命快速赶到贵府中来。"

我听后,觉得非常奇怪,但却不想对她说我根本就没有差人去请她。

我说:"赞美安拉,在我正遭受孤寂之苦时,给我们创造了这么一次面谈机会。假若你再晚一个时辰来,我就动身登门造访你去了。因为我十分想念你。"

我转过脸去,对我的童仆说:"端水来!"

童仆走去,端来一盆温水,让她洗手擦脸。她洗完手和脸,我让童仆把水往她的脚上泼,我弯下腰去,亲手为她洗脚。之后,我让童仆取来一套漂亮的衣服,让她脱去身上的湿衣服,换上干衣裳。

片刻过后,我们坐下,童仆端来饭菜,她却没有胃口。我问她:"你想喝酒吗?"

"想喝一点儿。"

我取来米酒和酒杯。她问:"谁来唱歌助兴呢?"

我说:"小姐,我来唱!"

"我不喜欢听你的歌声。"

"那么,我们就让歌伎来唱,好吗?"

"我也不喜欢听她们唱。"

"你来唱吧!"

"我也不唱。"

"谁来唱呢?"

"你出去找个人来给我们唱。"

我依了她,转身出门去找歌手。然而我心中却不抱什么希望,因为在这样的时候和坏天气里,我相信是找不到歌手的。

我走在大街上,忽遇一个盲人,但见他手握长杖,不住地敲打着地面,缓慢地朝前走去,边走边说道:"安拉是不会降福给他们的!因为我唱歌时,他们不用心欣赏;我默默无言时,他们却又看不起我。"

我上前问盲人:"喂,盲兄弟,你是位歌手吗?"

盲人答:"是的!"

"你今夜能给我们唱个堂会,让我们娱乐开心一番吗?"

"如果先生真有这个想法,那就请拉着我的手,领我到贵府上去吧!"

我拉着盲人的手,快步回到家中。我对女友说:"小姐,我领来了一位盲人歌手,让我们一道欣赏一下他的歌喉吧!他是看不见我们的。"

她说:"领他进来吧!"

我把盲歌手领进房间,给他端上饭菜。盲歌手吃完饭,洗了洗手;然后我又给他送上酒。他喝了三杯酒之后,问我:"你是哪一位呢?"

我回答:"我是伊斯哈格·本·易卜拉欣·穆苏里。"

"我早就听说过你的大名,今日得以同桌对饮,真是喜出望外,不胜高兴。"

"你高兴,我感到快慰。"

"伊斯哈格先生,请为我唱一曲吧!"

我抱起四弦琴,调了调弦,然后说:"遵命!"

随后,我边弹边唱起来。

我的声音刚落,盲歌手对我说:"伊斯哈格先生,你快成歌唱家了!"

我自感惭愧,随后放下四弦琴。盲歌手问道:"难道贵府上没有歌手?"

我回答:"我这里倒有一个歌女。"

"让她给我们唱一曲呀!"

"你听完她唱,你唱吗?"

"当然唱啦!"

我的歌女抱起四弦琴,唱了一曲。

盲歌手听后,说:"美中不足,稍有欠缺哟!"

女友生气地放下四弦琴,说道:"我的全部本事都拿出来了。你如果有什么十全十美的东西,那就施舍给我们一点儿吧!"

盲歌手说:"给我一把没人动过的四弦琴!"

童仆从命拿来一把新琴,递给盲歌手。

盲歌手接过琴,调了调弦,用一种我未曾见过的指法弹奏起来,他边弹边唱道:

夜阑更已深,正好踏路津。访问约期至,情友谙时辰。
忽闻问候语,声调动人心:门站亲爱者,此刻可得进?

盲歌手唱完,我转脸望望女友,只见她满面怒气,对我说:"你我之间的秘密,你连一个时辰的工夫都保守不住,竟吐露给这个人!"

我向她发誓,从未泄露秘密。我又连忙向她表示歉意,亲吻她的手和面颊,胳肢她的痒处,她这才笑了起来。

我把目光转向盲歌手,对他说:"先生,请再给我们唱一曲吧!"

盲歌手弹起四弦琴,唱道:

曾访窈窕女,情语轻又柔。难忘情与谊,紧捧红酥手。
最是摸不厌,前胸双石榴。颊上红苹果,香气沁心透。

听了盲歌手的弹唱，我大感惊愕，随后问女友："小姐，谁把我们之间的事告诉他的？"

女友说："是啊，谁告诉他的呢？"

我们马上躲开他，走进小房间。他说："我想去方便一下。"

我吩咐童仆："点上蜡烛，带他到厕所去！"

盲歌手跟着我的童仆走出房间。

盲歌手离去，迟迟不见回来，我走去找他，结果不见他的踪影，却见大门全都锁着，且钥匙放在橱柜中。我真不知道他是飞上了天，还是钻进了地里。我苦思冥想，终于恍然大悟，知道他不是人，而是个妖魔，原来是个拉皮条的鬼怪。我转身回到房间，想起了艾卜·努瓦斯的诗句：

  魔鬼性骄怪，内心藏恶图；
  当年引亚当，踏上歧途路；
  面对人子孙，甘愿当龟奴。

莎赫札德紧接着讲《失恋男女》的故事：

相传，易卜拉欣·本·伊斯哈格曾这样讲述自己经历的一件事：

当年，我曾侍奉巴尔马克家族。有一天，我正坐在家中，忽听有人敲门。我的童仆走去，片刻后回来禀报说："老爷，门外有位漂亮小伙子求见。"

"让他进来吧！"我随口说。

随童仆走进来一位青年，但见他形容憔悴，满脸病相。青年说："先生，许久以来，我就想见你。我有事求你呀！"

"什么事啊?"我问。

青年拿出三百第纳尔,放在我的面前,然后说:"先生,请你收下我这份薄礼,为我的一首诗谱个曲子。"

"请把你的诗朗诵一遍吧!"

青年吟诵道……

讲到这里,眼见东方透出黎明的曙光,莎赫札德戛然止声。

第六百九十七夜

夜幕垂空,莎赫札德接着讲故事:

幸福的国王陛下,易卜拉欣·本·伊斯哈格接着讲述自己的经历:

那位青年给了我三百第纳尔,然后对我说:"先生,请你收下我这份薄礼,为我的一首诗谱个曲子。"

"请把你的诗朗诵一遍吧!"

青年吟诵道:

凭借安拉情,呼声我的眼。借用我的泪,扑灭愁火焰。
人生在世上,临灾复非难。即使裹殓衣,也不见他面。

我答应青年的要求,为他的诗谱了曲,调子低沉,酷似哭泣。曲子谱好,我给他唱了一遍。

青年听过，立即昏迷过去，不省人事了。我见他纹丝不动，满以为他已气绝。过了一会儿，青年苏醒过来，睁开双眼，对我说："先生，请你再唱一遍给我听听！"

"小伙子，不要再唱了！我怕再唱一遍，你会因之丧命。"

青年说："也许会那样，但愿那样！即使我一命呜呼，也请你给我再唱一遍。"

青年连声哀求我，我终于对他产生同情怜悯之心，又给他唱了一遍。

青年听后，一声大叫，倒在地上，晕了过去。见此情景，我真的以为他死了。我唤童仆取来玫瑰水，不住地朝他脸上洒。过了好大一会儿，青年才苏醒过来，随后慢慢坐起来。

我连声赞颂安拉，庆幸青年平安无事。我把他给我的钱还给他，并且说："小伙子，拿着你的钱，回家去吧！"

青年说："这钱是给你的，我不需要。假若你能再给我唱一遍，我将再送给你这么多钱。"

他还要给我钱，我感到高兴。我说："我可以再唱一遍。不过，我要你答应我三个条件。"

"哪三个？"

"第一，你要在我这里住下来，多吃点儿，多喝点儿，以便恢复你的体力，增进你的健康；第二，你要喝几杯酒，以振奋你的精神；第三，你要把自己的身世和经历对我讲一讲。"

青年一口答应，随即住下来，吃喝过后，开始向我讲述他自己的身世和经历：

我是麦地那人。有一天，我踏着春雨喷洒过的小路，与朋友外出游玩，碰到一群姑娘。那姑娘们一个个花容玉貌，人人像挂着露珠的杨柳枝条。她们当中有一位姑娘,长相格外漂亮,体态婀娜多姿,一双秀目含娇,着实明艳动人。姑娘们在树荫下嬉戏、玩耍,直至夕阳西斜,方才离去。

先生,不瞒你说,我一眼便看中了那位特别漂亮的姑娘;见不到她,仿佛心上有了一种难以愈合的伤口。我四处打听她的消息,结果一无所获;为找她,我走遍市场、街巷,连她的踪影都没看见,因此,我感到痛苦难耐,终于病倒了。

我把我的心事讲给我的一位亲戚,他听后对我说:"不要紧的!你不必发愁!春天还没过去,天还是会下雨的。你出去玩儿时,我跟你一道出去;到那时,保你如愿以偿。"

听亲戚这样一说,我的心平静下来了。

我终于盼来了另一场春雨,人们争相外出游春。

我和朋友及亲戚们一道外出,坐在上一次我们坐的那个地方。片刻之后,只见一群姑娘像赛跑的快马一样跑了过来。我对我的一个表姐说:"姐姐,你去对那个姑娘说,'这个小伙子对你讲,诗人说得好……'"

"诗人说什么?"表姐问。

我对表姐吟诵道:

情箭射将来,恰中我的心;其伤难愈合,人儿何处寻?

表姐走去,向我钟情的那位姑娘传达了我的话和诗人的诗。姑娘说:"请你对他说,诗人回答得妙……"

姑娘吟诵道:

彼此患同病,忍耐抵万金。一语告君知:喜悦时已近。

姑娘害羞,没有再说什么,而是站起身来走去。我随即站了起来,跟了过去,一直跟到她的家门口,弄清了她的住处。

自那以后,她不时来看我,我也不断地去访问她。我们时常相聚。因为见面多了,流言传到了姑娘父亲的耳里。

我不断地去看姑娘,并把此事告诉了我的父亲。父亲叫了几位亲戚,一起去见姑娘的父亲,向姑娘求婚。姑娘的父亲说:"你的儿子让我的女儿出丑了!在此之前,你们若来求婚,我会一口答应的。可是现在呢?丑闻已经传开,我无法证实人们的说法是真是假呀!所以我不同意这门婚事。"

青年一口气把自己失恋的过程讲了个一清二楚。青年说完,我又给他把谱完的曲子唱了一遍,然后他把他的住址告诉了我,方才离去。自此,我与青年之间有了交往,相处甚好。

贾法尔·伊本·叶海亚官复宰相职位后,我照例去相府拜访他。

一次,我为贾法尔·伊本·叶海亚宰相唱起那位青年的诗,宰相兴奋难抑,连喝数杯酒。他说:"妙哉,妙哉!这是谁的歌词呀?"

随后,我把那位青年的故事从头到尾讲了一遍。贾法尔·伊本·叶海亚宰相吩咐我立即骑马去找那位青年,说保证要让他如愿以偿。

我从命立即飞马而去,把那位青年带到相府。贾法尔·伊本·叶海亚宰相问其情况,青年详详细细讲了一遍。宰相说:"小伙子,你的婚事我包下来了!我一定要让你与姑娘结为百年之好。"

青年听后,欣喜不已,随后和我们一起在相府中过夜。

第二天早晨，贾法尔·伊本·叶海亚宰相骑马进宫，见到哈里发哈伦·拉希德。向他讲述了青年的故事，哈里发听后，觉得很有意思，即令我们一起赶至宫中。

我们到了宫中，哈里发命我唱唱那首歌。我唱完，哈里发兴高采烈，连饮数杯，随即命令文书写信给希贾兹总督，令其将那位姑娘的父亲及亲戚们带到京城来，并且拨足了他们所需要的全部费用。

时隔不久，姑娘的父亲及亲戚们全部来到京城。哈里发接见了姑娘的父亲，又令差官将那位青年叫到面前，当面下令让姑娘与青年结为伉俪，并赐赠给青年十万第纳尔作为送给姑娘的彩礼。

那青年如愿以偿地与姑娘结为恩爱夫妻。新婚后，青年成了贾法尔·本·叶海亚宰相的亲密朋友；直到贾法尔·伊本·叶海亚被杀，青年才带着妻子返回麦地那城。

愿安拉怜悯他们所有人的在天之灵。

莎赫札德接着讲《机警的宰相》的故事：

相传，一个基督徒为投其所好，送给宰相艾卜·阿米尔·本·迈尔旺一个漂亮少年，容貌英俊无双。宰相视为宝贝儿，宠爱备至。

国王纳绥尔看见那个少年，惊羡不已，问道："喂，相爷阁下，这个美少年是从哪儿弄来的？"

艾卜·阿米尔回答道："这是安拉赐予我的。"

"哦！难道你想用星辰吓唬我们，用月亮俘虏我们吗？"

宰相艾卜·阿米尔听国王这样一说，急忙表示歉意。随之，他备下礼物，连同美少年一同送往王宫，临行前他对美少年说："假若不是出于无奈,我是不会把你当作礼品送给国王的。"

他同时唱了一首诗,献给国王。诗云:

> 此为天上月,理当挂帝空。明月行地上,不如悬苍穹。
> 灵魂诚可贵,愿献王宫中。割爱换君欢,唯觅世间同。

国王纳绥尔收到礼物,欣喜不已,遂赏给宰相银钱若干,宰相也因此备受国王的宠爱和信任。

过了一段时间,又有人送给宰相一位美女,其貌美绝伦,闭月羞花,堪称国色天香。艾卜·阿米尔担心消息传到国王的耳里,国王会像要那个美少年一样,也提出要这位美女,于是马上备下一批礼物,连同美女一道送往王宫……

讲到这里,眼见东方透出黎明的曙光,莎赫札德戛然止声。

第六百九十八夜

夜幕垂空,莎赫札德接着讲故事:

幸福的国王陛下,国王纳绥尔收到礼物,欣喜不已,遂赏给宰相银钱若干,宰相也因此备受国王的宠爱和信任。

过了一段时间,又有人送给宰相一位美女,其貌美绝伦,闭月羞花,堪称国色天香。艾卜·阿米尔担心消息传到国王的耳里,国王会像要那个美少年一样,也提出要这位美女,于是马上备下一批礼物，连同美女一道送往王宫，同时赋诗一首，献给国王。诗云：

先奉一玉兔，今日献金龟。
心意送宫阙，双月天上会。
星会传佳音，多福河水美。
俏女俊少年，美不胜描绘。
人美不见三，君王无双对。

国王纳绥尔收到礼物和一个美人儿，又读到那首颂诗，无比高兴。从此，宰相在国王的心目中的地位更高。

见此情景，宰相的仇敌们很不舒服，其中一个大臣在国王面前进谗言说："国王陛下，你别看艾卜·阿米尔把美少年和美人儿送到了你这里来，可他的心里是舍不得的，依然思恋着那俊男美女，暗地里咬牙切齿，后悔把宝贝儿送给陛下……"

国王厉声呵斥道："你不要信口雌黄，莫以小人之心度君子之腹！再胡说八道，我就割下你的脑袋！"

国王虽这样呵斥那位大臣，但内心里却有些疑虑，于是以美少年的口气写了一封信给宰相艾卜·阿米尔。信中写道：

老爷：
　　正如你所知，只有你才是我的主人。当初，我与你在一起，倍感幸福、安宁。如今，我虽身在王宫，却依旧向着你，想与你一道生活；只因为惧怕国王的威严，不敢有什么表示。我恳求老爷想个办法把我接走。

国王写完，将信交给一个宫仆，令之送给宰相，并且叮嘱说：

"你就说这信是美少年写的,国王根本不知此事,更没有授意让他写。"

"遵命!"

宫仆带着信,急匆匆赶往相府。

宰相艾卜·阿米尔接过信来一看,又听过宫仆说的那两句话,立即觉察出其中有诈,不禁倒吸了一口凉气,马上在信背后赋诗一首。诗云:

> 已获经验人,岂会闯狮林?
> 我非情中痴,亦非愚过人。
> 他臣嫉妒意,皆铭我内心。
> 我诚服陛下,已经献灵魂;
> 灵魂怎收回,业已离躯身!

宰相写完,随手将信递给宫仆。

宫仆携带着复信回到宫中。国王读完那首诗,对宰相艾卜·阿米尔的聪慧机警惊叹不已。从此以后,再也无心听那个大臣的谗言。

有一天,国王纳绥尔问宰相艾卜·阿米尔:"喂,相爷阁下,你是怎样挣脱嫉妒者们的罗网的呢?"

宰相回答:"因为我的情欲在心中,却从不显露在行动上;究竟这是怎么回事,只有安拉全知。"

莎赫札德紧接着讲《戴丽莱母女闹京城》的故事:

相传,哈里发哈伦·拉希德时代,有两个人,一个名叫艾哈迈德·戴尼夫，一个名叫哈桑·舒曼。这两个人都是诡计多端、行为怪僻之辈。他俩博得哈里发的赏识，哈里发哈伦·拉希德赐赠给艾哈迈德·戴尼夫锦袍一身，并任命他为禁卫军右卫队队长；赐赠给哈桑·舒曼锦袍一身，任命他为禁卫军左卫队队长；还为二人规定了每月一千第纳尔的薪俸，每人手下有四十名剽悍的兵士。

哈里发诏令艾哈迈德·戴尼夫和哈桑·舒曼走马上任，他俩便在省督哈立德亲王的陪同下，带着手下兵士，骑马来到巴格达街头，吩咐传令官呼喊道："遵哈里发圣命，艾哈迈德·戴尼夫荣任禁卫军右卫队队长，哈桑·舒曼荣任禁卫军左卫队队长，特告巴格达各界公众，务必令行禁止遵纪守法，不得有违！"

当时巴格达城有位老太太，足智多谋，人称她为"诡计多端的戴丽莱"。她身边有一个女儿，名叫泽娜白，聪慧过人，骗术出众。

母女二人听到传令官的呼喊，泽娜白对母亲戴丽莱说："母亲，你看哪！这个艾哈迈德·戴尼夫是被从埃及赶出来的。他在巴格达，稍稍玩弄了几个花招儿，渐渐接近了当朝的哈里发，如今当上了禁卫军右卫队队长。母亲，你再看那个秃子，他就是哈桑·舒曼，成了禁卫军左卫队队长。这两个家伙午饭、晚饭都有美味佳肴，每月都可以拿到一千第纳尔的薪水。母亲，我们呢？我们在家中赋闲，没有事儿干，没有地位，没有尊严，连问问我们的人也没有。"

戴丽莱的丈夫原是巴格达的一位官员。他去世了，留下两个女儿，大女儿已经结婚成家，生了个儿子名叫艾哈迈德·莱吉塔；二女儿就是泽娜白，仍待字在闺中。

戴丽莱是位足智多谋的老太太，善耍巧计，长于弄假行骗，足以使狡猾的狐狸上当，甚至乖乖走出巢穴就擒，就连魔鬼都得向她学习诡计和奸猾。

戴丽莱的父亲本是哈里发的饲鸽官,月薪一千第纳尔。他饲养的都是信鸽,可以担当传递书信的要任。哈里发的每只鸽子各有派用场的时辰;在他看来,简直比他的王子还宝贵。

泽娜白对母亲说:"母亲,你玩儿个计谋,耍个花招儿,说不定会让我们在巴格达一举成名,领到当年父亲当官时的那份薪水。"

讲到这里,眼见东方透出黎明的曙光,莎赫札德戛然止声。

第六百九十九夜

夜幕垂空,莎赫札德接着讲故事:

幸福的国王陛下,戴丽莱的父亲曾给哈里发当过饲鸽官,月薪一千第纳尔。一天,女儿泽娜白对母亲说:"母亲,你玩儿个计谋,耍个花招儿,说不定会让我们在巴格达一举成名,领到当年父亲当官时的那份薪水。"

戴丽莱说:"孩子,凭你的生命起誓,我一定要在巴格达玩弄计谋,胜过艾哈迈德·戴尼夫、哈桑·舒曼耍的花招儿!"

老太太站起身来,戴上围巾遮住口和鼻子,穿上穷人习惯穿的那种能盖住脚后跟的粗毛布长袍,束上一条宽腰带,拿起一个水壶,灌满水,再把三枚金币放在壶嘴里,用椰枣树纤维把壶嘴堵上,之后,她戴上若干条串珠,足有一捆柴那样多;又拿上一面旗,旗上有红、黄两色条纹。

一切准备妥当,戴丽莱口中开始念起"安拉!安拉!"口中赞颂安拉,而心里却在想计谋,立志干出一件惊动京城的大事来。

戴丽莱穿过大街小巷,行至一条胡同,只见那里打扫得干干净净,而且还洒过水,地面用大理石铺成。

走进胡同,她看见一座大拱门,门槛用雪花石雕成;看大门的是个马格里布人,端端正正地站在门前。

原来那是哈里发王宫警长的宅邸大门。这位警长有庄园数座,田产无数,身为高官,安享厚禄。他名叫哈桑,绰号"劫匪";人们之所以这样称呼他,因为他行事惯于先斩后奏,常常不问青红皂白就动手打人。

哈桑警长与一位漂亮女子结为夫妻。他很爱自己的妻子。洞房花烛之夜,他向妻子发誓决不再娶别的女人,也不在外面过夜。

日子一天天地过去,妻子却未曾有喜。一天,哈桑来到王宫,见每位王公大人不是带着一个孩子,就是带着两个孩子,心中很不是个滋味。

有一次,哈桑进浴池洗澡,对着镜子一照,发现自己的胡子都白了,心想:"安拉啊,你召走了我的父亲,难道就不赐予我一个儿子?"他回来走进妻子的房间,满脸怒色。

妻子说:"晚安!"

哈桑说:"你离开我这里吧!自打我看见你那天起,我就没见你做过一件好事儿。"

"为什么呢?"

"新婚之夜,你就让我发誓不再娶别的女人。我今天进宫,见王公大人们都有孩子,有的人还有两个孩子,我便想到了死。我既没有儿子,也没有女儿,我死了之后,也就没有人再记起我。正因为如此,我才生了气。现在我知道你是个不会生育的女人,你是不能为我留下儿女的。"

妻子说："安拉诅咒你！我捣春草药，用坏了几个石臼。罪过不在我，而在你的身上。因为你是个扁鼻骡子，你的精液稀如水，不能让我怀孕，因此我不能生孩子！"

"我外出回来，将另娶一个妻子。"

"我的命运全托付给安拉了。"

哈桑离去，二人都为这场结合感到后悔。

这一天，哈桑的妻子戴着首饰，打扮得像位新娘子一样，站在窗口向外眺望，见戴丽莱站在大门口。

戴丽莱见哈桑的妻子衣着考究，首饰华贵，自言自语说："戴丽莱呀，戴丽莱，你何不把这个女人带出她丈夫的家，扒下她的首饰和衣服，统统拿走呢？"

想到这里，戴丽莱站在哈桑公馆的窗下，不住地诵颂着安拉的美名。

哈桑的妻子见老太太身穿白色长袍，简直就像一座白色建筑物一样，闪烁着光芒，且听她不时地说："安拉的友人，安拉的宠臣，你们都来吧！"

妇女们听见老太太的话，纷纷从窗子探出头，向外眺望。有的人说："安拉给我们送福来了，这位老太太的脸上闪烁着光芒！"

哈桑警长的妻子名叫哈图妮。

哈图妮见此情景，哭了起来，随后对女仆说："你下去一趟，求看门的艾卜·阿里老人让门外的那位老太太进来，也好让我们都沾沾她的福，也许她能给我们带来福音。"

女仆走去，上前亲吻门卫艾卜·阿里老人的手，并且说："老伯，太太让你允许那位老太太进门来，太太想见她。"

讲到这里，眼见东方透出黎明的曙光，莎赫札德戛然止声。

第七百夜

夜幕垂空，莎赫札德接着讲故事：

幸福的国王陛下，哈桑警长的妻子名叫哈图妮。

哈图妮见此情景，哭了起来，随后对女仆说："你下去一趟，求看门的艾卜·阿里老人让门外的那位老太太进来，也好让我们都沾沾她的福，也许她能给我们带来福音。"

女仆走去，上前亲吻门卫艾卜·阿里老人的手，并且说："老伯，太太让你允许那位老太太进门来，太太想见她。"

艾卜·阿里从命，转身朝老太太走去。他走到戴丽莱面前，俯身想亲吻她的手，老太太却拒绝他，同时说："你离我远一点儿，不要妨碍我做小净。艾卜·阿里，你也是受安拉的朋友重视、提拔的人。安拉就要把你从这个职业中解放出来了。"

看门的艾卜·阿里老人一连三个月没从哈桑警长那里领到薪水了，处境困难，手头很紧，他不知道如何通过老太太摆脱哈桑这个"劫匪"。

艾卜·阿里对老太太说："老太太，让我喝你一口水，也好让我沾沾你的福！"

戴丽莱从肩膀上取下水壶，在空中摇晃了几下，堵在壶嘴上的椰枣树纤维被甩了出去，三枚金币掉落在地上。

艾卜·阿里看到掉在地上的那三枚金币，立即上前捡了起来，心想："这位老太太果然神灵附体，而且还是位有钱的富婆。看来她知道我眼下囊中羞涩，需要金钱，所以从天空中给我取来三枚金币。"

艾卜·阿里拿着三枚金币对戴丽莱说："老太太，这三枚金币是从你的水壶里掉出来的，请拿着吧！"

戴丽莱说："你拿去，改善一下你的处境，弥补一下警长不给你薪水带来的缺空吧！我可不是那种贪婪世间红尘的人。"

"这真是来自安拉的济助和恩典呀！"

艾卜·阿里声音刚落，女仆走上前去，亲吻戴丽莱的手，然后将她带往女主人那里。

戴丽莱走进客厅，女主人哈图妮一见她，便觉得她像一座宝库，仿佛自己把打开宝库的秘密符咒破译了一样，满心欢喜，连忙表示欢迎，亲吻老太太的手。

戴丽莱说："闺女啊，我是奉天启而来的。"

哈图妮立即吩咐女仆端上饭来。老太太看见饭菜，说道："除了天堂里的饭菜和斋食，我是不吃别的东西的。一年当中，我只有五天开戒。我的闺女啊，我看你满脸愁云，闷闷不乐，你能把原因告诉我吗？"

哈图妮说："大妈，新婚之夜，我要我的丈夫发誓，除了我不再另娶女人。近来，他看见别人的孩子，想要孩子，于是责斥我是个不生育的女人。我听后，对他说：'你是个扁鼻骡子，你才是个不育的人，精液稀如清水。'他听后，愤然而去，临走时对我说：'我外出回来，就另娶一个女人！'大妈，我真害怕他休掉我，另娶一个女人。因为他有庄园数座，良田万顷，且身为高官，俸禄丰厚。假若别的女人为他生下孩子，家财、土地岂不全归他人所有了吗？"

老太太戴丽莱听后，说道："闺女呀，莫非你没有听说过有位名叫艾卜·哈姆拉特的老人？欠债的人只要一拜访他，债务立即偿还一清；不育的妇女只要一拜访他，就会怀孕。"

"大妈，自打我进了这家门，就不曾出去过，既没有参加过葬礼，也没有看过婚庆。"

"闺女呀，我带你去拜访那位老翁，让他帮助你解决难题。你对他许个愿，希望你丈夫外出归来，同你交欢，能怀上个一男半女。不管生男还是生女，你都不要忘记艾卜·哈姆拉特老人的恩德。"

听老太太这样一说，哈图妮心中顿时燃起希望之火。她立即站起身来，走去戴上首饰，穿上最漂亮的衣服，叮嘱女仆说："我有事出去一趟，你好好看着家！"

哈图妮随着老太太戴丽莱走出房门。看门的艾卜·阿里老人见太太要出门，便问："太太，你到哪里去啊？"

哈图妮说："我去拜访一下艾卜·哈姆拉特老人。"

"太太，我今年本该封斋了。这位老太太是位圣徒，也是位大施主啊！我的情况，老太太不问便知；她知道我处境不佳，生活拮据，给了我三枚金币，困难一下就解决了。"

戴丽莱和哈图妮一道出了大门。

戴丽莱对哈图妮说："闺女呀，但期你拜访艾卜·哈姆拉特老人之后，心情安定下来，蒙安拉恩赐而怀上身孕。从此之后，凭借艾卜·哈姆拉特的恩典，你的丈夫哈桑警长爱你亲你，不再说那种伤你感情的话！"

哈图妮说："大妈，但求安拉保佑，一切顺利平安。我正是抱着这个愿望来拜访老人的。"

戴丽莱老太太边走边想："人们来来往往，我到哪儿才能把她的衣服首饰全剥下来呢……"想到这里，她对哈图妮说："闺女呀，你远远地跟在我的后面走,只要能看见我就行啦!孩子,你有所不知,大妈肩上的担子重得很呀!不管谁有事,都往我的身上推;谁有什么许愿,都托付给我,求我代办,亲吻我的手。"

哈图妮果然从命,老远地跟在老太太的后面,直至老太太来到市场。

哈图妮的手镯和脚镯叮当作响,走过一个商人的儿子开的店铺门前。那商人的儿子名叫赛义德·哈桑,年轻貌美,还没长胡子。

赛义德·哈桑见哈图妮走来,情不自禁地睁大眼睛,目不转睛地望着这位漂亮的女子。

老太太戴丽莱见此情景,忙向哈图妮使了个眼色,随后对她说:"你先在这家店铺前坐一坐,我一会儿就回来。"

哈图妮从命,在赛义德·哈桑的店铺前坐下来,那位商人的儿子望了哈图妮一眼;仅仅这一眼,为小伙子带来了万般惆怅,致使小伙子不知如何是好。

老太太戴丽莱走去片刻就回来了。她走进店铺,向店主问安致意之后,说:"小老板,你就是大商人穆哈欣的儿子赛义德·哈桑吧?"

"是啊!"小伙子十分吃惊,"你怎么知道我的名字?"

老太太说:"好心人向我指点的。这个姑娘是我的女儿,她父亲是经商的,不幸去世了,给她留下大笔钱财。如今,她已到了结婚年龄。智者们说:'要给你的女儿择婿,不要给你的儿子选妻。'我这个闺女长这么大,还是第一次出门。我已得到圣启,心中想着把我的女儿许配给你。假若你手里没钱,我就给你资本,为你开两家店铺。"

赛义德·哈桑听后,心想:"我曾求安拉赐予我一个如意贤妻,谁又能把金钱、女人和衣饰全都给我送来呢?"

想到这里,赛义德·哈桑对老太太说:"老妈妈,就依你的安排!我母亲多次催我结婚,但我就是不同意,对她说:'我只有找到自己看得上的女子,我才同她结为夫妻。'"

戴丽莱说:"走吧,跟我来,让你看看她一丝不挂、美妙无穷的情景。"

赛义德·哈桑站起来,带上一千第纳尔,跟着老太太走去,边走边想:"她要什么,我都给她买,当然还要支付订婚酬金!"

讲到这里,眼见东方透出黎明的曙光,莎赫札德戛然止声。

第七百零一夜

夜幕垂空,莎赫札德接着讲故事:

幸福的国王陛下,赛义德·哈桑对老太太戴丽莱说:"老妈妈,就依你的安排!我母亲多次催我结婚,但我就是不同意,对她说:'我只有找到自己看得上的女子,我才同她结为夫妻。'"

戴丽莱说:"走吧,跟我来,让你看看她一丝不挂、美妙无穷的情景。"

赛义德·哈桑站起来,带上一千第纳尔,跟着老太太走去,边走边想:"她要什么,我都给她买,当然还要支付订婚酬金!"

戴丽莱嘱咐赛义德·哈桑:"你走时,要远远地跟在她的后面,能用眼睛看见她,也就行了。"

戴丽莱边走边想:"这个小伙子的店铺已经关门,把他和警长太太带到哪儿去,才能让他和她一丝不挂呢?"

戴丽莱在前面走,警长太太哈图妮跟在她的后面,商人的儿子赛义德·哈桑跟在哈图妮的后面,相互之间距离较远,但都能看见前边的人。他们一直走到一家染坊前。

染坊的师傅名叫穆罕默德,是位朝过觐的哈之。他像一把削芋头的刀,男女顾客均宰,喜食无花果和石榴。

染匠穆罕默德听到脚镯的响声,抬眼望去,只见一女一男一前一后朝这里走来,同时看见一位老太太已经站在染坊门前,向他问安致意。老太太戴丽莱问:"你就是染坊师傅穆罕默德哈之吗?"

"正是,我就是穆罕默德哈之。有什么事吗?"染匠随声回答。

"我蒙善人指点,方才找到哈之先生。你看看哪,那个漂亮姑娘是我的女儿,那个标致的小伙子是我的儿子。这一男一女,都是我亲手拉扯大的,我在他俩身上花了许多钱。我有一座大房子,但已破烂不堪,好多处用木头支撑着。有位工程师劝我:'老太太,你找个地方暂住一下吧!这座房子该修缮一下了;如若不然,恐怕坍塌下来,要闹出人命的。等修好了,再回来住!'我东跑西跑,想找个地方住,善人指点让我找对了你。穆罕默德哈之,我想让我的女儿和儿子暂时在你这里借宿一下!"

染匠听老太太这样一说,心想:"好事不是来了吗?奶油加大饼,香甜可口!"想到这里,他对老太太说:"你真是找对了地方!我家里有卧房,有客厅,还有阁楼。不过,我得用于接待客人和种靛青的那些农夫朋友。"

"哈之师傅,我们住上一两个月,房子修好就搬回去。我们是外乡人,就让我们在客人中间挤一挤吧!哈之师傅,我们欢迎他们,和他们同吃同住,把他们当作亲人。"

染匠穆罕默德听老太太这样一说,欣然同意接待异乡人,把钥匙交给了老太太,一把大的,一把小的,一把弯的,并对她说:"大钥匙是开大门的,弯钥匙是开厅门的,小钥匙是开阁楼门的。"

戴丽莱接过钥匙,哈图妮和赛义德·哈桑一前一后跟着老太太走去。

他们来到一条胡同,看见那里有一座大门,戴丽莱走上前去,用大钥匙打开大门,走了进去。老太太戴丽莱对跟进来的哈图妮说:"闺女,这就是艾卜·哈姆拉特老人的家宅。"

老太太指着楼上,说:"闺女,你先上楼休息一下,我马上就来。"

哈图妮走上楼去,坐了下来。随后,商人的儿子赛义德·哈桑也走了进来,老太太对他说:"你先去客厅坐一坐,我马上把姑娘领来,让你和她见面。"

赛义德·哈桑走进客厅,坐了下来。

戴丽莱转身上楼,哈图妮对她说:"大妈,我想赶在人们到来之前拜见艾卜·哈姆拉特。"

老太太说:"闺女,我怕有些不方便!"

"为什么?"

"这儿有个傻小子,不知冬夏,总是赤身裸体,一丝不挂,而他却是艾卜·哈姆拉特老人的代理人。有公主小姐来访问老人时,那傻小子不是摘人家的耳环,就是揪人家的项链,甚至撕扯人家的绸衫缎袍,有时把人家的衣服扯破撕碎。你呀,我看赶快把首饰摘下来,把好衣服脱下来,让我给你保管着吧!"

警长太太哈图妮果然摘下首饰,脱掉华丽衣服,递给老太太戴丽莱,同时说:"大妈,我把这些东西交给你保管,希望你也能沾老人的福。"

哈图妮的身上只剩下短衫和裙裤。老太太接过首饰和衣服,转身离去，随后将那些东西藏在楼梯下面。旋即，老太太走到客厅，见赛义德·哈桑正在那里等着姑娘。

赛义德·哈桑说："老妈妈，你的女儿在哪儿？让我见见她呀！"

戴丽莱听他这样一问，连连捶胸顿足。赛义德·哈桑问："老妈妈，你怎么啦？"

老太太说："那些坏邻居和嫉妒者不得好死！因为他们看见你跟着我进来时，便向我打听你的情况。我对他们说：'我将选他做我女儿的新郎。'他们听后，一个个向我投来嫉妒的目光。他们当着我的女儿对我说：'难道你想把自己的女儿嫁给一个浑身生疥疮的人？'我听后，只得向我的女儿发誓，一定叫你赤身裸体让她看看不可，否则她是不会和你成亲的。"

赛义德·哈桑一听，气愤难平，说道："安拉诅咒这些嫉妒者！"

说罢，他卷起袖子，露出双臂，但见胳膊光洁，白皙如银。

戴丽莱说："孩子，你不要害怕！什么也不用怕！我会让你像她看到你的裸体一样，也让你看看她一丝不挂的情景。"

"你就让她来看我就是了。"

说完，赛义德·哈桑脱下衣服，解下肚带和腰刀，继之脱得身上只剩下短衫和短裤，把装着一千第纳尔的钱袋和衣物放在一旁。

戴丽莱说："孩子，把你的衣物交给我保存吧！"

"好吧！"

戴丽莱抱起赛义德·哈桑的衣物和钱袋，走出客厅，佯装要去叫姑娘。她来到楼梯下，抱起哈图妮的衣服和首饰，出了大门，随手将门锁上，溜走了。

讲到这里，眼见东方透出黎明的曙光，莎赫札德戛然止声。

第七百零二夜

夜幕垂空，莎赫札德接着讲故事：

幸福的国王陛下，赛义德·哈桑脱下衣服，解下肚带和腰刀，继之脱得身上只剩下短衫和短裤，把装着一千第纳尔的钱袋和衣物放在一旁。

戴丽莱说："孩子，把你的衣物交给我保存吧！"

"好吧！"

戴丽莱抱起赛义德·哈桑的衣物和钱袋，走出客厅，佯装要去叫姑娘。她来到楼梯下，抱起哈图妮的衣服和首饰，出了大门，随手将门锁上，溜走了。

戴丽莱抱着那些衣物离开染坊师傅穆罕默德哈之的宅院，来到一个香水铺子里，将那些衣物存放在那位香水商那里，然后向染坊走去。

老太婆走进染坊，见染匠穆罕默德正在那里等着她，穆罕默德问："老太太，那房子你们还喜欢吧！"

戴丽莱回答："好极啦！我这就去找脚夫，让他们给我搬运床铺和别的用具。我的孩子想吃大饼卷肉，你拿着这枚金币，给他们买些饼和肉，去和他们一道进餐吧！"

染匠说："谁给我看着这染坊和里面的东西呢？"

"让你的小伙计照管一下就是了。"

"好吧！就这么办。"

说完，染匠拿着盆和盘子，走出染坊置备午饭去了。

戴丽莱骗走染匠，向香水铺子走去。她到那里取了寄存的衣物和首饰，又返回染坊，对染坊的小伙计说："你追赶你的师傅穆罕默德去吧！我给你看一会儿，等你俩吃完饭回来我再走。"

"好的！"

小伙计转身走出染坊门，戴丽莱收拾起染坊里的东西，准备溜走。她刚出门，见一驴夫走来。那个驴夫是个大烟鬼，一个星期没有人雇佣他了。

戴丽莱喊道："喂，赶驴的，过来！"

驴夫走了过来。戴丽莱问："你认识我那个当染匠的儿子吗？"

"认识呀！"驴夫回答。

"我这个可怜的儿子，破产了，落下一身债。他每次被扣押，总得我想办法把他救出来。我要让他摆脱债务负担，把这些东西都退还给原主，因此我想雇佣你的驴子替我驮运这些东西。这枚金币是给你的脚钱，请你收下。我走之后，你随便用什么家什，把大缸中的染浆放掉，然后将大罐和坛子统统砸碎，等法官来时，让他什么也看不到。"

"染匠师傅对我恩重如山，我一定要帮他的忙。"

戴丽莱把东西放在驴背上，用罩布盖好，然后牵着毛驴，直奔家中而去。

戴丽莱走进女儿泽娜白的房间，女儿说："母亲，我在家一直为你提心吊胆，你玩儿了些什么招儿呢？"

老太太说："我用了四个花招儿，耍弄了四个人，他们是商人的儿子，警长的太太，染匠，还有一个驴夫。我把所有的东西，都用驴夫的驴子驮回来了。"

接着，她把详细经过向女儿讲了一遍。

泽娜白听后,说:"你拿了警长太太的衣饰,又骗来了商人儿子的财物,抄光了染坊的东西,还有那个驴夫也被蒙蔽了,今后你怎么在这里生活下去呢?"

"除了那个驴夫,谁也不能把我怎么样,只有那个驴夫认识我。"

染匠穆罕默德买了肉和大饼,让小伙计用头顶着,向染坊走来。

走到染坊门前一看,只见那个驴夫正在砸染缸和坛坛罐罐。他再仔细看,发现染坊里的东西全没有了,既不见布匹,也不见衣物,整个染坊成了一片废墟。

穆罕默德说:"喂,驴夫,住手!"

驴夫这才停止了摔砸。他说:"染匠师傅,感谢安拉保佑你平安。我真为你担心啊!"

"为什么?"

"因为你破了产,人们都在起诉你呀!"

"谁告诉你的?"

"你母亲告诉我的。是她老人家吩咐我砸这些坛坛罐罐的,她担心法官来检查时,发现这里有什么东西。"

"凭安拉起誓,我妈早就过世了。"穆罕默德边说边捶胸顿足,"安拉啊!天哪!我的财产呀!人们的衣物呀!全没啦!"

驴夫也哭了起来,诉苦说:"天哪,我的驴子也丢啦!"

片刻后,驴夫对穆罕默德说:"染匠师傅,让你母亲把驴子还给我吧!"

想到毛驴,驴夫连连批打自己的面颊。穆罕默德揪住驴夫,说:"你把那个老太婆给我找来!"

驴夫抓着染匠穆罕默德,说:"你得把我的驴子给我找回来!"

驴夫和染匠相互揪打起来,边打边吵,互不相让,招来许多人围观。

讲到这里,眼见东方透出黎明的曙光,莎赫札德戛然止声。

第七百零三夜

夜幕垂空,莎赫札德接着讲故事:

幸福的国王陛下,驴夫对穆罕默德说:"染匠师傅,让你母亲把驴子还给我吧!"

想到毛驴,驴夫连连抵打自己的面颊。穆罕默德揪住驴夫,说:"你把那个老太婆给我找来!"

驴夫抓着染匠穆罕默德,说:"你得把我的驴子给我找回来!"

驴夫和染匠争执不下,相互揪打起来,边打边吵,互不相让,招来许多人围观。

有人高声问:"穆罕默德师傅,究竟出了什么事?"

驴夫说:"听我给你们说!"

驴夫把事情的经过向人们讲了一遍。他说:"我猜想穆罕默德师傅一定会感谢我。可是,穆罕默德听后,捶着自己的胸脯,说:'我的母亲早就过世了!'我还要向他要我的驴子呢!正是他耍了这个花招儿,把我的驴子弄丢了!"

人们说:"穆罕默德师傅,你一定认识那个老太婆;如若不然,你是不会把染坊及里面的东西交给她看管的。"

穆罕默德说："我不认识她呀！她带着她的儿子、闺女要寄宿在我家里。"

一个人说："凭良心说，染坊师傅应该赔偿驴夫驴子。"

另一个人问："为什么？"

"因为驴夫看见老太婆待在染坊里，才放心把驴子交给了她。"

又有一个人说："穆罕默德师傅，因为是你让老太婆住在你家，因此你应该赔驴夫驴子。"

染匠听了，带着驴夫匆匆赶回家去了。

赛义德·哈桑在客厅里，焦急地等待着老太太戴丽莱把她的女儿带来。

哈图妮则一直在楼上等待老太太的到来，期望艾卜·哈姆拉特的代理人准许她去见老人家。可是哈图妮等来等去，不见老太太回来，于是站起身来，打算下楼去见艾卜·哈姆拉特老人。

哈图妮刚到客厅，一抬头忽然看见赛义德·哈桑站在那里，不禁一惊。赛义德·哈桑对她说："你母亲在哪儿？是她带我和你成亲的。"

哈图妮迷惑不解，说道："我母亲？我母亲早就不在人世了。莫非你就是艾卜·哈姆拉特老人的代理人？那老太太是你的母亲？"

"她？她不是我母亲！那个老太婆是骗子，她拿走了我的衣物，还拿走了我的一千第纳尔。"

哈图妮如梦初醒，恍然大悟道："我也上了她的当，受了她的骗。她带着我来访问艾卜·哈姆拉特，把我的衣服和首饰都骗走了。"

"我的衣服和一千第纳尔只有向你要了。"

"我的首饰和衣物只有向你讨要！你把你母亲给我找来！"

这一男一女正吵得不可开交时，忽见穆罕默德走了进来。

穆罕默德见那一男一女几乎是赤身裸体，一丝不挂，问道："你们俩的母亲在哪儿？"

哈图妮把发生的事情从头到尾讲了一遍。继之，赛义德·哈桑也把事情的真相讲了个明明白白。穆罕默德说："天哪！我的财产，人们的衣物，都白白丢掉了！"

驴夫叹道："我的毛驴也被骗走了！"

穆罕默德说："那老太婆是个骗子，是个扒手呀！你们赶快走吧，我要锁门了！"

商人之子赛义德·哈桑说："我们穿着衣服进来，现在要光着身子走出去，那如何是好啊！"

穆罕默德给一女一男找来两套衣服，让二人穿上，然后送走哈图妮。

染匠穆罕默德锁好宅门，对商人之子赛义德·哈桑说："走吧！带我们去寻找那个老太婆，把她送到官府去！"

赛义德·哈桑跟着染匠走去，驴夫在后面紧跟。

他们来到省督府，省督问他们："你们有什么事吗？"

他们向省督说了老太婆行骗的事情，省督说："城中的老太婆很多，你们说的是哪一个呀？你们去把行骗的那个老太婆抓来，我会让她向你们认罪。"

他们走去，寻找老太婆戴丽莱去了。

待在家中的戴丽莱对女儿泽娜白说："泽娜白，我想再耍一个计谋。"

"妈妈，我很为你担心呀！"女儿说。

"我就像蚕豆,既不怕水泡,也不怕火烤!"

戴丽莱穿上大家仆人的衣服,走出门去,开始策划新的计谋。

戴丽莱走进一条胡同,只见有一家张灯结彩,大门外铺着地毯,歌声和铃鼓声不绝于耳。她又看见一个女仆,抱着一个男孩儿。那男孩儿身穿银丝绣花衣,头戴缀着珠宝的红毡帽,脖子上挂着镶嵌着珠宝的金项圈,外披丝绒斗篷。

原来,那小男孩儿的父亲是巴格达的一位商界头领。该头领还有一个女儿,那天正是他的女儿订婚的日子。姑娘的母亲忙于接待女宾和歌女。她每一出现,孩子总要纠缠她,她便喊来女仆,吩咐说:"丫头,把小少爷抱走,到外面去玩儿玩儿。别让他在屋里闹腾了!"

女仆抱起男孩儿,到大门外玩儿时,恰好被刚进胡同的老太婆戴丽莱看见。

戴丽莱走到女仆跟前,问道:"今天你家女主人有什么喜事呀?"

女仆说:"我家大小姐今日订婚,太太正忙于接待歌女呢。"

听女仆这样一说,戴丽莱心想:"戴丽莱,戴丽莱,好机会来啦,把这个小男孩儿弄走吧!"

讲到这里,眼见东方透出黎明的曙光,莎赫札德戛然止声。

第七百零四夜

夜幕垂空,莎赫札德接着讲故事:

幸福的国王陛下，戴丽莱走到女仆跟前，问道："今天你家女主人有什么喜事呀？"

女仆说："我家大小姐今日订婚，太太正忙于接待歌女呢。"

戴丽莱听说那家大小姐订婚，心想："好机会来啦，把这个小男孩儿弄走！"

想到这里，她对女仆说："唉，真倒霉，活该丢脸，我没带什么大礼包呀！"

说完，戴丽莱从口袋里掏出一个黄铜片，就像一枚金币一样，那女仆一时辨不出真假。她对女仆说："丫头，你收着这枚金币，进去禀报太太，就说'善妈'为她感到高兴，对她表示敬意。小姐结婚之日，'善妈'一定带着自己的女儿，来为小姐梳妆打扮。"

"大妈，这个小少爷看见她母亲，会缠着不放的。那怎么办呢？"

"把孩子交给我，我替你看着。你立即去，马上回来。"

女仆接过那枚假金币，戴丽莱接过孩子。女仆走了进去，而戴丽莱则抱着孩子向另一条胡同走去。来到另一条胡同，她扒下孩子身上的华贵衣服和金项链，然后自言自语地说："戴丽莱呀，戴丽莱！骗过了那个女仆，这算不上什么本领，只有拿这孩子换上一千第纳尔，那才算有本事呢！"

想到这里，戴丽莱向珠宝市场走去。在那里，她看见一个犹太珠宝商，面前的玻璃柜里放着许多金银首饰。戴丽莱心想："你能从这个犹太珠宝商那里拿到一千第纳尔的金银首饰，把这个孩子在他那里当抵押，这才算有本事呢！"

那个犹太珠宝商见老太太抱着一个男孩儿，一眼便认出那是商界头领的儿子。那位犹太珠宝商腰缠万贯；虽然如此，当他见到邻店出卖首饰时,心里的嫉妒之情便油然而生,他主动问老太太:"喂,老太太,需要点儿什么?"

戴丽莱说:"你就是犹太富商欧兹莱师傅吧?"

因为她打听到商人的姓名,那犹太商人回答说:"正是。"

"这孩子的姐姐是商界头领的千金,她今天订婚,需要一些首饰,请给我拿一对脚镯,一对手镯,一对珍珠耳环,一条腰带和一枚戒指,再拿一把短刀。"

戴丽莱从犹太商那里拿了价值一千第纳尔的首饰,她说:"欧兹莱师傅,我先把这些东西拿回去,让老爷和小姐看看;假若他们喜欢,我就给你送钱来。这孩子先请你代看一下。"

"好吧!"欧兹莱随口答道,同时接过了孩子。

戴丽莱拿着首饰,直奔自己家而去。

泽娜白见母亲回来了,忙问:"母亲,你又玩儿了一个什么花招儿?"

戴丽莱说:"我玩儿了个小小花招儿,便把商界头领的小儿子身上的漂亮衣服扒下来了,接着把他当作抵押品,从犹太珠宝商那里弄来了价值一千第纳尔的金银首饰。"

"母亲,今后你不能在本城露面了。"泽娜白颇为母亲担忧。

商界头领的女仆走到女主人的面前,说道:"太太,'善妈'向你问好,向你表示祝贺。她说小姐大喜日子到来时,她将带着女儿为小姐梳妆打扮。"

太太急忙问:"小少爷在哪儿?"

"我怕他缠你,让'善妈'看着呢!'善妈'还给了歌女们赏钱。"女仆说。

太太对歌女们的领班说:"领班的,拿着赏钱吧!"

领班歌女接过钱一看,发现那是一枚黄铜片。

太太对女仆说:"你这个傻丫头,赶快去看看小少爷吧!"

女仆急忙转身走出大门,既没看见孩子,也没有看见那位"善妈",禁不住一声大叫,仰面倒在了地上。兴尽悲来,一时不知如何是好。

就在这个时候,商界头领回到家中,妻子向他讲述了发生的事情。

商界头领听后,立即上街寻找儿子,并喊来数位商人朋友一起帮着寻找。他们跑遍街巷,终于发现孩子在犹太珠宝商那里,只穿着内衣。商界头领说:"这是我的孩子呀!"

犹太商人说:"是啊,这是你的儿子。"

父亲见到了儿子,因为太高兴了,不曾问孩子的衣服和金项圈哪里去了,抱起孩子就要走。

犹太商人见他抱着孩子要走,忙拉住他,说道:"喂,首领,你慢走!"

商界头领回过头去,问:"犹太兄弟,有什么事儿吗?"

"老太太从我这里为你女儿拿走了价值一千第纳尔的金银首饰,把你的儿子作为抵押留在这里了。我之所以对她那么放心,就是因为我知道这是你的儿子。"

"我女儿?我女儿并不需要首饰呀!你把我儿子的衣服弄到哪儿去啦?快还给我吧!"

犹太珠宝商听他这样一说,大声呼喊道:"喂,穆斯林们,你们来评评这个理吧!"

正在四处寻找老太婆戴丽莱的驴夫、染匠和赛义德·哈桑听见犹太珠宝商的喊声,急忙走了过来,异口同声问道:"朋友,出什么事啦?"

犹太珠宝商把事情的经过向他们说了一遍。他们说："那老太婆是个骗子，把我们全骗了。"

接着，他们把自己受骗的经过讲了一遍。

商界头领说："既然我已找到自己的儿子，那么，我儿子的那些衣物就当他的赎金吧！假若能找到那个老太婆，一定要向她讨还孩子的衣物。"

商界头领抱着儿子回到家里，母亲看见儿子平安无事，欣喜不已。

犹太商人问那三个人："你们打算到哪儿去呢？"

那三个人异口同声回答："我们去找那个老太婆！"

"我也和你们一道去。你们仨谁认识她呢？"

驴夫回答："我认识她。"

犹太商人说："我们一起去寻找她，人多目标大，恐怕她一见我们便跑。依我之见，我们还是分头行动，各行一路，最后在马格里布剃头匠麦斯欧德哈之的门前集合，你们看如何？"

"这个办法好！"大家异口同声。

驴夫、染匠、赛义德·哈桑和犹太商人各沿一条路走去，四下寻找老太婆戴丽莱。

戴丽莱刚刚出门，正在琢磨新招儿时，被驴夫看见了。驴夫认出了老太婆，上前紧紧将她抓住，厉声骂道："你这个该死的老太婆，还在干这种勾当？"

戴丽莱不慌不忙，问道："你这是怎么啦？"

"我的毛驴呢？你赶快还我的毛驴！"

"孩子，你怎么只要你的毛驴，而并不问别人的那些东西呢？"

"我只要我的毛驴。"

"我看你很穷，就把你的毛驴寄存在马格里布剃头匠麦斯欧德师傅那里了。你先站远一点儿,我去找那个剃头匠一趟,给你求求情,让他把毛驴还给你。"

戴丽莱走到剃头铺,亲吻过麦斯欧德的手,然后哭了起来,泪水簌簌落下。

麦斯欧德问:"老太太,你怎么啦?"

戴丽莱指着远处的驴夫,说:"孩子,你瞧站在那边的那个人,他是我的儿子,患了重病,神经错乱,神魂颠倒。他养了许多毛驴,站着时喊'我的驴子',坐着时喊'我的驴子',走路时也喊'我的驴子'。一个医生对我说,他的神经错乱了,只有拔掉两颗大牙,在太阳穴上烙两下,病根儿才能除掉。你拿着这枚金币,把他喊来,就说:'你的驴子在我这里。'"

麦斯欧德师傅说:"老太太,请你放心!我一定亲手把驴子交到他的手里;如若不然,我便终年封斋。"

这位剃头匠手下有两个助手。他对其中一个助手说:"你去拿两个钉子,放在火上烧红。"

戴丽莱见麦斯欧德开始行动,便转身走去。

麦斯欧德把站在远处的驴夫叫来,对他说:"喂,可怜的驴夫,你的驴子在我这里,来吧,牵你的驴子吧!凭良心起誓,我要把驴子亲手交到你的手里。"

麦斯欧德把驴夫带进一间黑屋,一巴掌将他打倒在地,立即用绳子将驴夫的手脚捆绑起来。旋即,麦斯欧德拿来家什,将驴夫的两颗白齿拔了下来,然后拿来烧红了的钉子,在驴夫的太阳穴上烙了两下。

他们随后为驴夫松绑,驴夫站了起来,问道:"剃头匠师傅,你为什么这样对待我?"

麦斯欧德说:"你母亲告诉我,说你神经错乱,病得很重,站着喊'我的驴子',坐着喊'我的驴子',走路时也喊'我的驴子'。你的驴子已在你的手里了。"

驴夫说:"你拔掉了我的大牙,安拉会惩罚你的。"

"这是你母亲教给我的办法。"

随后,麦斯欧德把老太太戴丽莱讲的一番话向驴夫重复了一遍。

驴夫说:"安拉会惩罚那个老太婆的!"

麦斯欧德与驴夫争吵不休。二人来到了大街上,惹来很多过路人围观。

过了一会儿,麦斯欧德师傅回到剃头铺里,发现里面的东西全都不翼而飞了。

原来趁剃头匠和驴夫在外面争吵之机,戴丽莱偷偷溜进剃头铺,把里面的东西全都给拾掇走了,然后直奔家中。

戴丽莱回到家中,对女儿泽娜白讲述了她行骗的经过。

剃头匠回到了铺子里,见里面的东西全都没有了,便抓住驴夫,说:"你把老太婆给我找来!"

驴夫说:"那老太婆不是我的母亲,而是个骗子。她欺骗了许多人。"

就在这时,染匠和犹太商人以及商人之子赛义德·哈桑来了。他们看见马格里布剃头匠揪着驴夫,且看见驴夫的太阳穴上有两个烙印,便问:"喂,驴夫,出什么事儿了?"

驴夫把发生的事情向他们讲了一遍。接着,剃头匠也讲述了自己的经历。他们这才恍然大悟,异口同声说:"这个老太婆是骗子,我们全都被她骗苦了。"

他们把自己的经历向剃头匠讲了一遍,剃头匠这才关上店铺门,和他们一道向省督府走去。

他们见到省督，异口同声说："省督大人，我们全都被一个老太婆骗了，不知如何是好，只有向大人求救了。"

省督问："本城的老太婆多得很，究竟是哪个老太婆？你们当中有认识她的吗？"

驴夫说："我认识她！不过，请省督大人派十个人跟我们一道去捉拿她吧！"

省督立即选派了十个彪形壮汉，跟着驴夫他们捉拿老太婆戴丽莱去了。

驴夫和几个受骗的人带着省督派的十名衙役四处搜寻，他们在一个地方忽然看见老太太戴丽莱走来，驴夫立即上前将她抓住，随后十名壮汉把她押送到省督府。他们到了省督府，站在窗下，等待省督出来。

省督府的十名衙役因为熬夜，已经疲惫不堪，不知不觉进入了梦乡。戴丽莱见他们睡着了，自己也装着睡着了。驴夫及其伙伴们见他们都睡着了，也相继合上了眼睛。

就在这时，老太太戴丽莱悄悄爬起来溜走，去见省督夫人。戴丽莱吻过夫人的手，问道："夫人，省督在哪儿？"

省督夫人回答："他睡啦。你找他有什么事儿吗？"

"我的丈夫是个奴隶贩子，出门做生意去了。临走时，他交给我五个奴隶，让我将他们卖掉。省督大人遇见我，愿以一千第纳尔买下来，并另给我两百第纳尔作为酬金，让我把奴隶送到省督府中。"

讲到这里，眼见东方透出黎明的曙光，莎赫札德戛然止声。

第七百零五夜

夜幕垂空,莎赫札德接着讲故事:

幸福的国王陛下,老太婆戴丽莱悄悄爬起来溜走,去见省督夫人。戴丽莱吻过夫人的手,问道:"夫人,省督在哪儿?"

省督夫人回答:"他睡啦。你找他有什么事儿吗?"

戴丽莱对省督的夫人说:"我的丈夫是个奴隶贩子,出门做生意去了。临走时,他交给我五个奴隶,让我将他们卖掉。省督大人遇见我,愿以一千第纳尔买下来,并另给我两百第纳尔作为酬金,让我把奴隶送到省督府中。"

恰巧省督曾给过夫人一千第纳尔,并且叮嘱她说:"这一千第纳尔,你好好保存着,以备用来买奴隶。"因此,她听老太婆戴丽莱这样一说,信以为真,随口问道:"奴隶在哪儿呀?"

"就在窗子外面,他们正在睡觉。"

省督夫人朝窗子外面一看,果见马格里布剃头匠身穿奴隶服装,商人的儿子赛义德·哈桑、染匠、驴夫和犹太商人也都是一副奴隶面孔。省督夫人说:"这么几个奴隶才一千第纳尔,便宜呀!"

说着她便打开钱柜,取出一千第纳尔,递给了戴丽莱,并且说:"你稍等一下!等省督醒来,我们再付给你两百第纳尔的酬金。"

戴丽莱说:"夫人,那两百第纳尔,其中的一百第纳尔给你,你买些饮料喝吧!另外一百第纳尔,先保存在你这里,我日后再来取。"

省督夫人听后感到高兴。片刻后，戴丽莱说："夫人，请开便门，送我走吧！"

省督夫人走去打开便门，送走了戴丽莱。

戴丽莱平安回到家中，女儿泽娜白问："母亲，今天又有什么收获呀？"

"孩子，我小耍计谋，从省督太太那里拿到了一千第纳尔，把驴夫、犹太珠宝商、染匠、剃头匠和那个商人的儿子，都当作奴隶卖掉了。不过，现在最难对付的是那个驴夫。因为他认识我。"

"母亲，你坐下休息一下吧！瓦罐并不是每一次都能保证不打碎的。"

次日清晨，省督一觉醒来，妻子说："你从老太太手里买的那五个奴隶，她已经送来了。"

省督一愣，忙问："什么奴隶？"

"你怎么装糊涂呢？但愿他们都变成像你这样有地位的人。"

"凭我的生命起誓，我没买奴隶呀！谁告诉你的？"

"你和那个老太太不是讲好价钱了吗？你答应付给她一千第纳尔，另加两百第纳尔的酬金。"

"你把钱付给她啦？"

"是的，因为我亲眼看见了那些奴隶；每个奴隶身上穿的衣服，就值一千第纳尔。我已派人吩咐卫士们好好看管着他们。"

省督听后，急忙走去，见犹太珠宝商、剃头匠、染匠和商人的儿子赛义德·哈桑都在那里。省督问衙役们："我们用一千第纳尔买的那五个奴隶在哪儿？"

衙役们说："这里没有什么奴隶，只有这五个抓骗子老太婆的人，他们把老太婆抓住了。到这里不久，我们睡着了，那老太婆趁机偷偷溜走了。后来,一个女仆走来问我们:'老太婆带来的那五个人在你们这里吗?'我们回答:'是的。'"

省督一听,惊呼道:"天哪,凭安拉起誓,这可是个天大的计谋!"

那五个被骗的人说:"省督大人,我们只好向阁下讨要我们的东西了!"

省督说:"你们的女主人以一千第纳尔的价钱把你们卖给我了。"

"我们是自由人,不是奴隶,卖我们是不合法的。我们要到哈里发那里去告你。"五个人异口同声说。

"是你们五个人把老太婆领到省督府来的,我要把你们卖给西洋人,每个人两百第纳尔。"

正在他们争吵之时,绰号叫"劫匪"的哈桑警长来了。

原来哈桑外出回到家中时,见妻子哈图妮哭着回来,立即问发生了什么事,妻子把发生的事情从头到尾讲了一遍。哈桑听后,愤怒不已,说道:"我要找省督问个明白!"于是哈桑走来见省督,厉声问道:"是你准许老太婆在城里过市招摇、骗取人们的钱财的吗?我妻子的首饰、衣物都被骗走了,你应该负责给我找回来!"

哈桑又问那五个人:"你们怎么啦?"

那五个人把发生的事情一五一十地告诉了哈桑。哈桑听后,对他们说:"你们都是受害人。"

哈桑望着省督,说:"你为什么要扣押他们呢?"

省督说:"那个老太婆根本不知道我家在什么地方,是这五个人把她领来的。那老太婆从我夫人手里拿走一千第纳尔,把他们卖给了我。"

那五个人异口同声向哈桑警长求救:"哈桑警长,你可要为我们做主啊!"

省督对哈桑警长说:"警长阁下,贵夫人的衣物首饰由我赔偿,那老太婆行骗一案就包在我的身上。可是,谁认识那老太婆呢?"

"我们都认识她!请派十名衙役,和我们一道去捉拿她吧!"

省督随即派了十名壮汉协助他们。驴夫说:"跟我走!我一定能认出她来!"

驴夫带着十名衙役和那几个受骗上当的人走街串巷,终于看见老太太戴丽莱从一条胡同里走了出来。他们拥上前把她牢牢抓住,随后带往省督府。

省督看见戴丽莱,审问道:"人们的东西,你都弄到哪儿去了?"

戴丽莱说:"东西?什么东西?我既没看见,也不曾拿任何东西。"

省督对狱吏说:"把她关押起来,明天再行审问。"

狱吏为难地说:"省督大人,我们不敢关押她呀!万一她要弄一个小计谋,出了差错,我们实在担待不起。"

省督只好另改主意,骑上马,带上老太婆和众人,来到底格里斯河畔,唤来掌刑官,吩咐他拴住老太婆的头发,把她拉上绞刑架。

掌刑官得令,立即执行,将老太太戴丽莱的头发拴牢,然后用绞轮把她拉到空中,并命令十个人负责看守。

一切布置妥当,省督回家去了。

夜幕垂空,看守们一个个疲惫不堪,相继进入梦乡。

这时,一个贝都因人走来。他听一个过路人对另一个人说:"赞美安拉!好久没见面了,你到哪里去了呢?"

另一个人说:"我就在巴格达呀!巴格达的蜜薄饼真是好吃极

了,叫人百吃不厌!"

听那个人这么一说,贝都因人直流口水,心想:"我一定要到巴格达城去,尝尝那里的蜜薄饼。"

这个贝都因人终年放牧,逐水草迁移,既没有吃过蜜薄饼,更没有进过繁华的和平之城巴格达。他纵身上马,扬鞭欲向巴格达城奔去,而且不住地自言自语:"蜜薄饼,好东西!阿拉伯人怎好不尝尝蜜薄饼呢……"

讲到这里,眼见东方透出黎明的曙光,莎赫札德戛然止声。

第七百零六夜

夜幕垂空,莎赫札德接着讲故事:

幸福的国王陛下,这个贝都因人终年放牧,逐水草迁移,既没有吃过蜜薄饼,更没有进过繁华的和平之城巴格达。他纵身上马,扬鞭欲向巴格达城奔去,而且不住地自言自语:"蜜薄饼,好东西!阿拉伯人怎好不尝尝蜜薄饼呢……"

当贝都因人行至戴丽莱被吊起的绞刑架前,戴丽莱听到了他的自言自语。他见那里吊着一个人,急忙下马走上前去,问道:"喂,你这是怎么啦?"

戴丽莱说:"老人家,行行好吧!救救我吧!"

"安拉派人来救你了!你为什么被吊在这里呢?"贝都因人问。

"一个卖薄饼的小贩和我过不去呀!我站在摊子旁,买了些蜜薄饼，不小心咳嗽了一下，结果落在蜜薄饼上一星点儿唾沫，不料被那个小商贩告到省衙，法官判我服刑，被吊在了这里。法官还说：'你们给她送十磅蜜薄饼去，让她吊在绞刑架上吃。倘若她能吃下去，就把她放掉；她若吃不下去，就让她永远吊在那里！'老人家，我平素不大喜欢吃甜食，如何吃得下那么多蜜薄饼呢？"

贝都因人听后，说道："凭阿拉伯人的良心起誓，我这次离开草原帐篷，就是为了来吃蜜薄饼的。我来替你吃吧！"

"替我吃的人，只能处在我这个位置上吃。"

戴丽莱略施小计，贝都因人便为她解开了绞绳，将她放了下来。随后，老太太脱下衣服，自己穿上贝都因人的那件外衣，缠上头巾，把贝都因人拉上绞刑架，自己翻身上马，直奔家中去了。

戴丽莱回到家中，女儿泽娜白问："母亲，你怎么换上了这么一套贝都因人的服装？"

"女儿啊，他们把我吊在绞刑架上了……"

接着，老太婆把与贝都因人之间发生的事情，从头到尾向女儿讲了一遍。

次日清晨，一个看守醒来，叫醒大家，只见天色已亮。一个人抬眼望去，呼喊道："喂，戴丽莱！"

贝都因人答道："凭安拉起誓，我一夜什么也没有吃。你们带来蜜薄饼了吗？"

看守们说："这是个贝都因人哪！喂，贝都因人兄弟，戴丽莱到哪儿去啦？谁给她解开绳索的？"

"我给她解开的。她不吃蜜薄饼，因为她不喜欢那种东西。"

从这句话中，他们知道贝都因人对戴丽莱的情况一无所知，老太婆耍了一个小计谋便骗过了他。

看守们相互说："我们要么逃走，要么等在这里，听候安拉的裁决。"

他们正议论着,省督带着那几个被骗的人赶到了。省督对看守们说:"喂,起来,把戴丽莱放下来吧!"

贝都因人说:"我一夜也没有吃到啊!你们把蜜薄饼带来了吗?"

省督抬眼朝绞刑架望去,却见一个贝都因人身穿着戴丽莱的那套服装吊在那里。省督问看守:"这个人是怎么回事?"

看守们说:"省督大人,请饶命!"

"出什么事啦?"

"昨夜,我们曾和大人一起熬夜。大人走后,我们以为戴丽莱被吊了起来,不会出什么事,我们也困得很,便睡觉了。当我们醒来时,却发现这个贝都因人被吊在那里,而戴丽莱却不见了。"

"看守们,那老太婆是个骗子!愿安拉保佑你们。"

他们把贝都因人放下来,贝都因人立即走去拉住省督,说道:"安拉会默助哈里发惩罚你的。你要赔偿我的马和衣服!"

省督问他发生了什么事,贝都因人把事情的经过详细说了一遍。省督听后,惊愕不已。

"你为什么放她走呢?"省督问。

"因为我不知道她是个骗子。"贝都因人回答。

被骗的几个人异口同声说:"省督大人,我们的东西只有向你讨要了,我们把老太婆交给了你,她是在你的管辖地跑掉的。我们一起去见哈里发,请信士们的长官为我们进行裁决吧!"

哈桑警长已经抢先赶到哈里发宫。继之,省督、贝都因人、剃头匠、染匠、驴夫、商人之子赛义德·哈桑和犹太珠宝商走来,边走边说:"我们都是受害人啊!"

他们来到哈里发面前,哈里发问他们:"谁害了你们?"

一个人走上前,把自己的经历讲了一遍;接着,那几个人都讲了自己受骗的经过。省督说:"信士们的长官,那老太婆还骗了我,把五个自由人当奴隶卖给了我,骗去一千第纳尔。"

哈里发说:"你们失去的所有东西,我全都赔偿你们。"

哈里发对省督说:"我责令你把老太婆戴丽莱给我抓来!"

省督一缩脖子,说道:"信士们的长官,这个任务我恐怕完不成。我把老太婆吊到绞刑架上,她仅用一个小计谋便骗过了这个贝都因人,他竟然把老太婆放走,还让老太婆把他吊在了绞刑架上,然后骑上他的马,换上他的衣服溜走了。"

"我派谁去捉拿她呢?"

"请派右卫队队长艾哈迈德·戴尼夫去吧!因为他身为高官,享受着每月一千第纳尔的厚禄,而且手下有四十名精兵,每人每月有一百第纳尔的饷银。"

哈里发听后,高声喊道:"右卫队队长!"

右卫队队长艾哈迈德·戴尼夫应声赶来:"有!信士们的长官!"

"我命令你把老太婆戴丽莱给我抓来!"

右卫队队长艾哈迈德·戴尼夫说:"信士们的长官,这个任务包在我身上了。"

说罢,艾哈迈德·戴尼夫转身走出大厅。

哈里发将那五个人和贝都因人留在了自己的身边。

讲到这里,眼见东方透出黎明的曙光,莎赫札德戛然止声。

第七百零七夜

夜幕垂空,莎赫札德接着讲故事:

幸福的国王陛下,哈里发责令右卫队队长把老太婆戴丽莱抓来,右卫队队长艾哈迈德·戴尼夫说:"信士们的长官,这个任务包在我身上了。"

说罢,艾哈迈德·戴尼夫转身走出大厅。

哈里发将那五个人和贝都因人留在了自己的身边。

右卫队队长回到卫队,和哈桑·舒曼商量办法,他们相互议论说:"本城里有那么多老太婆,我们到哪里去抓那个老太婆呢?"

有一个名叫阿里·贾迈勒的卫士对队长说:"和哈桑·舒曼商量什么呢?哈桑·舒曼很了不起吗?"

哈桑·舒曼说:"喂,阿里,我在你的眼里不算什么。凭安拉起誓,我这次不跟你们一道行动。"

说完,愤而离去。

艾哈迈德·戴尼夫说:"卫士们,你们每十个人为一班,由班长带领,去搜索每一条胡同,捉拿戴丽莱。"

阿里带领十个人,每个班长各带领十个人,各奔一条胡同。临行前,他们约定好了会合的地点。

右卫队队长带人捉拿戴丽莱的消息立即传遍全城。

泽娜白听到这个消息,对母亲说:"母亲,如果你真有本事,那就设法耍弄一下右卫队队长艾哈迈德·戴尼夫吧!"

戴丽莱说:"孩子,除了哈桑·舒曼,我谁都不怕。"

泽娜白说:"凭我的生命起誓,我一定要把那四十个人的衣服扒掉!"

说完,泽娜白穿好衣服,戴上面纱,向一个香水店走去。

那位香水商有个双门大厅。泽娜白向店主问安之后,说:"你收下这枚金币!我想借用你的厅堂,天黑之前就还你。"

香水商把钥匙递给泽娜白,泽娜白转身走去。

泽娜白雇驴子驮来种种家什,把厅堂布置一番,摆上桌凳和酒席,然后站在门外,露着面孔。

这时,阿里·贾迈勒带着人走来。泽娜白迎上前去,亲吻阿里·贾迈勒的手。阿里·贾迈勒见泽娜白是个亭亭玉立、明艳动人的姑娘,不禁爱在心里。他问:"你有什么事吗?"

泽娜白说:"你就是禁卫军右卫队队长艾哈迈德·戴尼夫吧?"

"不,不,不!我是右卫队队长的部下,我叫阿里·贾迈勒。"

"你们去哪儿呀?"

"我们正在抓一个老太婆;因为她骗去了人们的很多东西,我们想抓住她。你是何人?你在这里做什么呢?"

"我父亲原是摩苏尔的一个酒商,家父去世了,留给我大笔钱财,我便来到了贵方这片宝地。到了这里,我人地两生,想找个靠山,以保护我不受权贵的欺负。"

"能保护你的,只有艾哈迈德·戴尼夫。"众兵士异口同声。

阿里·贾迈勒说:"你今天就能见到我们的队长艾哈迈德·戴尼夫!"

"那就请你们进来吃点儿喝点儿吧!"

阿里·贾迈勒带人进了厅堂,开始大吃大喝起来。泽娜白悄悄将蒙汗药放入酒中,他们喝着喝着便进入了昏迷状态,泽娜白立即动手,将他们的衣服扒光,把他们的武器收在一起。

右卫队的士兵们一拨一拨陆续来到厅堂狂欢,一个个倒在地上,不省人事。

右卫队队长艾哈迈德·戴尼夫寻觅戴丽莱而不得,竟连手下人也看不见了。当他来到大厅门前时,泽娜白上前亲吻他的手,并且说:"你就是禁卫军右卫队队长艾哈迈德吧?"

"是的!"

他见泽娜白姿色非凡,顿时爱在心里,忙问:"你是谁呀?你怎么知道我的名字?"

"队长大名鼎鼎,我怎会不知道呢!我是外乡人,从摩苏尔来。我父亲原是个酒商。父亲去世了,留给我大笔钱财,因怕权贵们纠缠,只身来到这里,开了这么一个酒馆,不期又被省督盯上。队长阁下,我想求你保护;该由省督收的那份税,我愿意让你收,不知合适不合适……"

艾哈迈德·戴尼夫说:"你不要给省督任何东西!我欢迎你!"

泽娜白立即把他带进厅堂,为他摆上酒席。艾哈迈德·戴尼夫根本没想到酒中有蒙汗药,开怀畅饮,无拘无束,仅过片刻,这位队长便瘫倒在了地上。

泽娜白见右卫队队长不省人事,立即扒下他的衣服,然后牵来贝都因人的马和驴夫的驴子,驮上右卫队士兵及队长的衣服和武器,赶回家中。

阿里·贾迈勒慢慢苏醒过来,睁开眼睛,发现自己赤身裸体,又见队长艾哈迈德·戴尼夫和众士兵亦一丝不挂,而且一个个昏迷在地,知道他们全被蒙汗药麻醉了,于是弄来解药,将他们一一救醒。

他们见自己赤身裸体,艾哈迈德·戴尼夫惊问:"小伙子们,这到底是怎么回事呀？我们四处奔波捉拿戴丽莱，连人影也没有看到，却被这个小女子弄成这般模样，岂不叫哈桑·舒曼幸灾乐祸，看我们的笑话吗？没有什么好办法，我们只好等到天黑再回去了。"

傍晚时分，哈桑·舒曼见右卫队住所空空，便问司务官："他们的人呢？都到哪里去了？"

话音未落，只见艾哈迈德·戴尼夫和部下一个个一丝不挂地走来。

见此情景，哈桑·舒曼大惊，吟诵道：

> 吸入各相似，排出每不同。人有愚与智，星分暗和明。

哈桑·舒曼问："你们怎么啦？谁把你们搞成这个样子？"

他们说："我们奉命去捉拿老太婆，不料却被一个小女子扒光了衣服。"

"那小女子干得可真漂亮啊！"

"哈桑·舒曼，你认识她？"

"我不但认识她，还认识那个老太婆呢！"

"依你之见，我们该怎样向哈里发交代呢？"

"喂，艾哈迈德·戴尼夫队长，你就到哈里发那里卸掉自己的重任吧！如果哈里发问你：'你为什么没抓住老太婆？'你就说：'我不认识她！你另请哈桑·舒曼担当这个大任吧！'假若哈里发把这项重任交给我，我一定能如期把老太婆缉拿归案！"

大家各回住处，一夜安睡。

第二天早晨，艾哈迈德·戴尼夫带领部下来到哈里发宫，向哈里发行过吻地礼，哈里发问："喂，艾哈迈德·戴尼夫队长，老太婆在哪儿？"

艾哈迈德·戴尼夫说:"我力不从心啊!"

"为什么?"

"因为我不认识那个老太婆,请哈里发把这项任务交给左卫队队长哈桑·舒曼吧!因为他既认识老太婆,也认识老太婆的女儿。"

这时,左卫队队长哈桑·舒曼走上前去,对哈里发说:"哈里发陛下,那位老太婆要弄这些计谋,目的不在于贪得人们的钱财和衣物,而在于显示自己的聪明才智,以便让哈里发陛下任用她和她的女儿,给她们母女俩一个职位,为她俩发放一份相当于老太婆的丈夫当年所享受的那份薪水。"

接着,哈桑·舒曼为戴丽莱母女俩说情,期望他把母女俩带来之后,哈里发不要处死她俩。

哈里发听左卫队队长哈桑·舒曼一番说情之后,说道:"凭我的列祖列宗起誓,她若能还回人们的衣物和钱财,看在你的情分上,我将保她生命安全。"

哈桑·舒曼说:"信士们的长官,请给我一个证物吧!"

哈里发随手递给哈桑·舒曼一个手帕。那是一条保证不杀母女二人的"保命帕"。

哈桑·舒曼手握"保命帕",来到戴丽莱家门前。他叫门后,应声的是泽娜白。哈桑·舒曼问:"泽娜白,你母亲呢?"

"母亲在家中。"

"告诉你母亲,让她带着人们的那些东西,跟我一起去见哈里发。我已为她带来了哈里发亲手交给我的'保命帕'。如果不从命,那只能怨她自己了。"

戴丽莱走下楼来,围上围巾,把人们的那些东西放在驴夫的毛驴和贝都因人的那匹马上。

哈桑·舒曼对她说:"我们右卫队队长及其手下士兵的衣物在

哪儿?"

戴丽莱说:"凭安拉起誓,那些东西不在我手里,不是我扒掉的。"

"确实不是你扒的,但却是你的女儿泽娜白玩弄的计谋,这是她和你一道合干的一件好事。"

说完,哈桑·舒曼在前面走,戴丽莱在后面紧跟,不多时来到哈里发宫。

哈桑·舒曼走上前去,把那些衣物递给哈里发,并把戴丽莱领到哈里发面前。

哈里发看见戴丽莱,便立即下令把她投入监牢之中。

戴丽莱高声喊道:"喂,哈桑·舒曼,救命啊!"

哈桑·舒曼走上前去,亲吻哈里发的手,然后说道:"哈里发陛下,请宽恕她吧!陛下已经答应不杀她。"

哈里发说:"看在你的面儿上,我宽恕她了。老太太,你过来!你叫什么名字?"

"我叫戴丽莱。"老太太答道。

"你是个诡计多端的人啊!"

这便是"诡计多端的戴丽莱"绰号的来历。

哈里发又说:"你为什么要玩儿这些诡计、花招儿,弄得人们惶惶不安呢?"

戴丽莱说:"我玩弄这些花招儿,并无意占有人们的财物,只想显示一下自己的本领。因为我听说艾哈迈德·戴尼夫、哈桑·舒曼在巴格达尽耍花招儿,结果赢得高官厚禄,成了哈里发的近臣。因此,我也想显露一下自己的才干。我已经把人们的东西全归还他们了。"

驴夫走上前来,说道:"愿安拉依法惩罚这个老太婆。因为她不但牵走了我的驴子，还操纵剃头匠将我的大牙拔掉两颗，并且给我的太阳穴上留下这样两个伤疤。"

讲到这里，眼见东方透出黎明的曙光，莎赫札德戛然止声。

第七百零八夜

夜幕垂空，莎赫札德接着讲故事：

幸福的国王陛下，驴夫走上前来，说道："愿安拉依法惩罚这个老太婆。因为她不但牵走了我的驴子，还操纵剃头匠将我的大牙拔掉两颗，并且给我的太阳穴上留下这样两个伤疤。"

哈里发听后，遂令司库赏给驴夫和染匠各一百第纳尔。哈里发对染匠说："回去修复你的染坊吧！"

驴夫、染匠为哈里发祈祷祝福，然后转身退去。

贝都因人领到自己的衣服和马，临走时说："从今以后，我再也不进巴格达，更不想吃蜜薄饼了。"

其余的人各自拿着自己的东西，相继离去。

当那里只剩下戴丽莱一个人时，哈里发问她："喂，戴丽莱，你希望得到什么呢？"

戴丽莱说："家父本在朝为官，我曾协助他在宫中饲养信鸽。我的丈夫曾是巴格达城的一位军事首领。我想得到先父的禄位，我的女儿想得到她父亲的禄位。"

哈里发当面一口答应，满足了戴丽莱母女的要求。

片刻过后，戴丽莱说："哈里发陛下，我想到皇家客栈去看守大门。"

原来哈里发在巴格达开办了一个客栈，那是一座三层楼房，专供商人住宿。哈里发安排了四十名奴仆在那里服务，并有四十条狗看守；这些奴仆和看家狗，都是哈里发废黜苏莱曼尼亚王之后，从那位国王那里弄来的。哈里发给每条狗都戴上项圈。客栈里有一名厨奴，负责为那些奴仆做饭，兼管喂养那些看家狗。

哈里发对戴丽莱说："我将给你写个委任状，委任你为客栈总管；倘若客栈里丢失了什么东西，我就拿你是问。"

"感谢陛下信任！不过，我要让我的女儿泽娜白住在客栈大门旁的那座公馆里，因为那座公馆屋顶上有平台，地方宽大，最适于饲养信鸽。"

哈里发一口答应。

随后，泽娜白把所有东西都搬到了那客栈大门旁的公馆里，并且领到了四十只信鸽。

泽娜白把艾哈迈德·戴尼夫及其手下的四十一套衣服挂在公馆里。

哈里发让戴丽莱当上四十名奴仆的总管，指令他们听从戴丽莱的指挥和管教。

戴丽莱就任皇家客栈总管，安心守卫在大门里。她每天入宫述职，间或哈里发有信需要发送，往往要忙到夕阳落山，方才能离开王宫。

四十名奴仆白天守卫客栈，夜幕垂降，则放出狗来守夜。

戴丽莱、泽娜白母女俩如愿以偿，快乐平安。

莎赫札德紧接着讲《阿里·米斯里》的故事……

相传，从前埃及的米斯尔城有个狡猾的骗子，名叫阿里·米斯里。当时，王宫的卫队长名叫萨拉丁·米斯里，手下有四十名队员，他设了圈套，想捉拿阿里·米斯里。他们满以为阿里·米斯里必落入圈套，但他们捉拿他时，却未见踪影，惊悉他已逃身，简直就像水银一样溜走了。因此，他们给阿里·米斯里起了个绰号，名叫"戴伯格·米斯里"，意为"米斯尔水银"。

有一天，阿里·米斯里与伙伴们一起坐在一个厅堂里，默默无语，闷闷不乐。厅堂的主人见他们满面愁容，便说："先生，你怎么啦？如果心中烦闷，何不去米斯尔大街上逛一逛呢？到市场上走走，烦恼就会消散。"

听主人这样一说，阿里·米斯里站起身来出了门。他走街串巷，却发觉愁闷有增无减。当他走过一家酒馆时，心想："何不进去，喝个酩酊大醉，借酒消愁呢？"于是他抬脚进了酒馆。

阿里·米斯里进酒馆一看，见那里坐着七排人。他喊道："酒保，我想单独坐在一个地方。"

酒保立即给他安排了一个位置，让他单独坐在那里，随后端上酒菜。

阿里·米斯里把盏独酌，不知不觉已是酩酊大醉。

稍稍清醒了一点儿，阿里·米斯里便离开酒馆，向街上走去。当他行至艾哈迈尔胡同时，人们看见他那摇摇晃晃的样子，无不害怕，纷纷躲闪，为他让路。

他抬头望见一个水夫，身背大水袋，边走边叫卖道："烦恼的人哪，最美的酒来自葡萄，最难得的交情来自于友好，能坐首席的只有聪明的长老！"

阿里·米斯里感到口渴，于是叫道："卖水的，过来！"

水夫走来，给他倒了一杯水，递到他的手中。

阿里·米斯里接过水杯，摇晃了一下，然后将水泼在地上。

水夫问："你为什么不喝呢？"

"再给我倒一杯！"

水夫又倒了一杯，递给他。他晃了晃杯子，又将水泼在了地上。倒过第三杯，阿里·米斯里仍把水泼在地上。水夫说："你不喝水，我可要走啦！"

"给我再来一杯！"

水夫倒满杯子，递给他。阿里·米斯里接过杯子，仰脖一饮而尽。随后，他递给水夫一枚金币。

水夫望着他，嫌给的钱少。水夫说："小伙子，安拉赐福给你，安拉赐福给你！一个部族中的小人物，到了别的部族中就变成大人物了！"

讲到这里，眼见东方透出黎明的曙光，莎赫札德戛然止声。

第七百零九夜

夜幕垂空，莎赫札德接着讲故事：

幸福的国王陛下，阿里·米斯里对水夫说："给我再来一杯！"

水夫倒满杯子，递给他。阿里·米斯里接过杯子，仰脖一饮而尽。随后，他递给水夫一枚金币。

水夫望着他，嫌给的钱少。水夫说："小伙子，安拉赐福给你，安拉赐福给你!一个部族中的小人物,到了别的部族中就变成大人物了!"

阿里·米斯里听后大怒,一把抓住水夫的长袍,随手拔出短剑,直逼水夫的脖颈。诗人曾经这样写道:

任凭挥利剑,莫惧任何人。天下唯可惧,安拉独一神。
远避低品德,一语奉劝君:除非高资质,万万勿接近!

阿里·米斯里说:"老头儿,你说句公道话吧!你的一整袋水,最多不过值三第纳尔。我倒在地上的那三杯水不过一磅重。"

"你说得对!"水夫说。

"我给了你一枚金币,你怎么还嫌少呢?你见过比我更果敢、更慷慨的人吗?"

"我当然见过比你更果敢的人。只要天下的妇女还在生养,也必定有果敢者和慷慨人。"

"你见过的那个比我更果敢、更慷慨的人是谁?"

水夫开始讲他见过的果敢、慷慨之人:

先生,你有所不知,我有一段奇异的经历。

当年,我父亲在米斯尔的舍拉比亚区卖水。父亲去世,留给我五峰骆驼、一头骡子、一个店铺和一座房子。穷人嘛,是不能富的;一旦富起来,就要去见安拉。我心想:"何不到希贾兹去一趟?"说走就走,我立即开始准备驼队,东借西借,筹到了五百第纳尔。结果在朝觐时,将借来的钱花了个一干二净。我心想:"倘若回埃及,人们必定会来向我讨债。"想到这里,我决定去沙姆。

我随着哈之们行至阿勒颇,然后又由阿勒颇到了巴格达。

到巴格达后,我找到水夫协会长老,诵读过《古兰经》的"开端章",长老问起我的情况,我把自己的经历统统给他讲了一遍。

长老听后,立即给我腾了一个店铺,给了我皮水袋和卖水用的家什,我算找到了生活的门路。

我在巴格达开始走街串巷。我看见一个人,给他倒了一杯水让他喝,他却对我说:"我还没吃东西,喝什么水呀?"

接着,那个人对我说:"今天,有个吝啬鬼来看我,给我带来两罐子水。我问他:'你这个坏小子,你给我吃了什么东西,就让我喝水呢?'"

继之,他对我说:"卖水的,你走吧!我吃了东西,再来喝水。"

我离开那里,朝前走去,遇见第二个人,马上递过水去。那个人说:"愿安拉给你衣食!①"

就这样,我一直转到日挂中天,未曾卖出去一杯水。没有一个人给我半第纳尔。我心想:"我真不该来巴格达呀!"

就在我懊丧的时候,忽见一群人没命地奔跑,我立即跟他们跑了过去。

跑去一看,只见两队雄兵威风凛凛走来,人人头戴铁盔,身披铠甲,个个腰佩宝剑,全副武装。我问身边的一个人:"这是谁的队伍?"

那个人回答:"这是大将军艾哈迈德·戴尼夫的队伍。"

"他的职位呢?"

"禁军头领,巴格达大将军,城防主帅,他每月从哈里发那里

---

① 与"愿安拉周济你"同义,都是阿拉伯人拒绝乞丐时的用语。

领取一千第纳尔薪俸。他们刚刚离开王宫，要回到自己的营房去。"

话未说完，禁军头领艾哈迈德·戴尼夫看见了我，向我打招呼："喂，水夫，给我倒杯水！"

我立即倒了一杯水，递到他的手里。先生，那位将军就像你一样，一连将三杯水倒在地上，接过第四杯水，方才呷了一口。他说："喂，水夫，你打哪儿来？"

我回答道："我从米斯尔来。"

"安拉向米斯尔及那里的百姓致意问安！你为什么到这座城市来呢？"

我把自己的经历从头到尾向他讲了一遍。我告诉他，我是为了躲债。

艾哈迈德·戴尼夫说："欢迎你！"

随即，他从口袋里掏出五百第纳尔，塞到了我的手里。

他对他的部下说："兄弟们，看在安拉的面儿上，你们要善待这位水夫！"

众兵士听后，每人给了我一第纳尔。艾哈迈德·戴尼夫对我说："只要我在巴格达，每当我们喝你的水时，我们都这样善待你。"

此后，我常常到他们那里去，他们每每这样善待我。没过多少天，我数了数从他们那里得到的钱，竟达一千第纳尔之多。我心想："我到这里来是再对也没有了！"于是，我到了他们的营房中，亲吻艾哈迈德·戴尼夫的手。他问我："你还需要什么？"

我说："我想离开了。"

随后，我吟诵道：

流落他乡人，无异风中楼。风催楼倾倒，返回客意求。

我对艾哈迈德·戴尼夫说:"有支驼队要去埃及,我想随他们一道回返,以便探望我的妻子儿女。"

艾哈迈德·戴尼夫给了我一匹骡子,又送给我一百第纳尔。他说:"老人家,我们想托你办一件事。你认识米斯尔城中的人吗?"

我回答:"认识呀!"

讲到这里,眼见东方透出黎明的曙光,莎赫札德戛然止声。

第七百一十夜

夜幕垂空,莎赫札德接着讲故事:

幸福的国王陛下,水夫接着讲自己的经历:

艾哈迈德·戴尼夫听说我要回埃及,不但给了我一匹骡子,又给了我一百第纳尔。他对我说:"老人家,我们想托你办一件事。你认识米斯尔城中的人吗?"

我回答:"认识呀!"

"这里有一封信,请你交给戴伯格·米斯里。你对他说:'你的兄弟向你问安。他现在在哈里发宫中任职。'"

我接过信,随驼队返回埃及,回到了米斯尔城。我回来之后,把欠的债务全都还清了。之后,我仍以卖水为业。

先生,我所遇到的艾哈迈德·戴尼夫不比你更果敢、更慷慨吗?

不过,非常遗憾,直到现在我还没有把那封信交到戴伯格·米斯里手中,因为我不知道那位先生的住址。

阿里·米斯里听水夫说到这里,心里高兴极了。他说:"老人家,今天真是碰巧了!我就是阿里·戴伯格·米斯里,是艾哈迈德·戴尼夫的好朋友。你就把那封信交给我吧!"

水夫掏出信来,递给了他。

阿里·米斯里打开信一看,只见上面写着:

唤声美男子,短纸寄清风。思念催我飞,翅折难腾空。

艾哈迈德·戴尼夫致信好友阿里·米斯里:

你好!我有一事要告诉你:我已处决了萨拉丁·米斯里;我仅用了个计谋,便把他埋葬了。他的部下全都归顺了我,其中有阿里·贾迈勒。我现在担任巴格达哈里发官禁卫军右卫队队长兼城防长官。倘若你信守你我之间的约言,你就前来找我。你到了这里,稍用计谋,便可有机会为哈里发效力,哈里发即会赏给你薪水、职位。特此奉告。

阿里·米斯里读完信,吻了吻,然后顶在头上,随后掏出十第纳尔,作为喜钱赏给水夫。

阿里·米斯里转身回到寓所,将消息告诉了伙伴们。他对他们说:"从现在开始,你们自己顾自己吧!"

说罢,他换上旅行穿的衣服,戴上红毡帽,佩起宝剑,带上一柄长二十四腕尺的沉香木柄长矛。管家见此情景,问道:"大人,库房已经空了,你要出门吗?"

阿里·米斯里说:"我到了沙姆,将给你们捎来足够你们用的钱。"

说罢,转身走去。他找到一支即将上路的商队,见一位商界头领带着四十个商人,商人们的货物都已经绑扎好,只是头领的货物还放在地上。他发现他们雇用的向导是个沙姆人,只听那个人喊道:"来一个人帮帮忙呀!"

人们听后,不仅不去帮忙,反倒叽叽咕咕地骂他。阿里·米斯里心想:"和这位向导一起走,那是再好也没有的了。"想到这里,阿里·米斯里走上前去,向沙姆人问好。

那位沙姆向导见阿里·米斯里是个漂亮的小伙子,立即表示欢迎,并且说:"小伙子,有什么事吗?"

阿里·米斯里说:"大叔,我看你单单一个人,带了四十驮子货,为什么不雇几个人帮你的忙呢?"

"孩子,我已经雇了两个人,那两个人的衣服都是我给的,我还给了他俩每个人二百第纳尔。可是,他俩帮我帮到哈尼凯城,都中途跑掉了。"

"你们要到哪里去呢?"

"到阿勒颇城去。"

"我来帮你!"

他们一阵忙碌之后,把货物全部绑扎好,然后踏上旅程。商界头领也跨上自己的骡子,跟着大队走去。

沙姆向导很喜欢阿里·米斯里,随时随地要和他亲热。

夜幕垂空,他们住下来过夜,吃饱喝足,睡觉的时间到了。阿里·米斯里侧身躺下,开始就寝。他见向导贴了过来,便站起身,离开原地,走到帐篷门旁,然后坐了下来。向导翻了个身,想把阿里·米斯里拉到自己的怀里，但伸过手去，却发现阿里·米斯里已不在身边。他心想："也许他和另外的人有约会，被人叫走了；可是，我有优先权啊！明天夜里，我要让他不再离开我的身旁。"

阿里·米斯里在帐篷门口一直坐到东方发亮，方才回来，躺在向导的身边。

向导一觉醒来，见阿里·米斯里躺在自己的身边，心想："假若我问他昨夜去哪儿了，他定会离开我，起身走掉的。"

向导一直哄着阿里·米斯里。商队到达一座山谷，只见那里有一片树林，林中常有猛狮出没。每当有商队经过此地时，商人们往往采取抽签的办法；抽到谁，就把谁扔到狮子林中喂狮子。这一次，他们抽到的是那位商界头领。当前面有猛狮拦住他们的去路时，他们决定把那位商界头领抛出去喂狮子，故商界头领惆怅万分，对向导说："安拉将破坏你的声誉和旅行！我有件事托付你，我死之后，请把我的货物转交给我的儿子！"

阿里·米斯里问："这是怎么回事？"

他们立即把事情的前因后果告诉了阿里·米斯里。

阿里·米斯里问："你们为什么要躲避野猫呢？我有把握将野猫杀死。"

向导马上报告商界头领。头领听后，说："倘若他能杀死猛狮，我将给他一千第纳尔。"

其余的商人们也说："我们也要给他钱！"

阿里·米斯里脱掉外衣，露出钢刀利剑，他紧了紧腰带，独自向狮子林走去，边走边高声呼喊。向导和商界头领忧心忡忡地望着阿里·米斯里，猛狮向阿里·米斯里扑了过来，阿里·米斯里手起剑落，将猛狮斩成两截。

阿里·米斯里镇定从容地回来，对向导说："大叔，你不用害怕了!"

向导说:"孩子,我愿意一辈子当你的助手!"

商界头领走上前去,将阿里·米斯里抱住,亲吻他的眉心,立即掏出一千第纳尔,给了阿里·米斯里。随后,商人们纷纷慷慨解囊,每人给阿里·米斯里二十第纳尔。

阿里·米斯里把收到的钱全交给了商界头领保存。他们安歇一夜,次日清晨,一道继续向巴格达城前进。当他们行至狮狗壑时,突然遇上一个贝都因人,带着部族人拦路抢劫。劫匪们冲了过来,商人们纷纷弃货驮而逃。商界头领失望地喊着:"我的钱,我的钱!货物全丢了!"

就在这时,阿里·米斯里朝劫匪冲了过去,只见他身穿挂满响铃的皮衣,手持二十四腕尺长柄利矛,从贝都因人手里夺得一匹马,飞身跃上马背,纵横驰骋,对着劫匪们大声喊道:"匪徒们,来呀!和我决战来吧!"

阿里·米斯里周身一抖,铃声铿锵震耳,贝都因劫匪的马匹大惊,胡乱逃窜。阿里·米斯里挥动长矛,将劫匪头子的长矛杆击断,继之直向匪首的脖颈刺去,只见匪首的脑袋与身躯顿时分家。

劫匪们见头领倒在血泊中,一齐向阿里·米斯里冲锋。阿里·米斯里口中高喊着:"安拉至大!安拉至大!"纵马飞驰,挥矛舞剑,奋力厮杀。只见劫匪们死的死,逃的逃,顷刻一败涂地。

阿里·米斯里用长矛插着劫匪首领的首级得胜而归,商人们纷纷前来祝贺,称赞他勇敢过人,对他表示万分感谢,纷纷慷慨解囊,凑钱酬劳他。

一场激战过去,商队继续前进,终于到了巴格达。阿里·米斯里向商界头领要回存放在他那里的钱,交给向导,并叮嘱说:"大叔,你回到米斯尔后,烦请找到我的住所,将这些钱交给我的管家。"

"一定办到!"向导一口答应。

阿里·米斯里一夜安歇。次日清晨,他进入城中,打听艾哈迈德·戴尼夫的住所,但没有一个人能给他指路。

阿里·米斯里继续步行,来到一个大广场,看见许多孩子在那里玩耍。其中有个孩子,名叫艾哈迈德·莱吉塔。阿里·米斯里心想:"阿里·米斯里呀,恐怕你只能从小孩子的口中打听到他们的消息了。"

阿里·米斯里无意中转脸一看,发现一个卖糖果的商贩在不远的地方卖糖果,于是走了过去,买了一些糖果。之后,阿里·米斯里走来呼喊道:"喂,孩子们,你们来呀!"

那个名叫艾哈迈德·莱吉塔的孩子把别的孩子赶走,独自走过来,对阿里·米斯里说:"有什么事吗?"

阿里·米斯里说:"我有过一个孩子不幸死了。我做梦时,梦见我的孩子要糖果。因此,我买了一些糖果想分给每个孩子一块儿。"

说着,阿里·米斯里递给艾哈迈德·莱吉塔一块儿糖。

艾哈迈德·莱吉塔接过糖果一看,见上面粘着一枚金币,便说道:"你不要这样!我没有这种贪心。你有事,只管问就是了。"

"只有机灵人才肯出这种报酬,也只有机灵人才能领取这份赏钱!我走遍京城街巷,四处打听艾哈迈德·戴尼夫的住所,结果没有一个人能告诉我。你若能领我找到他的宅邸,这一枚金币就赏给你了。"

"这样吧,我在前面跑,你在后面跟着我跑,一直跑到一座宅门前;我用脚指头夹一块儿石子儿扔到一座门上,你就认得艾哈迈德·戴尼夫的宅门了。"

说完,艾哈迈德·莱吉塔撒腿就跑,阿里·米斯里紧随其后。一阵奔跑之后,那孩子用脚趾夹起石子儿一扔,阿里·米斯里便认识了艾哈迈德·戴尼夫的住宅。

讲到这里,眼见东方透出黎明的曙光,莎赫札德戛然止声。

❖❖ 第七百一十一夜 ❖❖

夜幕垂空,莎赫札德接着讲故事:

幸福的国王陛下,艾哈迈德·莱吉塔对阿里·米斯里说:"这样吧,我在前面跑,你在后面跟着我跑,一直跑到一座宅门前;我用脚指头夹一块石子儿扔到一座门上,你就认得艾哈迈德·戴尼夫的宅门了。"

说完,艾哈迈德·莱吉塔撒腿就跑,阿里·米斯里紧随其后。一阵奔跑之后,那孩子用脚趾夹起石子儿一扔,阿里·米斯里便认识了艾哈迈德·戴尼夫的住宅。

这时,阿里·米斯里一把抓住那个孩子,试图要回那枚金币,但孩子不肯还他。阿里·米斯里说:"小朋友,你聪明而且勇敢,你应该得到这份报偿!你可以走了!日后我若当上哈里发身边的一名将领,我一定收你做我的兵士。"

阿里·米斯里抬脚走到那座宅门前,轻轻敲门。

艾哈迈德·戴尼夫听到敲门声传来,说道:"喂,门卫,去开门呀!这是阿里·戴伯格·米斯里在敲门。"

大门开启，阿里·米斯里向艾哈迈德·戴尼夫问好。戴尼夫与阿里·米斯里亲切拥抱，手下四十名兄弟向阿里·米斯里问候致意。

艾哈迈德·戴尼夫拿出一身锦袍让阿里·米斯里穿上，并且说："阿里·米斯里，哈里发任命我为禁卫军队长时，赐赠给兄弟们每人一身锦袍。我特意为你留下一身，穿上吧！"

之后，他们让阿里·米斯里坐在上席，随即端上饭菜。他们开怀畅饮，直热闹到东方大亮。

艾哈迈德·戴尼夫对阿里·米斯里说："你先不要到巴格达大街上去，待在这里不要动。"

阿里·米斯里听后，说："那么，我为什么到这里来呢？难道我来这里是为了坐着？我来这里是为了观景啊！"

"你不要以为巴格达像米斯尔一样！巴格达是哈里发的京城。这里骗子成群，多如地上的蒿草。"

阿里·米斯里在那里住了三天。

艾哈迈德·戴尼夫对阿里·米斯里说："我想让你有机会接近哈里发，以便让哈里发也给你规定一份薪俸。"

片刻后，艾哈迈德·戴尼夫说："不过，这要等机会！"

说完，艾哈迈德·戴尼夫离去。

一天，阿里·米斯里坐在房间，心中烦乱，闷闷不乐。他想："何不出去到巴格达大街上逛一逛，散散心？"

阿里·米斯里抬脚迈步，出了大门，从一条胡同走到另一条胡同。他来到市场，看见一家餐馆，便走了进去。

阿里·米斯里吃过饭，站起来去洗手，忽见两队雄兵打门前走过，个个腰佩宝剑，人人头戴毡帽。走在队伍后面的就是足智多谋的戴丽莱。只见她骑着一匹骡子,头戴镀金铁盔,身穿锁子甲,腰挂利剑,显得格外利落。阿里·米斯里赶忙出来看热闹。

原来戴丽莱刚刚离开王宫,正往皇家客栈走去。阿里·米斯里一出现在她的面前,她便仔细打量他,发现他的身材高矮胖瘦与艾哈迈德·戴尼夫相近,身披带风帽的斗篷,腰佩宝剑,双目炯炯有神,满脸英雄气概。

戴丽莱回到客栈,见到女儿泽娜白,令其取来沙盘,占了一卦,得知那个人的名字叫阿里·米斯里,而且占卜结果显示,那个人的命运要比她和她的女儿泽娜白都好。

泽娜白对母亲说:"母亲,你占了一卦,结果怎么样呢?"

戴丽莱说:"今天,我在大街上看见一位青年,长相很像艾哈迈德·戴尼夫。我真担心那位青年已经得知是你扒走了艾哈迈德·戴尼夫及其手下士兵的衣服,他会闯入客栈,对我们采取什么手段,为他们报仇。我猜想他就住在艾哈迈德·戴尼夫的营房里。"

泽娜白说:"母亲,我看没什么。我认为你把事情看得太严重了。让我去收拾他吧!"

说完,泽娜白走去穿起最漂亮的衣裳,出门走向大街。

泽娜白来到大街上,衣着华丽,体态婀娜,步履翩翩,致使路人见之,纷纷投来艳羡的目光。

泽娜白边走边暗立誓言,侧耳聆听,一声不吭,穿过一个又一个市场,终于看见阿里·米斯里迎面走来。泽娜白有意用肩膀撞了阿里·米斯里一下,然后回过头去,说:"安拉使有眼力的人长命百岁!"

阿里·米斯里说:"哦,好个美丽的小娘子!你是哪家的?"

"我属于像你这样的一位纨绔子弟。"

"你已婚配,还是仍然独身?"

"已经婚配了。"

"到我家里去玩儿,还是上你那里去?"

"我是商贾的女儿,商贾的妻子。今日之前,我从未出过门。我今天之所以出来,因为我做好了饭,想吃却又没有胃口。我一看见你,不由得爱在心里,正可谓一见钟情。你愿意让我开开心,来我家陪我吃顿饭吗?"

"有请必应!"

泽娜白在前面走,阿里·米斯里在后面紧跟,穿过一条又一条胡同。阿里·米斯里边走边想:"据称人在异乡通奸,必遭安拉报应。你是个异乡客,怎好如此行事呢?不过,你应该设法让她离开你才好……"

想到这里,阿里·米斯里对泽娜白说:"姑娘,你拿着这枚金币!我们换个时间再相会吧!"

泽娜白说:"凭安拉起誓,你不能拒绝我!这一次,你一定要到我家去,让我好生款待你一番。"

阿里·米斯里跟着泽娜白来到一座宅门前,但见宅门高大,挂着大锁。

泽娜白说:"把锁打开吧!"

阿里·米斯里问:"钥匙呢?"

"钥匙丢啦!"

"不用钥匙开锁,要受官方惩治的呀?没有钥匙,我是打不开锁的。"

听他这样一说,泽娜白撩开面纱,瞪了阿里·米斯里一眼;这一眼给阿里·米斯里带来万般惆怅。之后,泽娜白把面纱搭在大锁上,念着穆萨之母艾斯玛的名字,没用钥匙,便把锁打开了。

泽娜白迈步进门,阿里·米斯里随后紧跟。

进了大门一看,只见四壁挂着无数口宝剑和各种武器。

泽娜白摘下面纱,和阿里·米斯里坐在一起。阿里·米斯里心想:"既然安拉做此安排,你就只管享受就是了。"阿里·米斯里侧过脸去,想亲吻泽娜白的面颊,泽娜白急忙用手捂住自己的脸,同时说:"这样的动作,只有夜里才合宜、甜美。"

泽娜白端来饭菜和酒,二人吃饱喝足。泽娜白站起来,从井里打了一壶水,然后将水浇在阿里·米斯里的手上,让他洗手。

就在这时,泽娜白一拍自己的胸脯,恍然大悟似的说:"我丈夫有枚宝石戒指,价值五百第纳尔。我拿来戴在我的手指上,发现有些松,于是涂上一点儿蜡,使它变得稍紧一些。我戴着进来,不料戒指脱落,掉进井里。你瞧着门,不要让人进来,等我把衣服脱掉,好下井去捞戒指。"

阿里·米斯里说:"有我在,怎好让你脱衣下井呢?这件事由我来做!"

说着,阿里·米斯里脱下衣服,用绳子拴好自己的腰,让泽娜白把自己顺入井中。

井水很深,泽娜白说:"绳子已经放尽,你解开绳子,索性下水吧!"

阿里·米斯里解开腰上的绳子,下到水中,潜入水里,但却摸不到井底。

泽娜白戴上面纱,拿起衣服,朝母亲那里走去。

讲到这里,眼见东方透出了黎明的曙光,莎赫札德戛然止声。

第七百一十二夜

夜幕垂空，莎赫札德接着讲故事：

幸福的国王陛下，阿里·米斯里对泽娜白说："有我在，怎好让你脱衣下井呢？这件事由我来做！"

说着，阿里·米斯里脱下衣服，用绳子拴好自己的腰，让泽娜白把自己顺入井中。

井水很深，泽娜白说："绳子已经放尽，你解开绳子，索性下水吧！"

阿里·米斯里解开腰上的绳子，下到水中，潜入水里，但却摸不到井底。

泽娜白戴上面纱，拿起衣服，朝母亲那里走去。

见到母亲，她说："母亲，我已把阿里·米斯里的衣服扒光，把他顺到警长哈桑宅邸中的水井里去了。他就是插翅，也难以脱逃出来。"

当时，哈桑警长正在王宫中。他回来后见家门大开，便问马夫："你为什么门都没锁呢？"

马夫答："主公阁下，门是我亲自锁好的。"

"凭我的生命起誓，定有盗贼闯进过我的家院！"

哈桑抬脚进门，左右观望，一个人也没看见。他对马夫说："给我打壶水来，我要做小净了。"

马夫拿着水桶，顺入井中，往上提时，发觉水桶沉得厉害，便向井里望去，发现水桶里有个什么东西，不禁惊恐万分。他把绳子揉到井里，转身就跑，并高声喊道："老爷，老爷！井里有鬼！井里有鬼！"

哈桑听后，忙说："快去请四位法学大师，请他们来念《古兰经》，将魔鬼赶走！"

马夫走去，请来了四位法学大师。哈桑警长说："你们站在这口井的周围，诵读《古兰经》，把井里的魔鬼驱赶走吧！"

奴仆和马夫走来，将水桶顺入井里，提出来一看，打上来的不是水，原来蜷缩在水桶里的是一个人——阿里·米斯里。

阿里·米斯里默不作声，直至他们把桶拉近井口时，方才从水桶里跳了出来，走到大师们身边。

眼见一个活人从水桶里跳出来，在场的人无不惊慌失措，相互拍打着，失声喊道："魔鬼！魔鬼！魔鬼！"

哈桑见了，问道："你是盗贼？"

阿里·米斯里回答："我不是贼！"

"你为什么要下井呢？"

"我梦中遗精，醒来便下到底格里斯河中洗身子，不料河水把我冲入地下，让我从这口井里钻出来了！"

"不要胡编！还是说实话吧！"

不得已，阿里·米斯里便把发生的事情从头到尾讲了一遍。哈桑警长听后，给了他一套旧衣服，将他赶了出去。

阿里·米斯里回到艾哈迈德·戴尼夫府中，把自己的一番遭遇讲了一遍。艾哈迈德·戴尼夫说："我不是对你说过，巴格达城中的骗子多如蒿草，就连女人都能捉弄男子汉吗？"

坐在一旁的阿里·贾迈勒说："阿里·米斯里，看在安拉的面儿上，请你告诉我，你曾是米斯尔城的孩子王，如何在巴格达城里却被一个小姑娘捉弄得如此狼狈呢？"

阿里·米斯里听阿里·贾迈勒这样一问，自觉难堪，无话可对，后悔不已。

艾哈迈德·戴尼夫给了阿里·米斯里一身衣服，让他换上。哈桑·舒曼问阿里·米斯里："你认识那个姑娘吗？"

阿里·米斯里说："不认识。"

"她是皇家客栈的守门人戴丽莱老太太的女儿泽娜白。阿里·米斯里兄弟，你落入了她的网中啦？"

"是的。"阿里·米斯里回答。

"阿里·米斯里兄弟，就是这个小女子扒掉了你的朋友右卫队队长艾哈迈德·戴尼夫及其手下所有队员的衣服。"

"这对你们来说，真是奇耻大辱！"

"你打算怎么办？"

"我想娶她为妻。"

"谈何容易呀！你就打消这个念头吧！"

"舒曼兄弟，你说我用什么计谋可以把她娶到手呢？"

"如果你肯听我的，愿意投奔我的手下，我欢迎你，并且保你如愿以偿。"

"我听你的，服从你的安排。"

"那你就脱下你的衣服吧！"

阿里·米斯里脱下身上那套旧衣服，舒曼取来一口锅，熬了一些像臭油那样的东西，抹在那套衣服上，又给他涂在身上，阿里·米斯里顿时变成了黑奴的模样。接着，他给阿里·米斯里抹黑双唇、双颊，又用红眼药粉给他把眼睛点红，最后给他穿上那套奴隶服装。

舒曼走去片刻，拿来烤羊肉串和葡萄酒，对阿里·米斯里说：

"皇家客栈有个厨奴,你现在很像他了。那个厨奴上街,不是买肉,就是买菜。你到了客栈,要用奴隶的口吻和他交谈,向他问安。你对他说:'我好久没和你一起喝酒了。'他会说:'我很忙,我要给四十个奴仆做午饭和晚饭,还要喂狗;就连戴丽莱及其女儿泽娜白的饭,也是由我来做。'听他这样说后,你就对他说:'来,我们一起吃烤羊肉串,喝顿酒吧!'你把他带进房间,把他灌醉,然后向他打听做饭的情况,问他做多少种饭菜,如何喂狗,问他食品仓库的钥匙在哪里……俗语云:酒后吐真言。他喝醉之后,会把清醒时的情况全部告诉你。这之后,你用蒙汗药把他麻醉过去,换上他的衣服,把刀子别在腰里,拿起菜篮子,到市场上去买肉买菜。回来之后,你就进厨房、仓库,然后做饭,悄悄把蒙汗药放入饭菜中。饭菜做好,送给奴仆、戴丽莱和泽娜白,再去喂狗,把人和狗统统麻醉。然后带上所有衣服,离开那里。如果你想娶泽娜白为妻,你就顺便把她养的那四十只信鸽给我们带来。"

阿里·米斯里听完这一番面授机宜,随即带着酒肉,向皇家客栈走去。

阿里·米斯里来到皇家客栈,见到厨奴,向他问好,并且说:"我们好久不在一起喝酒了。"

厨奴说:"我很忙呀!我要给四十名奴仆做饭,还要喂狗……"

阿里·米斯里完全按照舒曼的叮嘱,用酒把厨奴灌醉,问他做饭的情况,厨奴说:"我每天晚餐要做五样饭;昨天还要我加做两样,一样是蜜糕,另一样是糖石榴子。"

"先给谁送饭呢?"阿里·米斯里问。

"先给戴丽莱送,然后给泽娜白送,再让奴仆们吃,最后喂狗。喂饱一条狗,至少要用一磅肉。"

阿里·米斯里忘了问清钥匙的情况,便匆忙给厨奴下了蒙汗药。

厨奴终于晕倒，不省人事。阿里·米斯里扒下厨奴的衣服，换到自己的身上，然后把刀挂在腰间，拿起菜篮子，走向市场，采购肉和蔬菜去了。

讲到这里，眼见东方透出黎明的曙光，莎赫札德戛然止声。

第七百一十三夜

夜幕垂空，莎赫札德接着讲故事：

幸福的国王陛下，阿里·米斯里问："先给谁送饭呢？"

"先给戴丽莱送，然后给泽娜白送，再让奴仆们吃，最后喂狗。喂饱一条狗，至少要用一磅肉。"

阿里·米斯里忘了问清钥匙的情况，便匆忙给厨奴下了蒙汗药。

厨奴终于晕倒，不省人事。阿里·米斯里扒下厨奴的衣服，换到自己的身上，然后把刀挂在腰间，拿起菜篮子，走向市场，采购肉和蔬菜去了。

阿里·米斯里买菜回来，走进客栈，见戴丽莱坐在门旁，正在仔细地观察里里外外的情况，又见那四十名奴仆，全副武装守在那里，禁不住心里一惊。戴丽莱看见他，立即认出他来，厉声说道："盗贼头子，你想在皇家客栈里耍弄阴谋诡计吗？"

听她这样一问，奴隶打扮的阿里·米斯里回头望着戴丽莱，说:"总管老夫人,你说什么?"

戴丽莱说:"你是怎样摆弄我们的厨奴的?你是把他杀了,还是将他麻醉了?"

"哪个厨奴?除了我,还有其他厨奴吗?"

"阿里·戴伯格·米斯里,你想欺骗我,妄图蒙混过去吗?"

阿里·米斯里用奴隶的口吻说:"米斯里是白人,还是黑人?我可一直在这里效劳啊!"

奴仆们说:"堂兄弟,你怎么啦?"

戴丽莱问他们:"他真是你们的堂兄弟吗?他是阿里·戴伯格·米斯里。好像麻醉或杀死你们堂兄弟的就是他。"

奴仆们说:"这是我们的堂兄弟赛阿德拉,给我们做饭的厨奴。"

"不!他是阿里·米斯里。他把皮肤涂上了黑色。"戴丽莱一口咬定。

"阿里·米斯里是谁?我是赛阿德拉。"阿里·米斯里坚持说自己是厨奴。

"我有去色油……"

说完,戴丽莱取来去色油,涂在阿里·米斯里的胳膊上,擦了擦,黑色没有褪去。奴仆们对戴丽莱说:"就让他去给我们做午饭吧!"

戴丽莱说:"假若他真的是你们的堂兄弟,你们昨夜要求他今天做的饭菜,他会了如指掌的,也应该知道每天做多少样饭。"

奴仆们问他做饭的样数以及昨夜要他做的饭食,阿里·米斯里回答说:"焖扁豆、烧米饭、炖肉汤、葱头烧肉,还有玫瑰露,另加蜜糕和糖石榴子。晚饭与午饭一样。"

奴仆们听后，说："他说的一样不差。"

戴丽莱说："你们带他进去吧！倘若他知道厨房和仓库在哪里，他就是你们的堂兄弟；如若不然，你们就把他杀掉！"

厨奴养着一只猫，总是卧在厨房门口。每当厨奴进厨房，那只猫便一跃而起，跳到厨奴的肩膀上。厨奴把猫接下来，扔到地上，那猫便跑向厨房里去。

阿里·米斯里提着肉和菜走来，那猫看见他，一下跳到他的肩膀上。阿里·米斯里把猫放在地上，那猫则跑向厨房。阿里·米斯里去取钥匙，但不知哪一把是开厨房门的，幸亏见其中一把钥匙上粘着羽毛，判断出那是厨房的钥匙，于是取下用它打开厨房门，放下青菜，然后走出厨房。那猫见他出来，立即向仓库门跑去，阿里·米斯里便一眼认出那就是仓库，随后去取钥匙。他见其中一把钥匙上有油脂痕迹，知道那是仓库门钥匙，于是拿来将仓库门打开。

奴仆们眼见阿里·米斯里如此熟悉情况，走去对戴丽莱说："总管啊，假若他是个生人，他是不会知道厨房和仓库的位置的，更不晓得钥匙放在何处，哪一把钥匙是开哪个门的。他不是外人，他就是我们的堂兄弟赛阿德拉。"

戴丽莱说："他是通过猫认出厨房和仓库的；至于分辨钥匙，则是通过推断的方法。这种把戏瞒不过我。"

阿里·米斯里走进厨房，开始做饭，只见他动作熟练，饭菜很快就做好了。他先给泽娜白送饭，见泽娜白的房间里堆满衣物。他离开那里，给戴丽莱送饭，又叫奴仆们进餐，最后喂狗。晚饭的过程也是如此。皇家客栈的大门通常在午饭和晚饭时各开关一次。

晚饭后，阿里·米斯里喊道："旅客们，奴仆们已经开始守夜，我们也已经把狗放了出去，务请各位小心；如若不然，出了事只能埋怨自己。"

阿里·米斯里推迟了喂狗的时间，在狗食中投了毒药，狗吃下去，立即死去。继之，他用蒙汗药麻醉了所有奴仆、戴丽莱和她的女儿泽娜白。

就在他们不省人事之时，阿里·米斯里带上所有衣物和信鸽，打开客栈门，向着禁卫军的营房走去。

舒曼看见阿里·米斯里，问道："你干了些什么惊人的事？"

阿里·米斯里把自己在皇家客栈干的事情从头到尾向舒曼讲了一遍。

舒曼听后，对阿里·米斯里表示钦佩和感谢。

阿里·米斯里站起身来，走去脱掉衣服，哈桑·舒曼煮了草药，让他用药水洗了洗身子，皮肤恢复了原来的白色。之后，阿里·米斯里赶回皇家客栈，给厨奴穿好衣服，用解药把他从昏迷状态中唤醒，然后悄悄溜走了。

厨奴醒后，站起来，拿起菜篮子，照例到市场上买菜。

东方大亮时，住在客栈里的一位商人起床离开房间，走去一看，见客栈大门洞开着，奴仆一个个昏迷不醒，倒在地上，看家的狗全都死了，于是急忙去找戴丽莱。

商人走到戴丽莱的房间一看，但见她也躺在床上，昏迷不省人事，又见头旁放着一张纸条。商人见她身旁放着解药，便打开包，放在她的鼻子下让她闻了闻，戴丽莱慢慢苏醒了过来。

戴丽莱睁开眼睛一看，问道："我现在在哪里呀？"

商人对她说："我刚才下楼一看，只见客栈大门开着。我急忙跑来找你，见你昏迷不省人事，那些奴仆和你一样，只是那些看家狗全都死了。"

戴丽莱拿起那张纸条,见上面写着:

此事系阿里·米斯里所为。

戴丽莱立即走去救醒奴仆和她的女儿泽娜白,然后对他们说:"我已经告诉过你们,那不是厨奴,而是阿里·米斯里,不是吗?"

她又对奴仆们说:"这件事不要外传,要严加保密!"

她对泽娜白说:"我已对你说过,阿里·米斯里是不会放弃进行报复的机会的。他这样干,正是对你的报复。他本来能够干给我们带来更大危害的别的事情,但为了留情面和求爱的缘故,他仅仅干了这样一件事。"

说完,戴丽莱脱掉男侠服,换上妇女装,围上围巾,直奔艾哈迈德·戴尼夫的营房而去。

阿里·米斯里带着衣物和信鸽回到营房,博得了众兵士的夸赞,大家欢喜非常。

哈桑·舒曼站起来,给了管家钱,让他去买四十只鸽子煮给兄弟们吃。管家从命,立即奔向市场,买回四十只鸽子,宰杀烹煮之后,给士兵们吃。

正当他们吃鸽子肉时,忽听有人敲门。艾哈迈德·戴尼夫说:"这是戴丽莱在敲门,赶快去开门!"

管家走去开门,戴丽莱走了进来。

哈桑·舒曼看见老太太进来,便问……

讲到这里,眼见东方透出黎明的曙光,莎赫札德戛然止声。

第七百一十四夜

夜幕垂空,莎赫札德接着讲故事:

幸福的国王陛下。哈桑·舒曼站起来,给了管家钱,让他去买四十只鸽子煮给兄弟们吃。管家从命,立即奔向市场,买回四十只鸽子,宰杀烹煮之后,给士兵们吃。

正当他们吃鸽子肉时,忽听有人敲门。艾哈迈德·戴尼夫说:"这是戴丽莱在敲门,赶快去开门!"

管家走去开门,戴丽莱走了进来。

哈桑·舒曼看见老太太进来,便问:"喂,倒霉的老太婆,是哪股风把你吹来啦?你跟你那个卖鱼的弟弟祖莱格是一类人。"

戴丽莱说:"长官,我确实有对不住你们的地方。如今我的命运掌握在你们手中,听凭你们的发落。不过,我想知道,对我玩弄把戏花招儿的那个小伙子,究竟是你们当中的哪一个?"

艾哈迈德·戴尼夫说:"那是我的第一爱将。"

戴丽莱说:"看在安拉的面儿上,我求你让他把信鸽及其他东西还给我,就算对我开恩了。"

哈桑·舒曼说:"喂,阿里·米斯里,安拉要惩罚你了!你为什么把信鸽都宰掉了呢?"

阿里·米斯里说:"我不知道那是信鸽呀!"

艾哈迈德·戴尼夫说:"管家,把鸽子肉拿来,让老太太尝一尝!"

管家走去端来鸽子肉,戴丽莱拿起一块儿肉,放在口中一嚼,然后说:"这不是信鸽肉呀!我常用掺了麝香的谷粒喂信鸽;若是信鸽肉,必定香如麝香。"

哈桑·舒曼一笑,说道:"老太太,你如果想要回信鸽,那你得满足阿里·米斯里的一个要求。"

"什么要求?"戴丽莱问。

"把你的女儿泽娜白许配给阿里·米斯里!"

"这件事我只能同泽娜白好好商量。"

哈桑·舒曼听老太太这样一说,立即命令阿里·米斯里:"喂,阿里·米斯里,把信鸽还给老太太!"

阿里·米斯里拿来信鸽,交给了戴丽莱。

戴丽莱眼见信鸽完好无缺,十分高兴。哈桑·舒曼说:"老太太,你可要快给我们一个准信儿呀!"

戴丽莱说:"他若真想与我的女儿结为伉俪,他玩儿这样一手,就算不上什么本事了。他若真有本事,就找泽娜白的舅舅去向她求婚,因为我已把她的事情托付给了她的舅舅。她的舅舅是卖鱼的,站在铺子里不住地喊着:'鲜鱼,鲜鱼!两个钱一磅!'他常把一个装有两千金币的钱袋挂在店铺门外……"

他们听她这样一说,纷纷站了起来,问道:"你这个倒霉的老太婆,这是什么话呀?你这不是存心要害我们的阿里·米斯里兄弟吗?"

戴丽莱离开他们,回到客栈,对女儿说:"泽娜白,阿里·米斯里对我向你求婚了。"

泽娜白听后,感到高兴,因为她觉得阿里·米斯里待她甚为宽厚,所以打心底里爱他。她问母亲情况如何,母亲把事情的经过向女儿讲了一遍,最后说:"我已给他说好了条件,让他去找你舅舅,向你求婚。我已经把路堵死了。"

戴丽莱走后,阿里·米斯里望着士兵们,问道:"祖莱格是何许人?他有什么非凡的本领呢?"

他们告诉他:"祖莱格是伊拉克恶棍头领。他有穿山、摘星、从眼睑上偷取化妆墨的本事;在行骗这方面,他是没有对手的。不过,他已经忏悔,改邪归正了,开了个鲜鱼店铺。这个人卖鱼赚得两千第纳尔,将之放在一个袋子里,袋子上系着一条丝带,丝带末端挂上铜铃,拴在店门里的一个木橛子上。每当他打开店铺门时,便把钱袋挂在店铺门外,然后高声喊道:'埃及的骗子,伊拉克的盗贼,波斯的小偷们,你们都到哪儿去啦?鱼商祖莱格的钱袋挂在门外,谁有本领把它偷去,这钱就归他所有了!'多少贪心的盗贼想偷走钱袋,但谁也没有得逞。因为他生火炸鱼时,脚下总放着两个铅饼,贪心者来偷他的钱袋时,他就抄起铅饼朝盗贼打去;只要被铅饼打着,非死即残。喂,阿里·米斯里兄弟,你若去骗他,就会像是去参加葬礼,但不知道是谁死了的人一样。你是没有能力与他较量的。你根本就没必要与泽娜白结亲。扔掉一样东西,不是照样可以生活吗?"

哈桑·舒曼及其手下人开始劝说阿里·米斯里,让他改变向泽娜白求婚的想法。

阿里·米斯里说:"这多丢人呀!兄弟们,我一定要把祖莱格那个钱袋弄来。"

阿里·米斯里低头沉思片刻,然后说:"请你们给我弄一套女人服装来!"

片刻过后,一套女人服装送到阿里·米斯里面前。阿里·米斯里穿起女装,戴上面纱,宰了一只羊,取出肠子洗干净,灌上血,缠在大腿上,然后穿上裤子;接着,再找来两个鸟嗉子,装满奶汁,捆在胸前,做成两个鼓鼓的乳房;又弄来布和棉花,绑在肚子和屁股上,然后系上腰带。一番化妆之后,走出大门,来到街上。行人见之,无不说:"哦,好丰满的臀部!"

他见一驴夫走来,送上一枚金币,雇来毛驴骑上,朝着祖莱格的鱼铺走去。

行至鱼铺前,阿里·米斯里问:"喂,驴夫,这是什么味道?好香啊!"

驴夫说:"这是炸鱼味儿,祖莱格店铺里正炸鱼呢!"

"我身怀有孕,很馋鱼,给我弄块儿炸鱼来吃吧!"

驴夫走去,对祖莱格说:"喂,老板,你的鱼这么香,不是有意馋孕妇吧?哈桑警长的太太骑着我的毛驴来到店铺外;太太身怀有孕,闻到香味儿,胎儿在腹中骚动不止,快给她一块儿炸鱼吃吧!"

祖莱格说:"安拉啊,愿你保佑我们今日平安!"

说完,拿起一块儿炸鱼。这时,他发现火已熄灭,于是进去点火。

就在这时,阿里·米斯里下了驴子,坐在店铺前,手一用力,捅断了拴在大腿上的灌满血的羊肠子,顿时鲜血顺着两条腿往下淌,同时喊道:"我的肚子呀,疼死我了……"

驴夫回头望去,见鲜血流淌,忙问:"太太,你这是怎么啦?"

阿里·米斯里装得和女人一模一样,说道:"我小产啦!胎儿掉了!"

祖莱格抬头一望，见那个女人鲜血淋漓，吓得忙躲进店铺。驴夫说："喂，祖莱格，你惹下大祸了，安拉会惩罚你的。你的炸鱼香味扑鼻，孕妇想吃一块儿，你都不乐意。她的丈夫，你是惹不起的！"

说罢，驴夫牵着毛驴走了。

阿里·米斯里趁祖莱格躲进店铺之机，伸手去拽挂在店铺外的钱袋；他的手刚一触到钱袋，金币便沙沙作响，随之丝绳上的小铃铛发出叮当的响声。

祖莱格闻声窜了出来，喊叫道："鬼骗子，你打算扮成女人来骗我吗？你等着瞧我的厉害吧！"

祖莱格顺手甩出铅饼，阿里·米斯里一躲闪，铅饼落在地上。祖莱格又要抄起另一个铅饼时，邻居们争相赶来，大声劝道："你是生意人，还是个打手？你若是个生意人，就请把那个钱袋摘下来，不要用它去害人了！"

祖莱格说："凭安拉起誓，我照办！"

阿里·米斯里一口气跑回营房，哈桑·舒曼问他："喂，阿里·米斯里，怎么样？"

阿里·米斯里把事情的经过说了一遍，然后脱下那身女装，对哈桑·舒曼说："给我弄套马夫的衣服来！"

舒曼走去，片刻后拿来一套马夫的衣服。阿里·米斯里接过去，穿在身上，然后拿上一个盘子，带上五枚硬币，走到祖莱格的店铺前。祖莱格问："马夫师傅，你想要什么？"

马夫打扮的阿里·米斯里让他看了看手中的硬币，意思是说让他从小圆桌上取五枚硬币的炸鱼，并且说："我得要热鱼。"

祖莱格拿起鱼，想放在锅里加加热，却见火已熄灭，于是走去生火。

趁祖莱格点火之机，阿里·米斯里伸手去取那钱袋，刚一摸到，铃声又响了起来，祖莱格立即窜了出来，厉声呵斥道："你的花招儿是骗不过我的，即使你打扮成马夫！我看见你掏钱和拿盘子的样子，就认出你来了。"

讲到这里，眼见东方透出黎明的曙光，莎赫札德戛然止声。

第七百一十五夜

夜幕垂空，莎赫札德接着讲故事：

幸福的国王陛下，马夫打扮的阿里·米斯里让他看了看手中的硬币，意思是说让他从小圆桌上取五个钱的炸鱼，并且说："我得要热鱼。"

祖莱格拿起鱼，想放在锅里加加热，却见火已熄灭，于是走去生火。

趁祖莱格点火之机，阿里·米斯里伸手去取那钱袋，刚一摸到，铃声又响了起来，祖莱格立即窜了出来，厉声呵斥道："你的花招儿是骗不过我的，即使你打扮成马夫！我看见你掏钱和拿盘子的样子，就认出你来了。"

祖莱格随后抛出铅饼，阿里·米斯里急忙躲闪，铅饼落在临近肉铺一个煮着肉的锅里，肉汤四溅，溅了过路的一位法官一身，那热肉汤从法官的胳肢窝一直流到大腿根儿。法官惊叫道:"哎呀!我的宝贝!烫死我啦!坏蛋!这是谁干的?"

附近的人们马上围过来,说:"老爷,这是孩子把石头扔进锅里,溅起了肉汤。幸得安拉保佑,不然会闹出大乱子来的。"

他们劝走法官,然后仔细望去,却见一个大铅饼,根本不是什么小石头,扔的人也不是小孩子,而是鱼商祖莱格,他们走到祖莱格面前,对他说:"祖莱格,你干的这种事多危险!快把你的钱袋取下来吧!"

祖莱格说:"我取下来,愿安拉保佑。"

阿里·米斯里回到营房,兄弟们纷纷问他:"你取的钱袋在哪儿?"

阿里·米斯里把这次盗钱袋的经过讲了一遍,众兄弟说:"你的计谋已有三分之二失败了。"

阿里·米斯里不服输,立即换上一套商人服装,转身出了营房。

刚一出门,他看见一个耍蛇人,带着一袋子蛇,还有一个装行李的背包。他说:"喂,耍蛇的,我想请你到我家去给我的孩子们耍一耍蛇,让他们看一看。我会付给你报酬的。"

耍蛇人一口答应,跟着阿里·米斯里走去。

来到营房,阿里·米斯里为耍蛇人端来饭菜,耍蛇人吃了放蒙汗药的饭菜,顿时昏迷过去,不省人事。阿里·米斯里扒下耍蛇人的衣服,换在自己的身上,背起那袋子蛇,吹着笛子来到祖莱格的鱼店门前。耍蛇人打扮的阿里·米斯里说:"掌柜的,安拉赐给你衣食!"

话音未落,阿里·米斯里掏出蛇来,扔在祖莱格的面前。

祖莱格非常害怕，见到蛇慌忙逃窜到店里。阿里·米斯里马上把蛇拾起来放在袋子里，伸手去摘钱袋，只听铃声又响了起来。

祖莱格喊道："你打扮成耍蛇人，来盗我的钱袋……"

随即甩出铅饼，向阿里·米斯里投去。这时恰巧有个士兵路过店前，后面跟着一个马夫，那铅饼一下落在马夫的头上，马夫顿时头被砸破，鲜血直流。

士兵问："这是谁砸破了马夫的头？"

邻居们马上围拢上来，说道："房顶上掉下来一块儿石头，不巧碰在了他的头上。"

那位士兵信以为真，带着马夫走了，人们留心细看，原来又是祖莱格投来的铅饼，于是围上去，对祖莱格说："祖莱格，你就把惹是生非的钱袋摘下来吧！"

祖莱格说："今夜我一定把它摘下来。"

阿里·米斯里一连七次盗祖莱格的钱袋，均未成功。他回到营房，用解药唤醒耍蛇人，随后归还了衣服和行囊，又给了他报酬，打发耍蛇人平安离去。

随后，阿里·米斯里返回祖莱格的鱼店，听祖莱格自言自语说："若再把钱袋放在店铺里，那阿里·米斯里会穿墙而入，取走钱袋。我还是把它带回家中去吧！"

祖莱格把钱袋摘下来，夹在胳肢窝下，锁上店铺，转回家中。阿里·米斯里悄悄跟在他的身后，一直跟到他家附近……

祖莱格看见邻居家正在办喜事，心想："我还是先回家，把钱袋交给妻子，换上礼服，再来参加结婚盛典吧！"

祖莱格走进家门，阿里·米斯里悄悄跟了进去。

祖莱格的妻子本是宰相贾法尔府上的一个黑婢女，已为祖莱格生了一个儿子，取名阿卜杜拉。祖莱格常常答应妻子要用那袋钱为儿子举行割礼，并为儿子订婚，举办婚礼。

祖莱格回到妻子面前，满面愁云。妻子问："你为什么这样不高兴呢？"

祖莱格说："安拉有意考验我呀！一个捣蛋鬼，一天七次玩弄花招儿，想偷去我这个钱袋，都未得逞。"

妻子说："既然这样，你就把钱袋交给我，让我保管吧，以便日后给孩子娶媳妇。"

听妻子这样一说，祖莱格把钱袋交给了妻子。

其时，阿里·米斯里已潜入祖莱格家中的一个小房间里，祖莱格说的话全被他听到了，祖莱格的行动也全被他看见了。

祖莱格换上衣服，临走时对妻子说："阿卜杜拉他妈，你可要好好保存这钱袋，我要参加邻居家的婚礼去了。"

"天还早，你睡一会儿再去吧！"妻子说。

祖莱格躺在床上，片刻后进入了梦乡。

阿里·米斯里蹑手蹑脚走到藏钱袋的地方，拿起钱袋，溜了出去，走到隔壁，观看婚礼盛典。

祖莱格忽然从梦中惊醒，对妻子说："阿卜杜拉他妈，快去看看钱袋！"

妻子立即去看，发现钱袋不见了。她边批打自己的面颊，边说："阿卜杜拉他妈呀，你真倒霉，你真背运！小偷把钱袋偷走了！"

祖莱格说："凭安拉起誓，这钱袋不是别人偷的，准是阿里·米斯里；除了他，谁也不会拿这个钱袋！我一定要把钱袋找回来！"

"你要是找不回来，我就把你关在门外，让你在胡同里过夜！"

妻子说完,祖莱格起身走去,到邻居家去参加婚礼了。

祖莱格走到那里,发现阿里·米斯里正站在那里看热闹,心想:"拿我钱袋的就是这个小子!他住在艾哈迈德·戴尼夫的营房里。"

随后,祖莱格快步赶到营房,翻墙而入,见守门人都已睡熟了,便在门后藏了起来。

片刻后,阿里·米斯里回来了,轻轻敲门。祖莱格问:"谁在敲门?"

"我是阿里·米斯里。"阿里·米斯里在门外回答。

"你把钱袋弄到手了吗?"

阿里·米斯里以为是哈桑·舒曼在和自己说话,坦诚回答说:"弄到手了!给我开门呀!"

"你让我看看钱袋,我才给你开门。因为我和你的队长打过赌了。"

"你伸手吧!"

祖莱格从门缝里伸出手去,阿里·米斯里把钱袋递到他的手里。

祖莱格拿到钱袋,立即翻身上墙,爬过去,高高兴兴地回家了。

阿里·米斯里一直站在门外,不见门开,于是用力敲门,将熟睡的士兵们都惊醒了。他们恍然大悟地说:"这是阿里·米斯里回来了!他在敲门啊!"

舒曼走去开门,见是阿里·米斯里,便问:"钱袋弄到手了吗?"

阿里·米斯里说:"舒曼兄弟,别开玩笑了!我不是已从门缝里把钱袋递给你了吗？你还说不见钱袋不开门呢！"

"凭安拉起誓，我没拿到钱袋，八成是祖莱格把钱袋骗走了。"

阿里·米斯里愕然。片刻后，他说："我一定要把钱袋再弄回来！"

阿里·米斯里转身走去，一口气跑到正在举行结婚庆典的那家。到了那里，阿里·米斯里听见一个调皮鬼说："喂，阿卜杜拉他爸，为了你和你儿子的幸福，施舍几个钱吧！"

阿里·米斯里听后，心想："我才是幸福的主人呢！"随后向祖莱格家走去。他翻墙而入，见祖莱格的妻子正在睡觉，便掏出蒙汗药，将之麻醉，然后换上她的衣裳，怀抱孩子，在屋里踱来踱去，忽见屋里摆放着一只篮子，里面放着点心；那是祖莱格舍不得吃而留下的节日糕点。

过了不大一会儿，祖莱格回来了。

祖莱格敲门，阿里·米斯里装成祖莱格的妻子，问道："谁呀？"

"我是阿卜杜拉他爸！"祖莱格答。

"我立过誓言，你找不回钱袋来，我就不给你开门。"

"我把钱袋拿回来了！"

"你得先把钱袋递过来，然后才能给你开门。"

"好吧！你把点心篮子放下来，我把钱袋放在篮子里，你从篮子里取吧！"

阿里·米斯里把点心篮子放下去，祖莱格把钱袋放在篮子里，阿里·米斯里拿到了钱袋。

随后，阿里·米斯里用蒙汗药把孩子麻醉，用醒药把祖莱格的妻子唤醒，继之迅速翻墙而出，抱着孩子，返回营房。

阿里·米斯里回到兄弟们中间，让他们看过钱袋，又让他们看过祖莱格的孩子，他们连声称赞、感谢他。阿里·米斯里把点心分给大家吃，并且说："喂，舒曼兄弟，这是祖莱格的儿子，你先把他藏起来。"

舒曼接过孩子，将孩子藏了起来。继之弄来一只羊宰掉，交给管家烤熟，用布帛裹起来，就像是用殓衣裹着的死尸。

祖莱格把钱袋放在篮子里，久等不见开门，便用力敲起门来，苏醒之后的妻子走来，问道："你把钱袋找回来了吗？"

"我不是已经放在你放下来的篮子里了吗？"

"我从来没有递篮子过去呀，更没有看见钱袋。"

"凭安拉起誓，又是那个阿里·米斯里赶到我的前头，把钱袋骗去了。"

祖莱格进门在房间里找了一番，发现点心篮子不见了，继之发现孩子也丢了，禁不住惊呼道："我的儿子啊！"

妻子捶胸顿足，又气又悔："我要和你去见宰相！害我们孩子的不是别人，而是那个和你玩儿花招儿的骗子！这都怨你！"

祖莱格说："你别着急，我保证把孩子找回来。"

说完，祖莱格脖子上围着丝帕来到艾哈迈德·戴尼夫的营房。他敲过门，管家走去把门打开。

舒曼见祖莱格来了，忙问："兄弟，是哪阵风把你吹来啦？"

祖莱格说："求你们让阿里·米斯里把儿子还给我吧！至于那袋金币嘛，我就不要了。"

舒曼回过头去，喊叫道："喂，阿里·米斯里，安拉要惩罚你的！你为什么不告诉我那是祖莱格先生的儿子？"

"出什么事啦？"祖莱格不安地问。

"唉，我们喂孩子葡萄干，孩子他，他给噎死了。"舒曼指着包裹着的烤羊肉说。

"我可怜的孩子啊！我怎么向他妈交代呀？"

祖莱格边哭边走过去，打开殓衣一看，发现里面包的是香喷喷的烤羊肉，立即破涕为笑，说道："阿里·米斯里呀，你真会跟我开玩笑，有意拿我开心呀！"

他们把孩子还给祖莱格，祖莱格一看到孩子，欣喜不已。

艾哈迈德·戴尼夫说："祖莱格呀，你把钱袋挂在店铺门外，公开宣称让各地小偷去偷，而且说谁能偷去就归谁。如今，阿里·米斯里果然将钱袋弄到了自己的手里。现在，我们就你外甥女泽娜白的婚事提个建议，你能接受吗？"

祖莱格随口说道："我接受你们的建议。"

他们异口同声说："我们想代阿里·米斯里向泽娜白求婚。"

"这件事嘛，可要按规矩办。"

说完，祖莱格抱起孩子，拿着钱袋就要走。

舒曼说："你接受我们的求婚吗？"

祖莱格说："谁能拿得出聘礼，我就同意她跟谁订婚。"

"她要什么聘礼？"舒曼问。

讲到这里，眼见东方透出黎明的曙光，莎赫札德戛然止声。